KRiSTAN HiGGiNS

Demasiado bueno para ser verdad

Editado por Harlequin Ibérica.
Una división de HarperCollins Ibérica, S.A.
Núñez de Balboa, 56
28001 Madrid

© 2009 Kristan Higgins
© 2018 Harlequin Ibérica, una división de HarperCollins Ibérica, S.A.
Demasiado bueno para ser verdad, n.º 157 - 18.5.18
Título original: Too Good to Be True
Publicada originalmente por HQN™ Books

Todos los derechos están reservados incluidos los de reproducción, total o parcial. Esta edición ha sido publicada con autorización de Harlequin Books S.A.
Esta es una obra de ficción. Nombres, caracteres, lugares, y situaciones son producto de la imaginación del autor o son utilizados ficticiamente, y cualquier parecido con personas, vivas o muertas, establecimientos de negocios (comerciales), hechos o situaciones son pura coincidencia.
® Harlequin, HQN y logotipo Harlequin son marcas registradas por Harlequin Enterprises Limited.
® y ™ son marcas registradas por Harlequin Enterprises Limited y sus filiales, utilizadas con licencia. Las marcas que lleven ® están registradas en la Oficina Española de Patentes y Marcas y en otros países.
Imagen de cubierta utilizada con permiso de Harlequin Enterprises Limited. Todos los derechos están reservados.

I.S.B.N.: 978-84-9170-884-1
Depósito legal: M-5532-2017

Este libro está dedicado a la memoria de mi abuela, Helen Kristan, la mujer más maravillosa que he conocido.

AGRADECIMIENTOS

A la Agencia Maria Carvainis...
Gracias, como siempre, a la brillante y generosa Maria Carvainis, por su sabiduría y sus consejos, y a Donna Bagdasarian y June Renschler por el entusiasmo que han demostrado por este libro.

En HQN Books, gracias a Keyren Gerlach por sus amables e inteligentes aportaciones y a Tracy Farrell por darme apoyo y ánimos.

Gracias a Julie Revell Benjamin y a Rose Morris, mis amigas de escritura; y a Beth Robinson, de PointSource Media, que consigue que mi página web y mis tráilers sean tan estupendos.

En el aspecto personal, gracias a mis amigos y a mis familiares, que escuchan siempre mis ideas: mamá, Mike, Hilly, Jackie, Nana, Maryellen, Christine, Maureen y Lisa. ¡Qué afortunada soy por tener semejante familia y amigos!

Gracias a mis maravillosos hijos, que me hacen la vida tan agradable, y, sobre todo, a mi amor, Terence Keenan. En este caso las palabras no son suficientes.

Y, finalmente, gracias a mi abuelo, Jules Kristan, un hombre de una lealtad inquebrantable, una aguda inteligencia y una bondad innata que no tiene límites. El mundo es un lugar mejor gracias a tu ejemplo, querido Poppy.

Prólogo

Inventarme un novio no es nada nuevo para mí. Tengo que admitirlo. Alguna gente va a ver escaparates llenos de cosas que no pueden permitirse comprar. Algunos miran en internet fotografías de hoteles a los que no van a poder ir. Y algunas personas se imaginan que conocen a un tipo verdaderamente majo cuando, en realidad, no es así.

La primera vez que me ocurrió fue en sexto. El recreo. Heather B., Heather F. y Jessica A. estaban disfrutando de su pequeño círculo de popularidad. Se pintaban los labios de brillo y llevaban sombra de ojos. Heather F. estaba mirando a su chico, Joey Ames, que se estaba metiendo una rana en los pantalones por causas que solo conocen los niños de sexto, y diciendo que tal vez rompiera con Joey y empezara a salir con Jason.

Y, de repente, sin pensarlo dos veces, yo también dije que salía con alguien... Con un chico de otro pueblo. Las tres chicas se giraron hacia mí con un súbito interés, y yo empecé a hablar de Tyler, que era muy mono, listo y agradable. Un joven de catorce años. Además, su familia tenía un rancho de caballos y querían que yo le pusiera nombre a su nuevo potrillo, y yo le iba a enseñar a que acudiera a mi silbido y a ningún otro.

Seguramente, todas nos hemos inventado a un chico así, ¿verdad? ¿Qué tenía de malo creer que, en alguna parte, como contrapunto a los que se metían ranas en el pantalón, existía un chico como Tyler el de los caballos? Era casi como creer en Dios. Había que hacerlo, porque, ¿cuál era la alternativa? Las otras chicas se lo creyeron, me acribillaron a preguntas y me miraron con un nuevo respeto. Heather B. incluso me invitó a su próxima fiesta de cumpleaños, y yo acepté alegremente. Por supuesto, pronto me vi obligada a contar la triste noticia de que el rancho de la familia de Tyler se había quemado y de que se iban a vivir a Oregon. Además, se llevaban a mi potrillo, Midnight Sun. Tal vez las Heathers y los otros niños de mi clase sospecharan la verdad en ese momento, pero a mí o me importó. Imaginarme a Tyler había sido genial.

Más tarde, a los quince años, cuando habíamos dejado Mount Vernon, nuestro humilde pueblo de Nueva York, y nos habíamos ido a vivir a Avon, en Connecticut, un lugar mucho más pijo en el que todas las niñas tenían el pelo liso y los dientes muy blancos, me inventé otro novio. Jack, el novio de mi pueblo natal. Oh, era tan guapo… (tal y como demostraba la fotografía que yo llevaba en la cartera y que había recortado de un catálogo de J.Crew). El padre de Jack tenía un restaurante buenísimo llamado Le Cirque (eh, yo solo tenía quince años). Jack y yo nos estábamos tomando las cosas con calma… sí, nos habíamos besado. En realidad, nos habíamos metido mano, pero él era tan respetuoso que solo habíamos llegado hasta ahí. Queríamos esperar hasta que fuéramos más mayores. Tal vez nos comprometiéramos y, como su familia me quería tanto, querían que Jack me comprara un anillo en Tiffany's, no de diamantes, sino, quizá, de zafiros, del estilo del de la princesa Diana, pero un poco más pequeño.

Siento deciros que rompí con Jack a los cuatro meses

de empezar el segundo curso porque quería estar disponible para los chicos de la localidad. Pero me salió el tiro por la culata... los chicos de la localidad no estaban demasiado interesados. En mi hermana mayor, por supuesto. Margaret iba a recogerme de vez en cuando, iba a casa a pasar temporadas en las vacaciones de la facultad, y los chicos se quedaban mudos al ver su belleza glamurosa. Incluso mi hermana pequeña, que en aquel momento estaba en séptimo, ya estaba convirtiéndose en una gran belleza. Sin embargo, yo seguía sin pareja, arrepintiéndome de haber roto con mi novio ficticio y echando de menos el cálido placer que me producía el hecho de imaginarme que le gustaba a un chico así.

Entonces, llegó Jean-Philippe. A Jean-Philippe me lo inventé para neutralizar a un chico de la universidad que era increíblemente persistente e irritante. Tenía la química como asignatura principal y era inmune a todas las indirectas que yo le lanzaba. En vez de decirle al chico que no me gustaba, porque eso me parecía cruel, le pedía a mi compañera de habitación que le escribiera mensajes y los pegara a la puerta para que todos pudieran verlos:

Grace, J-P ha llamado otra vez. Quiere que vayas a pasar las vacaciones a París con él. Ha dicho que le llames enseguida.

Yo quería a Jean-Philippe, me encantaba imaginarme que un francés elegante estaba loco por mí, que se paseaba por los puentes de París mirando sombríamente al Sena, echándome de menos y suspirando mientras comía cruasán de chocolate y bebía buen vino. Oh, yo llevaba siglos enamorada de Jean-Philippe, y aquel amor solo podía competir con el que sentía por Rhett Butler, a quien había descubierto a los trece años y no había olvidado nunca.

Desde los veinte a los treinta años, fingir que tenía novio había sido una estrategia para sobrevivir. Florence, una de las ancianas damas de la residencia para mayores Praderas Doradas, me había ofrecido a su sobrino durante la clase de bailes de salón en las que yo ayudaba.

—Cariño, ¡te encantaría mi Bertie! —gorjeó alegremente, mientras yo intentaba que hiciera un giro—. ¿Puedo darte su número de teléfono? Es médico. Podólogo. Lo que pasa es que tiene un pequeño problema. Las chicas de hoy día son demasiado tiquismiquis. En mis tiempos, si tenías treinta años y seguías soltera, era como si ya estuvieras muerta. Solo porque Bertie tenga pechos... ¿qué pasa? Su madre era pechugona, también...

Al instante, mencioné a mi novio imaginario.

—Oh, parece un chico estupendo, Flo... pero acabo de empezar a salir con alguien. Vaya...

No es solo con otra gente, eso tengo que reconocerlo. Utilizo al novio de emergencia para... Bueno, digamos que también lo utilizo como mecanismo para sobrellevar la situación.

Por ejemplo, hace unas semanas iba yo a casa conduciendo por una parte oscura y solitaria de la Route 9 de Connecticut, pensando en mi exprometido y en su nueva novia, cuando se me pinchó una rueda. Como sucede siempre cuando uno se ve en peligro de muerte, se me pasaron mil cosas por la cabeza, incluso cuando trataba de controlar el coche para que no volcara. En primer lugar, no tenía nada que ponerme para mi propio funeral (tranquila, tranquila, que no vuelque el coche). En segundo lugar, si podían dejar el ataúd abierto durante el velorio, esperaba que no se me rizara tanto el pelo en la muerte como en vida (tira más del volante, tira más del volante, se te está yendo). Mis hermanas y mis padres iban a quedarse destrozados (pisa un poco el acelerador, solo un poco, para enderezar el coche). ¡Y, además, Andrew se sentiría muy culpable! Se arrepentiría durante toda su vida de haberme dejado (ahora ve frenando con suavidad, bien, bien, sigues viva).

Cuando conseguí frenar en la cuneta y estuve a salvo, empecé a temblar incontrolablemente.

–Dios, gracias, Dios, gracias, Dios, gracias… –canturreé, mientras buscaba el teléfono móvil.

Por supuesto, no tenía cobertura. Esperé un momento y, después, con resignación, hice lo que tenía que hacer. Salí del coche, con el frío de marzo y bajo un chaparrón, y observé el neumático, que estaba roto. Abrí el maletero, saqué el gato y la rueda de repuesto. Aunque nunca había cambiado una rueda, fui ingeniándomelas mientras pasaba algún coche de vez en cuando y me salpicaba con agua helada. Me hice daño en la mano, me rompí una uña, me manché de grasa y de barro y se me estropearon los zapatos.

Nadie se paró a ayudar, ni una sola persona. Maldiciendo, bastante enfadada por la crueldad del mundo y un poco orgullosa por haber cambiado una rueda, volví a meterme al coche con los labios morados de frío y tiritando, helada y empapada. Durante el trayecto solo podía pensar en darme un baño caliente, ponerme el pijama y tomarme un ponche caliente. Pero lo que me encontré al llegar fue un desastre.

A juzgar por las pruebas, Angus, mi West Highland terrier, había mordido el cierre de seguridad para niños de la puerta recién pintada del armario, había sacado el cubo de la basura, lo había volcado y se había comido los restos del pollo que yo había tirado aquella mañana porque me daban mala espina. Y parecía que tenía razón: el pollo estaba malo. Mi pobre perro había vomitado con tanta fuerza que las paredes de la cocina estaban llenas de vómito canino. Había también un rastro de heces blandas hacia el salón, donde encontré a Angus tumbado sobre una alfombra oriental de colores pastel que acababa de limpiar. Mi perro eructó ruidosamente, ladró una vez y movió la cola con culpabilidad.

Nada de baño. Nada de ponche caliente.

Bueno, y... ¿qué tiene que ver todo esto con otro novio imaginario? Bueno, mientras limpiaba la alfombra con lejía y agua e intentaba preparar emocionalmente a Angus para ponerle el supositorio que me había indicado el veterinario, me imaginé lo siguiente:

Iba conduciendo cuando estalló una rueda. Paré, saqué el teléfono móvil, bla, bla, bla... Pero ¿qué era esto? Un coche frenó y se detuvo detrás del mío. Era... veamos... un coche híbrido con la matrícula M.D., indicativa de que el propietario era médico. Un buen samaritano en forma de hombre alto de unos treinta y cinco años se acercó a mi coche y se inclinó. ¡Dios mío! Fue aquel momento en el que miras a alguien y... ¡zas! Sabes que es él.

En mi fantasía, el buen samaritano me ofrecía ayuda y yo la aceptaba. Diez minutos después, él ya había puesto en su sitio la rueda de repuesto, había cargado el neumático inservible en el maletero y me había entregado su tarjeta. Wyatt *Nosequé*, doctor en Medicina, cirujano pediatra. Ah.

—Llámame cuando llegues a casa, para que sepa que has llegado bien, ¿de acuerdo? —me pedía, sonriendo, y me escribía su número de teléfono en la tarjeta, mientras yo me recreaba mirando sus largas pestañas y los preciosos hoyuelos de sus mejillas.

Imaginarme todo aquello me hizo mucho más fácil limpiar el vómito.

Obviamente, yo sabía perfectamente que no era un médico guapo y bondadoso el que me había cambiado la rueda. No se lo conté a nadie. Solo era un poco de escapismo saludable. No existía ningún Wyatt (siempre me gustó ese nombre, tan noble y tan lleno de autoridad).

Por desgracia, un tipo así era algo demasiado bueno para ser cierto. Yo no fui por ahí contándole a la gente que un cirujano pediátrico me había cambiado la rueda. Hacía muchos años que no fingía en público que tenía novio.

Es decir, hasta recientemente.

Capítulo 1

—Y, con este único acto, Lincoln cambió la historia de Estados Unidos. En su época fue uno de los políticos más vilipendiados y, sin embargo, supo salvaguardar la Unión y hoy día está considerado el mejor presidente que ha tenido nuestro país. Y, posiblemente, que tendrá.

Me sonrojé... Acabábamos de empezar nuestra unidad de la Guerra Civil, y aquella era mi clase favorita. Sin embargo, mis estudiantes de último curso estaban a punto de entrar en coma, porque era viernes por la tarde. Tommy Michener, mi mejor estudiante, miraba con anhelo a Kerry Blake, que se estaba estirando para atormentar a Tommy con lo que no podía tener y, al mismo tiempo, invitar a Hunter Graystone IV a que lo tomara. Por su parte, Emma Kirk, una chica guapa y bondadosa que tenía la maldición de no estar interna y, por ese motivo, quedaba excluida del grupo de los internos, bajó la vista a su pupitre. Ella estaba enamorada de Tommy, y la pobre comprendía que él estaba obsesionado con Kerry.

—Bueno, ¿puede alguien resumir los puntos de vista contrarios?

Desde fuera de la clase nos llegó el sonido de una carcajada. Todos miramos. Kiki Gomez, una profesora de Lengua Inglesa, estaba dando la clase al aire libre, porque hacía un día precioso. Sus alumnos no estaban adormilados. Vaya. Yo también debería haber sacado a los míos.

—Os voy a dar una pista —continué, mirando sus rostros carentes de expresión—: Derechos de los estados versus el control federal. Unión versus secesión. Libertad para gobernar con independencia versus libertad para todo el mundo. Esclavos o no esclavos. ¿Os suena?

En aquel momento, sonó la campana, y mis estudiantes salieron de su letargo y, de un salto, se dirigieron hacia la puerta. Intenté no tomármelo como algo personal. Normalmente atendían mucho más en clase, pero era viernes, habían tenido exámenes durante la semana. Además, aquella noche había un baile. Yo lo entendía.

Manning Academy era una de esas escuelas pijas que abundan en Nueva Inglaterra. Era un campus de edificios majestuosos de ladrillo, con la hiedra, los magnolios y los cornejos de rigor, campos de fútbol y de lacrosse con hierba de color esmeralda y la promesa para las familias de que, al salir de allí, sus hijos podrían acceder a Princeton, Harvard, Stanford o Georgetown, la universidad que eligieran. El colegio, que fue fundado en la década de 1880, era un pequeño mundo. Muchos de los profesores vivían en el campus, pero los que no vivíamos allí éramos igual que los estudiantes: esperábamos con ansia la última clase del viernes para poder marcharnos a casa.

Salvo aquel viernes. Aquel viernes, yo me habría quedado encantada en la escuela, vigilando los bailes o entrenando a los jugadores de lacrosse. O, demonios, limpiando los baños. Cualquier cosa, mejor que mis planes reales.

—¡Hola, Grace! —me dijo Kiki, asomándose a mi clase.

—Hola, Kiki. Parece que os estáis divirtiendo ahí fuera.

—Estamos leyendo *El señor de las moscas*.

—¡Ah! No me extraña que os estéis riendo. Nada como matar a un cerdito para alegrarse el día.

Ella sonrió con orgullo.

—Bueno, Grace, y... ¿has encontrado acompañante?

Yo hice un mohín.

—No. Y no va a ser agradable.

—Oh, mierda. Lo siento mucho.

—Bueno, no es el fin del mundo —respondí yo, con valentía.

—¿Seguro? —preguntó Kiki.

Ella también era soltera, como yo. Y nadie sabe mejor que una soltera de treinta años el infierno que es ir a una boda. Dentro de unas pocas horas, mi prima Kitty, la que me cortó el pelo hasta la raíz una noche que me quedé a dormir en su casa cuando éramos pequeñas, iba a casarse por tercera vez. Con un vestido al estilo del de la princesa Diana.

—¡Mira, es Eric! —exclamó Kiki, señalando a la ventana oeste de mi clase—. ¡Oh, Dios mío, gracias!

Eric era quien limpiaba las ventanas de Manning Academy siempre, en otoño y en primavera. Estábamos a principios de abril, pero hacía una tarde muy agradable, un poco calurosa, y Eric se había quitado la camisa. Nos sonrió con una perfecta noción de su propia belleza, pulverizó agua jabonosa en el cristal y comenzó a limpiar.

—¡Pídeselo a él! —me sugirió Kiki, mientras lo observábamos con una gran apreciación.

—Está casado —dije yo, sin apartar la mirada de él. Comerme a Eric con los ojos era lo más íntimo que había hecho con un hombre desde hacía bastante tiempo.

—¿Felizmente casado? —preguntó Kiki, a la que no le importaba demasiado destruir uno o dos hogares con tal de conseguir un hombre.

—Sí. Adora a su mujer.

—Eso lo odio —murmuró ella.

—Sí, yo también. Es injusto.

Eric nos guiñó un ojo, nos lanzó un beso, pulverizó agua jabonosa en el cristal y siguió moviendo la mopa, de manera que los músculos de sus hombros siguieron contrayéndose y relajándose de una forma preciosa, y sus abdominales se ondularon, y el brillo del sol se le reflejó en el pelo.

—Bueno, tengo que irme —dije, pero no moví ni un músculo—. Tengo que cambiarme —añadí, y se me encogió el estómago de solo pensarlo—. Kiki, ¿estás segura de que no conoces a nadie que pueda acompañarme? ¿A nadie? De verdad, no quiero ir sola.

—No, Grace —dijo ella, con un suspiro—. Puede que debieras contratar a alguien, como en esa película de Debra Messing.

—Es un pueblo pequeño. Seguramente, un *gigoló* llamaría mucho la atención. Además, no sería bueno para mi reputación. «Profesora de Manning contrata a un *gigoló* y causa una honda preocupación en sus padres». Algo así.

—¿Y Julian? —me preguntó ella, refiriéndose a mi mejor amigo, que venía frecuentemente con Kiki y conmigo cuando salíamos por la noche.

—Es que mi familia lo conoce, y no colaría.

—¿Como novio, o como heterosexual?

—Supongo que como ninguna de las dos cosas.

—Es una pena, porque baila muy bien.

—Sí, eso es cierto.

Miré la hora y el miedo que había estado sintiendo durante toda la semana se desbordó. No solo iba a la boda de Kitty, sino que, además, iba a ver a Andrew por tercera vez desde que rompimos, y llevar acompañante me ayudaría mucho.

Bueno, por mucho que prefiriera quedarme en casa y leer *Lo que el viento se llevó* o ver una película, tenía que ir. Además, últimamente no salía apenas. Mi padre, mi mejor amigo y mi perro, aunque eran una gran compañía, no deberían ser los únicos hombres de mi vida. Y siempre existía la remota posibilidad de que conociera a alguien en la boda.

—Tal vez Eric quiera ir —dijo Kiki. Se acercó a la ventana y la abrió de par en par—. Nadie tiene por qué saber que está casado.

—Kiki, no...

Ella no me hizo caso.

—Eric, Grace tiene que ir a una boda esta noche. Su exprometido va a estar allí, y ella no tiene acompañante. ¿Podrías ir tú? ¿Fingir que estás loco por ella, y esas cosas?

—Gracias de todos modos, pero no —dije yo, con la cara ardiendo de la vergüenza.

—Tu ex, ¿eh? —preguntó Eric, mientras frotaba uno de los paneles de cristal.

—Sí. Lo mejor sería que me cortara las venas ya —dije, con una sonrisa, para demostrar que era una broma.

—¿Seguro que no puedes ir con ella? —preguntó Kiki.

—Creo que a mi mujer no le iba a gustar eso —respondió Eric—. Lo siento Grace. Buena suerte.

—Gracias —dije yo—. Suena peor de lo que es.

—¿A que es valiente? —preguntó Kiki.

Eric asintió y pasó al siguiente cristal. Kiki se asomó tanto para mirarlo que estuvo a punto de caerse por la ventana. Volvió a entrar con un suspiro.

—Así que vas a ir sola —dijo, con un tono sombrío.

—Bueno, lo he intentado, Kiki —le recordé—. Johnny, el repartidor que me trae la pizza a casa, está saliendo con Ajo y Anchoas, por muy increíble que parezca. Brandon, el chico del asilo, me dijo que prefería colgarse antes que ir de acompañante a una boda. Y acabo de enterarme de que el chico de la farmacia, ese tan mono, solo tiene diecisiete años. Aunque me dijo que él me acompañaba sin problemas, Betty, la farmacéutica, es su madre, y me comentó algo sobre los delitos de pederastia, así que a partir de ahora voy a ir a la farmacia CVS de Farmington.

–Vaya... –dijo Kiki.

–No pasa nada. Tengo que ir sola a la boda, ser noble y valiente y, si puedo, salir de allí con algún camarero –dije, sonriendo.

Kiki se echó a reír.

–Ser soltera es un rollo –afirmó–. Y, Dios, ir de soltera a una boda... –añadió con un estremecimiento.

–Gracias por los ánimos –respondí.

Cuatro horas más tarde, yo estaba en el infierno.

Tenía un nudo de esperanza y desesperanza, a la vez, en el estómago. Aquella era una sensación que me provocaba náuseas. Sinceramente, pensaba que estaba bastante bien aquella temporada. Sí, mi prometido me había dejado hacía quince meses, pero yo no estaba tirada en el suelo, acurrucada, chupándome el pulgar. Iba a trabajar y daba clase muy bien, en mi opinión. Tenía vida social. Bueno, sí, la mayoría de mis salidas eran a bailar con gente mayor o a recrear batallas de la Guerra de la Secesión, pero salía. Y, sí, en teoría, me encantaría conocer a un hombre, a uno que fuera la combinación entre Atticus Finch y George Clooney.

Así que allí estaba yo, en otra boda, la cuarta que había en la familia desde que me habían dejado plantada, y la cuarta a la que yo acudía sin acompañante e intentaba irradiar felicidad para que mis parientes dejaran de compadecerme e intentaran emparejarme con algún primo lejano. Estaba intentando perfeccionar mi actitud: diversión irónica y sosiego interior. Como si no me importara en absoluto estar sola en otra boda y como si no me sintiera desesperada por conocer a otro hombre menor de cuarenta y cinco años, atractivo, con una situación económica estable y con ética. Cuando consiguiera aparentar mi papel a la perfección, pensaba intentar la fisión del átomo, porque para eso necesitaba el mismo nivel de conocimientos y experiencia.

Pero... ¿quién sabía? Tal vez aquel día mis ojos se cruzaran con los de alguien que también estaba soltero y tenía la esperanza de conocer a alguien. Digamos que un cirujano pediátrico, o algo así.

Ummm.... Había un chico mono. Tenía cara de pardillo, era delgado y llevaba gafas, así que era mi tipo. Cuando vio que yo lo miraba, empezó a buscar a tientas una mano. La mano en cuestión estaba unida al brazo de una mujer. Él le lanzó una sonrisa resplandeciente, la besó en los labios y me miró nerviosamente. «Bueno, bueno, no te angusties, he recibido el mensaje», pensé yo.

Por supuesto, todos los hombres menores de cuarenta años estaban emparejados. Había varios octogenarios en la fiesta, y uno de ellos me sonreía. Um. ¿Era demasiado mayor un hombre de ochenta años? Tal vez debiera intentarlo con un hombre mayor. El señor enarcó las cejas, pero el flirteo acabó bruscamente cuando su mujer le dio un codazo y me clavó una mirada de desaprobación.

—No te preocupes, Grace. Pronto te llegará el turno —me dijo una tía mía.

—Nunca se sabe, tía Mavis —le dije yo, con una sonrisa dulce. Era la octava vez que me lo decían aquella noche.

—¿Es difícil verlos juntos? —me preguntó ella.

—No, en absoluto —dije yo, mintiendo con una sonrisa—. Me alegro mucho de que estén saliendo —respondí. Bueno, tal vez estuviera exagerando un poco, pero... ¿qué podía decir? Era complicado.

—Eres valiente —dijo mi tía—. Eres una mujer muy valiente, Grace Emerson —afirmó. Después, se marchó en busca de alguien más a quien atormentar.

—Bueno, suéltalo ya —me exigió mi hermana Margaret, al mismo tiempo que se dejaba caer en una silla junto a la mía, en mi mesa—. ¿Estás buscando un cuchillo bien afilado para cortarte las venas? ¿Pensando en respirar un poco de monóxido de carbono?

—Ah, qué dulce eres, hermanita. Me conmueve ver cuánto te preocupas por mí.

Ella sonrió.

—Vamos, cuéntaselo a tu hermana mayor.

Yo le di un buen sorbo a mi gin tonic.

—Estoy un poco cansada de que la gente me diga que soy muy valiente, como si fuera un marine que ha pisado una granada. Estar soltera no es lo peor del mundo.

—A mí me gustaría todo el rato estar soltera —dijo Margs, mientras se acercaba su marido.

—¡Hola, Stuart! —dije yo, con afecto—. No te he visto hoy en el colegio.

Stuart era el psicólogo de Manning y, de hecho, era quien me había avisado de que había un puesto vacante en el departamento de Historia hacía seis años. Más o menos, cumplía el estereotipo: llevaba camisas informales con jerséis de rombos sin mangas, mocasines con borla y barba. Era un hombre bueno y tranquilo. Margaret y él se habían conocido en el instituto y él se había convertido en su sirviente más dedicado desde entonces.

—¿Qué tal lo llevas, Grace? —me preguntó, mientras me entregaba otro gin tonic con limón.

—Estoy muy bien, Stuart —respondí.

—¡Hola, Margaret, Stuart! —exclamó mi tía Reggie desde la pista de baile. Entonces, al verme, se quedó parada—. Ah, hola, Grace, qué guapa estás. Y levanta la barbilla, cariño. Muy pronto vamos a estar bailando en tu boda.

—Vaya, gracias, tía Reggie —respondí, y miré con elocuencia a mi hermana. Reggie me miró con pena y se alejó para cotillear.

—Pues a mí me parece un horror —dijo Margs—. ¿Cómo es posible que Andrew y Natalie hayan...? ¡Dios Santo! Mi cerebro no es capaz de asimilarlo. ¿Y por dónde andan?

—Grace, ¿cómo estás? ¿Estás poniendo buena cara al mal tiempo, o estás bien de verdad? —me preguntó mi madre, que se había acercado a nuestra mesa. Mi padre llegaba tras ella, empujando la silla de ruedas de mi anciana abuela.

—¡Está perfectamente, Nancy! —le ladró a mi madre—. ¡Mírala! ¿Es que no te parece que está bien? ¡Déjala en paz! No le hables de eso.

—Cállate, Jim. Yo conozco a mis hijas, y esta está sufriendo. Un buen padre se daría cuenta —dijo ella, y le clavó una mirada fría y significativa.

—¿Un buen padre? Yo soy un buenísimo padre —le espetó mi padre.

—Estoy bien, mamá. Papá tiene razón. Estoy estupendamente. Eh, ¿no os parece que Kitty está preciosa?

—Casi tan guapa como en su primera boda —dijo Margaret.

—¿Has visto a Andrew? —me preguntó mi madre—. ¿Es duro para ti, hija?

—Estoy bien, de verdad —repetí.

Mémé, mi abuela de noventa y tres años, movió el hielo de su vaso alto.

—Si Grace no es capaz de retener a un hombre, en el amor y en la guerra todo vale.

—¡Está viva! —exclamó Margaret.

Mémé la ignoró y me miró con desdén.

—A mí nunca me costó encontrar un hombre. Los hombres me adoraban. En mis tiempos era toda una belleza, ¿sabes?

—Y sigues siéndolo —dije yo—. ¡Mira qué bien estás! ¿Cómo lo haces, Mémé? No parece que tengas ni un día más de ciento diez años.

—Por favor, Grace —murmuró mi padre—. No eches leña al fuego.

—Tú ríete todo lo que quieras, Grace. Por lo menos, a mí mi prometido no me dejó plantificada —respondió mi abuela. Después, apuró el resto de su cóctel Manhattan y le dio el vaso a mi padre, que lo tomó obedientemente.

—Tú no necesitas a ningún hombre —me dijo mi madre, con firmeza—. Ninguna mujer lo necesita —añadió, y miró a mi padre.

—¿Qué se supone que significa eso? —inquirió mi padre.

—Significa lo que significa —respondió mi madre.

Mi padre puso los ojos en blanco.

—Stuart vamos por otra ronda, hijo. Grace, hoy he pasado por tu casa y, de verdad, tienes que cambiar las ventanas. Margaret, buen trabajo en el caso Bleeker, cariño —dijo. Era típico de él mencionar todo lo que podía en la misma conversación para poder ignorar a mi madre, y a la suya—. Y, Grace, que no se te olvide la batalla de Bull Run, la semana que viene. Nosotros somos confederados.

Mi padre y yo pertenecíamos a los Hermano contra hermano, el grupo más grande de recreadores de la Guerra de la Secesión que había en tres estados a la redonda. Nos habréis visto... somos los bichos raros que se disfrazan para los desfiles y que reproducen batallas en el campo y en los parques, disparándose unos a otros con balas de fogueo. Pese a que en Connecticut no hubo demasiadas luchas de la guerra, nosotros, los fanáticos de Hermano contra hermano, ignorábamos esa realidad tan poco conveniente. Nuestra programación empezaba a principios de primavera con la recreación de algunas batallas locales, y continuaba en los escenarios reales por todo el sur, donde nos reuníamos con otros grupos para entregarnos a nuestra pasión histórica. Os asombraría saber cuántos somos.

—Tu padre y esa idiotez de las batallas —murmuró mi madre, mientras le colocaba bien el escote a Mémé. Parecía que mi abuela se había quedado profundamente dormida, o que había muerto... Pero, no, su pecho subía y bajaba con la respiración.

—Bueno, yo no voy a ir, por supuesto —continuó mi madre—. Tengo que concentrarme en mi obra. Vendréis a la exposición de esta semana, ¿no?

Margaret y yo nos miramos con cautela y dimos una respuesta vaga. Era mejor no tocar el tema de la faceta artística de mi madre.

—¡Grace! —chilló Mémé, volviendo de repente a la vida—. ¡Ve corriendo! ¡Kitty va a tirar el ramo! ¡Vete para allá rápidamente!

Giró la silla de ruedas y comenzó a embestirme las espinillas tan implacablemente como Ramsés cuando perseguía a los esclavos judíos.

—¡Por favor, Mémé! ¡Me estás haciendo daño! —protesté, y aparté las piernas, pero eso no la detuvo.

—¡Vete! ¡Necesitas toda la ayuda posible!

Mi madre puso los ojos en blanco.

—Déjala tranquila, Eleanor. ¿Es que no ves que ya está sufriendo bastante? Grace, cariño, no tienes por qué ir si te pone triste. Todo el mundo lo comprenderá.

—No me pasa nada —dije, en voz alta, y me pasé la mano por mis incontrolables rizos, que se me habían escapado de las horquillas—. Ya voy.

Porque, demonios, si no iba, solo conseguiría empeorar los comentarios. Además, Mémé estaba empezando a dejarme marcas en el vestido con la silla.

Me encaminé hacia la pista de baile con el mismo entusiasmo que Ana Bolena al patíbulo. Intenté mezclarme con el otro ganado, pero me quedé al fondo, donde no tenía ninguna oportunidad de atrapar el ramo. Empezó a sonar el rock *Cat Scratch Fever* a todo volumen, tan elegantemente, que yo apenas pude contener una risita despreciativa.

Entonces vi a Andrew. Estaba mirándome fijamente con cara de culpabilidad. Su acompañante no estaba por ninguna parte. A mí se me encogió el corazón.

Por supuesto, sabía que él iba a estar allí. Que él fuera había sido idea mía. Sin embargo, al verlo allí, sabiendo que estaba con otra mujer y que era su primera aparición pública como pareja, empezaron a sudarme las manos y noté un pinchazo en el estómago. Después de todo, yo había tenido la certeza de que iba a casarme con Andrew Carson. Sin embargo, tres semanas antes de la boda me había dejado porque se había enamorado de otra.

Un par de años antes, Andrew y yo habíamos ido juntos a la segunda boda de mi prima Kitty. Llevábamos un tiempo juntos y, en aquella ocasión, cuando Kitty iba a lanzar el ramo, yo me encaminé hacia la pista fingiendo que me daba vergüenza, pero sintiendo, en el fondo, la vanidosa satisfacción de tener novio formal. No me hice con el ramo y, cuando salí de la pista de baile, Andrew me pasó el brazo por los hombros:

—Creía que ibas a esforzarte un poco más ahí —me dijo.

Recordé la emoción que me habían causado sus palabras.

Y, en aquel momento, él estaba en la boda con su nueva novia. Natalie la del pelo rubio, liso y largo. Natalie la de las piernas interminables. Natalie la arquitecta.

Natalie, mi adorada hermana pequeña que, comprensiblemente, estaba siendo de lo más discreta en aquella boda.

Kitty lanzó el ramo. Su hermana, mi prima Anne, lo cazó al vuelo porque, seguramente, lo habían estado ensayando. Había terminado la tortura. Ah, no. Mi prima Kitty me vio, se agarró la falda y vino corriendo hacia mí.

—Pronto te tocará a ti, Grace —anunció en voz bien alta—. ¿Lo estás soportando bien?

—Claro, claro —dije yo—. ¡Esto es todo un *déjà vu*, Kitty! Otra primavera, otra de tus bodas.

—¡Pobrecita mía! —exclamó ella, y me apretó el brazo con petulancia. Me miró los rizos, sí, los que me habían crecido durante los quince años que habían pasado desde que me los cortó, y volvió con su nuevo marido y los tres hijos que había tenido en sus dos primeros matrimonios.

Treinta y tres minutos después, decidí que ya había sido lo suficientemente valerosa. La fiesta de Kitty estaba en su apogeo y, aunque la música era muy animada y yo casi tenía ganas de salir a demostrarle a todo el mundo cómo se bailaba una rumba, decidí marcharme a casa. Si en aquel salón había un soltero guapo, con unas finanzas sólidas y un gran equilibrio emocional, se había escondido debajo de una mesa. Haría una rápida parada en el baño y me marcharía.

Abrí la puerta y me horroricé al verme en el espejo, porque no sabía cómo era posible que se me rizara tanto el pelo. Empecé a abrir la puerta de uno de los compartimentos, cuando oí un ruidito. Un ruidito de tristeza. Miré por debajo de la puerta y vi unos bonitos zapatos azules de tacón.

—Um... ¿Va todo bien? —pregunté. Aquellos zapatos me resultaban familiares.

—¿Grace? —preguntó alguien, con un hilo de voz. No me extrañaba que los zapatos me resultaran familiares. Mi hermana pequeña y yo los habíamos comprado juntas el invierno pasado.

—¿Nat? Cariño, ¿estás bien?

Oí el crujido de la tela de su ropa, y mi hermana abrió la puerta. Intentó sonreír, pero tenía los ojos azul claro llenos de lágrimas. Ni siquiera se le había corrido el rímel. Tenía un aspecto trágico e impresionante, era como Ilsa despidiéndose de Rick en el aeropuerto de Casablanca.

—¿Qué te pasa, Nat?

—Oh, nada, nada —dijo ella, pero le tembló la barbilla—. Estoy bien.

Yo hice una pausa.

—¿Tiene algo que ver con Andrew?

Natalie vaciló.

—Um… bueno… es que… No creo que lo nuestro vaya a funcionar —dijo, y se le quebró un poco la voz. Se mordió un labio y miró hacia abajo.

—¿Por qué? —pregunté. Sentí alivio y preocupación a la vez. Por supuesto, no me iba a morir de pena si lo de Nat y Andrew no salía bien, pero ponerse melodramática no era típico de mi hermana. De hecho, la última vez que la había visto llorar era cuando yo me había marchado a la universidad, hacía doce años.

—Um… Fue una mala idea —susurró—. Pero no pasa nada.

—¿Qué ha pasado? —le pregunté. De repente, tuve ganas de estrangular a Andrew—. ¿Qué ha hecho?

—Nada —me aseguró ella, rápidamente—. Es solo que… um…

—¿Qué? —pregunté, de nuevo, con más ímpetu. Ella no me miró. Ah, mierda—. ¿Es por mí, Nat?

Ella no respondió.

Yo suspiré.

—Nattie. Vamos, contéstame.

Entonces, me miró furtivamente y volvió a clavar los ojos en el suelo.

—No lo has olvidado, ¿verdad? —susurró—. Aunque dijiste que sí… Te he visto la cara cuando Kitty ha lanzado el ramo y, oh, Grace, lo siento muchísimo. No debería haber intentado…

—Natalie, sí lo he olvidado. Lo he superado todo, te lo prometo.

Ella me miró con tanta culpabilidad y tanta tristeza, y tanta angustia, que yo seguí hablando casi sin saber lo que iba a decir.

—De verdad, Nat. Verás, estoy saliendo con alguien.

Oooh. No tenía pensado decir eso, pero funcionó como un hechizo. Natalie parpadeó y me miró con dos lágrimas deslizándose por sus mejillas, pero con una expresión de esperanza.

—¿De verdad? —me preguntó.

—Sí —mentí yo, mientras tomaba un pañuelo de papel para que se secara las mejillas—. Ya llevamos unas cuantas semanas.

A Nat se le estaba borrando la tristeza de la cara.

—¿Y por qué no te lo has traído a la boda? —me preguntó.

—Bueno, ya sabes cómo son estas cosas. Todo el mundo se emociona si vienes con alguien.

—Pero... no me lo habías contado —me dijo ella, con una pequeña arruga entre las cejas.

—Bueno, es que no quería decir nada hasta que supiera que merecía la pena contarlo —dije, y sonreí de nuevo, cada vez más contenta con la idea, como en los viejos tiempos. Aquella vez, Nat sonrió también.

—¿Y cómo se llama? —me preguntó.

Yo me quedé callada un segundo.

—Wyatt —respondí. Me había acordado de mi fantasía del neumático pinchado—. Es médico.

Capítulo 2

Digamos que el resto de la noche transcurrió mucho mejor para todo el mundo. Natalie me llevó de nuevo a la mesa de nuestra familia y se empeñó en que estuviéramos un rato juntas, porque había estado demasiado nerviosa como para hablar conmigo de verdad hasta aquel día.

—¡Grace está saliendo con un chico! —anunció con suavidad, y con los ojos brillantes—. Margaret, que había estado escuchando con dolor a la abuela hablar de sus pólipos nasales, movió la cabeza hacia nosotras con toda su atención. Mamá y papá dejaron de discutir para acribillarme a preguntas, pero yo me mantuve firme con mi «es demasiado pronto para hablar de ello».

Margaret enarcó una ceja, pero no dijo nada. Busqué a Andrew con la mirada, disimuladamente. Natalie y él habían estado guardando las distancias para no herir mis sentimientos. Él no estaba a la vista.

—¿Y a qué se dedica ese chico? —preguntó Mémé—. Espero que no sea uno de esos profesores pobres. Tus hermanas han conseguido trabajos con un sueldo decente, Grace. No sé por qué tú no puedes hacerlo.

—Es médico —dije, y tomé un sorbito del gin tonic que me había llevado un camarero.

—¿De qué especialidad, cariño? —me preguntó mi padre.

—Es cirujano pediátrico —respondí yo. Di otro par de sorbitos a mi copa. Esperaba que mi familia atribuyera el rubor de mis mejillas al alcohol y no a la mentira.

—Ooh —murmuró Nat, con un suspiro, y sonrió angelicalmente—. Oh, Grace.

—Estupendo —dijo mi padre—. Quédate con este, Grace.

—Ella no necesita quedarse con nadie, Jim —le espetó mi madre—. ¡De verdad, tú eres su padre! ¿Es que tienes que hacer que pierda la confianza en sí misma de esta manera?

Y, así, comenzaron a discutir de nuevo. ¡Qué bien que la pobrecita Grace hubiera dejado de ser por fin un motivo de preocupación!

Volví a casa en taxi, diciendo que me había dejado el móvil y que necesitaba llamar a mi maravilloso novio el médico. También conseguí no tener que hablar con Andrew directamente. Me quité a Andrew y a Natalie de la cabeza al estilo de Scarlett O'Hara, «ya lo pensaré mañana», y me concentré en mi nuevo novio imaginario. Al final, me alegré de que se me hubiera estallado el neumático hacía unas semanas, porque, de lo contrario, no habría podido imaginarme todo aquello tan rápidamente.

Ojalá Wyatt, el cirujano pediátrico, fuera real. Y ojalá fuera un buen bailarín. Ojalá pudiera conquistar a Mémé y preguntarle a mi madre por sus esculturas sin estremecerse cuando ella se las describiera. Ojalá le gustara el golf, como a Stuart, y los dos pudieran hacer planes para pasar una mañana jugando. Ojalá supiera un poco de la Guerra de Secesión. Ojalá se quedara callado de vez en cuando en mitad de una frase porque, al mirarme, se había olvidado de lo que iba a decir. Ojalá estuviera allí para llevarme a la habitación, quitarme el vestido y hacerme el amor hasta dejarme atontada.

Cuando bajé del taxi, me quedé mirando mi casa durante un minuto. Era un pequeño edificio victoriano de tres plantas, alto y estrecho. Ya habían florecido los narcisos a los lados del camino de la entrada y, muy pronto, los macizos de tulipanes se cubrirían de flores de color rosa y amarillo. En mayo, las lilas del lado del este llenarían la casa con su incomparable olor. Yo me pasaba los veranos en el porche, leyendo, escribiendo artículos para varios periódicos, regando mis helechos y mis begonias. Mi hogar. Cuando compré aquella casa, bueno, cuando la compramos Andrew y yo, estaba destrozada y descuidada. Ahora, la casa tenía tanto encanto que llamaba la atención. Era cosa mía, porque Andrew me había dejado antes de que le pusieran el nuevo aislamiento y antes de que repararan y pintaran las paredes.

Al oír el sonido de mis tacones en el camino de piedra de la entrada, Angus se acercó a la ventana y, al ver su cabecita, yo sonreí... y me tambaleé. Parecía que estaba un poco achispada. Rebusqué las llaves en el bolso y, por fin, las encontré. Abrí la cerradura.

—¡Hola, Angus McFangus! ¡Mamá ya está en casa!

Mi perro corrió hacia mí y, entonces, se entusiasmó tanto que echó a correr alrededor de las escaleras, por el salón, el comedor, la cocina, el vestíbulo, y repetición.

—¿Has echado de menos a mamá? —le pregunté yo, cada vez que pasaba por delante de mí—. ¿Has echado de menos a mamá?

Por fin, se le acabó la energía y me trajo a su víctima de aquella noche, una caja de pañuelos de papel hecha trizas. La depositó orgullosamente a mis pies.

—Gracias, Angus —dije. Comprendía que aquello era un regalo. Él se tendió delante de mí, jadeando, mirándome con sus ojos negros, y yo me senté, me quité los zapatos y le acaricié la cabecita–. ¿Sabes una cosa? Tenemos novio –le expliqué. Él me lamió la mano con deleite, eructó y salió corriendo hacia la cocina. Buena idea. Iba a tomarme un buen helado de chocolate. Me levanté de la silla, miré por la ventana y me quedé petrificada.

Había un hombre recorriendo la fachada lateral de la casa de al lado.

Obviamente, fuera estaba oscuro, pero con la luz de las farolas se veía claramente al hombre. Miró en ambas direcciones, se detuvo y siguió andando hacia la parte trasera de la casa. Subió los escalones de la puerta e intentó girar el pomo. Miró bajo el felpudo. Nada. Intentó de nuevo abrir el pomo, con más fuerza. Yo no sabía qué hacer. Nunca había visto cómo entraban a una casa a robar. En el número 36 de la calle Maple no vivía nadie. Yo nunca había visto a nadie entrar allí en los dos años que llevaba viviendo en Peterston. Era una casa de estilo bungalow, bastante estropeada, que necesitaba una buena rehabilitación. Yo me había preguntado a menudo por qué nadie la compraba para arreglarla. No debía de haber nada que mereciera la pena robar allí dentro...

Tragué saliva y me di cuenta de que, si el ladrón miraba hacia mi casa, me vería perfectamente, puesto que tenía la luz encendida y las cortinas abiertas. Sin apartar la vista de él, moví el brazo lentamente y apagué la lámpara.

El sospechoso le dio un empujón con el hombro a la puerta, y repitió la acción con más fuerza. Entonces, hizo un gesto de dolor tocándose el hombro. Volvió a intentarlo. Nada. Después, se acercó a una ventana, puso las manos entre el cristal y sus ojos y miró hacia el interior.

Aquello me resultaba muy sospechoso. El hombre trató de abrir la ventana, pero tampoco lo consiguió. Estaba segura de que iba a cometerse un delito en la casa de al lado. ¿Y si el ladrón decidía entrar en mi casa? Angus nunca había tenido que proteger la casa en sus dos años de vida. Había llegado a la maestría absoluta destrozando zapatos y rollos de papel higiénico, pero ¿protegerme de un tipo? No estaba muy segura de que pudiera. Además, el ladrón me parecía bastante musculoso. Bastante fuerte.

Se me pasaron imágenes horribles por la cabeza, pero pensé que era improbable que sucediera algo así. No, no. Aquel hombre que, por cierto, estaba intentando abrir otra ventana, no podía ser un asesino en busca de un sitio para enterrar un cadáver. Seguramente no tenía un alijo de heroína de un millón de dólares en el maletero del coche. Y yo esperaba con fervor que no tuviera la idea de encadenar a una mujer en su sótano y esperar a que adelgazara tanto como para poder utilizar su piel para hacerse un vestido nuevo, como aquel tipo de *El silencio de los corderos*.

El ladrón trató por segunda vez de abrir la puerta. «Ya está bien», pensé. «Voy a llamar a la policía».

Aunque no fuera un asesino, estaba buscando una casa para robar, eso estaba bien claro, aunque yo me hubiera tomado unos cuantos gin tonics y la bebida no fuera mi fuerte. La actividad que estaba teniendo lugar en la casa de al lado me parecía delictiva. El hombre desapareció de nuevo por la parte trasera, seguramente, para seguir buscando una posible entrada. Qué demonios. Ya era hora de utilizar el dinero de mis impuestos.

–911, por favor, relate su emergencia.

–Hola, ¿cómo está? –pregunté.

–¿Tiene alguna emergencia, señora?

–Bueno, verá, no estoy segura –respondí, mientras guiñaba un ojo para intentar ver mejor al allanador de moradas. No tuve suerte, porque él había desaparecido por una de las esquinas de la casa–. Creo que van a entrar a robar en la casa de al lado de la mía. Estoy en el número 34 de Maple Street, en Peterston. Me llamo Grace Emerson.

—Un momento, por favor —dijo la operadora. Oí el ruido de una radio, y añadió—: Tenemos un coche patrulla en su zona, señora. Vamos a enviarlo ahora mismo para allá. ¿Qué es lo que está viendo, exactamente?

—Um... En este momento, nada. Pero estaba... haciendo una inspección, ¿sabe? Caminando alrededor de la casa, intentando abrir ventanas y puertas. Ahí no vive nadie, ¿sabe?

—Gracias, señora. La policía llegará enseguida. ¿Quiere que nos mantengamos en línea?

—No, gracias —dije, para no parecer una cobarde—. Gracias.

Colgué. Me sentía un poco heroica. Era toda una vigilante del vecindario.

No veía al hombre desde la cocina, así que me colé en el comedor... Oh, estaba un poco mareada, tal vez habían sido demasiados gin tonics... Y no oía las sirenas de la policía. ¿Dónde estaban? Tal vez debiera haberme quedado al teléfono con la operadora. ¿Y si el ladrón se daba cuenta de que no había nada que robar allí, y decidía probar suerte en mi casa? Yo sí tenía muchas cosas bonitas. El sofá me había costado casi dos mil dólares. El ordenador era muy moderno. Y, por mi cumpleaños, mis padres me habían regalado una televisión de plasma fabulosa.

Miré a mi alrededor. Era una tontería, pero me sentiría más segura si tuviera algo que pudiera servirme de arma. Miré los cuchillos de cocina. No, no. Me parecía un poco exagerado, incluso para mí. Por supuesto, tenía dos rifles Springfield en la buhardilla, por no mencionar una bayoneta, además de mis otras cosas de la Guerra de la Secesión, pero no utilizábamos balas, y no me imaginaba a mí misma clavándole la bayoneta a nadie, por mucho que me divirtiera durante las recreaciones históricas fingiendo que hacía exactamente eso.

Entré en el salón, abrí el armario y sopesé mis opciones. Una percha, no. Un paraguas, demasiado ligero. Sin embargo, al fondo estaba mi *stick* de hockey del instituto. Lo había guardado durante tantos años por motivos sentimentales, porque me recordaba al breve periodo de mi vida durante el cual había sido una atleta y, en aquel momento, me alegré. No era un arma en el más estricto sentido de la palabra, pero sí podía proporcionarme una forma de defensa. Perfecto.

Angus ya estaba dormido en su cama, que era un cojín de terciopelo rojo dentro de una cesta, en la cocina. Estaba tendido boca arriba, con las patitas blancas y peludas estiradas. No parecía que fuera a ser de gran ayuda en el supuesto de que alguien entrara a nuestra casa.

—Vamos, Angus —le susurré—. Ser tan guapo no lo es todo, ¿sabes?

Él estornudó, y yo me agaché. ¿Lo habría oído el ladrón? A propósito, ¿me habría oído a mí hablar por teléfono? Miré por la ventana del salón, a escondidas. Ni rastro de la policía. Tampoco había ningún movimiento en la casa de al lado. Tal vez ya se hubiera ido.

O había ido a mi casa. Por mí. Bueno, por mis cosas. O por mí. Nunca se sabe...

Quizá debiera subir a la buhardilla y encerrarme allí, con los rifles, hasta que la policía detuviera al ladrón. Y, hablando de la policía, vi un coche patrulla negro y blanco por la calle. Se detuvo y aparcó justo delante de casa de los Darren. Estupendo. Ya estaba a salvo. Iría al salón de puntillas para ver si el ladrón estaba a la vista.

No. Nada. Solo se oía el ruidito que hacían las ramas de las lilas al golpear suavemente el cristal de las ventanas. Hablando de ventanas, mi padre tenía razón. Era necesario cambiarlas. Notaba una corriente de aire, y ni siquiera hacía viento. Mi factura de la calefacción de aquel año había sido terrible.

Justo en aquel momento, alguien llamó a la puerta suavemente. Ah, la policía. ¿Quién decía que nunca aparecían cuando se les necesitaba? Angus saltó y corrió hacia la puerta, bailando de alegría y ladrando.

—¡Shhh! —le dije—. Shhh, cálmate, cariño.

Con el *stick* en la mano, abrí de par en par.

No era la policía. El ladrón estaba frente a mí.

—Hola —dijo.

Yo oí el golpe del *stick* antes de darme cuenta de que lo había movido. Mi cerebro entumecido percibió el sonido de la madera contra la carne humana. Noté una vibración en el brazo. Y vi la expresión de asombro del ladrón cuando se llevaba la mano a la cara para cubrirse el ojo. Me temblaban las piernas. El ladrón cayó de rodillas. Angus ladraba con histerismo.

—Ay —dijo el ladrón, débilmente.

—Aléjese —le grité yo, moviendo el *stick*.

—Por el amor de Dios, señora —murmuró él, con más sorpresa que otra cosa. Angus empezó a gruñir como un cachorro de león enfurecido y le mordió la manga de la camisa al ladrón. Movió la cabeza hacia detrás y hacia delante, intentando hacerle daño, moviendo con alegría la cola y temblando de entusiasmo por poder defender a su ama.

—¡Policía! ¡Arriba las manos!

¡Bien! ¡La policía! ¡Gracias a Dios! Dos agentes se acercaban corriendo por mi césped.

—¡Manos arriba!

Yo obedecí, y el *stick* se me cayó de las manos. Entonces, le golpeó la cabeza al ladrón y aterrizó en el suelo del porche.

—Por Dios... —murmuró de nuevo el ladrón, con un gesto de dolor.

Angus le soltó la manga y saltó sobre el *stick*, gruñendo y ladrando de alegría.

El ladrón me miró. Ya tenía el ojo enrojecido. Oh, Dios, ¿era sangre?

—Las manos sobre la cabeza, amigo —le dijo uno de los policías, y sacó las esposas.

—No puedo creerlo —dijo el ladrón, mientras obedecía con resignación—. ¿Qué he hecho?

El primer policía no respondió; se limitó a cerrar las esposas.

—Por favor, entre en la casa, señora —dijo el otro agente.

Por fin, me moví y entré al vestíbulo tambaleándome. Angus arrastró el *stick* detrás de mí y lo abandonó para girar alrededor de mis tobillos con una gran alegría. Yo me dejé caer en el sofá y me abracé a él. Angus me lamió vigorosamente la barbilla, ladró dos veces y me mordió el pelo.

—¿Es usted la señorita Emerson? —preguntó el policía, que se tropezó ligeramente con el *stick*.

Yo asentí sin dejar de temblar. Me latía el corazón a toda velocidad.

—Bien, ¿qué ha ocurrido aquí?

—Vi a este hombre entrando en la casa de al lado —respondí—. En esa casa no vive nadie. Así que los llamé a ustedes y, mientras llegaban, él vino a mi porche. Le di un golpe con el *stick*. Jugaba al hockey en el instituto.

Me apoyé en el respaldo, tragué saliva y miré por la ventana, respirando profundamente e intentando no hiperventilar. El policía me dio un momento para que me recuperase, y yo le acaricié el pelaje a Angus, que aulló de alegría. En realidad, pensándolo bien, tal vez no había sido necesario golpear al ladrón. Había dicho «hola». O, al menos, eso pensaba yo. ¿saludaban los ladrones a sus víctimas? «Hola, me gustaría robar en tu casa. ¿Te viene bien ahora?».

—¿Se encuentra bien? —me preguntó el policía, y yo asentí—. ¿Le ha hecho daño? ¿La ha amenazado? —dijo. Yo negué con la cabeza—. ¿Por qué ha abierto la puerta, señorita? Eso no ha sido inteligente por su parte —añadió, moviendo la cabeza con desaprobación.

—Eh... Sí, pero pensaba que eran ustedes. Vi su coche. Y, no, no me ha hecho nada. Solo... Me pareció sospechoso. Ya sabe, estaba rondando por la casa, como escondido, vigilando y mirando al interior. Y ahí no vive nadie. Esa casa lleva vacía desde que yo vivo aquí. Y yo no quería golpearlo, en realidad.

Vaya, nada de aquello parecía muy inteligente.

El policía me miró con cara de duda y escribió unas cuantas cosas en su libreta.

—¿Ha bebido, señorita?

—Un poco —respondí yo, con un sentimiento de culpabilidad—. Pero no he venido conduciendo, por supuesto. He estado en la boda de mi prima. Ella no es muy agradable que digamos. Me tomé un cóctel. Un gin tonic. Bueno, más bien, dos gin tonics y medio. ¿Tres, posiblemente?

El policía cerró la libreta y suspiró.

—¿Butch? —preguntó el segundo agente, asomando la cabeza por la puerta—. Tenemos un problema.

—¿Se ha escapado? —pregunté yo.

El segundo policía me miró con lástima.

—No, señorita, está sentado en los escalones. Está esposado, así que no tiene usted nada que temer. Butch, ¿puedes venir un segundo?

Butch salió, y yo fui al salón con Angus en los brazos. Aparté la cortina y vi al ladrón, que estaba sentado de espaldas a mí, mientras el agente Butch y su compañero hablaban.

Ahora que ya no sentía pánico, lo miré bien. Tenía el pelo castaño, muy bonito, en realidad. Tenía los hombros anchos y los brazos musculosos, porque la tela de la camisa se estiraba sobre sus bíceps. Aunque, claro, tal vez fuera porque estaba esposado con las manos a la espalda y eso le obligaba a mantener una postura forzada.

Como si notara mi presencia, el ladrón se giró hacia mí. Yo me aparté de un salto de la ventana. Ya tenía el ojo tan hinchado que se le habían cerrado los párpados. Vaya. Yo no había tenido la intención de hacerle daño. En realidad, no tenía ninguna intención en concreto... Supongo que me había dejado llevar por el momento.

El agente Butch volvió a entrar.

—¿Necesita algo de hielo? —susurré.

—No se preocupe, señora, no le va a pasar nada. Dice que vive en la casa de al lado, pero vamos a llevarlo a la comisaría para comprobarlo. Por favor, ¿podría darme su número de teléfono para que nos pongamos en contacto con usted?

—Sí, por supuesto.

Yo comencé a recitar los números. Entonces, comprendí lo que me había dicho el policía: «Que vive en la casa de al lado».

Eso significaba que acababa de golpear a mi nuevo vecino.

Capítulo 3

Lo primero que hice cuando me desperté fue levantarme y, a pesar de la resaca, mirar hacia la casa de al lado. Todo estaba en silencio; no había ninguna señal de vida. Al recordar la mirada de asombro del ladrón, o, más bien, del no-ladrón, me sentí muy culpable. Tendría que llamar a la comisaría para saber qué había ocurrido. Tal vez debiera avisar a mi padre, que era abogado. Bueno, era fiscalista, pero, de todos modos... Margaret era abogada especializada en la defensa penal. Quizá ella fuera más adecuada.

Mierda. Ojalá no hubiera golpeado al tipo. A veces hay accidentes. Además, él estaba acechando alrededor de la casa a medianoche, ¿no? ¿Qué se esperaba, que le invitara a un café? Por otro lado, cabía la posibilidad de que estuviera mintiendo y no hubiera empezado a vivir en la casa de al lado, y yo le hubiera hecho un servicio a la comunidad. Sin embargo, lo de apalear a la gente era algo nuevo para mí. Esperaba no haberle hecho demasiado daño. Ni que se hubiera enfadado.

Al ver el vestido de la noche anterior, me acordé de la boda de Kitty. De Natalie y de Andrew juntos. De Wyatt, ni nuevo novio imaginario. Sonreí. Otro novio de mentira. Había vuelto a hacerlo.

Tal vez mi relato haya dado la impresión de que Natalie era… bueno, no una niña mimada, pero sí muy protegida. Y puede ser cierto. Mi hermana pequeña era universalmente adorada por mis padres, por mi hermana Margs e incluso por Mémé. Pero, sobre todo, por mí. De hecho, el primer recuerdo nítido de mi vida era de Natalie. Era mi cuarto cumpleaños, y Mémé estaba fumándose un cigarro en la cocina, vigilándonos mientras se hacía el bizcocho de mi tarta en el horno. El olor de la vainilla se mezclaba con el olor, no del todo desagradable, de su tabaco Kool Lights.

La cocina de mi infancia era un lugar lleno de tesoros inesperados y maravillosos, pero mi lugar favorito era la despensa. Era un armario alto y oscuro lleno de repisas. Yo entraba a menudo y me encerraba allí para comerme el chocolate a escondidas. Marny, nuestra perra cocker, venía conmigo, y yo le daba un poco de pienso. A veces, mi madre abría la puerta y se sobresaltaba al verme allí, acurrucada con el perro.

De cualquier forma, en mi cuarto cumpleaños, Mémé estaba fumando y yo estaba en la despensa con Marny, cuando oí que se abría la puerta trasera. Entraron mamá y papá, y hubo un alboroto… Mi madre había estado fuera unos días. Oí que me llamaba.

–Gracie, ¿dónde estás? ¡Feliz cumpleaños, cariño! ¡Aquí hay alguien que quiere conocerte!

–¿Dónde está mi niña cumpleañera? –gritó mi padre–. ¿Es que no quiere ver sus regalos?

De repente, me di cuenta de lo mucho que había echado de menos a mi madre y salí corriendo de la despensa. Ella estaba sentada en la mesa de la cocina, con el abrigo todavía puesto. Tenía en brazos a un bebé envuelto en una mantita rosa.

–¡Mi regalo de cumpleaños! –exclamé con deleite.

Al final, los adultos me explicaron que el bebé no solo

era para mí, sino también para Margaret y para los demás. De hecho, mi regalo era un perro de peluche. Según la leyenda familiar, más tarde yo puse el perrito en la cuna de mi nueva hermana, y mis padres se quedaron entusiasmados con mi generosidad.

Sin embargo, yo nunca superé del todo el sentimiento de que Natalie Rose era mía, mucho más que de Margaret, que tenía siete años cuando nació nuestra hermana menor y que era horriblemente sofisticada a la hora de librarse de sus responsabilidades.

—Grace, tu bebé te necesita —me decía, cuando mi madre pedía ayuda para darle una cucharada de yogur a Natalie o para cambiarle el pañal. A mí no me importaba. Me encantaba ser la hermana especial, la hermana mayor, después de pasar cuatro largos años ignorada o mangoneada por Margaret. Mi cumpleaños se convirtió en algo más relacionado con Natalie y conmigo que con el día de mi nacimiento. En realidad, era más importante que eso: era el día en que yo había recibido a Natalie.

Y ella estuvo a la altura. Era un bebé precioso y fue haciéndose más y más bella a medida que crecía. Tenía el pelo rubio y sedoso, los ojos muy azules, las mejillas como los pétalos de un tulipán y las pestañas tan largas que casi le rozaban las cejas. La primera palabra que pronunció fue «Gissy», y todos sabíamos que era su intento de decir mi nombre.

Mientras crecíamos, ella se fijaba en mí. Margaret, pese a su desdén y su brusquedad, era una buena hermana, pero más bien de las que te llevaba a un rincón y te explicaba cómo salir de un lío o por qué no podías tocar sus cosas. Para jugar, para los abrazos y para tener compañía, Nat acudía a mí, y yo estaba encantada. Cuando ella tenía cuatro años, se pasaba horas poniéndome pasadores en el pelo para sujetarme los rizos, deseando en voz alta que su melena rubia fuera, en sus palabras, «una nube marrón preciosa». En la guardería, me llevaba para que les hablara a sus compañeros durante el Día de la Persona Especial. Yo la ayudaba a hacer los deberes y, durante sus funciones de ballet, me buscaba entre el público con la mirada, y yo le sonreía.

Así pasó nuestra infancia, Natalie, perfecta, yo, adorándola y Margaret, refunfuñando.

Un día, cuando yo tenía diecisiete años y estaba estudiando en William & Mary, me llamaron de casa para decirme que Natalie llevaba un día encontrándose muy mal y que, cuando había confesado que le dolía mucho el estómago, mi madre había llamado al médico. Antes de que pudieran llegar a la consulta, se le rompió el apéndice y sufrió una peritonitis. La operación fue difícil. Tuvo una fiebre muy alta que no remitía.

Yo estaba en mi habitación de la residencia universitaria cuando me llamó mi madre, a nueve horas de casa.

–Vuelve a casa cuanto antes, Grace –me ordenó. A Nat la habían ingresado en la UCI, y las cosas tenían muy mal aspecto.

Mis recuerdos de aquel viaje eran horribles. Un profesor me llevó al Aeropuerto Internacional de Richmond. Allí, mientras esperaba para embarcar, lloré sentada en una de las sillas de plástico de la terminal. Recuerdo la cara de mi amigo Julian en el aeropuerto, mirándome con cara de miedo y compasión. A mi madre, de pie junto a la cama de Natalie en el hospital, a mi padre, pálido y silencioso, a Margaret, tensa y encorvada en un rincón, junto a la cortina que separaba a Natalie del siguiente enfermo.

Y recuerdo a Natalie tendida en la cama, entubada y tapada con una manta, tan pequeña y tan sola que a mí se me partió el corazón al verla. Le tomé una mano y se la besé entre lágrimas.

–Aquí estoy, Nattie –le susurré–. Estoy aquí.

Pero ella estaba demasiado débil para responder, demasiado enferma como para abrir los ojos.

Fuera, el médico hablaba murmurando con mis padres.

—Absceso... bacteria... función renal... glóbulos blancos... no va bien.

—Dios mío —susurró Margaret, en la esquina—. Oh, mierda, Grace.

Nos miramos con horror. Aquella era una posibilidad que ni siquiera habíamos imaginado: nuestra Natalie, la niña más dulce, buena y guapa del mundo, muriéndose.

Pasaron las horas. A Natalie le cambiaron el suero y le revisaron la herida. Pasó un día. Ella no despertó. Una noche. Otro día. Mi hermana empeoró. Solo nos permitían verla unos minutos a cada uno y nos mandaban de nuevo a la sala de espera.

El cuarto día, una enfermera entró en la sala apresuradamente.

—¡Familiares de Natalie Emerson, acudan a la habitación ahora! —nos ordenó.

—Oh, Dios mío —dijo mi madre, que se había quedado lívida. Se tambaleó. Mi padre la agarró y se la llevó por el pasillo. Margaret y yo corrimos por delante de nuestros padres temiendo que nuestra hermana se estuviera muriendo. «Por favor. Por favor. Natalie no. Por favor», recé yo.

Llegué la primera. Mi hermana pequeña, mi regalo de cumpleaños, estaba despierta y nos miraba por primera vez desde hacía días, sonriendo débilmente. Margaret se quedó detrás de mí.

—¡Natalie! —exclamó, en su típico estilo—. ¡Dios Santo, creíamos que habías muerto!

Entonces, se dio la vuelta y se fue a buscar a la enfermera que nos había quitado diez años de vida a cada uno, supuse que para asesinarla.

–Nattie –murmuré.

Ella me tendió la mano, y yo me dije que iba a asegurarme de que Dios supiera lo agradecida que estaba porque nos la hubiera devuelto.

–¿Que has hecho qué? –me preguntó Julian.

Íbamos paseando por el centro de Peterston, comiéndonos un bollo de Lala's Bakery con un *cappuccino*. Yo ya le había contado a mi amigo que había golpeado a mi vecino y lo había dejado asombrado.

–Le dije que estaba saliendo con Wyatt, un cirujano pediátrico –repetí. Le di un mordisco al bollo, que todavía estaba calentito, y gruñí de placer.

Julian se quedó parado y me miró con admiración.

–Vaya.

–Es brillante, ¿no te parece?

–Sí –dijo él–. No solo has luchado contra la delincuencia en tu vecindario, sino que además te has inventado otro novio. ¡Vaya noche más completita!

–Ojalá se me hubiera ocurrido antes –dije, con petulancia.

Julian sonrió, se agachó para darle un trocito de bollo a Angus y volvió a andar. Después, se detuvo ante la puerta de su escuela de baile: Jitterbug's Dance Hall, entre una tintorería y Mario's Pizza. Miró hacia el interior a través de la ventana para asegurarse de que todo estuviera en perfectas condiciones. Una mujer que venía detrás de nosotros vio a Julian y se quedó boquiabierta. Yo sonreí. Mi mejor amigo se parecía a Johnny Depp, y la reacción de aquella mujer era muy típica. Por desgracia, era gay, o yo ya me habría casado con él hacía mucho tiempo. Julian, como yo, se había llevado un duro desengaño amoroso, aunque ni siquiera yo conocía la historia de aquella ruptura.

—Así que ahora eres la novia de Wyatt —dijo él—. ¿Cómo se apellida?

—No lo sé —dije—. Eso no me lo he inventado todavía.

—Vaya, ¿y a qué estás esperando? —me preguntó Julian, y pensó durante un minuto—. Dunn. Wyatt Dunn.

—Wyatt Dunn. Me encanta.

—Ya. Y ¿cómo es él?

—Bueno, no es demasiado alto. Eso está sobrevalorado, ¿no crees? —pregunté, y Julian sonrió. Él medía un metro ochenta centímetros—. Un poco larguirucho, con hoyuelos. No es demasiado guapo, pero tiene una cara muy simpática. Ojos verdes, rubio. Y con gafas. ¿Qué te parece?

A Julian se le borró la sonrisa de la cara.

—Grace. Acabas de describir a Andrew.

Yo me atraganté con el café.

—¿De verdad? Mierda. Bueno, pues lo retiro. Algo, moreno y guapo. Sin gafas. Eh... ojos marrones.

Angus ladró una vez para darme la razón con respecto a mi buen gusto.

—Me recuerda a aquel tipo croata de la serie *Urgencias* —dijo Julian.

—Ah, sí, ya me acuerdo de él. Perfecto. Sí, ese es Wyatt —dije yo, y los dos nos reímos.

—Eh, ¿va a venir Kiki esta mañana con nosotros? —me preguntó.

—No. Ha conocido a un tío ayer y está convencida de que es su hombre. Es él —respondí, y Julian dijo las últimas palabras al unísono conmigo. Aquella era la costumbre de Kiki: enamorarse locamente. A menudo encontraba al que iba a ser su hombre para siempre, se obsesionaba en la primera cita y lo asustaba tanto que lo ahuyentaba. Si la historia se repetía como siempre, a la semana siguiente estaría hecha polvo y, seguramente, la policía habría emitido una orden de alejamiento contra ella.

Así que Kiki no nos iba a acompañar aquel día. No importaba. Julian y yo compartíamos el amor por las antigüedades y la ropa de segunda mano. Yo me sentí feliz caminando por las calles tranquilas de Peterston, parándonos en algunas tiendas. Después de un invierno largo, me agradaba mucho estar al aire libre.

Peterston es una ciudad pequeña del estado de Connecticut, situada junto al río Farmington. Antiguamente fue famosa porque allí se fabricaban más hojas topadoras para tractores que en ninguna otra parte del mundo, pero, durante la última década, la ciudad había pasado del abandono desolador al encanto. Main Street llevaba directamente al río, y había un paseo que recorría la orilla. De hecho, yo podía llegar a casa caminando por la ribera del río Farmington, y lo hacía a menudo. Mis padres vivían a ocho kilómetros siguiendo el curso del río, en Avon, y, muchas veces, también iba caminando hasta allí.

Sí, aquella mañana estaba contenta. Quería a Julian y quería a Angus, que correteaba de un modo adorable a mi lado. Y me encantaba que mi familia creyera que yo tenía una relación sentimental y hubiera superado completamente lo de Andrew.

—A lo mejor debería comprarme un par de trajes nuevos —murmuré, junto al escaparate de The Chic Boutique—. Ahora que estoy saliendo con un médico, y eso. Algo que no haya llevado nadie antes.

—Por supuesto. Necesitas algo nuevo para todos los eventos y fiestas del hospital —dijo Julian. Entramos en la tienda con Angus en mis brazos, y salimos una hora más tarde, cargados de bolsas.

—Me encanta salir con Wyatt Dunn —dije, sonriendo—. De hecho, puede que me haga la manicura y la pedicura, que me corte el pelo... Dios, llevo siglos sin hacer nada de eso. ¿Qué te parece? ¿Quieres venir?

—Grace —dijo Julian. Respiró profundamente, y continuó—: Grace, puede que debamos...

—¿Prefieres que vayamos a comer? —sugerí.

Julian sonrió.

—No, estaba pensando en que creo que deberíamos intentar conocer a alguien. Ya sabes. Puede que debamos dejar de depender tanto el uno del otro y salir por ahí de verdad.

Yo no respondí. Julian sonrió.

—Mira, me da la impresión de que yo ya puedo hacerlo. Y el hecho de que tú tengas un novio imaginario, bueno... Es gracioso, y todo eso, pero... me parece que ha llegado el momento de que se vuelva real.

—Sí —dije yo, asintiendo lentamente.

Sin embargo, la idea de salir con alguien me daba sudores fríos. Yo quería el amor, el matrimonio y todo lo demás... Pero detestaba lo que había que hacer para llegar a ese punto.

—Si tú lo haces, yo también lo haré —me animó él—. Además, piénsalo: puede que exista un verdadero Wyatt Dunn por ahí, y que sea para ti. Podrías enamorarte y, entonces, Andrew ya no te importaría... Bueno, ¿quién sabe?

—Sí. Claro. Bueno... —murmuré. Cerré los ojos un instante, y me imaginé a Tim Gunn, Atticus Finch, Rhett Butler, George Clooney—. Está bien. Voy a intentarlo.

—Muy bien. Pues yo me voy a casa a registrarme en una página web de citas, y tú haz lo mismo.

—Sí, general Jackson. Como usted mande —dije yo, con un saludo marcial. Él me devolvió el gesto, me dio un beso en la mejilla y se fue a su casa.

Al ver alejarse a mi amigo, me imaginé con un sobresalto cómo serían las cosas si Julian se convirtiera en la mitad de una pareja feliz. No vendría a bailar una o dos veces a la semana, no me pediría que le ayudara en las clases de baile para mayores en Golden Meadows, no iría de compras conmigo los sábados por la mañana. Mi lugar lo ocuparía algún hombre despampanante. Y eso sería un asco.

—No es que sea egoísta, ni nada por el estilo —murmuré para mí.

Angus me mordió el bajo de los pantalones vaqueros como respuesta, y nos fuimos a casa por el estrecho camino que seguía el curso del río. Angus tiraba de la correa y se enredaba con mis bolsas. Mi perro quería investigar el Farmington, pero el río bajaba muy caudaloso y revuelto, y era peligroso. La tierra estaba húmeda y las ramas de los árboles ya tenían los brotes preparados. Los pájaros cantaban para buscar pareja.

El último hombre del que yo había estado enamorada era Andrew y, aunque lo intentara, no podía acordarme de cómo me había sentido cuando nos habíamos enamorado. Todos mis recuerdos de él estaban manchados, obviamente, pero, de todos modos... pertenecerle a alguien otra vez, alguien bueno para mí en aquella ocasión. Que fuera solo para mí.

Julian tenía razón. Ya era hora de empezar. Además, yo quería conocer a alguien. Necesitaba conocer a alguien, a un hombre a quien pudiera querer. En algún lugar tenía que haber un hombre para el que yo fuese la criatura más bella de la tierra, la que hiciera latir su corazón. Un hombre que me ayudara a poner el último clavo en el ataúd de Andrew.

Ya era hora.

Tenía cinco mensajes en el contestador cuando llegué a casa, y eso era muy poco corriente para mí. Los primeros eran de Nat y Margaret. Nat estaba deseando quedar conmigo para que le hablara de Wyatt. Margaret era un poco más sardónica. El tercero era de mi madre, que me recordaba que iba a inaugurar su exposición muy pronto y me sugería que llevara a mi doctor. El cuarto era de mi padre, para decirme cuál era mi puesto en la siguiente batalla y sugerirme también que llevara a Wyatt, porque Hermano contra hermano estaba corto de yanquis.

Parecía que mi familia se había tragado estupendamente mi cuento sobre Wyatt.

El último mensaje era del agente Butch Martinelli, del Departamento de Policía de Peterston, pidiéndome que le devolviera la llamada. Oh, mierda. Se me había olvidado lo que había ocurrido. Empecé a sudar y llamé inmediatamente. Pregunté por el sargento.

−Sí, señora Emerson. Tengo información sobre el hombre al que agredió anoche

Agredió. Yo había agredido a alguien. La noche anterior, aquel tipo era un ladrón y, ahora, se había convertido en la víctima.

−Bueno −dije, con la voz temblorosa−. Yo no le agredí, exactamente. Más bien, fue un acto en defensa propia, aunque estuviera equivocada.

−No es un delincuente −continuó el policía, ignorándome−. Acaba de comprar la casa a distancia, y se suponía que iban a dejarle una llave, pero no lo hicieron. La estaba buscando, por ese motivo merodeaba por la casa. Lo hemos tenido en la comisaría toda la noche, porque no hemos podido verificar su declaración hasta esta mañana. Acabamos de soltarlo, hace una hora más o menos.

Yo cerré los ojos.

−Umm... ¿Y está bien?

−Bueno, no tiene nada roto, aunque tiene un ojo morado.

−¡Oh, Dios! Um... ¿Agente Butch?

−¿Sí?

−Si no es un delincuente, ¿por qué lo detuvieron y lo dejaron en comisaría toda la noche?

–Nos tomamos muy en serio las llamadas de emergencias, señorita. Parecía que usted estaba enzarzada en una pelea con el hombre. Nos pareció importante hacer comprobaciones –dijo el policía, en tono de censura.

–Ah. Sí, claro. Lo siento, agente. Gracias por la llamada.

Miré por la ventana de mi comedor hacia la casa de al lado. No parecía que hubiera nadie. Mejor, porque, aunque estaba claro que tenía que disculparme, la idea de ver a mi vecino me ponía nerviosa. Yo le había golpeado. Él se había pasado la noche en una celda por mi culpa. No era exactamente la mejor manera de empezar.

Así pues, tendría que disculparme. Le haría mis famosos *brownies* de chocolate, que servían para calmar el dolor de cualquier alma herida.

Decidí no llamar a los miembros de mi familia. Podían pensar que yo estaba con Wyatt, que habíamos ido al cine. Sí. Habíamos visto una película, habíamos vuelto a casa y nos habíamos acostado. Después, pensábamos salir a cenar pronto. Tuve que admitir que aquel habría sido un modo muy agradable de pasar la tarde del sábado.

–Vamos, Angus, ven conmigo –le dije.

Él me siguió a la cocina, se tumbó en el suelo y se puso boca arriba para mirarme mientras yo hacía los *brownies*. Después de hacer la masa y meterla al horno, pasé treinta minutos revisando mi correo electrónico y respondiendo a tres padres que protestaban por las notas de sus hijos y querían saber qué podían hacer para sacar un sobresaliente en mi clase.

–¿Trabajar más? –le sugerí al ordenador–. ¿Pensar más?

Escribí una respuesta más políticamente correcta y le di al botón de Enviar.

Cuando los *brownies* estuvieron listos, los saqué del horno y esperé a que se enfriaran mientras corregía redacciones de mis alumnos. A las ocho, más o menos, me desperté. Me había quedado dormida con Angus en el pecho, leyendo la redacción de Suresh Onabi sobre la Declaración de Independencia. Me puse en pie y miré por la ventana del comedor. No había luces en la casa de al lado. Se me aceleró un poco el corazón y empezaron a sudarme las manos. Lo de la noche anterior solo había sido un malentendido, y podíamos llevarnos bien. Coloqué los *brownies* en un plato bonito y tomé una botella de vino de la cocina.

Realmente, ir andando al número 36 de Maple Street era intimidante. El camino de entrada a la casa estaba desmenuzándose y la casa estaba estropeada. La hierba había crecido mucho, y podía estar llena de serpientes o algo así. Todo estaba silencioso y resultaba inquietante. «Relájate, Grace. No tienes por qué tener miedo. Sé una buena vecina y discúlpate por haberle aporreado en la cabeza».

El porche delantero de la casa se combó ligeramente bajo mi peso, porque la madera estaba podrida y blanda, pero, al menos, soportó mi peso. Como tenía las manos llenas, golpeé la puerta principal con el codo y esperé. Tenía el corazón acelerado. Recordé el pequeño... sobresalto que había sentido al ver al hombre, que no era un ladrón, sentado en los escalones de mi casa, esposado. Tenía un remolino infantil en la coronilla y los hombros anchos. Y, durante el segundo que transcurrió antes de que le golpeara, había visto que tenía una cara agradable. «Hola», me había dicho. «Hola».

Llamé suavemente a la puerta, pero nadie respondió. Me imaginé lo que yo quería que pasara: que él abriera la puerta y se oyera una música tranquila, una guitarra al estilo de Suramérica. A mi vecino se le iluminaría la cara al verme, y exclamaría con una sonrisa: «¡Oh, vaya, mi vecina!». Yo me disculparía, y él aceptaría la disculpa con una carcajada. Olería a pollo asado y a ajo, y él me preguntaría si quería pasar. Yo aceptaría y nos pondríamos a charlar, porque nos sentiríamos cómodos el uno con el otro inmediatamente. Él mencionaría que le encantaban los perros, incluso los terriers escoceses con problemas de comportamiento. Después, le serviría una copa de vino a la encantadora chica de al lado.

Para mí, aquel vecino y yo íbamos a ser grandes amigos y, posiblemente, algo más. Por desgracia, no parecía que estuviera en casa, así que no podía estar al tanto de algo tan agradable.

Volví a llamar, con menos fuerza todavía, porque en realidad me sentía un poco aliviada de no tener que verlo. Dejé mis regalos frente a la puerta y volví a bajar los escalones.

Ahora que sabía que él no estaba en casa, eché un vistazo a mi alrededor. Hacía una noche muy bonita. Olía a lluvia y a la humedad del río y, a lo lejos, se oía el canto de las ranitas de primavera. Aquella casa podía ser preciosa si alguien la restauraba, pese al abandono de varios años. Tal vez mi vecino estuviera allí para hacer, precisamente, eso. Tal vez se convirtiera en una joya.

El camino de cemento por el que se entraba a la parcela continuaba por un lateral de la casa. No había ni rastro del vecino. Sin embargo, había un rastrillo tirado en mitad del camino. Pensé que alguien podía tropezarse con él. Tropezarse, caerse y darse un golpe en la cabeza contra la fuentecilla para pájaros de cemento que había un poco más allá, y quedarse tirado en la hierba, sangrando... ¿Acaso no había sufrido ya lo suficiente?

Me agaché y lo recogí. Ya estaba siendo una gran vecina.

–¿Esto es tuyo?

Al oír aquella voz, me sobresalté tanto que me giré de golpe. Por desgracia, tenía el rastrillo en la mano, y le pegué con el mango de madera en la mejilla. Él se tambaleó hacia atrás, y la botella de vino que acababa de dejarle en la puerta se le cayó de la mano y se rompió en el camino. El olor a merlot se expandió a nuestro alrededor y embotó los perfumes de la primavera.

—Ooh —dije yo, con la voz ahogada.

—Dios Santo —dijo mi nuevo vecino, frotándose el pómulo—. ¿Qué es lo que te pasa?

Yo me estremecí al verlo. Todavía tenía el ojo hinchado y se le veía el moretón incluso en la penumbra. Era impresionante.

—Hola —dije.

—Hola —respondió él, con tirantez.

—Eh... bueno, bienvenido al vecindario —dije yo—. Eh... ¿te encuentras bien?

—Pues la verdad es que no.

—¿Necesitas un poco de hielo? —le pregunté, y di un paso hacia él.

—No —me contestó, mientras daba un paso hacia atrás, a la defensiva.

—Mira —dije—, lo siento muchísimo. Solo he venido a... bueno, a decirte que lo siento.

Él no dijo nada. Se quedó mirándome con el ceño fruncido, y me di cuenta de que era... guapísimo. Llevaba unos pantalones vaqueros y una camiseta de un color claro, y, sí, tenía unos brazos muy bonitos. Unos músculos grandes y poderosos, pero no de pasar horas en el gimnasio, sino de trabajar. Me vino a la cabeza una imagen de Russell Crowe en *L.A. Confidential*, cuando está sentado en el asiento trasero, con la mandíbula inmovilizada, y no puede hablar, y eso me resultaba muy excitante.

Tragué saliva.

—Hola. Soy Grace. Quería disculparme por lo de anoche. Lo siento mucho. Y, por supuesto, también siento lo de ahora. Muchísimo —dije, y miré hacia abajo. Él estaba descalzo–. Creo que estás sangrando. No sé si has pisado algún cristal.

Él miró hacia abajo y, después, volvió a mirarme a mí. No sé si estaba paranoica, pero me pareció que él estaba bastante indignado.

Y eso fue el remate para mí. Magullado, sangrando, oliendo a vino y, además, indignado. Me sentía atraída por él. Se me calentaron las mejillas, y me alegré de que la luz fuera tan escasa.

–Bueno –dije, lentamente–. Escucha, lo siento mucho. Parecía que querías colarte en la casa, eso es todo.

–Puede que debas estar sobria la próxima vez que llames a la policía.

Yo me quedé boquiabierta.

–¡Estaba sobria! Casi del todo.

–Tenías el pelo despeinado, olías a ginebra y me golpeaste con un bastón. ¿Eso te parece propio de una persona sobria?

–Era un *stick* de hockey, y yo siempre tengo el pelo así. Como puedes ver.

Él puso los ojos en blanco. Bueno, el ojo que no tenía hinchado. Y eso debió de hacerle daño, porque se estremeció.

–Es que… me pareció sospechoso. No estaba borracha. Bueno, un poco achispada, sí. Pero era más de medianoche, y yo tenías llave, ¿no? Así que… parecía muy sospechoso. Siento que pasaras la noche en una celda. Lo siento muchísimo.

–De acuerdo –gruñó él.

Bueno, las cosas no habían ido tan bien como yo había imaginado, pero eso era algo.

–Bien –dije–. Lo siento, no me he quedado con tu nombre.

–No te lo he dicho –respondió él, cruzándose de brazos. Me miró fijamente.

–De acuerdo, de acuerdo. Me alegro de conocerte, te llames como te llames. Que pases buena noche –dije.

Siguió callado y yo, con cuidado, dejé el rastrillo en el suelo y caminé hacia mi casa. Él no volvió a decir nada, ni se movió. Decididamente, la suya no era una actitud amistosa. No iba a invitarle al picnic de los vecinos de junio.

Por un segundo me imaginé contándole todo aquello a Andrew, cuyo agudo sentido del humor siempre me había hecho reír. Él se habría reído a carcajadas por aquella disculpa que había salido tan mal. Pero no. Andrew no iba a escuchar mis historias nunca más. Para quitarme de la cabeza la imagen de Andrew invoqué a Wyatt Dunn. Wyatt, un hombre bondadoso, de pelo oscuro, que, al ser pediatra, debería poseer un gran sentido del humor y un gran corazón.

Como en los viejos tiempos de mi dolorosa adolescencia, el novio imaginario mitigó algo el escozor de la respuesta del vecino cuya cabeza acababa de golpear por segunda vez.

Y, aunque sabía muy bien que Wyatt Dunn era falso, también sabía que algún día iba a encontrar a alguien maravilloso. Ojalá. Probablemente. Alguien mejor que Andrew, incluso más guapo que mi malhumorado vecino y tan bueno como Wyatt. Solo con pensarlo, me puse un poco más alegre.

Capítulo 4

Andrew y yo nos habíamos conocido en Gettysburg, es decir, en la recreación de la batalla aquí, en pleno Connecticut. A él se le asignó el papel de un soldado confederado anónimo, que debía gritar: «¡Que Dios condene esta Guerra de Agresión del Norte!». Después, a la primera descarga de los cañones, tenía que caer muerto. Yo era el coronel Buford, el héroe silencioso del primer día de Gettysburg, y mi padre era el general Meade. Fue la recreación más grande en tres estados, y éramos unos cientos (no se sorprendan, estas cosas son muy populares). Ese año, yo era la secretaria de Hermano contra hermano y, antes de la batalla, había estado corriendo de un sitio para otro con un portapapeles, asegurándome de que todos estuvieran preparados. Parece que resultaba adorable... O, por lo menos, eso es lo que me dijo después un tal Andrew Chase Carson.

Ocho horas después de que empezáramos, cuando ya había un número suficiente de cadáveres en el campo, papá permitió que los muertos se levantaran. Entonces, se me acercó un soldado confederado. Cuando le comenté que la mayoría de los soldados de la Guerra de Secesión no usaban zapatillas de la marca Nike, el hombre se echó a reír, se presentó y me invitó a tomar un café. Dos semanas después, yo estaba enamorada.

En todos los sentidos, era la relación que siempre había imaginado. Andrew era irónico y tranquilo, atractivo más que guapo, y tenía una risa contagiosa y una actitud alegre. Estaba delgado y tenía un cuello delicado, y a mí me encantaba abrazarlo. El hecho de notar sus costillas me suscitaba una abrumadora necesidad de protegerlo. Como yo, tenía una gran afición por la historia. Aunque era abogado y trabajaba en un importante bufete de New Haven, había cursado varias asignaturas de Historia en la Universidad de Nueva York antes de empezar a estudiar Derecho. Nos gustaba la misma comida, veíamos las mismas películas, leíamos los mismos libros.

¿Y el sexo, preguntas? Bien. Habitual, abundante, bastante agradable. Andrew y yo nos atraíamos, teníamos intereses comunes y unas conversaciones excelentes. Nos reíamos. Escuchábamos nuestras historias sobre el trabajo y la familia. Éramos muy felices. Por lo menos, eso pensaba yo.

Si hubo alguna vacilación por parte de Andrew, solo lo noté al echar la vista atrás. Si se dijeron ciertas cosas con alguna incertidumbre, yo no lo vi hasta más tarde.

Natalie estaba en la Universidad de Stanford durante mi noviazgo con Andrew. Desde que había estado a punto de morir, mi hermana se había convertido en alguien aún más precioso para mí. Ella siguió deleitando a nuestra familia con sus logros académicos. Mi propio intelecto era algo impreciso, sin contar la historia de los Estados Unidos... Era buena jugando al Trivial Pursuit y podía mantener una conversación interesante en los cócteles, ese tipo de cosas. Margaret, por otro lado, era aguda y tenía una inteligencia que daba miedo. Se había graduado en segundo puesto en la facultad de Derecho de Harvard y estaba al frente del departamento de defensa penal en el bufete del que era socio mi padre. Él se sentía muy orgulloso de ella.

Nat era una mezcla. Era brillante, y eligió la arquitectura, una combinación perfecta de arte, belleza y ciencia. Yo hablaba con ella al menos un par de veces por semana, le enviaba un correo electrónico a diario y fui a verla cuando optó por quedarse en California durante el verano. ¡Cómo le gustaba escucharme hablar sobre Andrew! ¡Qué contenta estaba de que su hermana mayor hubiera encontrado al hombre perfecto!

—¿Qué se siente? —me preguntó, durante una de nuestras conversaciones telefónicas.

—¿A qué te refieres?

—Estando con el amor de tu vida, tonta.

Yo me di cuenta de que hablaba sonriendo, y sonreí también.

—Ah, es estupendo. Perfecto. Y, también, fácil. Nunca nos peleamos, no como mamá y papá.

Nat se echó a reír.

—Fácil ¿eh? Aunque espero que también sea apasionado. ¿Se te acelera el pulso cuando él entra en la habitación? ¿Te sonrojas al oír su voz por teléfono? ¿Se te pone la carne de gallina cuando te toca?

Yo hice una pausa.

—Claro.

¿Sentía esas cosas? Sí, claro que sí. O, al menos, las había sentido, hasta que aquellos sentimientos tan nuevos habían madurado y se habían transformado en algo más... bueno, más cómodo.

A los siete meses de empezar nuestra relación, yo me fui a vivir al apartamento de Andrew, que estaba en West Hartford. Tres semanas después, estábamos viendo la tele acurrucados en el sofá, y Andrew se giró hacia mí y me dijo:

—Creo que deberíamos casarnos, ¿y tú?

Me compró un anillo precioso. Les dijimos a nuestras familias que habíamos elegido el día de San Valentín, para el que faltaban seis meses. Mis padres estaban contentos, porque Andrew les parecía una persona sólida y fiable. Tenía un trabajo estable y bien pagado, y eso disminuía la preocupación que sentía mi padre por si mi sueldo de profesora terminaba por dejarme en la calle. Andrew era hijo único y sus padres lo adoraban. Aunque no estaban tan encantados como mis padres, eran muy cordiales. Margaret y él hablaban de Derecho, y parecía que Stuart congeniaba bien con él. Incluso a Mémé le caía bien.

La única que no lo conocía era Natalie, puesto que seguía estudiando en Stanford. Había hablado con Andrew por teléfono el día que yo la llamé para contarle que nos habíamos comprometido, pero nada más.

Por fin, ella volvió a casa.

Era un Día de Acción de Gracias. Cuando Andrew y yo llegamos a casa, mi madre nos recibió en la puerta con sus quejas habituales, porque había tenido que levantarse temprano para meter el pavo al horno, porque había tenido náuseas rellenándolo, y porque mi padre era un inútil. Mi padre estaba viendo un partido de fútbol e ignorando a mi madre, Stuart estaba tocando el piano en el salón y Margaret estaba con él, leyendo.

Y, entonces, Natalie bajó las escaleras rápidamente y me abrazó.

—¡Gissy! —gritó.

—¡Hola, Nattie! —exclamé yo, apretándola con todas mis fuerzas.

—No me beses, que tengo catarro —dijo ella, y retrocedió.

Tenía la nariz enrojecida y la piel un poco seca, y llevaba unos pantalones deportivos de algodón y un jersey viejo de nuestro padre. Y, sin embargo, estaba más bella que Cenicienta en el baile. Se había puesto una coleta y no llevaba maquillaje.

Al verla, a Andrew se le cayó literalmente al suelo la tarta que llevaba en las manos.

Claro, que la bandeja de la tarta era resbaladiza. Pyrex, ¿sabéis? Y Nat se ruborizó porque... pues porque estaba resfriada, y ¿no es el enrojecimiento de la piel una parte del catarro? Claro que sí lo era. Más tarde, tuve que reconocer que no era ninguna bandeja resbaladiza de Pyrex y dejar de engañarme a mí misma.

Natalie y Andrew se sentaron en los extremos opuestos de la mesa durante la comida de Acción de Gracias. Después de la comida, cuando Stuart les preguntó si querían jugar al Scrable, Andrew aceptó, pero Natalie rehusó al instante. Al día siguiente fuimos todos a jugar a los bolos, y ellos no hablaron. Un poco más tarde fuimos al cine, y se sentaron tan lejos como pudieron el uno del otro. Evitaban entrar en una habitación si el otro estaba allí.

—Bueno, y ¿qué te parece? —le pregunté a Natalie, fingiendo que todo transcurría con normalidad.

—Es genial —me dijo, ruborizándose de nuevo—. Muy majo.

Eso fue suficiente para mí. No necesitaba oír nada más. ¿Para qué íbamos a hablar más de Andrew? Le pregunté por los estudios, le di la enhorabuena por haber conseguido una beca para estudiar con Cesar Pelli y, una vez más, me maravillé de su perfección, su inteligencia y su bondad. Yo siempre había sido la mayor admiradora de mi hermana.

Andrew y Natalie se vieron por Navidad. Se mantuvieron alejados del muérdago como si fuera uranio enriquecido, y yo fingí que no me inquietaba para nada. No podía haber nada entre ellos, porque él era mi prometido y ella, mi hermana pequeña. Cuando mi padre le dijo a Nat que bajara a Andrew por la colina con nuestro viejo trineo, y ninguno de los dos encontró la forma de zafarse, yo me reí al ver que se caían y rodaban, y se enredaban el uno con el otro. No, no podía haber nada.

¿No? Y un cuerno.

Yo no iba a decir nada. Andrew estaba conmigo. Me quería. Teníamos algo de verdad. Si Natalie se había encaprichado con él... ¿Quién podía culparla?

Faltaban diez semanas para mi boda. Después, ocho. Y, después, cinco. Enviamos las invitaciones. Acabamos de elegir el menú. Me hice las pruebas del vestido.

Entonces, veinte días antes de la boda, Andrew llegó a casa de trabajar. Yo estaba en la cocina corrigiendo exámenes, y él había llevado a casa comida india. Incluso la sirvió en unos platos y regó el arroz con una salsa muy aromática, tal y como a mí me gustaba. Y, entonces, llegaron las horribles palabras.

—Grace... tenemos que hablar de una cosa —dijo, mirando fijamente el guiso de cebolla kulcha. Le temblaba la voz—. Sabes que te tengo mucho cariño.

Yo me quedé helada y no pude levantar la vista de los exámenes. Aquellas palabras eran tan horribles como «Sherman está en Georgia». El momento en el que yo había conseguido no pensar había llegado. No podía respirar normalmente, y tenía el corazón encogido.

—Grace —susurró él.

Entonces, yo conseguí mirarlo, y él me dijo que, aunque no sabía cómo explicarme aquello, no podía casarse conmigo.

—Entiendo —dije—. Lo entiendo.

—Lo siento muchísimo, Grace —murmuró y, por lo menos, se le llenaron los ojos de lágrimas.

—¿Es por Natalie? —pregunté, con una voz suave e irreconocible.

Él bajó la mirada al suelo y, con la cara muy roja, se pasó una mano temblorosa por el pelo.

—Por supuesto que no.

Y así fue.

Acabábamos de comprarnos la casa de Maple Street, aunque todavía no vivíamos allí. En la separación, supongo que por la culpabilidad que sentía, dejó que me quedara con su parte de la hipoteca. Mi padre reorganizó mis finanzas para aprovechar unos fondos mutualistas que había heredado de mi abuelo, redujo la cuantía de las cuotas de la hipoteca para que pudiera pagarlas, y yo me mudé a la casa. Sola.

Natalie se quedó destrozada cuando se enteró. Yo, obviamente, no le dije cuál era el motivo de nuestra ruptura. Ella escuchó mis mentiras mientras yo le detallaba varias razones. Cuando terminé, solo me hizo una pregunta, en voz baja:

—¿Te dijo algo más?

Porque ella debía de saber que no era yo la que había roto la relación. Lo sabía mejor que nadie.

—No —respondí con vehemencia—. Es que... no podía salir bien.

Me aseguré a mí misma que Natalie no tenía nada que ver. Era solo que yo no había encontrado al hombre perfecto, en realidad. Andrew no era mi hombre perfecto, pensé, sentada en el salón recién pintado de mi nueva casa, mientras comía *brownies* y veía el documental de Ken Burns sobre la Guerra de Secesión. Yo iba a encontrar al hombre perfecto para mí y, entonces, el mundo iba a saber lo que era el amor.

Natalie terminó la carrera y volvió al Este. Se instaló en un precioso apartamento en New Haven y empezó a trabajar. Nos veíamos a menudo, y yo me alegraba. Para mí, ella no era la otra mujer... era mi hermana. La persona a la que más quería en el mundo. Mi regalo de cumpleaños.

Capítulo 5

El domingo, tuve la mala fortuna de asistir a la inauguración de una exposición de mi madre en Chimera, una galería de arte progresivo de West Hartford.

—¿Qué te parece, Grace? Y ¿dónde estabas? La exposición ha empezado hace media hora. ¿No has traído a tu novio? —me preguntó mi madre, mientras yo intentaba no mirar directamente sus obras. Mi padre estaba medio escondido al fondo de la galería, tomándose una copa de vino, con cara de sufrimiento.

—Muy... muy... eh... detallado —respondí—. Precioso, mamá.

—¡Gracias, cariño! —exclamó con deleite—. Oh, ahí hay alguien mirando el precio de *Esencia número dos*. Ahora mismo vuelvo.

Cuando Natalie se marchó a la universidad, mi madre decidió que había llegado el momento de explorar su faceta artística. Por algún motivo desconocido para nosotros, se había decidido por el soplado del vidrio. Por el soplado del vidrio y la anatomía femenina.

El domicilio familiar, que una vez acogió solo dos estampas de pájaros de Audubon, unos cuantos óleos del mar y una colección de gatos de porcelana, se había convertido en un expositor de partes femeninas. Había vulvas, úteros, ovarios, pechos y más cosas repartidos por la repisa de la chimenea, las estanterías, las mesitas y las cisternas de los inodoros. Las esculturas de mi madre eran de diferentes colores, tenían bastante peso y eran anatómicamente correctas, y provocaban muchos comentarios y chismorreos en el Garden Club. Además, eran motivo de úlcera para mi padre.

Sin embargo, su éxito era indiscutible y, para asombro de todos nosotros, habían traído a casa una pequeña fortuna. Cuando Andrew me dejó plantada, mi madre me llevó a un crucero de cuatro días con spa, por cortesía de *El despliegue* y *Leche #4*. La serie de *Las semillas de la fertilidad* había pagado un pequeño invernadero a un lado del garaje la primavera anterior, además de un Prius nuevo en octubre.

–Eh –dijo Margaret, que acababa de llegar–. ¿Cómo va?

–Oh, estupendamente –respondí–. ¿Qué tal estás tú? –le pregunté, mientras miraba por la galería–. ¿Y Stuart?

Margaret cerró un ojo y apretó los dientes. Parecía Anne Bonny, la pirata.

–Stuart no ha venido.

–Sí, eso ya lo veo. ¿Va todo bien entre vosotros? Me he dado cuenta de que apenas hablasteis durante la boda de Kitty.

–¿Quién sabe? –respondió Margaret–. Sí, ¿quién sabe? Una cree que conoce a alguien y....

Yo pestañeé.

–¿Qué pasa, Margs?

Margaret miró a su alrededor, observó a algunos de los mirones que abundaban en las exposiciones de mamá y suspiró.

–No lo sé. El matrimonio no siempre es fácil, Grace. Es una lotería. ¿Dan vino? Las exposiciones de mamá siempre son mejores con un poco de alcohol.

—Allí —le dije, señalándole con la cabeza la mesa de las bebidas, que estaba al fondo de la galería.

—Ah, sí. Ahora vuelvo.

Jajaja. Jajaja. Ooh. Jajaja. La risa social de mi madre, que solo oíamos en las exposiciones o cuando estaba intentando impresionar a alguien, reverberó por el local. Ella captó mi mirada y me guiñó un ojo. Después, le estrechó la mano a un hombre mayor que tenía entre las manos un cristal de... oh... veamos... Er... Digamos que era una escultura, y punto. Otra venta. Bien por mamá.

—¿Vas a venir a Bull Run? —me preguntó mi padre. Se me acercó por la espalda y me rodeó los hombros con un brazo.

—Pues claro que sí, papá —dije. La batalla de Bull Run era una de mis favoritas—. ¿Te han dicho ya quién eres? —le pregunté.

—Sí. Stonewall Jackson —dijo, con una enorme sonrisa.

—¡Papá! ¡Eso es genial! ¡Enhorabuena! ¿Dónde es?

—En Litchfield —respondió él—. ¿Quién eres tú?

—Un don nadie —respondí—. Un pobre confederado. Pero voy a disparar el cañón.

—Esa es mi niña —dijo mi padre, con orgullo—. Eh, ¿vas a traer a tu novio? ¿Cómo se llamaba? A propósito, tu madre y yo estamos muy contentos de que estés completamente recuperada.

Yo me quedé callada un segundo.

—Eh... gracias, papá. No estoy segura de si Wyatt podrá ir, pero se lo preguntaré.

Margaret se acercó en aquel momento y le dio un beso a mi padre en la mejilla.

—Eh, papá, ¿qué tal se están vendiendo los labios? —le pregunté.

—No me tires de la lengua con la obra de tu madre. Pornografía, eso es lo que es —respondió, y miró hacia mi madre. Jajaja. Jajaja. Ooh. Jajaja—. Demonios, ha vendido otra. Tengo que meterla en una caja —dijo mi padre. Puso los ojos en blanco y se encaminó hacia el fondo de la galería.

—Bueno, Grace, cuéntame una cosa de este nuevo novio tuyo —me dijo Margaret, después de mirar a nuestro alrededor para asegurarse de que no la oía nadie—. ¿De verdad estás saliendo con alguien, o es otro novio inventado?

Claramente, mi hermana no era abogada defensora por nada.

—Inventado —murmuré.

—Y ¿no eres ya un poco mayorcita para eso? —me preguntó, y le dio un buen trago a su vino.

Yo hice un mohín.

—Sí, pero me encontré a Nat en el baño durante la boda de Kitty, y estaba llorando por el sentimiento de culpabilidad —dije. Margs puso los ojos en blanco—. Así que pensé en ponérselo más fácil.

—Sí, claro. La vida tiene que ser fácil para la princesa —dijo Margaret.

—Y otra cosa —continué yo, en voz baja—. Estoy harta de que todo el mundo me tenga lástima. Quiero que dejen de tratarme como si fuera una mutilada de guerra.

Margaret se echó a reír.

—Entendido.

—La verdad es que creo que ya estoy lista para conocer a alguien. Lo que voy a hacer es fingir que estoy saliendo con alguien y, entonces... encontrar a alguien de verdad.

—Guay —dijo Margaret, con una notable falta de entusiasmo.

—Bueno, y ¿qué pasa contigo y con Stuart? —le pregunté yo, mientras me apartaba para dejar sitio a una anciana que quería acercarse a *Fuente de vida*, una escultura de un ovario que, a mis ojos profanos en materia médica, era como un globo de color gris lleno de bultos.

Margaret suspiró y apuró su copa de vino.
—No sé, Grace. No quiero hablar de ello.
—Claro —murmuré yo, y fruncí el ceño—. Yo veo a Stuart en el colegio, ¿sabes?
—Sí, claro que lo sé. Puedes decirle de mi parte que se vaya a la mierda.
—Eh... No, eso no lo voy a hacer. Vaya, Margs, ¿qué pasa?

Aunque el suyo era el típico caso de que los opuestos se atraen, Margaret y Stuart siempre habían sido felices. No tenían hijos por decisión propia, vivían muy bien gracias a los innumerables éxitos de Margaret en los tribunales, tenían una casa preciosa en Avon, iban de vacaciones a Tahití y a Liechtenstein, y a sitios por el estilo. Llevaban siete años casados y, aunque Margaret no era de las que presumían, se la veía bastante feliz.

—Vaya, mierda, hablando de parejas desastrosas, aquí vienen Andrew y Natalie. Mierda. Necesito un poco más de vino para esto.

Volvió a la mesa de las bebidas para que le dieran otra copa de pinot grigio del barato.

Y allí estaban, sí. Andrew, con su pelo rubio, un poco más claro que el pelo color miel de mi hermana Natalie. Estaban mucho más relajados que en la boda, donde no se atrevían a acercarse a tres metros el uno del otro por si yo me echaba a llorar. En aquel momento, irradiaban felicidad. Se acariciaron ligeramente los dedos al acercarse, aunque no se tomaron de la mano. La química que había entre ellos era palpable. No, no solo la química. La adoración. Eso era. A mi hermana le brillaban los ojos y tenía las mejillas sonrosadas, y Andrew tenía una suave sonrisa en los labios. Puaj.

—¡Hola, chicos! —exclamé yo, alegremente.
—¡Hola, Grace! —dijo Natalie, mientras me daba un abrazo—. ¿Ha venido? ¿Lo has traído?

—¿A quién?

—¡A Wyatt, por supuesto! —exclamó ella, riéndose.

—¡Ah, claro! No, no. He pensado que es mejor que pase un poco de tiempo más antes de traerlo a una de las exposiciones de mamá. Además, está en... el hospital. Hola, Andrew.

—¿Qué tal estás, Grace? —me preguntó él, sonriendo, con los ojos verdes muy brillantes.

—Muy bien —respondí, y miré mi copa de vino, que seguía intacta.

—¡Tienes el pelo precioso! —me dijo Nat, y me tocó un mechón que, por una vez, estaba rizado y no electrocutado.

—Sí, he ido a cortarme el pelo esta mañana —murmuré—. Y me he comprado un frasco de alisador de pelo nuevo, buenísimo.

Casi había tenido que vender un ovario para pagarlo, pero, sí, además de la ropa, pensé que era necesario controlar mi pelo. No me vendría mal tener el mejor aspecto posible cuando conociera al hombre perfecto, ¿no?

—¿Dónde está Margaret? —preguntó Natalie, e irguió su cuello de cisne para mirar alrededor—. ¡Margs! ¡Aquí!

Mi hermana mayor me lanzó una mirada sombría y obedeció. Natalie y ella siempre habían chocado un poco... bueno, más bien, era Margaret la que chocaba, porque Natalie era demasiado dulce como para pelearse con nadie.

—¡Acabo de vender un útero por tres mil dólares! —exclamó mamá, uniéndose a nuestro pequeño grupo.

—El mal gusto del pueblo estadounidense no conoce límites —añadió mi padre, que la seguía malhumoradamente.

—Oh, cierra la boca, Jim. Mejor todavía, encuentra tu propia fuente de felicidad y déjame en paz con la mía.

Mi padre puso los ojos en blanco.

—Enhorabuena, mamá, ¡es genial! —dijo Natalie.

—Gracias, cariño. Me alegro de saber que algunos miembros de esta familia pueden apoyarme y valorar mis obras de arte.

—Arte —repitió papá con un resoplido.

—Bueno, Grace —dijo Natalie—. ¿Cuándo vamos a conocer a Wyatt? ¿Cómo se apellidaba?

—Dunn —dije yo. Margaret sonrió y cabeceó—. Por supuesto que os lo presentaré muy pronto.

—¿Y cómo es? —me preguntó Nat.

—Bueno, es muy mono —respondí, con una emoción fingida. Menos mal que Julian y yo habíamos hablado de eso—. Alto, moreno... Tiene hoyuelos en las mejillas, y una sonrisa preciosa —dije. Noté que enrojecía.

—Se está ruborizando —comentó Andrew, con afecto, y yo sentí un odio repentino hacia él. ¡Cómo se atrevía a alegrarse de que yo hubiera conocido a otro!

—Parece maravilloso —dijo mi madre—. Aunque no es que un hombre tenga el poder de hacerte feliz, claro. Míranos a tu padre y a mí. Algunas veces, un marido puede intentar asfixiar tus sueños, Grace. No permitas que haga eso, como hace tu padre conmigo.

—¿Quién te crees que paga todo el material para tus porquerías de vidrio, eh? —replicó mi padre—. ¿Acaso no reformé el garaje para que tuvieras un taller para tu maravillosa afición? Asfixiar tus sueños. Me gustaría asfixiar algo, eso sí es cierto.

—Dios, son adorables —dijo Margaret—. ¿Quién quiere venir a dar una vuelta?

Cuando llegué por fin a casa, después de la exposición ginecológica de mi madre, mi malhumorado vecino estaba arrancando tejas del tejadillo del porche. No miró cuando yo entré en mi parcela, ni siquiera cuando salí del coche. No era agradable. Ni amistoso. Pero sí era muy agradable mirarlo, pensé, mientras apartaba los ojos de sus brazos musculosos. Aunque no quisiera alegrarme, me alegré de que hiciera calor, porque él se había quitado la camisa. El sol hacía brillar su espalda sudorosa. Aquellos brazos eran tan gruesos como mis muslos.

Por un segundo, me imaginé aquellos brazos fuertes a mi alrededor. Me imaginé al vecino malhumorado apretándome contra su casa, levantándome contra su cuerpo y, con sus manos grandes y masculinas...

«Vaya, sí que necesitas darte un buen revolcón», pensé, sin querer. Por suerte, el vecino malhumorado no se dio cuenta de mis ensoñaciones lascivas. De hecho, ni siquiera se había dado cuenta de que yo estaba allí.

Entré en casa y dejé salir a Angus para que hiciera pis en el jardín. Se oyó el ruido de una sierra mecánica. Con un suspiro, yo encendí el ordenador para seguir el consejo de Julian, y entré en varias páginas de citas. Era hora de encontrar a un buen hombre, decente, trabajador, con ética, guapo y que me adorara.

Después de registrarme en las páginas y dar la información pertinente, eché un vistazo a varios perfiles. El primero, no. Demasiado guapo. El segundo, no. Sus aficiones eran NASCAR y las artes marciales mixtas. El tercero, no. Tenía un aspecto demasiado extraño, para ser sincera.

Tuve que reconocer que tal vez no estuviera de humor para aquello y me puse a corregir exámenes sobre la Segunda Guerra Mundial hasta que oscureció. Solo paré para comer un poco de la comida china que había llevado Julian el jueves; después, seguí corrigiendo, señalando los errores gramaticales y exigiendo más información en las respuestas. En Manning se quejaban a menudo de que la señorita Emerson era muy exigente, pero, eh, los niños que sacaban sobresalientes conmigo era porque se lo merecían.

Cuando terminé, me apoyé en el respaldo de la silla y me estiré. En la pared de la cocina, mi reloj de Fritz el Gato hacía un ruidoso tictac y movía la cola para marcar la hora. Solo eran las ocho y media y tenía toda la noche por delante. Al parecer, mi mejor amigo pensaba que éramos muy dependientes el uno del otro y, aunque era completamente cierto, me dolía un poco. La dependencia no tenía nada de malo, ¿no? Bueno, al menos, Julian me mandó un correo electrónico, una agradable nota para informarme sobre los cuatro hombres que se habían interesado en su perfil, y sobre los calambres estomacales que había tenido como resultado. Pobre cobardica. Le envié una respuesta para asegurarle que yo también me había registrado *online* y que nos veríamos en Golden Meadows para bailar con los ancianos.

Me levanté de la silla con un suspiro. Al día siguiente había colegio. Tal vez me pusiera uno de mis nuevos conjuntos. Con Angus pisándome los talones, subí las escaleras para revisar mi ropa nueva. Mientras inspeccionaba mi armario pensé que, de hecho, era hora de hacer una purga. Sí. Era necesario preguntarse en qué momento lo *vintage* se volvía simplemente viejo. Tomé una bolsa de basura y comencé a tirar. Adiós a los jerséis con un agujero en las axilas, a una falda de gasa con una quemadura en la parte posterior, a los pantalones vaqueros del año 2002. Angus se entretuvo mordiendo animadamente una bota vieja de vinilo (¿en qué estaba pensando cuando me las compré?), y yo le dejé.

La semana anterior había visto un programa sobre una mujer que había nacido sin piernas. Era mecánica... En realidad, el hecho de no tener piernas le facilitaba el trabajo, según dijo, porque podía deslizarse debajo de los coches con el pequeño patinete que usaba para trasladarse de un sitio a otro. Había estado casada una vez, pero ahora estaba saliendo con otros dos hombres, solo disfrutando de la vida, por el momento. Su exmarido fue entrevistado a continuación, un tipo apuesto y con dos piernas. «Haría cualquier cosa por recuperarla, pero no soy suficiente para ella» –dijo, con tristeza–. Espero que encuentre lo que está buscando.

Yo me sentí un poco… Bueno, no celosa, exactamente. Sin embargo, me parecía que aquella mujer tenía una ventaja injusta en el mundo de las citas. Todo el mundo la miraría y pensaría: «Vaya, qué tía tan valiente. ¡Es alucinante!». ¿Y yo? ¿Qué pasaba con nosotras, las mujeres con dos piernas? ¿Cómo íbamos a competir con eso?

–Bueno, Grace –me dije, en voz alta–. Ya te estás pasando. Vamos a encontrar novio y a terminar de una vez con el problema, ¿de acuerdo? Angus, apártate, cariñito. Mamá tiene que subir todas estas cosas a la buhardilla, o tú te la comerás en un abrir y cerrar de ojos, ¿no? Porque eres muy travieso, ¿no? No lo niegues. Eso que tienes en la boca es mi cepillo de dientes. No estoy ciega, jovencito.

Arrastré la bolsa de basura llena de ropa vieja por el pasillo hacia la escalera de la buhardilla. Mierda; se había fundido la bombilla, y no me apetecía bajar a buscar otra. Bueno, solo iba a dejar allí la ropa hasta que pudiera hacer un viaje al contenedor.

Subí por el estrecho tramo de escaleras. Como muchas casas victorianas, la mía tenía una buhardilla enorme, con techos de tres metros y medio y ventanas por todos los lienzos. Me imaginé que, algún día, pondría aislamiento y placas de yeso en las paredes, y convertiría aquel espacio en una habitación de juegos para mis preciosos niños. Colocaría unas estanterías que recorrerían todo el perímetro de la habitación, y una zona de pintura y manualidades cerca de la ventana delantera, por donde el sol entraba a raudales. Una mesa para un tren eléctrico allí, y un rincón de disfraces allá. Pero, por el momento, en la buhardilla solo había muebles viejos, un par de cajas de adornos de Navidad y mis uniformes y armas de la Guerra de Secesión. Ah, y mi vestido de novia.

¿Qué hace una con un vestido de novia hecho a medida, pero sin estrenar? No podía tirarlo, porque me había costado una fortuna. Por supuesto, si conocía a un Wyatt Dunn, tal vez me casara, pero ¿iba a querer ponerme el vestido que me había hecho para Andrew? No, claro que no. Y, sin embargo, allí seguía, en su bolsa al vacío y lejos del sol para que el color no se alterase. Me pregunté si todavía me valdría. Había engordado unos kilos desde que me había dejado plantada. Tal vez debiera probármelo.

Estupendo. Me estaba convirtiendo en la señorita Havisham. Antes de darme cuenta, estaría comiendo comida podrida y poniendo todos los relojes a las nueve menos veinte.

Noté un mordisco en el tobillo. Era Angus. No lo había oído subir por las escaleras.

—Hola, chiquitín —le dije. Lo tomé en brazos y le quité un *noodle* de sésamo de la cabeza. Debía de haber encontrado la comida china. Dio un gemidito de afecto y movió la cola—. ¿Qué quieres decir? ¿Que te encanta mi pelo? Oh, gracias, Angus McFangus. ¿Disculpa? ¿Que es la hora de tomar un helado Ben & Jerry's? Eres un genio, y tienes toda la razón. Vamos por uno de café, cariño. Sí, claro que puedes tomar un poco.

Lo dejé en el suelo y me di la vuelta para bajar, pero hubo algo que me llamó la atención en el exterior.

Un hombre.

Dos pisos por debajo de mí estaba mi malhumorado vecino, en su tejado, tendido boca arriba justo donde casi era plano. Se había puesto una camiseta blanca que casi brillaba en la oscuridad y unos pantalones vaqueros. Iba descalzo. Estaba allí tumbado, con las manos por detrás de la cabeza, una rodilla doblada, mirando al cielo.

A mí se me encogió el estómago y noté un calor por toda la piel. De repente, noté que la sangre corría por partes de mi anatomía que llevaban mucho tiempo abandonadas.

Muy lentamente, para no ponerlo sobre aviso, subí un poco la ventana. Por la rendija entró el canto de las ranas y el olor de la lluvia lejana y del río. La brisa húmeda me refrescó las mejillas.

La luna estaba subiendo por el oeste y mi vecino seguía allí tumbado, mirando el cielo nocturno.

¿Qué clase de hombre hacía eso?

Angus estornudó, y yo me aparté de la ventana de un salto por si el vecino lo había oído.

De repente, lo vi todo claro. Yo deseaba un hombre. Y, allí, en la puerta de al lado, había un hombre. Un hombre muy masculino. Mis partes femeninas se contrajeron.

Por supuesto, no quería una aventura. Quería un marido listo, divertido y bueno. Que quisiera a los niños y a los animales, sobre todo, a los perros. Que tuviera un trabajo honorable y, a poder ser, intelectual. Que supiera cocinar. Que siempre estuviera alegre. Que me adorara.

No sabía nada del hombre de al lado, ni siquiera su nombre. Lo único que sabía era que sentía algo por él, lujuria, para ser sincera. Pero ese era el comienzo. Hacía mucho tiempo que no sentía nada por ningún hombre.

Al día siguiente iba a averiguar cómo se llamaba el vecino. Y le iba a invitar a cenar.

Capítulo 6

—Así pues, aunque Sewell Point no fue una batalla de las más grandes, podía afectar en gran medida al resultado final de la guerra. Obviamente, Chesapeake Bay era una zona crítica para ambos bandos. Bien, debéis entregarme un ensayo de diez páginas sobre el bloqueo y sus efectos, el lunes.

Mi clase gruñó.

—¡Señorita Em! —protestó Hunter Graystone—. Es diez veces más de lo que nos mandan los otros profesores.

—¡Oh, pobrecitos! Diez páginas, y doce si seguís protestando.

Kerry Blake se rio. Estaba enviándose mensajes por móvil con alguien.

—Dámelo, Kerry —le dije, y extendí la mano para que me entregara el teléfono. Era un modelo muy nuevo.

Kerry enarcó una de sus perfectas cejas.

—Señorita Emerson, ¿sabe lo caro que es mi teléfono? Si mi padre se entera de que me lo ha confiscado, se va a disgustar mucho.

—No podéis utilizar el teléfono en clase, querida —dije por enésima vez aquel mes—. Lo recuperarás al final del día.

—Ah —murmuró.

Entonces, al ver que Hunter la estaba mirando, se echó el pelo hacia atrás y se estiró. Hunter sonrió con deleite. Tommy Michener, que estaba loca e inexplicablemente enamorado de Kerry, se quedó paralizado ante aquella exhibición, lo cual hizo que Emma Kirk se encorvara. Ah, el amor adolescente.

Se oyó una carcajada que llegaba desde el otro lado del pasillo, de la clase de Historia Clásica de Ava Machiatelli. La mayoría de los estudiantes de Manning amaban a la señorita Machiatelli. Les regalaba las notas, mostraba una falsa comprensión por su carga de tareas y les ponía muy pocos deberes y daba unas clases de historia más superficiales que... bueno, que la versión de *Troya* en la que aparecía Brad Pitt. Pero, como Brad Pitt, Ava Machiatelli era guapa y encantadora. Además, llevaba escotes generosos y faldas muy ajustadas, con lo cual era algo parecido a Marilyn Monroe dando clases de historia. Los chicos la miraban con lascivia y las chicas tomaban ideas de moda de su ropa. Los padres también la adoraban, porque ponía sobresalientes a sus hijos. Yo... no la admiraba tanto.

Sonó el carillón y terminó la clase. En Manning no había timbre; demasiado estridente para los oídos de los más ricos de Estados Unidos. Las suaves notas del carillón oriental tenían el mismo efecto que una descarga de electricidad, porque mis alumnos se lanzaban hacia la puerta en cuanto las oían. Los lunes, la clase de Guerra de la Secesión era la última antes de la comida.

–Un momento, chicos –dije.

Se detuvieron como ovejas. Aunque fuesen niños mimados y demasiado sofisticados para su corta edad, eran obedientes, eso había que reconocerlo.

–Este fin de semana, Hermano contra hermano va a recrear la batalla de Bull Run, también conocida como First Manassas, que estoy segura de que conocéis, porque estaba en la lectura que teníais de deberes para el martes. Un crédito extra para los que vengan a verlo, ¿de acuerdo? Si estáis interesados, enviadme un correo electrónico, y yo vendré a recogeros aquí.

—Como si fuera a venir —dijo Kerry—. No necesito tanto ese crédito.

—Gracias, señorita Em —dijo Hunter—. Parece divertido.

Hunter no iba a ir, aunque era uno de mis alumnos más educados. Se pasaba los fines de semana haciendo cosas como cenar con Derek Jeter antes de un partido de los Yankees o volar hacia una de las muchas residencias familiares. Cabía la posibilidad de que Tommy Michener fuera, porque parecía que le gustaba la historia y sus ensayos siempre eran agudos y minuciosos, pero, seguramente, la presión social de sus compañeros haría que se quedara en casa, pensando en Kerry. Era una pena que no apreciara el atractivo de Emma Kirk.

—Eh, Tommy —dije.

Él se giró hacia mí.

—¿Sí, señorita Em?

Esperé hasta que todos los demás se hubieron marchado.

—¿Va todo bien estos días?

Él sonrió con un poco de tristeza.

—Oh, sí. Como de costumbre.

—Puedes aspirar a alguien mejor que Kerry —le dije, con delicadeza.

Él dio un resoplido.

—Eso es lo que dice mi padre.

—¿Lo ves? Dos de tus adultos favoritos están de acuerdo.

—Sí, pero no se puede elegir de quién se enamora uno, ¿no?

Yo me quedé callada.

—No. La verdad es que no.

Tommy se marchó y yo recogí mis cosas. Era difícil enseñar Historia. Después de todo, la mayor parte de los adolescentes casi no se acordaba de lo que había pasado el mes anterior y, mucho menos, un siglo y medio antes. Sin embargo, yo quería que sintieran el impacto que tenían los hechos pasados en el mundo en el que vivíamos actualmente. Sobre todo, la Guerra de la Secesión, mi parte favorita de la historia de Estados Unidos. Quería que entendieran lo que estaba en juego, que imaginaran la carga, el dolor y la incertidumbre que debía de haber sentido el presidente Lincoln, la pérdida y la traición que habían sufrido los sureños que se habían separado…

—Ah, hola, Grace.

Ava estaba en la puerta de mi clase, con su típica sonrisa suave y un parpadeo lento y seductor.

—Ava, ¿cómo estás? —pregunté, con una sonrisa forzada.

—Estoy bien, gracias —dijo ella, y ladeó la cabeza—. ¿Te has enterado de la noticia?

Yo vacilé. Ava, al contrario que yo, prestaba atención a la política de Manning. Yo era una de esas profesoras que temían chismorrear con los patronos y los alumnos ricos, y prefería pasar el tiempo preparando clases y dando tutorías a los niños que necesitaban ayuda extra. Ava, sin embargo, sabía cómo avanzar por el sistema. Yo no vivía en el campus, pero ella tenía una casita allí, (se decía que se había acostado con el decano del alojamiento para conseguirla) y por eso se enteraba de muchas cosas.

—No, Ava. ¿Qué noticia es esa? —pregunté, intentando que mi tono fuera agradable. Llevaba una blusa tan escotada que se le veía un símbolo chino que llevaba tatuado en el pecho derecho. Y, si yo lo veía, los niños de su clase también podían verlo.

—El señor Eckhart va a dejar la presidencia del departamento de Historia —me dijo ella, con una sonrisa—. Me lo ha dicho Theo. Nos vemos mucho últimamente.

Estupendo. Theo Eisenbraun era el presidente de la junta de patronos de Manning Academy.

—Vaya, eso es interesante —dije.

—Lo va a anunciar esta misma semana. Theo ya me ha pedido que me postule para el puesto —dijo ella. Sonrisa. Parpadeo. Parpadeo. Y... otro parpadeo.

—Estupendo. Bueno, yo tengo que irme a comer a casa. Hasta luego.

—Es una pena que no vivas en el campus, Grace. Así parecería que estás mucho más comprometida con Manning.

—Gracias por preocuparte por mí —dije.

Metí mis papeles en el maletín de cuero. La noticia que me había dado Ava me había alterado. Sí, el doctor Eckhart era mayor, pero llevaba mucho tiempo siéndolo. Era quien me había contratado hacía seis años, el que me había apoyado cuando algún padre me presionaba para que le subiera la nota a su hijo, el que aprobaba con entusiasmo los esfuerzos que yo hacía por que la asignatura fuera más atractiva para los alumnos. Yo creía que, si decidía irse, me lo contaría. Sin embargo, era difícil de decir. Los colegios privados eran lugares extraños y, normalmente, Ava tenía información fiable, eso sí era cierto.

Me crucé con Kiki a la salida de Lehring Hall.

—Hola, Grace, ¿quieres venir a comer conmigo?

—No puedo —dije—. Tengo que ir a casa corriendo antes de la clase de Historia colonial.

—Es por el perro, ¿no? —me preguntó ella. Kiki tenía un gato siamés llamado Mr. Lucky. Era diabético y se había quedado ciego de un ojo. Le faltaban varios dientes y tenía tendencia a las bolas de pelo en el estómago.

—Pues sí. Angus está un poco pachucho, y no quiero llegar a casa esta noche y encontrarme que su colon no ha aguantado lo suficiente.

—Los perros son tan ordinarios...

—Ni siquiera me voy a dignar a contestar a eso.

—De acuerdo, como quieras. Oye, Grace, ¿te he contado que he conocido a alguien?

Mientras caminábamos hacia los coches, Kiki empezó a enumerar las virtudes de un tal Bruce, que era amable, generoso, bueno, divertido, sexy, inteligente, trabajador y sincero.

—¿Y cuándo has conocido a este chico? –pregunté, mientras abría la puerta del coche.

—Tomamos un café el sábado. Oh, Grace, creo que es el hombre de mi vida. Ya sé que lo he dicho más veces, pero es que este es perfecto.

Yo me mordí la lengua.

—Buena suerte –dije, aunque sabía que, dentro de diez días, él habría cambiado su número de teléfono y mi amiga estaría llorando en mi sofá–. Eh, Kiki, ¿has oído algo sobre el doctor Eckhart?

Ella negó con la cabeza.

—¿Por qué? ¿Ha muerto?

—No. Ava me ha dicho que se va a jubilar.

—¿Y Ava lo sabe porque se ha acostado con él?

—Vamos, vamos.

—Bueno, pues si es cierto que se va a jubilar, ¡es estupendo para ti, Grace! El único que tiene más antigüedad es Paul, ¿no? Vas a pedir el puesto, ¿no?

—Es un poco pronto para hablar de eso. Solo me preguntaba si te habías enterado. Bueno, hasta luego.

Salí con cuidado del aparcamiento. Los alumnos de Manning tenían coches que valían más que todo mi salario anual, y no era aconsejable darle un golpe a ninguno, y me dirigí hacia Peterston sin dejar de pensar en el doctor Eckhart. Si era cierto que se iba a jubilar, entonces, sí, iba a pedir el puesto de presidenta de nuestro departamento. Para ser sincera, me parecía que el programa de Historia de Manning era demasiado denso. Los niños necesitaban sentir la importancia del pasado y, sí, algunas veces era necesario metérselo todo con un embudo. Con delicadeza y cariño, por supuesto.

Cuando llegué a casa, vi a la verdadera razón de mi viaje a casa, además del colon de Angus. Mi vecino estaba en su patio delantero con una sierra o algo así. Sin camisa. Los músculos de los hombros se le ondulaban con el movimiento, y los bíceps se le hinchaban. Tenía la piel dorada...

«¡Ya está bien, Grace!».

—Qué tal, vecino —dije.

Él apagó la sierra eléctrica y se quitó las gafas protectoras. Yo me estremecí. Tenía el ojo muy hinchado. Solo se le abría un centímetro, pero, por lo que pude ver, la parte blanca estaba inyectada en sangre. Además, tenía un moretón morado y azul que le cubría desde la frente al pómulo, y una ligera mancha roja en la mejilla, donde yo le había golpeado con el rastrillo. Sin embargo, estaba muy atractivo.

—Hola —dijo, poniéndose en jarras. Con el movimiento, sus brazos se cruzaron de una manera muy bella.

—¿Qué tal el ojo? —le pregunté.

—¿A ti qué te parece? —gruñó él.

Bueno, así que todavía no se le había pasado el enfado.

—Eh... mira, hemos empezado con mal pie —dije, con una sonrisa de pesar. Angus, que estaba dentro de casa, oyó mi voz, y empezó a ladrar de alegría. ¡Guau! ¡Guau! ¡Guau! ¡Guauguauguauguauguau!—. ¿Podemos empezar de cero? Soy Grace Emerson. Vivo en la casa de al lado —dije. Tragué saliva y le tendí la mano.

Mi vecino me miró un instante. Después, se acercó a

mí y me la estrechó. Oh, Dios. Sentí una descarga eléctrica en el brazo, como si hubiera agarrado un cable. Su mano era la mano de un hombre trabajador: encallecida, dura, cálida...

—Callahan O'Shea —dijo.

Oooh. Oh, vaya. Qué nombre. Ciertas regiones de mi anatomía que llevaban mucho tiempo desatendidas se encogieron con calidez.

¡Guauguauguauguauguau! Me di cuenta de que me había quedado mirándolo fijamente y agarrándole la mano. Y él estaba sonriendo, solo un poco, lo justo para que se suavizara su expresión de chico malo.

—Bueno —dije yo, y le solté la mano de mala gana—. ¿Y de dónde vienes?

—De Virginia —respondió él. Me estaba mirando tan fijamente, que me resultaba difícil pensar.

—Virginia. ¿De qué parte de Virginia? —pregunté yo. ¡Guauguauguauguauguau! Angus estaba ya casi histérico. «Calla, cariño», pensé yo. «Mamá está teniendo un ataque de lujuria».

—De Petersburg —dijo él. No era muy hablador, pero no importaba. Unos músculos así... aquellos ojos... Eh... bueno, el ojo que no estaba hinchado, amoratado e inyectado en sangre. Si el otro era igual, iba a ser todo un lujo.

—Petersburg —dije, débilmente, sin dejar de mirarlo—. He estado allí. Hubo unas cuantas batallas de la Guerra de Secesión. La batalla de los Viejos y los Niños, el Asedio de Petersburg. Sí.

Él no respondió. ¡Guau, guau, guau!

—Bueno, y ¿qué hacías en Petersburg? —pregunté yo.

Él se cruzó de brazos.

—Cumplir una condena de tres a cinco años.

¡Guauguauguauguauguau!

—Eh... ¿Disculpa?

—Estaba cumpliendo una condena de tres a cinco años en la Prisión Federal de Petersburg —dijo él.

Yo tardé unos cuantos segundos en comprenderlo. ¡Dios mío!

—¿Estabas en la cárcel? —pregunté yo, con la voz muy aguda—. Y... um... ¡Vaya! ¡La cárcel! ¡Qué sorpresa!

Él no dijo nada.

—Bueno, y... ¿cuándo saliste?

—El viernes.

El viernes. El viernes. ¡Acababa de salir del trullo! ¡Era un delincuente! ¿Y qué delito había cometido? Tal vez yo no me había equivocado al pensar en que estaba buscando un sitio para enterrar un cadáver, después de todo... ¡Madre de Dios, y yo le había golpeado con un *stick*! Oh, Dios... le había enviado a una celda el mismo día que había salido de la cárcel. Con eso no podía haberme ganado el cariño de Callahan O'Shea. ¿Y si quería vengarse?

Empecé a respirar entrecortadamente. Sí, claramente, estaba hiperventilando un poco. ¡Guauguauguauguauguauguauguau! Por fin, el instinto me empujó a reaccionar.

—¡Vaya! ¡Cómo ladra mi perro! ¡Adiós, que tengas un buen día! Tengo que... debería llamar a mi novio. Está esperando mi llamada. Siempre nos llamamos a mediodía para ver qué tal estamos. Tengo que irme. Adiós.

Conseguí controlarme y no salir corriendo hacia mi casa. Sin embargo, sí cerré la puerta con llave por dentro. Y la puerta trasera, también. Y comprobé las ventanas. Angus se puso a dar las carreras habituales de alegría por toda la casa, pero yo estaba demasiado aturdida como para prestarle la atención a la que él estaba acostumbrado.

¡Una condena de tres a cinco años! ¡En la casa de al lado vivía un expresidiario! ¡Y yo había estado a punto de invitarle a cenar!

Tomé el móvil y llamé a Margaret. Ella era abogada. Me diría lo que tenía que hacer.

—¡Margs, estoy viviendo junto a un tipo que acaba de salir de la cárcel! ¿Qué tengo que hacer?

—Estoy de camino a los juzgados, Grace. ¿Un expresidiario? ¿Y por qué lo metieron en la cárcel?

—¡No lo sé! Por eso te necesito.

—Bueno, bueno. ¿Qué sabes de él?

—Estaba en Petersburg, Virginia. ¿Tres años? ¿Cinco? ¿De tres a cinco? ¿Por qué puede ser esa condena? Nada muy malo, ¿no? ¿Nada terrorífico?

—Puede ser por cualquier cosa —dijo Margaret, en tono despreocupado—. Hay condenas más cortas por violación y agresión.

—¡Oh, Dios mío!

—Tranquila, tranquila. Petersburg, ¿eh? Estoy casi segura de que esa cárcel no es de máxima seguridad. Mira, Grace, ahora no te puedo ayudar más. Llámame después. Búscalo en Google. Tengo que colgar.

—De acuerdo. Google. Buena idea —dije yo, pero mi hermana ya había colgado.

Me senté delante del ordenador con un sudor frío. Eché una mirada por la ventana y comprobé que Callahan O'Shea se había puesto a trabajar otra vez. Ya había arreglado los escalones del porche y había retirado casi todas las tejas. Me lo imaginé recogiendo basura con un pincho por las cunetas de una autopista nacional, con un mono naranja. Oh, mierda.

—Vamos, vamos —murmuré, a la espera de que mi ordenador se encendiera. Cuando apareció la pantalla de Google, escribí Callahan O'Shea y esperé. Bingo.

Callahan O'Shea, primer violín del grupo de folk irlandés We Miss You, Bobby Sands, sufrió lesiones de poca importancia cuando el público lanzó basura al gru-

po en el escenario, el sábado pasado, en el Sullivan's Pub de Limerick.

No, no. Seguramente, no se trataba de él. Deslicé la pantalla hacia abajo, pero solo encontré entradas relativas al grupo de música que, últimamente, había tenido mucha repercusión. Al parecer, habían enfurecido a su público cantando *Rule Britannia* en la Irlanda profunda.

Fue entonces cuando mi conexión a Internet, que nunca era demasiado fiable, decidió cortarse. Mierda.

Miré de nuevo por la ventana, con cautela, y dejé que Angus saliera a mi patio, que estaba vallado. Volví a la cocina a preparar algo de comer. Ahora que se me había pasado el susto inicial, tenía menos pánico. Según mis vastos conocimientos en materia jurídica, que había adquirido viendo la serie *Ley y orden*, hablando con dos familiares que eran abogados y un exnovio de la misma profesión, podía creer que el delito cometido para merecer una condena de tres a cinco años en una cárcel no podía ser violento ni terrorífico. Y, si mi musculoso vecino había hecho algo violento o terrorífico, me cambiaría de casa.

Comí algo. Después, llamé a Angus para que volviera a entrar, le recordé que era el mejor perro del universo y le pedí que ni siquiera mirara al expresidiario de la casa de al lado. Tomé las llaves del coche.

Cuando salí, Callahan O'Shea estaba martilleando algo en el porche cuando me acerqué conduciendo. No daba miedo. Por el contrario, era impresionante. Eso no significaba que no fuera peligroso, pero... Bueno, una cárcel de seguridad mínima, eso era reconfortante... Y, eh, aquella era mi casa, mi vecindario. No me iba a acobardar. Me cuadré de hombros y le pregunté:

—Eh, Callahan O'Shea, ¿por qué te encarcelaron?

Él se irguió, me miró, bajó del porche de un salto y se

acercó a la valla que separaba nuestras parcelas. Volvió a cruzarse de brazos. Oooh. «Ya basta, Grace».

—¿Tú por qué piensas que fue? —me preguntó.

—¿Asesinato? —pregunté. Lo mejor era empezar por el más grande de mis temores.

—Por favor. ¿Es que no ves *Ley y orden*?

—¿Agresión con resultado de lesiones?

—No.

—¿Suplantación de identidad?

—Caliente, caliente.

—Tengo que volver al trabajo —le espeté. Él enarcó una ceja y se quedó callado—. Hiciste un hoyo en el sótano de tu casa, raptaste a una mujer y la tuviste allí encadenada.

—Eso es. Lo has adivinado. De tres a cinco años por encadenar a una mujer.

—Muy bien, Callahan O'Shea, pues entérate de que mi hermana es abogada. Puedo pedirle que te investigue y que descubra tu sórdido pasado —«en realidad, ya lo he hecho»—. Así que es mejor que tú mismo te sinceres y me digas si necesito tener un rottweiler.

—A mí me parece que el perro-rata que tienes ahora ha hecho un buen trabajo —replicó él, mientras se pasaba la mano por el pelo húmedo de sudor, y se lo dejaba en punta.

—¡Angus no es un perro–rata! —protesté yo—. Es un perro de pura raza, un West Highland terrier. Una raza noble y cariñosa.

—Sí, noble y cariñoso. Eso es lo que pensé yo cuando me clavó los colmillos en el brazo la otra noche.

—Oh, por favor. Solo te mordió la manga.

Callahan O'Shea extendió el brazo y me mostró dos pinchazos enrojecidos que tenía en la muñeca.

—Demonios —murmuré yo—. Pues muy bien, si quieres, denúncianos, si es que un tipo con antecedentes penales puede hacerlo. Yo tengo a mi hermana. Y, en cuanto esté en el colegio, te voy a buscar en Google.

—Todas las mujeres dicen eso —respondió él.

Después, se dio la vuelta y me ignoró. Yo me quedé mirándole el trasero sin darme cuenta. Muy, muy bonito. Entonces, mentalmente, me di una torta en la mejilla y seguí mi camino.

Aquel recalcitrante Callahan O'Shea no había sido comunicativo con respecto a su sórdido pasado, pero yo tenía el deber de averiguar qué clase de delincuente vivía en la casa de al lado. En cuanto terminó mi clase de Siglo XX, fui a mi pequeño despacho y lo busqué de nuevo en Internet. En aquella ocasión, encontré una noticia de hacía dos años en la que se hacía mención a él en el *Times-Picayune* de Nueva Orleans.

Callahan O'Shea se declaró culpable de un delito de desfalco y fue condenado a una pena de tres a cinco años en una cárcel de mínima seguridad. Tyrone Blackwell se declaró culpable de un delito de robo y...

Desfalco. Bueno, eso no era tan malo, ¿no? Aunque, claro, tampoco era bueno. Pero no era nada violento ni terrorífico. Me pregunté cuánto habría robado. Y me pregunté, también, si sería soltero.

No, no. Lo peor que podía hacer era permitirme sentir atracción por un expresidiario con malas pulgas. Yo estaba buscando un padre para mis hijos, un hombre íntegro que fuera increíblemente guapo y que besara muy bien, con quien poder acudir orgullosamente a los eventos de Manning. No quería perder el tiempo con Callahan O'Shea, por muy bonito que fuera su nombre ni por muy guapo que estuviera sin camisa.

Capítulo 7

–Muy bien, señora Slovananski, uno, dos, tres, tap, cinco, seis, siete, pausa. ¡Muy bien, así se hace! Bueno, ahora, mírenos a Grace y a mí.

Julian y yo hicimos el paso básico de la salsa dos veces más. Entonces, él me hizo girar, me atrajo hacia sí y se inclinó hacia delante.

–¡Tachán!

El público se volvió loco y comenzó a aplaudir con sus manos artríticas. Era una sesión de baile para mayores, la actividad semanal favorita de la Residencia para la tercera edad Golden Meadows, y Julian estaba en su elemento. La mayoría de las semanas yo era su compañera de baile y hacía las veces de segunda profesora. Además, Mémé vivía allí, y, aunque era igual de cariñosa que un tiburón, yo tenía un sentido del deber para con la familia muy desarrollado, algo digno de los puritanos. Después de todo, éramos descendientes de los peregrinos del Mayflower. Poder ignorar a los familiares era privilegio de otros grupos más afortunados. Además, a mí me encantaba bailar, sobre todo con Julian, y no tenía demasiadas oportunidades de hacerlo.

–¿Lo ha entendido todo el mundo? –preguntó él, mirando a las parejas–. Uno, dos, tres, tap... hacia el otro lado, señor B... Cinco, seis, siete, no olviden la pausa. Bueno, vamos a ver si podemos hacerlo con música. Grace, ponte con el señor Creed y enséñale.

Los señores Bruno ya estaban en la pista de baile. Su osteoporosis y sus articulaciones artificiales no les permitían desplegar la sensualidad necesaria para bailar la salsa, pero lo compensaban con la expresión de sus caras... Era el amor, puro y simple, y la felicidad, y la alegría, y la gratitud. Era tan conmovedor, tan encantador, que perdí la cuenta de los pasos y el señor Creed se tropezó.

—Oh, lo siento —dije, y lo agarré con un poco más de firmeza—. Ha sido culpa mía.

Mi abuela emitió un ruido de disgusto. Como muchos otros residentes, iba todas las semanas a ver a los que bailaban. Entonces, la señora Slovananski tomó mi lugar. Se rumoreaba que estaba interesada en el señor Creed desde hacía tiempo. Yo me fui a hablar con uno de los espectadores.

—Hola, señor Donnelly. ¿No le apetece echar un bailecito? —le pregunté.

—Me encantaría, Grace, pero mi rodilla ya no es la que era. Además, no se me da muy bien bailar. Solo lo hacía bien cuando estaba mi mujer y me decía cómo tenía que moverme.

—Seguro que no es verdad —dije yo, dándole unas palmaditas en el brazo.

—Bueno... —respondió él, y se miró los pies.

—¿Cómo se conocieron su esposa y usted?

—Oh —dijo, y sonrió. Su mirada se perdió en algún punto—. Era mi vecina de al lado. No recuerdo un solo día que no estuviera enamorado de ella. Su familia vino a vivir al barrio cuando yo tenía doce años. Solo doce años, pero me cercioré de que los otros chicos supieran que ella iba a ir andando al colegio solo conmigo.

Su tono de voz era tan nostálgico que a mí se me hizo un nudo en la garganta.

–Qué suerte, conocerse cuando eran tan jóvenes –murmuré.

–Sí. Tuvimos mucha suerte –dijo él, con una sonrisa–. Muchísima.

Por muy noble y generoso que pudiera parecer el hecho de ir a dar clases de baile a los mayores, aquella era la mejor noche de mi semana. El resto de los días me quedaba en clase corrigiendo redacciones y ensayos y preparando exámenes. Pero los lunes me ponía una falda de colores brillantes, con lentejuelas, y me iba al baile. Además, por lo general iba pronto para leerles un libro a los pacientes que no salían.

–Gracie –me dijo Julian, haciéndome un gesto.

Yo miré la hora. Eran las nueve en punto, y muchos de los residentes ya tenían que acostarse. Julian y yo terminábamos las clases haciendo un pequeño espectáculo, un baile muy sobreactuado.

–¿Qué vamos a bailar esta noche?

–He pensado que un fox-trot –dijo él.

Cambió el CD, caminó hasta el centro de la pista y estiró los brazos con una floritura. Yo me acerqué a él y le tendí la mano, y él la tomó con elegancia. Giramos la cabeza repentinamente, hacia el público, y esperamos a que comenzara la música. Ah. Los Drifters, *There Goes My Baby*. Mientras nos movíamos por la pista de baile, Julian me miró a los ojos.

–Nos he apuntado a los dos a una clase.

–¿A clase de qué?

–De encontrar a la persona perfecta, o algo así. Si no da resultado, te devuelven el dinero. Me debes sesenta pavos. Una noche, seminario de dos horas, así que no te pongas como loca, ¿eh? Es una clase de motivación.

–No lo dirás en serio, ¿no?

—Shh. Tenemos que conocer a alguien. Y tú eres la que estás fingiendo que tienes novio. ¿No te parece mejor salir con alguien de verdad?

—Está bien, está bien. Es solo que parece... una tontería.

—¿Y lo del novio imaginario es muy inteligente?

Yo no respondí.

—Los dos somos tontos, Grace, por lo menos en relación a los hombres, o no estaríamos quedando tres veces a la semana para ver la tele, como si fuera lo más importante de nuestra agenda social, ¿no te parece?

—Vaya, sí que estás de mal humor.

—Tengo razón —dijo él. Me hizo dar un giro y volvió a tomarme entre sus brazos—. Ten cuidado, cariño, casi me pisas.

—Bueno, pues, a decir verdad, yo ya he conocido a alguien. Así que te llevo ventaja en esto.

—Me alegro por ti. La falda que llevas es preciosa.

Cuando terminamos de bailar, nuestro público volvió a aplaudir.

—Grace, ¡qué bien puesto tienes el nombre! —me dijo Dolores Barinski, una de mis favoritas.

—Oh, vamos —dije yo, aunque me encantó aquel piropo.

Los mayores pensaban que yo era encantadora, admiraban mi piel joven y mis miembros flexibles. ¡Por supuesto que aquella era la noche más importante de mi agenda social! Era muy romántico. Todos tenían una historia increíblemente dulce de cómo conocieron a su amor. Nadie tenía que meterse en una página de Internet y rellenar un formulario con información sobre si eras sij y buscabas a un católico, si los *piercings* te parecían atractivos o un espanto. Nadie de los que estaban allí necesitaba ir a clase para que le enseñaran a conseguir que un hombre les prestara atención.

Dicho esto, era cierto que tenía una cita con un hombre de una de mis páginas web. eCommitment había dado fruto. Era Dave, un ingeniero que trabajaba en Hartford y quería conocerme. Al ver su fotografía, aunque era antigua y él llevaba un corte de pelo pasado de moda, me di cuenta de que era guapísimo. Le respondí por correo electrónico, diciéndole que me encantaría tomar un café con él. ¿Quién iba a saber que era tan fácil?

Mientras besaba mejillas y recibía golpecitos suaves de manos amorosas, sentí una gran esperanza sin poder evitarlo. Dave y Grace. Grace y Dave. Aquella misma noche iba a conocer al hombre de mi vida. Cuando entrara en el Rex Java's, nuestras miradas se encontrarían y él se levantaría para saludarme con cara de asombro y maravilla. Con una sola mirada, yo lo sabría. Y, dentro de seis meses, estaríamos planeando la boda. Él me haría el desayuno los domingos por la mañana y daríamos largos paseos y, un día, cuando yo le dijera que estaba embarazada, se le llenarían los ojos de lágrimas de gratitud. Bueno, aunque no quería adelantarme, ni nada por el estilo.

Mémé se había marchado antes de que terminara el baile, así que no tuve que soportar sus acostumbradas críticas sobre mi técnica, mi pelo y mi ropa. Me despedí de Julian.

—Ya te llamo para decirte la hora y la fecha de la clase —me dijo, al darme un beso en la mejilla.

—De acuerdo. Vamos a intentarlo por todos los medios.

—Así me gusta, preciosa —dijo él. Me guiñó un ojo, se puso la bolsa al hombro y se marchó.

Entré al baño para arreglarme un poco el pelo antes de salir hacia mi cita con Dave. «Hola, Dave, soy Grace», le dije a mi reflejo del espejo. «No, no, es natural. Ah, ¿te encanta el pelo rizado? ¡Gracias, Dave!».

Cuando salí del baño, vi a alguien al final del pasillo,

caminando en sentido contrario al mío. Giró hacia la izquierda y tomó el pasillo del ala médica. Era Callahan O'Shea. ¿Qué estaba haciendo allí? ¿Y por qué yo me ruborizaba como si fuera una adolescente a la que acababan de pillar fumando en el baño? ¿Y por qué me quedé mirando el lugar por donde él había desaparecido, cuando tenía una cita con un tipo de verdad, eh? Pensando en todo aquello, me dirigí hacia mi coche.

Rex Java's estaba casi lleno cuando llegué, sobre todo, de colegiales, aunque ninguno de Manning, que estaba en Farmington. Miré furtivamente a mi alrededor. No parecía que Dave hubiera llegado todavía... Había una pareja de cuarentones en un rincón, tomados de la mano, riéndose. El hombre tomó un poco de la tarta de la mujer y ella le dio una palmadita en la mano, sonriendo. Yo sonreí. Todo el mundo podía darse cuenta de lo felices que eran. Un poco más allá, con la espalda apoyada en la pared, había un hombre mayor de pelo blanco, leyendo el periódico. Pero Dave no estaba por allí.

Pedí un *cappuccino* descafeinado y me senté. Entonces, me advertí a mí misma que no debía ilusionarme demasiado. Dave podía ser muy agradable, o ser un idiota. Aunque, de todos modos, su foto era muy agradable. Prometedora.

—Disculpa, ¿eres Grace?

Alcé la vista. Era el caballero del pelo blanco. Me sonaba su cara... ¿Acaso había ido alguna vez al baile de la residencia? Era un sitio público. O, si no, tal vez fuera alguien de Manning...

—Sí, soy Grace —dije yo.

—¡Soy Dave! ¡Me alegro de conocerte!

—Hola... eh... —balbuceé yo. Me quedé boquiabierta—. ¿Eres Dave? ¿Dave de eCommitment?

—¡Sí! ¡Encantado de conocerte! ¿Puedo sentarme?
—Eh... sí, claro —dije, lentamente.

Dave se sentó y estiró una pierna para sacarla de la mesa. El hombre que estaba delante de mí tenía, como mínimo, sesenta y cinco años. Posiblemente, setenta. Pelo blanco y escaso. Cara con arrugas. Manos venosas. Y... ¿era cosa mía, o tenía el ojo izquierdo de cristal?

—Este es un lugar muy bonito, ¿verdad? —comentó, mirando a su alrededor. Sí. Su ojo izquierdo no se movió ni un ápice. Definitivamente, era de cristal.

—Sí. Eh... escucha, Dave —dije, intentando que mi sonrisa resultara amigable—. Perdóname por decir esto, pero en tu foto... bueno, parecías muy joven.

—Ah, eso —dijo él, y se rio—. Muchas gracias. Bueno, y tú decías que te encantan los perros. A mí también. Tengo una golden retriever. Se llama Maddy. Tú también tienes perro, ¿no?

—Eh, sí. Sí, tengo un perro. Se llama Angus. Es un westie. Bueno, y ¿cuándo te hiciste esa foto?

Dave pensó unos instantes.

—Veamos... Creo que fue justo antes de ir a Vietnam. ¿Te gusta ir a comer a restaurantes? A mí me encanta. Comida italiana, china... de todo —dijo, con una sonrisa. Los dientes eran suyos, eso había que reconocerlo, aunque la mayoría estaban amarillentos y tenían manchas de nicotina. Intenté no estremecerme.

—Sí, sobre la foto, Dave. Mira, tal vez debieras poner una más actual, ¿no crees?

—Supongo que sí —dijo él—. Pero tú no habrías quedado conmigo si hubieras sabido mi verdadera edad, ¿no?

—Eso es exactamente lo que quiero decir, Dave. Estoy buscando a alguien de mi edad. Tú dijiste que tenías unos cuarenta.

—¡Es que tenía unos cuarenta! —exclamó Dave, y se echó a reír—. Una vez. Pero, escucha, querida, estar con un hombre mayor tiene sus ventajas, y me imagino que tus padres estarán más a favor si llegan a conocerme en persona –dijo él, sonriendo.

–Estoy segura de que es cierto, Dave, pero la verdad es que...

–Oh, perdona –dijo él–. Tengo que vaciar la bolsa. No te importa, ¿verdad? Me hirieron en Khe Sanh.

Khe Sanh. Siendo profesora de Historia, sabía perfectamente que Khe Sanh fue una de las batallas más encarnizadas de la Guerra de Vietnam. Se me hundieron los hombros.

–No, claro que no me importa. Adelante.

Él me guiñó el ojo bueno y se levantó. Se fue al baño cojeando ligeramente. Magnífico. Ahora tendría que quedarme, porque no podía dejar plantado a un veterano del Vietnam, ¿no? Sería muy poco patriótico. No podía decirle: «Lo siento mucho, Dave, no salgo con ancianos veteranos de guerra que no pueden hacer pis por sí mismos». Eso no estaría bien.

Así pues, en honor a mi país, me pasé una hora escuchando detalles sobre la búsqueda de esposa sumisa de Dave, sobre sus cinco hijos de tres mujeres, sobre el gran descuento que había conseguido para su butaca reclinable y sobre los catéteres que mejor le funcionaban.

–Bueno, tengo que irme ya –dije, cuando tuve la impresión de que había cumplido mi deber con los Estados Unidos–. Eh, Dave, tienes unas grandes cualidades, pero estoy buscando a alguien más cercano a mi edad.

–¿Estás segura de que no quieres volver a salir conmigo? –me preguntó él, con el ojo bueno clavado en mis pechos mientras que el otro señalaba en dirección norte–. Eres muy atractiva. Y dijiste que te gustaba bailar, así que me apuesto lo que quieras a que eres muy... flexible.

Yo me contuve para no estremecerme.

–Adiós, Dave.
La clase de Julian cada vez me parecía mejor idea.

–Todavía no tienes papá –le dije a Angus cuando llegué a casa. A él no pareció importarle demasiado–. Porque yo soy la única persona a la que necesitas, ¿verdad?
Él ladró una vez, y empezó a saltar junto a la puerta trasera para salir.
–Sí, cariño. Sí –dije, y le abrí la puerta. Él salió corriendo hacia la valla.
Yo tenía un mensaje en el contestador.
–Grace, soy Jim Emerson –dijo mi padre.
–También conocido como «papá» –le respondí yo a la máquina, poniendo los ojos en blanco y sonriendo.
El mensaje continuaba.
–He pasado por tu casa hace un rato, pero no estabas. Necesitas unas ventanas nuevas. Yo me encargo. Considéralo tu regalo de cumpleaños. Fue el mes pasado, ¿no? Bueno, de todos modos, ya está hecho. Te veo en Bull Run.
La máquina pitó.
Sonreí al pensar en la generosidad de mi padre. En realidad, yo ganaba lo suficiente como para pagar todas las facturas, pero no tanto como el resto de mi familia. Seguramente, Natalie ganaba el triple que yo, y solo llevaba un año trabajando. Margaret ganaba un sueldo como para comprar un país pequeño. La familia de mi padre era adinerada, tal y como Mémé nos recordaba a menudo. Además, él ganaba un buen salario. Pagar las reparaciones de mi casa hacía que se sintiera paternal. Incluso hubiera preferido hacerlo él mismo, pero tenía tendencia a hacerse daño con las herramientas eléctricas, cosa que había aprendido después de que tuvieran que darle diecinueve puntos de sutura a causa de una granuja de sierra radial, según sus propias palabras.

Me senté en el salón y miré a mi alrededor. Después de un año y medio de reformas, la casa estaba bastante bien. Las paredes del salón estaban pintadas de un color lavanda claro, con las molduras blancas. Había una lámpara de Tiffany en una esquina. Yo había comprado un sofá victoriano de respaldo curvo en una subasta, y lo había tapizado en tonos verdes, azules y lavanda. El comedor era verde claro, y la mesa era de nogal, de estilo Misión. A la casa no le faltaba de nada, salvo unas ventanas nuevas. Seguramente, necesitaba otro proyecto. Casi envidiaba a Callahan O'Shea, el de la casa de al lado, que estaba empezando de cero.

¡Guau! ¡Guau! ¡Guauguauguauguau!

—Bueno, bueno, ¿qué quieres ahora, Angus? —murmuré, y me levanté del sofá. Abrí la puerta corredera de la cocina y no vi a mi perrito blanco, que siempre era muy fácil de divisar. ¡Guau! ¡Guau! Me acerqué a la ventana del comedor.

Allí estaba, demonios. Angus había hecho un túnel por debajo de la valla y estaba en el jardín del vecino, ladrando a alguien. Alguien que no era sino Callahan O'Shea, que estaba sentado en el porche sin escalones, mirando fijamente a mi perro. Angus ladraba sin dejar de saltar desde el suelo, intentando llegar a morderle las piernas. Yo, con un suspiro, me encaminé a la puerta.

—¡Angus! ¡Angus! ¡Ven, cariño!

Por supuesto, mi perro no obedeció. Solté un gruñido y fui a la casa de al lado. No quería tener otro encuentro con el vecino expresidiario, pero, tal y como le estaba ladrando y gruñendo Angus, no me quedaba más remedio.

—Lo siento —dije—. Le dan miedo los hombres.

Callahan bajó del porche de un salto y me miró con sarcasmo.

—Sí, ya veo que está aterrorizado.

Angus se lanzó por su bota de trabajo. Le clavó los dientes en el cuero y gruñó de un modo adorable. Grrrrr, grrrr. Callahan sacudió el pie y consiguió zafarse de Angus, pero solo momentáneamente. Al instante, Angus volvió a morderle la bota con más ímpetu.

—¡Angus, no! ¡Qué malo! Lo siento, lo siento.

Callahan O'Shea no dijo nada. Yo me agaché y agarré a Angus por el collar, pero él no soltó la bota.

—Por favor, Angus. Vamos, si vienes conmigo te doy una galleta.

Volví a tirar, pero Angus tenía los dientes inferiores torcidos, y no quería arrancarle ninguno.

—Angus, suelta. Por favor, suelta.

Angus movió la cola y agitó la cabeza. Grrr. Grrr.

—Lo siento —dije yo—. Normalmente no es tan...

Mientras hablaba, me erguí, y golpeé algo duro con la coronilla. Era la barbilla de Callahan O'Shea. Sus dientes entrechocaron sonoramente, y echó la cabeza hacia atrás.

—¡Dios, mujer! —exclamó, frotándose la barbilla.

—¡Oh, Dios mío! ¡Lo siento muchísimo! —exclamé. Me dolía la cabeza del golpe.

Él me miró torvamente, se agachó y agarró a Angus por la piel de la nuca. Lo levantó del suelo y me lo entregó.

—No se le puede levantar así —dije, acariciándole el cuello a Angus, mientras mi perro me lamía la barbilla.

—Tampoco se le puede dejar que me muerda —replicó Callahan.

—Sí, claro —dije yo. Miré a mi perro y le besé la cabeza—. Siento lo de su barbilla.

—De todas las lesiones que me has causado hasta el momento, esta es la que menos me ha dolido.

—Ah. Bueno, me alegro —dije. Estaba tan ruborizada que me dolían las mejillas—. Eh... ¿vas a vivir aquí, o solo es una inversión?

Él se quedó callado. Obviamente, se estaba preguntando si valía la pena responderme.

—Voy a rehabilitarla y a venderla.

—Ah —respondí yo, con alivio. Angus vio una hoja que volaba por mi jardín y se retorció para que lo soltara. Lo dejé en el suelo, y él corrió hacia mi casa para perseguirla—. Buena suerte con la casa. Es muy bonita.

—Gracias.

—Buenas noches.

—Buenas noches.

Di unos cuantos pasos hacia mi casa, y me detuve.

—A propósito —añadí, volviéndome hacia él—. Te he buscado en Google y he visto que eres un desfalcador.

Callahan O'Shea no dijo nada.

—He de decir que estoy un poco decepcionada. Hannibal Lecter. Ese sí que era interesante.

Callahan sonrió al oírlo. Fue una sonrisa inesperada y de picardía, que le iluminó la cara. A mí se me aceleró el corazón. Aquella sonrisa era como una promesa de todo tipo de placeres, de calidez, y yo, sin darme cuenta, empecé a respirar agitadamente por la boca.

Entonces, oí el ruido, y Callahan O'Shea, también. Un ruidito de salpicaduras. Los dos miramos hacia abajo. Angus había vuelto y tenía una pata levantada porque estaba haciendo pis en la bota que había intentado comerse hacía un momento.

A Callahan O'Shea se le borró la sonrisa de los labios. Me miró, y dijo:

—No sé cuál de los dos es peor.

Después, se dio la vuelta y entró en su casa.

Capítulo 8

Trece meses, dos semanas y cuatro días después de que Andrew cancelara la boda, me parecía que yo ya estaba bastante bien. El verano posterior había sido muy duro sin la presencia cotidiana de mis alumnos, pero me dediqué por completo a la casa y, además, me convertí en jardinera. Cuando estaba inquieta, atravesaba el bosque que había detrás de mi casa y seguía la ribera del río Farmington arriba y abajo, acribillada por los mosquitos y sufriendo los arañazos de las ramas. Angus me acompañaba atado con la correa, pegando lametazos al río con su lengua rosa y con el pelaje blanco manchado de barro.

Pasé el fin de semana del Cuatro de Julio en Gettysburg, el verdadero Gettysburg, en Pensilvania, recreando la batalla junto a varios miles de personas y olvidándome del dolor durante unos días con la emoción de la lucha. Cuando volví, Julian me puso a trabajar en Jitterbug's, enseñando bailes de salón. Mamá y papá me invitaban a menudo a su casa, pero, como tenían miedo de disgustarme, eran horriblemente amables el uno con el otro, y todo era tan tenso y extraño que yo solo deseaba que fueran normales y se pelearan. Margaret y yo fuimos en coche hasta la costa de Maine, tan al norte, que el sol no se ponía hasta casi las diez de la noche. Pasamos unos días tranquilos paseando por la orilla del mar, mirando las barcas de pesca de langosta que estaban amarradas en el puerto y sin hablar de Andrew.

Gracias a Dios que tenía la casa. Había que lijar el suelo, pintar las molduras e ir a mercadillos y subastas para llenar mi hogar de cosas bonitas y elegidas exclusivamente por mí, que no tuvieran ninguna relación con Andrew. Una colección de figuritas de San Nicolás que ponía en la repisa de la chimenea cuando llegaba la Navidad. Dos pomos con las palabras *Escuela pública de la ciudad de Nueva York* talladas en la madera. Yo misma hice las cortinas e instalé lámparas y apliques. Pinté las paredes. Incluso tuve una cita con un chico, cosa que solo me sirvió para saber que todavía no quería salir con nadie.

Comenzó el curso escolar. Nunca me había alegrado tanto de ver a mis alumnos. Por mucho que tuvieran sus pequeñas flaquezas, estuvieran excesivamente mimados y utilizaran constantemente expresiones como «Totalmente», «Como muy» y «Lo que sea», eran fascinantes, tan llenos de potencial y de futuro. Me concentré por completo en la escuela, como siempre, buscando entre los resignados estudiantes alguna chispa, el resplandor que me indicaba que alguien había conectado con el pasado como me había sucedido a mí cuando era niña, que alguien podía sentir cuánta importancia tenía la historia en el presente.

La Navidad llegó y pasó. Año Nuevo, también. En San Valentín, Julian vino a casa cargado de películas violentas, comida tailandesa y helado, y nos reímos hasta que nos dolió el estómago, empeñados en ignorar el hecho de que aquel día debía haber sido mi primer aniversario y que él llevaba ocho años sin salir con nadie.

Y mi corazón se curó. Sucedió. El tiempo lo cura todo, y el dolor que sentía por Andrew fue mitigándose.

Solo pensaba en él cuando estaba sola, en la cama. ¿Lo había superado? Me decía a mí misma que sí.

Entonces, unas semanas antes de la boda de Kitty, Natalie y yo salimos a cenar juntas. Nunca le había contado la verdadera razón por la que habíamos roto Andrew y yo. De hecho, Andrew nunca había dicho esas palabras en voz alta. No era necesario que lo hiciera. Natalie eligió el lugar. Ella estaba trabajando en Pelli Clarke Pelli, en New Haven, uno de los estudios de arquitectura más importantes del país. Había tenido que quedarse a trabajar hasta tarde y sugirió que fuéramos al Hotel Omni, que tenía un restaurante con hermosas vistas y buenas copas.

Cuando la vi allí, me quedé un poco asombrada por su transformación. En algún momento, mi hermanita había pasado de ser guapa a ser impresionante. En casa o en el instituto, ella vestía con pantalones vaqueros y sudaderas, ropa típica de estudiantes, y llevaba una melena lisa y larga. En aquellos tiempos era la clásica chica estadounidense sana y encantadora. Sin embargo, cuando comenzó a trabajar de verdad, invirtió en algo de ropa, se hizo un elegante corte de pelo, empezó a maquillarse y... ¡guau! Parecía una Grace Kelly moderna.

—¡Hola, preciosa! —le dije, dándole un abrazo lleno de orgullo—. ¡Estás guapísima!

—Tú también —respondió ella, con generosidad—. Cada vez que te veo pienso que vendería mi alma al diablo por tener tu pelo.

—Mi pelo es terrible, no seas tonta —dije. Sin embargo, me agradó. Solo Natalie podía ser sincera sobre eso, mi angelito.

Pedí un gin tonic, porque no era muy sofisticada en cuanto a la bebida. Nat pidió un Martini con vodka.

—¿Qué vodka quiere? —le preguntó el camarero.

—Belvedere, si tiene —respondió ella, con una sonrisa.

—Sí, tenemos. Excelente elección —dijo el camarero.

Era obvio que se había quedado prendado de ella. Yo también sonreí, y me pregunté cuándo había aprendido mi hermana pequeña a beber buen vodka.

Charlamos. Natalie me habló de su trabajo y sus compañeros, de la casa que estaban proyectando, que tendría vistas a la bahía de Chesapeake, de lo mucho que le gustaba lo que hacía. Yo me sentí un poco... bueno, un poco pedestre, supongo. Enseñar era muy gratificante, sí. Yo quería a mis alumnos y Manning se había convertido en una parte de mi alma. Sin embargo, mis noticias no parecían muy interesantes, pese a que Natalie escuchara con verdadero interés que el doctor Eckhart se había quedado dormido en la reunión del departamento cuando yo había sugerido que se pusiera al día el programa de Historia y que me molestaba mucho el comportamiento de mi compañera Ava.

En aquel momento, oímos una carcajada y nos dimos la vuelta. Había un grupo de seis u ocho hombres que salía del ascensor. El primero de ellos era Andrew.

Yo no había vuelto a verlo desde que me había dejado, y fue como un puñetazo en el estómago. Me quedé pálida y noté algo como un pitido en los oídos. Sentí calor y luego frío y, después, calor otra vez. Andrew. No era demasiado alto, ni demasiado guapo, pero todo mi cuerpo rugió en su presencia. Se me quedó la mente en blanco. Andrew sonrió a uno de sus colegas y dijo algo y, una vez más, hubo carcajadas.

—¿Grace? —susurró Natalie.

Yo no respondí.

Entonces, Andrew se dio la vuelta y nos vio. A él le sucedió lo mismo que me había pasado a mí. Se quedó pálido, enrojeció y abrió unos ojos como platos. Entonces, esbozó una sonrisa forzada y se dirigió hacia nosotras.

—¿Quieres que nos vayamos? —me preguntó Nat.

Yo me giré hacia ella. Mi hermana estaba bellísima. Tenía las mejillas sonrosadas y una ceja enarcada. Me miraba con preocupación, y me tocó suavemente la mano.

–¡No! No, claro que no. Estoy bien. ¿Qué tal, Andrew? –pregunté, poniéndome en pie.

–Grace –dijo Andrew. Su voz me era tan familiar como si fuese una parte de mí.

–Qué sorpresa más agradable –dije yo–. Seguro que te acuerdas de Nat.

–Por supuesto –dijo él–. Hola, Natalie.

–Hola –respondió ella, medio susurrando, y apartó la mirada.

Sin saber por qué, le pedí a Andrew que se quedara un rato con nosotras, y él no tuvo más remedio que decir que sí. Nos sentamos todos juntos, de un modo civilizado y cordial, como si estuviéramos tomando el té en el palacio de Windsor. Andrew tragó saliva al enterarse de que Natalie vivía en la misma ciudad en la que él trabajaba, pero disimuló su reacción. «Ninth Square, hay buenas casas reformadas por allí. ¿Ah, trabajas en Pelli? ¡Qué emocionante! El mundo es un pañuelo. ¿Y tú, Grace? ¿Qué tal en Manning? ¿Tienes buenos alumnos este año? Estupendo. Umm… ¿Y vuestros padres? ¿Bien? Me alegro. ¿Y Margaret y Stu? Genial».

Y, mientras estábamos allí sentados y Andrew parloteaba con nerviosismo, yo lo vi todo con claridad. A Natalie le temblaban ligeramente las manos y, para ocultarlo, se las había agarrado elegantemente por encima de la mesa. Al mirar a Andrew se le dilataban las pupilas, aunque trataba de no mirarlo en absoluto. Tenía la piel muy sonrojada. Incluso sus labios estaban más rojos de lo normal. Era como ver un programa del Discovery Channel sobre la ciencia de la atracción.

Y, si Natalie estaba afectada por la situación, Andrew estaba aterrorizado. Tenía gotas de sudor en la frente, y las puntas de las orejas tan rojas que parecía que iban a empezar a arder por combustión espontánea. Hablaba más rápido de lo normal e intentaba sonreírme con frecuencia, aunque no me miraba a los ojos.

–Bueno –dijo, en cuanto pudo escapar–, tengo que irme con mis compañeros. Um... Grace... estás estupenda. Me alegro mucho de haberte visto.

Me dio un abrazo rápido y retrocedió bruscamente.

–Natalie, eh, cuídate.

Ella alzó la vista, y yo vi que sus ojos eran un mundo de tristeza, sentimiento de culpabilidad, amor y desesperanza.

–Tú también, Andrew.

Las dos lo vimos alejarse hacia el grupo de sus compañeros de trabajo que, por suerte, estaban al otro lado del inmenso restaurante.

–¿Quieres que vayamos a otro sitio? –me preguntó Natalie, entonces.

–No, no. Estoy bien. Me gusta este lugar. Además, nos van a traer la cena enseguida –dije yo, y las dos nos sonreímos.

–¿Estás bien? –preguntó ella, con suavidad.

–Pues claro que sí –dije–. Claro. A ver, yo le quería, y eso, y es un chico estupendo, pero... ya sabes. No era el hombre perfecto para mí.

–¿No?

–No. Ya te digo que es estupendo, pero... –hice una pausa y fingí que me quedaba pensativa–. No sé. Nos faltaba algo.

–Ah –dijo ella.

Nos llevaron la cena. Yo había pedido un filete. Natalie, salmón. Las patatas eran deliciosas. Charlamos sobre películas y sobre la familia, libros y programas de televisión. Cuando nos llevaron la cuenta, pagó Natalie, y yo la dejé. Después, nos pusimos en pie. Mi hermana no miró en dirección al grupo de Andrew. Salió del restaurante delante de mí.

Sin embargo, yo sí me giré. Vi que Andrew estaba mirando a Natalie como un drogadicto que necesitaba una dosis. No se dio cuenta de que yo lo observaba, porque solo tenía ojos para ella.

Alcancé a mi hermana, y le dije:

–Gracias por la invitación, Nattie.

–Oh, Grace, de nada –dijo ella, tal vez, con demasiada emoción.

Mientras bajábamos en el ascensor, a mí me latía el corazón con fuerza al pensar en lo que había en los ojos de Natalie al mirar a Andrew. Me imaginé qué clase de carácter hacía falta para alejarse por otra persona del que podía ser el amor de tu vida. Sentir el gran flechazo y no poder hacer nada al respecto. Me pregunté si yo tenía la generosidad necesaria para hacer algo así. Me pregunté qué clase de corazón tenía en realidad. Qué clase de hermana era, en realidad.

–Se me ha ocurrido una cosa muy rara –dije, mientras caminábamos hacia el apartamento de Natalie, tomadas del brazo.

–A ti siempre se te ocurren cosas muy raras –respondió ella, casi recuperando nuestra conexión habitual.

–Bueno, esto es más raro de lo normal, pero me parece que es genial –dije–. Natalie, creo que deberías... que deberías salir con Andrew. Me parece que él se equivocó al principio al elegir la hermana.

Todas aquellas cosas volvieron a aparecer en los ojos de Natalie, el horror, la culpabilidad, la tristeza, el dolor... y la esperanza. Sí. La esperanza.

–Grace, yo nunca...

–Lo sé. De verdad, lo sé –murmuré yo–. Pero creo que Andrew y tú deberíais hablar.

Unos días después, quedé con Andrew y le dije lo

mismo que le había dicho a Natalie. Vi en su semblante las mismas emociones que había visto en los ojos de mi hermana. Y algo más: la gratitud. Puso algunas objeciones muy caballerosas, pero, al final, aceptó, tal y como yo había pensado. Le sugerí que se vieran en persona, en vez de comunicarse por teléfono o por el correo electrónico. Y ellos aceptaron mi consejo.

Al día siguiente, Natalie me llamó y me contó que habían estado paseando por New Haven, y que habían terminado temblando de frío en un banco, bajo los majestuosos árboles de Wooster Square, charlando. Me preguntó varias veces si aquello estaba bien, y yo le aseguré que sí.

Y era cierto, salvo por un pequeño detalle: yo no estaba segura de haber superado aún lo de Andrew.

Capítulo 9

El sábado por la mañana, Angus me despertó ladrando y arañando la puerta como si hubiera un filete debajo.

–¿Qué pasa? ¿Quién es? –balbuceé. Miré el reloj y vi que solo eran las siete de la mañana–. ¡Angus! Será mejor que se esté quemando la casa, o vas a tener problemas.

Normalmente, mi amada mascota se conformaba con dormir completamente estirado en medio de la cama, ocupando dos tercios del espacio, aunque solo pesara seis kilos y medio.

Tomé una goma del pelo, me hice una coleta y abrí la puerta de la habitación. Angus bajó las escaleras como un rayo e hizo su tradicional danza de recibimiento al visitante delante de la puerta principal, que consistía en saltar con las cuatro patas a la vez. Ah, claro. Aquel día era la batalla de Bull Run, y Margaret iba a ir conmigo. Parecía que ella tenía ganas de levantarse muy temprano, pero yo necesitaba cafeína antes de poder matar a algún sudista rebelde. ¿O me tocaba matar Bluebellies aquel día?

Tomé a Angus en brazos y abrí la puerta.

–Hola, Margaret –murmuré, con los ojos entrecerrados para protegerme de la luz.

Callahan O'Shea estaba en mi porche.

—No me hagas daño —dijo.

Se le había aclarado bastante el hematoma del ojo, pero aún lo tenía amarillo y marrón. Tenía los ojos muy azules y un poco inclinados hacia abajo por las comisuras. Eso le daba un aspecto... de tristeza. Enternecedor. Sexy. Llevaba una camiseta roja desvaída y unos pantalones vaqueros. Allí estaba otra vez aquella molesta punzada de atracción.

—Bueno, ¿has venido a demandarme? —le pregunté.

Angus ladró en mis brazos.

Él sonrió, y la punzada se convirtió en una avalancha.

—No. He venido a cambiarte las ventanas. A propósito, qué pijama más bonito.

Yo miré hacia abajo. Mierda. El pijama de Bob Esponja que me había regalado Julian. Teníamos la tradición de hacernos regalos horribles... Yo había llegado al extremo de regalarle una cabeza de arcilla con el pelo de chía. Entonces, reparé en lo que me había dicho.

—¿Disculpa? ¿Acabas de decirme que vas a cambiarme las ventanas?

—Sí —dijo él. Asomó la cabeza al interior del vestíbulo y miró hacia el salón—. Tu padre me contrató el otro día. ¿No te lo ha dicho?

—No. ¿Cuándo?

—El jueves. Tú habías salido. Qué casa más bonita tienes. ¿Te la compró papá?

Yo me quedé boquiabierta.

—¡Eh!

—Bueno, ¿te quitas de en medio para que pueda pasar, o no?

Yo me abracé con fuerza a Angus.

—No. Escucha, no creo que...

—¿Qué pasa? ¿Es que no quieres que te cambie las ventanas un expresidiario?

–Bueno, en realidad... Yo... –dije, tartamudeando. Me parecía un poco cruel decirlo en voz alta, pero lo hice–. No, gracias. Preferiría contratar a otro carpintero... uno de mi confianza, que ya me ha hecho más cosas.

–A mí ya me han contratado. Tu padre me pagó la mitad por adelantado –dijo. Me miró con los ojos entrecerrados, y yo apreté los dientes.

–Bueno, eso es un inconveniente, porque tendrás que devolver el dinero.

–No.

Me quedé boquiabierta nuevamente.

–Pues lo siento, pero no quiero que trabajes aquí –le dije. «No quiero que me veas en pijama. Ni que alborotes las cosas. Ni que, posiblemente, me robes algo».

Él me miró fijamente con la cabeza ladeada.

–Vaya, qué doloroso es pensar que no te caigo bien. Y, además, qué irónico, teniendo en cuenta que, si alguien tiene motivos para que el otro no le caiga bien, yo votaría por mí.

–¡No hay ninguna votación, tío! Yo no te he pedido que...

–Como tengo mejores modales que tú, me reservaré mi opinión y solo diré que no me gusta tu propensión a la violencia. Sin embargo, ya he aceptado el dinero de tu padre y, si quieres ventanas nuevas antes del invierno, yo tengo que encargarlas en un taller especializado de Kansas. Además, sinceramente, necesito el trabajo, así que déjate de indignación, olvida que te he visto en pijama y vamos a ponernos manos a la obra. Tengo que medir las ventanas. ¿Quieres que empiece en el piso de arriba, o en el de abajo?

En aquel preciso instante el BMW de Natalie apareció por la calle, y Angus se puso como loco entre mis brazos. Yo lo agarré con fuerza para que no se me escapara, mientras sus ladridos me taladraban el cerebro.

—¿Puedes controlar a la pequeña bestia? —me pidió Callahan O'Shea.

—Calla —murmuré—. No, tú no, Angus, cariño. ¡Hola, Natalie!

—Hola —dijo ella, mientras subía los escalones. Se detuvo y miró a mi vecino con curiosidad—. Hola. Soy Natalie Emerson, soy la hermana de Grace.

Callahan le estrechó la mano con una sonrisa de apreciación, y me cayó aún peor que antes.

—Callahan O'Shea —murmuró él—. Soy el carpintero de Grace.

—No es verdad —dije yo—. ¿Qué te trae por aquí, Natalie?

—Me apetecía tomar una taza de café contigo —dijo ella con una gran sonrisa—. Me estoy muriendo por saber más cosas de tu nuevo novio. No hemos podido hablar desde la exposición de mamá.

—¿Un novio? —preguntó Callahan—. Supongo que le gusta el trato rudo.

Natalie subió las cejas tres centímetros y sonrió. Observó su ojo morado.

—Vamos, Grace, ¿me invitas a un café? Callahan, ¿te apetece una taza?

—Me encantaría —dijo él, sonriendo a mi preciosa y repentinamente molesta hermana.

Cinco minutos después, yo estaba mirando la cafetera de mal humor, mientras Natalie y Callahan O'Shea se hacían los mejores amigos del mundo.

—Entonces, ¿de verdad que Grace te golpeó con el *stick* de hockey? ¡Ay, Grace! —exclamó, y se echó a reír con aquellas carcajadas roncas y seductoras que volvían locos a los hombres.

—Fue en defensa propia —dije yo, mientras sacaba unas tazas del armario.

—Estaba borracha —explicó Callahan—. Bueno, la primera vez estaba borracha. La segunda vez, con el rastrillo, solo fue una frivolidad.

—No fue una frivolidad —dije yo. Puse la cafetera y la leche sobre la nevera, con una fuerza considerable—. A mí nunca me han descrito como una persona frívola.

—No sé, Natalie —dijo Callahan, ladeando la cabeza—. ¿A ti no te parece frívolo ese pijama? —preguntó, recorriendo mi figura con los ojos, de pies a cabeza.

—Se acabó, irlandés. Estás despedido. Otra vez. Todavía. Lo que sea.

—Oh, vamos, Grace —dijo Natalie, riéndose—. Tiene un poco de razón. Espero que Wyatt no te vea con ese pijama.

—A Wyatt le encanta Bob Esponja —repliqué yo.

Nat le sirvió una taza de café a Callahan y no pudo ver los puñales que yo le lanzaba con la mirada.

—Cal, ¿tú has conocido al novio de Grace? —le preguntó.

—Pues no, no lo he visto —dijo él, y me miró con una ceja arqueada. Yo intenté ignorarlo, pero no era fácil. Estaba tan... impresionante, allí sentado en mi cocina, con Angus mordiéndole el cordón de la bota, tomando un café en una de mis tazas azules... Bajo la luz del sol que entraba por la ventana, le brillaba el pelo y se le veían unos reflejos dorados en mitad del color castaño rojizo. Era muy masculino, y me di cuenta de que aquellos hombros anchos y aquellos grandes músculos estaban a punto de arreglar cosas de mi casa... demonios. ¿Quién no iba a excitarse?

—Bueno, Grace, ¿y cómo es? —preguntó Natalie. Por un segundo, pensé que se refería a Callahan O'Shea.

—¿Eh? Ah, ¿Wyatt? Eh... es muy... simpático.

—Vaya, eso está genial. ¿Y qué tal fue vuestra cita de la otra noche?

Mierda. Natalie me había llamado hacía unos días, y yo oía la voz de Andrew al fondo, así que había abreviado la conversación diciéndole que había quedado con Wyatt en Hartford. Oh, qué enredo... Callahan tenía los ojos clavados en mí, unos ojos increíblemente azules y burlones.

—La cita fue muy bien. Agradable. Cenamos. Bebimos. Nos besamos. Esas cosas.

«¡Qué elocuente, Grace!». De nuevo, Callahan enarcó una ceja.

—Vamos, Grace —insistió mi hermana—. ¿Cómo es? Bueno, ya sé que es cirujano pediatra, así que tiene que ser maravilloso, pero dame detalles.

—¡Encantador! Es una persona encantadora. Es muy... —miré a Callahan— respetuoso. Cordial. Increíblemente bueno. Da dinero a las personas sin hogar y... eh... rescata gatos callejeros.

—Parece que es perfecto —dijo Natalie, en tono de aprobación—. ¿Tiene sentido del humor?

—Sí, mucho. Es muy gracioso. Pero de una forma bondadosa, no sarcástica ni grosera.

—Entonces, ¿es el claro ejemplo de que los opuestos se atraen? —inquirió Callahan.

—Creía que acababa de despedirte —respondí.

Él sonrió, y a mí me temblaron las rodillas.

—Pues a mí me parece que debe de ser fantástico —dijo Natalie, con su preciosa sonrisa.

—Gracias —le dije yo. Por un segundo, tuve la tentación de preguntarle por Andrew, pero, con Callahan allí, me contuve.

—¿Vas a ir a la batalla de hoy, Grace? —me preguntó mi hermana.

—¿Qué batalla? —preguntó Callahan.

—No se lo digas —le ordené a Natalie—. Y, sí, voy a ir.

—Yo no puedo. Tengo que volver a New Haven —dijo ella, con pesar. Dejó la taza en la mesa y añadió—. Ha sido un placer conocerte, Callahan.

—El placer ha sido mío —dijo él, y se puso en pie. Vaya, vaya, el expresidiario tenía modales... al menos, cuando Natalie estaba presente.

La acompañé a la puerta y le di un abrazo.

—¿Va todo bien con Andrew? —le pregunté, en un tono ligero.

Ella sonrió de tal manera que fue como ver salir el sol.

—Oh, Grace... sí.

—Genial —dije, apartándole un mechón de pelo sedoso de la cara—. Me alegro por ti, cariño.

—Gracias —murmuró Natalie—. ¡Y yo también me alegro por ti, Grace! ¡Wyatt parece perfecto! —dijo, y me abrazó con fuerza—. ¿Nos vemos pronto?

—Pues claro —respondí, y le devolví el abrazo con el corazón hinchado de amor. Después, vi alejarse su coche pequeño y elegante, y la sonrisa se me borró de la cara. Margaret se había dado cuenta al instante de que Wyatt era un personaje de ficción, y parecía que Callahan O'Shea, un perfecto desconocido, también. Sin embargo, Natalie, no. Claro que, para ella, era muy importante que yo estuviera con un tipo estupendo, ¿no? El hecho de que yo tuviera una pareja estable significaba... Bueno. Yo sabía lo que significaba.

Suspiré y volví a la cocina.

—Bueno —dijo Callahan, que se inclinó hacia atrás en la silla, con las manos detrás de la nuca—. Así que tu novio es un rescatador de gatos.

Sonreí.

—Sí. En su zona tienen un problema con los gatos asilvestrados. Muy triste. Los capturan con jaulas y los dan en adopción. ¿Quieres uno?

—¿Un gato asilvestrado?

—Sí. Dicen que tu mascota debe estar en concordancia con tu personalidad.

Él se echó a reír. Su risa era muy seductora y, de repente, a mí me flaquearon las rodillas más que cuando fui a ver a Bruce Springsteen en concierto.

—No, gracias, Grace.

—Bueno, cuéntame, Callahan O'Shea —dije yo, con energía—. ¿Cuánto dinero desfalcaste, y a quién?

Él se puso un poco tenso con la pregunta.

—Un millón seiscientos mil dólares. A mi jefe.

—Un millón... ¡Dios Santo!

De repente, me acordé de que mi chequera estaba allí mismo, en la encimera, junto al frigorífico. Debería esconderla, ¿no? Aunque yo no tenía un millón de dólares, por supuesto. Callahan siguió mi mirada de nerviosismo y enarcó la ceja una vez más.

—Qué tentación —dijo—. Pero he pasado página. Aunque va a ser muy difícil resistirse a eso —añadió, señalando con un movimiento de la cabeza mi colección de perros de hierro antiguos. Después, se puso de pie y llenó todo el espacio de la cocina—. ¿Puedo subir a medir las ventanas, Grace?

Yo abrí la boca para protestar, pero la cerré de nuevo. No merecía la pena discutir. ¿Cuánto podía tardar en cambiar unas ventanas? ¿Un par de días?

—Eh, claro. Pero espera un segundo, voy a comprobar que... um...

—¿Por qué no subes conmigo? Así, si tengo la tentación de revolver en tu joyero, tú misma podrás impedirlo.

—Quería asegurarme de que la cama estaba hecha, eso es todo —dije, mintiendo—. Por aquí.

Durante los tres minutos siguientes tuve que contener la lujuria y la irritación que sentía mientras Callahan O'Shea tomaba las medidas de las ventanas de mi habitación. Después, entró en la habitación de invitados e hizo lo mismo, con movimientos de experto. Anotó las medidas, abrió una de las ventanas y miró el marco exterior.

—Puede que tenga que reparar el recerco cuando las cambie —dijo—, pero no lo sabré hasta que las quite. Estas son bastante viejas.

Yo lo miré a la cara.

—Sí, claro. De acuerdo. Me parece bien.

Él se acercó a mí, y a mí se me cortó la respiración. Dios. Callahan O'Shea estaba a dos centímetros de mí. Notaba el calor que desprendía su cuerpo, y se me aceleró el corazón. Me rozó la mano con el dorso de la suya, con la que todavía sujetaba el metro, y, de repente, tuve que abrir la boca para poder tomar aire.

—¿Grace?

—¿Sí? —susurré. Veía el pulso latiendo en su cuello, y me pregunté cómo sería besar aquel cuello, deslizar mis dedos entre su pelo revuelto...

—¿Podrías apartarte? —me preguntó él.

Yo cerré la boca.

—¡Claro! ¡Claro! Se me ha ido el santo al cielo.

Él sonrió con astucia.

Bajamos las escaleras y, muy poco después, Callahan O'Shea había terminado, para decepción mía.

—Voy a hacer el pedido. Te avisaré cuando lleguen las ventanas nuevas —dijo.

—Muy bien.

—Adiós. Buena suerte con la batalla.

—Gracias —respondí, ruborizándome sin motivo aparente.

—Y cierra bien las puertas. Voy a estar en casa todo el día.

—Qué gracioso. Vamos, lárgate —le dije—. Tengo muchos yanquis que matar.

Capítulo 10

El cañón rugió en mis oídos, y percibí el olor del humo, acre y estimulante. Vi caer a seis soldados de la Unión. Detrás de la primera línea, los Bluebellies volvieron a cargar sus armas.

—Esto es tan raro... —murmuró Margaret, mientras me daba pólvora para que yo pudiera recargar el cañón.

—Oh, cállate —le dije yo, cariñosamente—. Estamos rindiendo homenaje a la historia. Y deja de quejarte, que enseguida estarás muerta. ¡Váyase al infierno, señor Lincoln! —grité, y le pedí disculpas mentalmente al querido Abe, el mejor presidente que nunca tuviera nuestro país. Estaba segura de que él iba a perdonarme, sabiendo que yo tenía una reproducción en miniatura del Lincoln Memorial en mi habitación, y que era capaz de recitar el Discurso de Gettysburg de memoria (y lo hacía a menudo).

Sin embargo, Hermano contra hermano se tomaba muy en serio las batallas. Teníamos unos doscientos voluntarios, y todas las recreaciones se preparaban con minuciosidad para llevarlas a cabo lo más fielmente posible con la historia. Los soldados yanquis dispararon, y Margaret cayó al suelo poniendo los ojos en blanco. Yo recibí un disparo en el hombro, di un grito y me desplomé a su lado.

—Yo voy a tardar unas horas en estirar la pata —le dije a

mi hermana–. El plomo me va a envenenar la sangre. No había tratamiento, en realidad; aunque me hubieran llevado al hospital de campaña, habría muerto seguramente. Así que, de cualquier forma, me espera una muerte lenta y dolorosa.

–Repito, todo esto es tan raro... –dijo Margaret, y abrió el teléfono móvil para revisar sus mensajes.

–¡No hagas eso! –ladré yo.

–¿El qué?

–¡Mirar el móvil! No puede haber nada moderno en una recreación histórica. Y, si todo te parece tan raro, ¿por qué has venido? –le pregunté.

–Papá no dejaba de asediar a Junie –me dijo Margaret, refiriéndose a su secretaria– y, al final, ella me suplicó que dijera que sí solo para que él dejara de llamar y de pasar por allí. Además, quería salir de casa.

–Bueno, pues ya estás aquí, así que deja de gimotear –le dije. Le tendí la mano como si fuera un soldado rebelde que buscaba el consuelo de su hermano caído en batalla–. Estamos al aire libre, hace un día maravilloso y hemos caído en un campo de tréboles que huele deliciosamente bien.

Margaret no respondió. Yo la miré de nuevo. Estaba estudiando el teléfono con cara de pocos amigos. Aquella expresión no era extraña en ella, pero le temblaban los labios de un modo sospechoso, como si estuviera a punto de llorar. Me incorporé y me senté de golpe.

–¿Margs? ¿Va todo bien?

–Oh, sí, divinamente.

–¿No se supone que estáis muertas? –nos preguntó mi padre, que se acercaba a nosotras.

–Perdón, papá. Quiero decir, perdón, general Jackson –dije, y me dejé caer en la hierba.

–Margaret, por favor, guarda el teléfono. Aquí hay mucha gente que ha trabajado muchísimo para que esto sea auténtico.

Margaret puso los ojos en blanco.

—Bull Run en Connecticut. Muy auténtico.

Mi padre gruñó. Un oficial se le acercó corriendo.

—¿Qué hacemos, señor? —le preguntó.

—¡Señor, vamos a responder con las bayonetas! —ladró mi padre. Yo sentí un escalofrío de emoción al oír aquellas palabras históricas. ¡Qué guerra! Los dos oficiales hablaron y, después, se marcharon para dirigirse a los soldados que estaban en la ladera de la colina.

—Puede que necesite darme un tiempo con Stuart —dijo Margaret.

Yo volví a sentarme de un respingo, y empujé a un confederado que estaba recolocando mi cañón.

—Discúlpame —le dije—. A por ellos.

Otro soldado y él se llevaron el cañón entre los disparos esporádicos y los gritos de los oficiales.

—Margaret, ¿lo dices en serio?

—Necesito un poco de espacio —respondió ella.

—¿Qué ha pasado?

Margaret suspiró.

—Nada. Ese es el problema. Llevamos siete años casados, y no hay nada que sea diferente. Hacemos siempre las mismas cosas: llegamos a casa, nos miramos durante la cena, hablamos de trabajo o de las noticias, yo lo miro y me pregunto: «¿Esto es todo?».

Una mariposa se posó en uno de los botones de latón de mi uniforme. Después, movió las alas y salió volando. Se nos acercó un confederado y nos preguntó:

—Chicas, ¿estáis muertas?

—Sí, sí. Lo siento —dije yo, mientras me tumbaba de nuevo, tirando de la mano a Margaret para que hiciera lo mismo—. Pero... ¿ha ocurrido algo más, Margaret?

—No. Solo me pregunto si me quiere de verdad. Si yo lo quiero a él. Si esto es el matrimonio, o si es que nos hemos equivocado al elegir a la persona.

Nos quedamos tumbadas en la hierba sin decir nada más. Yo tenía un nudo en la garganta. Quería mucho a Stuart, un hombre callado y bueno, pero tenía que admitir que no lo conocía perfectamente. Lo veía de vez en cuando en el trabajo, y eso era todo. Los estudiantes de Manning lo adoraban, eso sí estaba claro. Sin embargo, las comidas familiares solían girar en torno a las discusiones de papá y mamá o los soliloquios de Mémé y, normalmente, Stuart no tenía ocasión de decir ni una palabra. Lo que yo sí sabía era que Stuart era inteligente, bueno y muy considerado con mi hermana. El único pero que podía encontrar era que la adoraba en demasía y que acudía a ella para consultarla sobre todo.

El ruido de la huida de los soldados de la Unión y los gritos de triunfo de los rebeldes se oyó por toda la zona.

–¿Podemos irnos ya? –preguntó Margaret.

–No. Papá está reuniendo las trece armas justo en este momento. Espera... espera... –le dije yo. Me había erguido ligeramente apoyándome en los codos para poder ver. Sonreí de impaciencia.

–¡Allí está Jackson, el verdadero muro de piedra! –gritó Rick Jones, que hacía de coronel Bee.

–¡Hurra! ¡Hurra! –grité yo. Aunque, supuestamente, estaba muerta, no pude contenerme y me uní a los vítores. Margaret cabeceó, pero estaba sonriendo.

–Grace, de verdad, necesitas una vida –me dijo, mientras se ponía en pie.

–¿Y qué piensa Stuart? –le pregunté, tomando la mano que me ofrecía.

–Dice que haga lo que necesite para aclararme la cabeza –dijo Margaret, y volvió a cabecear. Sin embargo, en aquella ocasión lo hizo con disgusto–. Escucha, Grace, ¿podría quedarme en tu casa una o dos semanas? ¿O un poco más?

–Pues claro. Lo que necesites.

—Ah, y… escucha esto también: te estoy liando con un tipo que se llama Lester. Lo conocí en la exposición de mamá de la semana pasada. Es herrero, o algo por el estilo.

—¿Un herrero que se llama Lester? Margaret, vamos —dije. Entonces, me quedé callada. No podía ser peor que mi amigo el veterano de guerra—. ¿Es mono?

—Bueno, no lo sé. No es mono, exactamente, pero sí es atractivo, a su manera.

—Lester el herrero, atractivo a su manera. Eso no suena muy prometedor.

—¿Y qué? A caballo regalado no le mires el diente. Además, dijiste que querías conocer a alguien, así que vas a conocerlo. ¿De acuerdo? De acuerdo. Le digo que te llame.

—Bueno. Eh, Margs, ¿has investigado sobre ese tipo del que te di el nombre?

—¿Qué nombre?

—Callahan O'Shea, el expresidiario. Vive en la casa de al lado de la mía. Hizo un desfalco de un millón seiscientos mil dólares.

—No, no he tenido tiempo, lo siento. Lo intentaré esta semana. Desfalco. Eso no es tan malo, ¿no?

—Tampoco es bueno precisamente, Margs. Y fue más de un millón de dólares.

—Pero es mejor que una violación y un asesinato —dijo mi hermana, alegremente—. Mira, hay donuts. Gracias a Dios, porque me muero de hambre.

Y, con esas palabras, dejamos el campo de batalla y nos pusimos a tomar café con donuts. Aquello no era fiel a la historia, por supuesto, pero era mejor que la carne de mula y las tortas de maíz.

Aquella noche me pasé una hora domando mis rizos encrespados y arreglándome con uno de mis nuevos conjuntos. Tenía dos citas a través de eCommitment... Bueno, no eran exactamente citas, pero sí unos encuentros para ver si merecía la pena tener una cita. El primero era con Jeff, y parecía muy prometedor. Tenía su propio negocio en la industria del entretenimiento, y su foto era muy agradable. Igual que a mí, le gustaba caminar, le gustaba la jardinería y le gustaban las películas históricas. Aunque su preferida era 300, y eso... ¿qué decía de él? Decidí pasarlo por alto momentáneamente. Tampoco estaba segura de cuál era su negocio. Industria del entretenimiento... um... Tal vez fuera agente, o algo por el estilo. O tuviera un sello discográfico, o una discoteca. Sonaba casi glamuroso.

Jeff y yo habíamos quedado para tomar algo en Farmington. Después, yo iba a tomar algo también con Leon. Leon era profesor de Ciencias, así que ya sabía que íbamos a tener muchas cosas de las que hablar... De hecho, nuestros tres correos electrónicos hasta la fecha habían sido sobre la enseñanza y sus altibajos, y yo estaba deseando saber más cosas sobre su vida personal.

Cuando llegué a la cafetería, reconocí a Jeff por la foto. Era bajito y mono. Tenía los ojos y el pelo castaño y un hoyuelo en la mejilla izquierda. Nos saludamos con un par de besos en la mejilla, torpemente, pero Jeff sonrió un poco por lo embarazoso del momento y eso hizo que me cayera bien. Seguimos al camarero hasta una mesa, pedimos una copa de vino y comenzamos a charlar, y fue entonces cuando las cosas empezaron a torcerse.

–Bueno, Jeff, me preguntaba en qué trabajas. ¿Qué es lo que haces, exactamente? –le pregunté, dándole un sorbito al vino.

–Tengo mi propia empresa.

–¿Y de qué es?

–De entretenimiento –dijo él. Sonrió misteriosamente.

–Ah. ¿Y cómo entretienes?

Él sonrió aún más.

—¡Así! —exclamó, y se echó hacia atrás. Entonces, hizo una floritura y un movimiento con las manos y prendió la mesa.

Más tarde, cuando los bomberos habían apagado las llamas y habían declarado que era seguro volver a la cafetería, que en su mayor parte estaba llena de espuma de extinción de incendios, Jeff se volvió hacia mí y me preguntó:

—¿Es que a nadie le gusta ya la magia? —me preguntó, con una expresión de desconcierto.

—Tiene derecho a permanecer en silencio —le dijo un agente de policía.

—No quería que el fuego se hiciera tan grande —le dijo él al policía, a quien no pareció que le importase demasiado.

—Entonces, ¿eres mago? —le pregunté, jugueteando con las puntas quemadas de un mechón de mi pelo.

—Es mi sueño —dijo Jeff, mientras el policía le ponía las esposas—. La magia es mi vida.

—Ah —dije yo—. Que tengas muchísima suerte, entonces.

¿Era yo, o había muchos hombres a los que se llevaban esposados cuando estaba cerca? Primero, a Callahan O'Shea y, ahora, a Jeff. En fin. Tenía otra cita, y me fui a reunirme con Leon.

Leon era mucho más prometedor. Estaba calvo, pero de un modo atractivo, a lo Ed Harris. Tenía unos maravillosos ojos azules y una risa infantil, y parecía que estaba encantado conmigo, cosa que, por supuesto, a mí me resultó muy halagadora. Estuvimos charlando una media hora sobre nuestros trabajos, quejándonos de los padres sobreprotectores y alabando las mentes tan brillantes que tenían los niños.

—Bueno, Grace, déjame que te pregunte una cosa —

dijo él, y me tocó la mano al tiempo que se ponía muy serio–. ¿Qué dirías que es lo más importante de tu vida?

–Mi familia –respondí yo–. Estamos muy unidos. Tengo dos hermanas, una mayor y otra me…

–Ah, entiendo. Pero ¿qué más, Grace? ¿Qué sería lo siguiente?

–Um… bueno, supongo que mis alumnos. Los quiero mucho, y quiero que se entusiasmen con la Historia. Ellos son…

–Ah. ¿Algo más, Grace?

–Bueno, yo… –dije. Me sentía un poco molesta porque me hubiera interrumpido dos veces, pero continué–: Hago trabajo voluntario con un grupo de la tercera edad. Mi amigo Julian, que es profesor de baile, y yo, les enseñamos bailes de salón. Algunas veces también les leo libros a los que no pueden leer por sí mismos.

–¿Eres religiosa? –me preguntó Leon.

Me quedé callada. Yo era más bien espiritual, antes que religiosa.

–Más o menos. Sí. Voy a la iglesia una vez al mes, y…

–Me preguntaba qué sientes por Dios.

Parpadeé.

–¿Por Dios?

Leon asintió.

–Bueno, Dios es… es estupendo –dije, y me imaginé a Dios poniendo los ojos en blanco de exasperación al oírme. «Vamos, Grace, ¿es que no se te ocurre nada mejor que decir de mí? Por el amor de Dios…».

Leon entrecerró los ojos brillantes con una expresión… ¿de fanático?

–Sí, Dios es estupendo. ¿Eres cristiana? ¿Has aceptado que Jesucristo es tu salvador?

–Bueno, sí, claro.

En realidad, yo no era capaz de recordar a nadie de

mi familia utilizando la expresión «Jesucristo es tu salvador». Éramos de la Iglesia congregacional, y las cosas para nosotros eran un poco más filosóficas.

—Jesús también es muy... bueno.

—Jesús es mi guía —dijo Leon, con orgullo—. Grace, me gustaría llevarte a mi iglesia para que puedas experimentar el verdadero significado de la santidad.

—Bueno, Leon, en realidad yo ya tengo una iglesia —dije—. Es muy bonita. No estoy interesada en ir a ninguna otra.

Él volvió a entrecerrar los ojos.

—Me da la impresión de que no te has entregado de verdad a Dios, Grace —dijo, y frunció el ceño.

Muy bien. Ya era suficiente.

—Mira, Leon, me conoces desde hace cuarenta y dos minutos. ¿Cómo diablos lo sabes?

Al oír la palabra «diablo», Leon se echó hacia atrás.

—¡Blasfema! —me espetó—. ¡Lo siento, Grace! ¡No podemos tener un futuro en común! Vas a ir directa al sitio que ya sabes.

Se puso de pie bruscamente.

—No juzgues —le recordé—. Me alegro de conocerte, que tengas suerte y encuentres a alguien —le dije.

Una vez en mi coche, me di cuenta de que solo eran las ocho. Solo las ocho, y ya había estado en un incendio y me habían condenado a ir al infierno... y seguía sin novio. Suspiré.

Bueno. Sabía de una cura muy buena para la soledad, y su nombre era Golden Meadows. Veinte minutos después, estaba sentada en la habitación 403.

—«Su camisa blanca de satén se deslizó al suelo con un susurro seductor» —leí. Hice una pausa, miré a la única persona de mi público y continué—. «Los ojos de él se volvieron oscuros como el cobalto debido al deseo, y le ardieron las entrañas al ver su escote blanco como la nieve. «Soy vuestra, milord», dijo ella, con una promesa seductora en los labios carnosos. Él movió la mano hacia uno de sus pechos, y sus pensamientos volaron...».

Miré al señor Lawrence, que tenía el mismo nivel de atención que antes, o sea, ninguno. El señor Lawrence no hablaba. Era un hombrecito diminuto y encogido, con el pelo blanco y la mirada perdida, que siempre se estaba tirando de la ropa o agarrando los brazos de la silla. Nunca le había oído hablar, aunque llevaba varios meses leyéndole libros. Esperaba que estuviera disfrutando de algún modo de aquellas sesiones de lectura, y no gritando mentalmente que quería a James Joyce.

—Bueno, vamos a volver a nuestra historia. «Sus pensamientos volaron. ¿Se atrevería a hacer suya la promesa de una pasión prohibida y envainar su deseo duro como una roca en aquel cielo que se le ofrecía, un tesoro femenino escondido y suave?».

—En mi opinión, debería lanzarse.

Yo di un respingo, y la novela rosa se me cayó de las manos. Callahan O'Shea estaba en la puerta.

—¡Irlandés! ¿Qué estás haciendo aquí?

—Yo debería preguntarte qué estás haciendo tú aquí.

—Le estoy leyendo al señor Lawrence. A él le gusta —dije. Esperaba que el señor Lawrence no rompiera su silencio de dos años y lo negara—. Es uno de los pacientes de mi programa de lectura.

—¿De verdad? También es mi abuelo —dijo Callahan, y se cruzó de brazos.

Yo me quedé asombrada.

—¿Es tu abuelo?

—Sí.

—Ah. Bueno, es que yo les leo a los pacientes algunas veces.

—¿A todos?

—No —respondí—. Solo a los que no...

—A los que no tienen visitas —dijo Callahan.
—Sí.

Yo había empezado con mi programa de lecturas hacía cuatro años, cuando Mémé se fue a vivir allí. Tener visitas era un símbolo de estatus en Golden Meadows. Un día, yo había ido a visitar aquella ala y me había dado cuenta de que muchos de los ancianos estaban solos, bien porque sus familias vivían demasiado lejos como para ir a verlos o bien porque no soportaban la tristeza. Así que había empezado a leer. Por supuesto, *El deseo del duque libertino* no era un clásico literario, pero parecía que captaba la atención de mi público. La señora Kim, de la habitación 39, había llorado de verdad cuando lord Barton le había pedido a Clarissia que se casara con él.

Callahan entró en la habitación.

—Hola, abuelo —dijo, y le besó la coronilla al anciano.

Su abuelo no lo reconoció. A mí se me empañaron los ojos al ver cómo miraba Cal al frágil viejecillo que, como siempre, llevaba unos pantalones vaqueros y un jersey.

—Bueno, os dejo a solas —dije yo, y me levanté.
—Grace.
—¿Sí?
—Gracias por venir a verlo —dijo. Vaciló un segundo. Después, me miró, a mí se me hinchó el corazón—. En sus tiempos, le gustaban las biografías.

—De acuerdo —dije yo—. Personalmente, creo que la historia del duque y la prostituta es más estimulante, pero si tú lo dices... —hice una pausa, y le pregunté—: ¿Estabais muy unidos?

—Sí —respondió Callahan, con una expresión indescifrable, mirando el rostro de su abuelo mientras el anciano se tiraba del jersey. Callahan puso su mano sobre la de él para detener con ternura aquel movimiento nervioso y constante—. Nos crio a mi hermano y a mí.

Yo me quedé callada. Quería ser cortés, pero sentía demasiada curiosidad.

—¿Qué les ocurrió a tus padres?

—Mi madre murió cuando yo tenía ocho años. A mi padre no lo conocí.

—Lo siento —dije. Él asintió una vez—. ¿Y tu hermano? ¿Vive cerca?

La expresión de Callahan se endureció.

—Creo que está en el Oeste. Estamos distanciados. Solo estoy yo —dijo. Entonces, volvió a mirar a su abuelo.

Yo tragué saliva. De repente, me pareció que mi familia era maravillosa, pese a las peleas constantes de mis padres, las críticas de Mémé, la mezquindad de mi prima Kitty... Y pensé en el amor feroz que sentía por mis hermanas. Yo no podría soportar un distanciamiento con ellas. Nunca.

—Lo siento —dije, de nuevo, casi susurrando.

Callahan alzó la vista y se rio con pesar.

—Bueno, yo tuve una infancia bastante normal. Jugaba al béisbol, iba de acampada, de pesca... las cosas de los niños.

—Me alegro de verdad —dije. Me ardían las mejillas. El sonido de su risa reverberaba en mi pecho. No podía negarlo: el señor O'Shea era muy atractivo para mí.

—¿Y con cuánta frecuencia vienes por aquí? —me preguntó Callahan.

—Una o dos veces a la semana. Enseño bailes de salón con mi amigo Julian todos los lunes, de siete y media a nueve —respondí yo, con una sonrisa. Tal vez pasara por allí. Así vería lo mona que estaba yo con mi falda de baile, haciendo las delicias de los residentes. Tal vez...

—Clases de baile, ¿eh? —dijo él—. Pues no lo parece.

—¿Y qué quieres decir con eso?

—Que no tienes cuerpo de bailarina —comentó él.

—Probablemente deberías dejar de hablar ahora mismo —le advertí.

—Tienes un poco más de carne sobre los huesos que las bailarinas que salen en la tele.

—Sí, definitivamente, tienes que dejar de hablar ahora mismo —dije, con una mirada asesina. Él sonrió.

—Además, ¿las bailarinas no son gráciles? —continuó él—. Yo no pensaba que tuvieran tendencia a golpear a la gente con cosas.

—Puede que seas tú el que te busques los palos —le sugerí secamente—. Yo nunca he golpeado a Wyatt con nada.

—Todavía —dijo Callahan—. Y, a propósito, ¿dónde está ese hombre tan perfecto? Todavía no lo he visto por el barrio.

Sus ojos tenían una mirada burlona, como si supiera muy bien por qué no lo había visto nunca. Mi orgullo respondió antes de que mi cerebro tuviera ocasión de pensar.

—Wyatt está en Boston esta semana, presentando un ensayo sobre un nuevo protocolo de recuperación en pacientes menores de diez años —dije. Dios Santo, ¿de dónde me había sacado todo eso? Parecía que todas las horas que había pasado viendo Discovery Health estaban dando su fruto.

—Oh —dijo él. Parecía que estaba impresionado—. Bueno, entonces, ¿tienes algún motivo para seguir por aquí?

Acababa de despedirme.

—No, ninguna. Adiós, señor Lawrence. Terminaré de leerle el libro cuando su encantador nieto no esté presente.

—Buenas noches, Grace —dijo Callahan, pero yo no respondí y salí caminando de allí con energía. Y con gracilidad, demonios.

Me fui a casa de mal humor. Aunque Callahan O'Shea tenía razón al dudar de la existencia de Wyatt Dunn, me molestaba. Seguramente, si existiera un hombre así, yo podía gustarle, ¿no? No debería parecer tan imposible. Tal vez sí hubiera un cirujano pediátrico con hoyuelos y una sonrisa magnífica. No solo magos con tendencias pirómanas y fanáticos religiosos y expresidiarios que sabían demasiado.

Por lo menos, Angus sí que me adoraba. Dios debía de estar pensando en las mujeres solteras cuando creó a los perros. Yo acepté su bendición de un rollo de papel de cocina destruido y una zapatilla de deporte mordisqueada, lo alabé por no permitir que Angus hubiera destruido nada más y me preparé para acostarme.

Me imaginé contando a Wyatt qué tal me había ido el día. Después haríamos planes para el fin de semana. Nuestra relación sería tranquila, dulce, considerada. Él pensaría que yo era la criatura más adorable del mundo, me mandaría flores y me transmitiría que pensaba en mí.

Y, aunque sabía que no era real, me sentí mejor. Si no encontraba a un hombre idóneo para salir con él en todo Connecticut, ¿qué tenía de malo imaginárselo? ¿Acaso no hacían eso los atletas olímpicos? Se imaginaban actuaciones perfectas en sus disciplinas para conseguirlas en la realidad. Wyatt Dunn era el mismo concepto.

El hecho de no poder dejar de ver la cara de Callahan O'Shea era una pura coincidencia, seguro.

Capítulo 11

—¿Quién es Jeb Stuart? —sugirió Tommy Michener.
—¡Correcto! —exclamé yo, sonriendo.
Sus compañeros de equipo lo aclamaron, y Tommy, que era el capitán, se sonrojó de orgullo.
—Elige de nuevo, Tom.
—Sigo con los líderes de la Guerra de Secesión, señorita Em —dijo él.
—Líderes por mil puntos. Este vicepresidente de la Confederación fue un hombre enfermo durante toda su vida. Nunca llegó a pesar más de cuarenta kilos.
Los miembros del equipo de Hunter consultaron entre sí.
—¿Quién es Jefferson Davis? —preguntó Mallory.
—No, cariño, lo siento, él era el presidente de la Confederación. Tommy, ¿tiene alguna idea tu equipo?
Los niños se agruparon y hablaron en voz baja.
Emma Kirk, la alumna que estaba enamorada de Tommy, le susurró algo al oído. Yo me había asegurado de que estuvieran en el mismo equipo. Él le hizo una pregunta. Ella asintió.
—¿Quién es Little Aleck Stephens? —dijo Emma.
—¡Sí, Emma! ¡Bien hecho!
Tommy chocó la palma de la mano con la de Emma, que casi se puso a levitar de placer.

Yo sonreí a mis alumnos. ¡Un Jeopardy sobre la Guerra de Secesión, y era un éxito! Miré el reloj y me quedé asombrada, porque casi se nos había terminado el tiempo.

–Bueno, el Jeopardy final. ¿Preparado todo el mundo? Esta escritora, que ganó el premio Pulitzer, en cuyo libro se describe el auge y la caída del Sur a través de la mirada de una mujer, nunca escribió otra novela.

Canturreé la melodía de Jeopardy con deleite mientras me paseaba entre los dos grupos de alumnos. El de Tommy iba ganando. Sin embargo, mi estudiante favorito se estaba luciendo para Kerry, que estaba en el otro equipo, y cabía la posibilidad de que se lo apostara todo.

–Abajo bolígrafos. Bueno, Hunter, tu equipo tenía nueve mil puntos. ¿Qué te apuestas? Ah, la granja. Muy atrevido. Muy bien, Hunter, ¿cuál es tu respuesta?

Él alzó la pizarra de su equipo, y yo me encogí.

–No. Lo siento, Hunter. Stephen Crane no es la respuesta. Pero escribió *El rojo emblema del valor*, que trata de la batalla de Chancellorsville, así que buen intento. ¿Tommy? ¿Qué te has apostado tú?

–Nosotros lo apostamos todo, señorita Em –dijo con orgullo. Miró a Kerry y le guiñó un ojo. A Emma se le apagó la sonrisa.

–¿Y cuál es vuestra respuesta, Tom?

Tom se giró hacia su equipo.

–¿Quién es Margaret Mitchell? –dijeron, al unísono.

–¡Correcto! –grité yo.

Parecía que habían ganado un campeonato mundial, por los gritos de alegría y las palmadas y los bailecitos. Hubo unos cuantos abrazos. Mientras, los miembros del equipo de Hunter Graystone gruñían.

–Equipo de Tommy... ¡No tenéis deberes! –anuncié. Más vítores y palmadas–. Equipo de Hunter, lo siento, chicos. Tres páginas sobre Margaret Mitchell y, si no habéis leído *Lo que el viento se llevó*, ¡debería daros vergüenza! Bueno, se terminó la clase.

Diez minutos después, estaba sentada en la sala de reuniones con mis compañeros de departamento: el doctor Eckhart, el presidente, Paul Boccanio, el segundo en edad, Wayne Diggler, nuestro nuevo profesor, a quien habían contratado el año anterior recién salido de la universidad, y Ava Machiatelli, profesora y seductora.

—Había mucho jaleo en tu clase hoy —murmuró Ava, con su acostumbrado susurro de telefonista de línea erótica—. ¡Qué caos! Mis alumnos casi no podían pensar.

«No necesitan pensar mucho para que tú les pongas sobresaliente», protesté yo mentalmente.

—Estábamos jugando a Jeopardy. ¡Es muy estimulante! —dije con una sonrisa.

—Y también muy ruidoso —dijo ella en tono de reproche, y pestañeó tres veces.

El doctor Eckhart se situó en la cabecera de la mesa y se sentó. Era un hombre distinguido y brillante, aunque chapado a la antigua con respecto a la escuela. A menudo echaba de menos los días en los que los alumnos llevaban uniforme y podían ser encerrados en las taquillas por desobedecer. En aquel momento, se irguió y puso las manos artríticas sobre la mesa.

—Sin duda ya se habrán enterado de que este será mi último año como presidente del departamento de Historia de Manning.

A mí se me llenaron los ojos de lágrimas. No podía imaginarme Manning sin el viejo doctor Eckhart, ¿Quién iba a colocarse en una esquina conmigo en los eventos con los patronos o en la temida cena del director? ¿Quién iba a defenderme cuando un padre enfadado llamara para protestar por el notable de su hijo?

—El director Stanton me ha invitado a asesorar al comité de selección de mi sustituto. Por supuesto, os animo a todos a que presentéis la solicitud para el puesto, porque Manning siempre se ha enorgullecido de ascender a sus integrantes –dijo, y se volvió hacia el miembro más joven de la plantilla–. Por supuesto, señor Diggler, usted no tiene aún la experiencia necesaria, así que, por favor, concentre su energía en sus clases.

Wayne, que pensaba que su título de Georgetown valía más que todos los nuestros juntos, se encorvó en su asiento y puso cara de mal humor.

–Muy bien –murmuró–. De todos modos, mi meta es llegar a Exeter.

A menudo, Wayne prometía que iba a marcharse, cuando las cosas no salían a su gusto, cosa que sucedía dos veces a la semana, más o menos.

–Hasta ese día, por favor, señor Diggler, siga cumpliendo con sus deberes –le dijo el doctor Eckhart, y me sonrió. No era ningún secreto que yo era la favorita de nuestro presidente, gracias a periódicas dosis de *brownies* de chocolate y mi pertenencia a Hermano contra hermano.

–Hablando de Phillips Exeter –comenzó a decir Paul, y se ruborizó ligeramente. Era un hombre muy inteligente, con una memoria fotográfica para los datos.

–Oh, vaya –dijo el doctor Eckhart–. ¿Debemos darle la enhorabuena, señor Boccanio?

Paul sonrió.

–Eso me temo.

Era corriente que las escuelas se arrebataran profesores unas a otras, y Paul tenía un gran currículum y una buena educación, había estudiado en Stanford y Yale. No era de extrañar que le hubieran hecho una oferta.

–Traidor –murmuré. A mí me caía muy bien Paul. Él me guiñó un ojo.

–Bueno, pues entonces solo quedan mis dos estimadas colegas –dijo el doctor Eckhart–. Muy bien, señoritas, espero que entreguen sus solicitudes. Preparen sus presentaciones en papel, no en forma de archivo informático, por favor, detallando sus méritos y sus ideas para mejorar el departamento de Historia de Manning.

—Gracias por darnos esta oportunidad, señor —murmuró Ava, abanicándolo con las pestañas como si fuera Scarlett O'Hara.

—Muy bien —dijo el señor Eckhart—. La búsqueda de candidatos comenzará la semana que viene.

—Lo vamos a echar horriblemente de menos, doctor Eckhart —dije yo, con la voz enronquecida de emoción.

—Buena suerte, Grace —me dijo Ava, cuando terminó la reunión. Sonrió de manera poco sincera.

—Lo mismo digo —respondí.

En realidad, Ava no me caía mal. Los colegios eran un pequeño mundo en sí, tan aislado del resto que los colegas se convertían en una suerte de familia. Sin embargo, no me gustaba la idea de trabajar bajo su autoridad y que ella tuviera que dar su aprobación a mis planes de estudio. Al verla marcharse con Paul, balanceando el trasero vigorosamente con una falda demasiado ajustada, me di cuenta de que estaba apretando los dientes.

Seguí allí sentada uno o dos minutos más y me permití soñar despierta. Conseguía la presidencia. Contrataba a un nuevo profesor, fantástico, para sustituir a Paul. Revitalizaba el plan de estudios, elevaba el estándar en las calificaciones para que un sobresaliente en Historia conseguido en Manning significara algo especial. Aumentaba el número de niños que se presentaban y aprobaban el examen AP. Conseguía aumentar el presupuesto para excursiones.

Bien. Lo mejor sería que empezara a preparar mi presentación, tal como había sugerido el doctor Eckhart. Aparte de los jerséis ajustados y los sobresalientes fáciles, Ava tenía una mente muy aguda y manejaba la política mucho mejor que yo, algo que iba a ser de gran ayuda para ella. Me arrepentí de no haber charlado más con la gente durante el último cóctel de los patronos, en vez de atrincherarme en una esquina dando sorbos al vino poniendo en común oscuros datos históricos con el doctor Eckhart y Paul.

Yo amaba Manning. Adoraba a los niños y me encantaba trabajar en su hermoso campus, especialmente en aquella época del año, cuando florecían los árboles y Nueva Inglaterra estaba en su mejor momento. Las hojas apenas habían brotado y todo estaba envuelto en una fina capa de verdes pálidos. En las praderas esmeralda destacaban los exuberantes macizos de narcisos, y los niños decoraban la hierba con su ropa de colores brillantes, entre risas, coqueteos y siestas.

A lo lejos vi pasar una figura solitaria. Era un hombre que llevaba la cabeza agachada y parecía ajeno a las maravillas del día. Stuart. Margaret me había enviado un correo electrónico diciéndome que iba a quedarse en mi casa una temporada, así que deduje que las cosas no iban muy bien en ese frente.

Pobre Stuart.

—Bienvenidos a conocer al compañero perfecto —dijo nuestro profesor.

—No puedo creer que hayamos quedado reducidos a esto —le susurré a Julian, que me miró con nerviosismo.

—Me llamo Lou —continuó nuestro profesor—, ¡y llevo felizmente casado dieciséis maravillosos años! —exclamó, y yo me pregunté si teníamos que aplaudir. Lou nos lanzó una sonrisa resplandeciente—. Todo el mundo quiere encontrar a su media naranja, a la persona que hará que nos sintamos completos. Yo sé que mi Felicia es eso para mí.

Julian, Kiki y yo estábamos sentados en un aula del Blainesford Community Center. El hombre perfecto de Kiki la había dejado después de que ella lo llamara catorce veces en una hora. Había otras dos mujeres, además de Lou, que era un hombre guapo de unos cuarenta años con una alianza de dos centímetros de anchura, para que no hubiera malentendidos. Tenía una forma de hablar rítmica que me recordó a un rapero blanco. Miré a Julian de manera condenatoria, cosa que él fingió que ignoraba.

Lou nos sonrió con el optimismo luminoso de un predicador mormón.

—Estáis aquí por un motivo, y no debéis avergonzaros de admitirlo. Queréis un hombre... um... ¿Estoy en lo correcto si asumo que usted también quiere encontrar a un hombre, señor? —le preguntó a Julian.

Julian, que llevaba una camisa rosa, unos pantalones negros y raya en el ojo, me miró.

—Sí, está en lo correcto —murmuró.

—¡No pasa nada! ¡No tiene nada de malo! Estos métodos funcionan para... er... bueno, cualquiera. Aquí vamos a compartir asuntos íntimos, así que lo mejor es que nos hagamos amigos —nos dijo Lou, alegremente—. ¿Quién quiere ser el primero en presentarse?

—Hola, me llamo Karen —dijo una mujer. Era alta y atractiva. Tendría unos cuarenta o cuarenta y cinco años, era morena e iba vestida con ropa deportiva—. Estoy divorciada, y no os podríais creer los bichos raros que conozco. Él último tipo con el que salí me preguntó si me podía chupar los dedos de los pies. En el restaurante. Cuando le dije que no, me llamó «zorra frígida» y se marchó. Y yo tuve que pagar la cuenta.

—Vaya —murmuré.

—Y esa es la mejor cita que he tenido en un año.

—No por mucho tiempo, Karen, no por mucho tiempo —anunció Lou, con una gran seguridad.

—Yo me llamo Michelle —dijo la siguiente mujer—. Tengo cuarenta y dos años y he salido con sesenta y siete hombres durante los últimos cuatro meses. ¿Queréis saber cuántas segundas citas he tenido? Ninguna, porque todos eran idiotas. Mi exmarido ya se ha vuelto a casar. Se ha casado con una chica de veintitrés años que trabaja de camarera en Hooters. Sin embargo, yo no he conocido ni a un solo tipo decente, así que estoy contigo, Karen.

Karen asintió para mostrarle su solidaridad.

—Hola, yo soy Kiki —dijo mi amiga—. Soy profesora de un colegio de la zona, así que... ¿hay un voto de confidencialidad en esta clase? Supongo que esto no se va a saber en toda la ciudad, ¿no?

Lou se rio alegremente.

—No tiene nada de vergonzoso venir a esta clase, Kiki, pero, si no estás cómoda, creo que podemos acordar mantener en secreto nuestra asistencia. Por favor, continúa. ¿Qué te ha traído aquí? ¿Tienes más de treinta años y todavía no has conocido al hombre perfecto?

—No, yo conozco a mi media naranja todo el rato, pero tengo tendencia a... apresurar un poco las cosas —dijo ella, y me miró. Yo asentí para apoyarla—. Los asusto —admitió.

Julian fue el siguiente.

—Me llamo Julian. Um... Yo... solo he tenido un novio, hace ocho años. Ahora estoy asustado. No es que me cueste conocer hombres. A mí me piden citas todo el rato.

Lógico. Julian era del estilo de Johnny Depp, y yo ya veía que Karen lo miraba con especulación, como preguntándose si podría conseguir que fuera heterosexual.

—Así que tienes miedo a comprometerte, temes que las cosas no funcionen, así que no lo intentas para no fracasar, ¿no? ¡Bueno! —dijo Lou, sin esperar respuesta—. ¿Y usted, señorita? ¿Cómo se llama?

Yo respiré profundamente.

—Hola, soy Grace. En estos momentos estoy fingiendo ante todos que tengo novio. Mi hermana está saliendo con mi exprometido y, para que todo el mundo crea que no me afecta, le he dicho a mi familia que estoy saliendo con un tipo fabuloso. ¿A que es patético? Y, como tú, Karen, he tenido algunas citas desastrosas. Estoy empezando a ponerme nerviosa, porque mi hermana y Andrew van cada vez más en serio, y a mí me gustaría conocer a alguien de verdad. Pronto. Muy pronto.

Hubo un silencio.

—Yo también me he inventado novios —dijo Karen, asintiendo lentamente—. El mejor hombre con el que he salido solo existía en mi cabeza.

—¡Gracias! —exclamé.

—Y yo —añadió Michelle—. Incluso me compré un anillo de compromiso. Era precioso, exactamente el que yo quería. Lo llevé durante tres meses. Le dije a todo el mundo que sabía que iba a casarme. Llegué, incluso, a probarme vestidos de novia. Algo enfermizo. Sin embargo, mirando atrás, creo que fue una de las temporadas más felices de mi vida.

—Esto enlaza con una de mis estrategias —anunció Lou—. A los hombres les encantan las mujeres que están comprometidas, así que, Grace, tu pequeño truco no es la peor idea del mundo. Es bueno conseguir causarle intriga a un hombre. ¡Una mujer que es deseada por otros hombres demuestra que tiene cierto atractivo!

—Y cierta falta de honradez —dije yo.

Lou soltó una carcajada. Julian se estremeció a mi lado.

—Lo siento —me susurró—. Pensé que merecía la pena intentarlo.

—Solo son sesenta pavos —le dije yo—. Además, después podemos tomarnos unas margaritas.

—Vamos a empezar con la clase. Algunas de estas cosas pueden parecer un poco tontas o pasadas de moda, pero son métodos que funcionan –dijo Lou, e hizo una pausa–. Para ti, Julian, no estoy tan seguro, pero inténtalo y dime cómo va, ¿de acuerdo?

–Claro –dijo Julian, sombríamente.

Me pasé la siguiente hora mordiéndome el labio para no soltar un resoplido y sin mirar a Julian, que estaba haciendo lo mismo. Todo lo que decía Lou eran idioteces. Era como si hubiéramos vuelto a la década de los cincuenta, o algo por el estilo. «Sé femenina y decorosa». Me recordé a mí misma dándole a Callahan O'Shea un golpe con el *stick* de hockey. Qué femenina, qué damisela. «Nada de palabrotas, ni de fumar o beber nada más que una copita de vino, que no deberíais terminar. Haced que el hombre se sienta fuerte. Poneos lo más atractivas posible. Siempre maquilladas. Siempre con falda. Sed accesibles. Sonreíd, reíd, pero en voz baja. Abanicad al hombre con las pestañas. Haced galletas. Debéis transmitir serenidad y elegancia. Pedidle ayuda al hombre y alabad sus opiniones».

Puaj.

–Por ejemplo –dijo Lou–, deberíais ir a la ferretería. Allí hay muchos hombres. Fingid que no sabéis qué bombilla comprar. Pedidle su opinión a un hombre.

–¡Vamos! –exploté yo–. ¡Lou, por favor! ¿Quién iba a querer salir con una tía que no sabe elegir una bombilla?

–Sé lo que estás pensando, Grace –canturreó Lou–. Esa no soy yo. Pero admitámoslo: vuestro «yo» no está funcionando, o no estaríais en esta clase, ¿no?

–Ahí nos ha pillado –admitió Karen, con un suspiro.

–Ha sido degradante –dije yo, media hora después, mientras tomábamos unas margaritas en Blackie's.

–Por lo menos, ya se ha terminado –respondió Julian.

—Bueno, ya está bien. Tiene algo de razón. Escuchad —dijo Kiki, y leyó una de las fotocopias que nos había entregado Lou—: «Cuando estés en un restaurante o en un bar, yergue la espalda, mira a tu alrededor atentamente y dite a ti misma que eres la mujer más deseable de todo el local. Eso te ayudará a transmitir la confianza necesaria para que un hombre se fije en ti» —dijo, con el ceño fruncido de concentración.

—Soy la mujer más deseable de todo el local —dijo Julian, con una expresión burlona de seriedad.

—El problema es que sí que lo eres —respondí yo, dándole un codazo en las costillas.

—Es una pena que no seas heterosexual —dijo Kiki—. Así, tú y yo podríamos salir juntos.

—Si yo fuera heterosexual, Grace y yo estaríamos casados y tendríamos seis niños —dijo Julian, y me rodeó con un brazo.

—Ay —dije yo, apoyando la cabeza en su hombro—. Pero... ¿seis hijos? ¿No serían demasiados?

—Yo lo voy a intentar —dijo Kiki—. Son nuestros deberes, ¿no? Pues soy la mujer más deseable de este local, y estoy transmitiendo confianza —dijo.

Se puso de pie y caminó hasta la barra, y se apoyó en el mostrador con los brazos cruzados para que se le hincharan los pechos como las olas del océano en una tormenta.

Un hombre se fijó en ella inmediatamente. Se giró, sonrió con apreciación y dijo algo.

Era Callahan O'Shea.

Yo enrojecí.

—Mierda —dije.

Que Kiki no le mencionara nada de la clase, para empezar, porque entonces Callahan se enteraría de que yo no estaba saliendo con nadie. Y, para continuar, si Kiki iba a partir de cero con los hombres... ¿no debería saber que Callahan acababa de salir de la cárcel? ¿Y no debería él saber que ella se convertía en una pequeña obsesa con respecto a los hombres?

–Puede que deba avisarla –le dije en voz baja a Julian, sin dejar de mirarlos a los dos–. Ese es mi vecino. El expresidiario –le expliqué, y le conté cuál era el pasado de Cal.

–Oh, no sé… Lo del desfalco no suena tan mal –dijo Julian–. Y no me habías dicho que estaba tan bien, Grace.

–Sí, bueno… –murmuré. Kiki le dijo algo a Callahan, y él respondió, y Kiki se echó a reír. A mí me tembló un ojo–. Ahora mismo vuelvo –dije.

Me acerqué a la barra y le toqué el brazo a Kiki.

–Kiki, ¿puedo hablar contigo un segundo? –le pregunté, y me volví hacia mi vecino–. Hola, Callahan –dije. Ya me estaba ruborizando. Me pregunté cómo tendría el pelo. Demonios. Quería estar guapa porque Callahan O'Shea me estaba mirando.

–Hola, Grace –dijo él. Sonrió… solo un poco, pero lo suficiente. No era justo que fuera tan atractivo.

–Ah, ¿os conocéis? –preguntó Kiki.

–Sí, es mi vecino de al lado. Acaba de mudarse.

Yo vacilé. No sabía si estaba haciendo lo mejor, pero Kiki era amiga mía desde hacía años. ¿No querría yo saber si un tipo que me interesaba había estado en la cárcel? Si ella estaba al tanto, podría tomar una decisión de manera consciente, ¿no?

Callahan me estaba mirando. Mierda. Seguro que sabía lo que estaba pensando.

–Kiki, Julian y yo queremos preguntarte una cosa –dije, por fin.

–Claro –dijo ella, con desconcierto. Yo me la llevé aparte sin mirar a Cal.

–Kiki –susurré–. Ese chico acaba de salir de la cárcel. Cometió un desfalco de un millón seiscientos mil dólares –dije, y me mordí el labio.

Ella se estremeció.

—¡Oh, demonios! —exclamó—. Qué típico de mí elegir al delincuente. Y, claro, tenía que ser impresionante, además.

—Y parece que... bueno, él... Pensé que tenías que saberlo.

—No, tienes razón, Grace. Ya he pasado por bastante como para salir con un expresidiario.

Kiki y yo volvimos a la barra, y ella tomó la copa que le había pedido al camarero. Callahan nos estaba observando. Ya no sonreía.

—Cal, me alegro de conocerte —dijo Kiki, cortésmente.

Él me miró dándome a entender que sabía lo que había hecho, pero se limitó a inclinar la cabeza con la misma urbanidad que mi amiga.

—Que tengáis una buena noche —dijo, y se giró de nuevo para ver el partido de béisbol que estaban retransmitiendo en la televisión que había encima de la barra.

Kiki y yo volvimos a nuestra mesa. Cuando nos sirvieron la crema de alcachofas que habíamos pedido, Julian empezó a comer, mirando de vez en cuando con sus hermosos ojos negros a un chico rubio y guapo que le devolvía las miradas con igual intensidad.

—Vamos, ve por él —le dije yo, señalándole al chico con la cabeza—. Tú eres la mujer más deseable de este local.

—Se parece al jugador de fútbol americano, Tom Brady —murmuró Julian.

—¿Y cómo sabes quién es Tom Brady?

—Todos los hombres gais de Estados Unidos saben quién es Tom Brady —replicó él.

—Puede que sea el verdadero Tom Brady —dijo Kiki—. Nunca se sabe. Vamos, inténtalo. Haz que se sienta viril e inteligente. Utiliza los encantos femeninos.

Julian lo pensó durante un segundo, pero se le encorvaron los hombros.

—No, no —dijo—. ¿Para qué necesito un hombre, si tengo a dos chicas guapas?

Durante el resto de la noche, yo estuve mirando a Callahan O'Shea mientras él se tomaba una hamburguesa y veía el partido de béisbol. Él no se giró a mirar.

Capítulo 12

El sábado por la mañana, Angus volvió a sacarme de la cama con una retahíla de ladridos de histeria. Bajé las escaleras tambaleándome para abrir la puerta. En aquella ocasión era Margaret, que llegaba con una maleta y cara de muy mal humor.

—Ya estoy aquí —dijo—. ¿Tienes café?

—Claro, claro. Voy a poner la cafetera —respondí.

Todavía estaba adormilada. La noche anterior me había quedado despierta hasta tarde, viendo *Dioses y generales*. Había llorado como una magdalena cuando el general Jackson daba sus últimas órdenes, en medio de su delirio, a First Virginia. Creo que tenía una resaca confederada, así que recibir a Margaret con toda su malhumorada gloria a primera hora de la mañana... Ay. La seguí hasta la cocina.

—Bueno, ¿qué ha pasado? —le pregunté, mientras medía el café.

—Mira, Grace, no te cases con un hombre al que quieras como a un hermano.

—Hermanos, mal. Entendido.

—Lo digo en serio, lista —dijo ella. Se inclinó y tomó en brazos a Angus, que le estaba mordiendo el zapato—. Anoche le pregunté a Stuart por qué nunca habíamos hecho el amor sobre la mesa de la cocina y, ¿sabes lo que me respondió?

—¿Qué? —le pregunté yo, mientras me sentaba a su lado.

—«No estoy seguro de que eso sea higiénico». ¿Puedes creértelo? ¿Cuántos hombres rechazarían el ofrecimiento de hacerlo en la mesa de la cocina? ¿Quieres saber cuándo lo hacemos Stuart y yo?

—No, por supuesto que no quiero, ni hablar —respondí.

—Los lunes, miércoles, viernes y sábados —respondió ella.

—Vaya, a mí me suena fantást...

—Lo tiene en la agenda. Pone un asterisco en la casilla de las nueve en punto para recordárselo. Relación sexual con esposa. Visto.

—Pero, de todos modos, es muy agradable que él...

—Y ese es el problema, Grace. No hay suficiente pasión. Así que aquí estoy.

—En la casa de la pasión —murmuré yo.

—¡Bueno, es que no puedo seguir allí! ¡Puede que ahora me dé un poco más de importancia! ¡O no! A estas alturas, ya no me importa. Tengo treinta y cuatro años, Grace. Quiero hacerlo en la mesa de la cocina. ¿Es eso tan horrible?

—Yo sé que no me negaría —dijo alguien.

Las dos nos giramos. Callahan O'Shea estaba en la puerta de la cocina. Angus empezó a ladrar con su acostumbrada exhibición de ruido y furia y a retorcerse para escapar de los brazos de Margaret.

—He llamado —dijo Cal, sonriendo—. Hola, soy Callahan. El vecino guapo.

A Margaret le cambió la cara. Su expresión se volvió rapaz, como la de un león mirando una cebra.

—Hola, Callahan el vecino guapo —dijo, con una voz seductora—. Yo soy Margaret, la hermana libidinosa.

—La hermana libidinosa casada —maticé yo—. Margaret, te presento a Callahan O'Shea. Cal, mi hermana Margaret, felizmente casada desde hace muchísimo tiempo, pero sufriendo actualmente lo que yo llamaría la crisis de los siete años.

—Bueno, es que han sido siete años de matrimonio, ¿no? —preguntó Margaret, saliendo de su estado de lujuria repentina—. Bueno, así que tú eres el desfalcador, ¿no?

—Exacto —dijo Cal, inclinando la cabeza, y me miró—. El que no es digno de tener compañía decente, ¿eh, Grace?

Yo me puse roja como un tomate. Ah, Kiki y la advertencia. Callahan tenía una expresión claramente fría conmigo.

—Grace, tus ventanas llegaron ayer por la tarde. Si quieres, puedo empezar a colocarlas hoy.

Yo cerré los ojos e intenté imaginarme a aquel hombre robándome la colección de Santa Claus victorianos.

—Claro.

—¿Y si trabajo solo cuando tú estés en casa? —me sugirió él—. Así puedes vigilar tu chequera y tus preciados objetos y, tal vez, cachearme antes de que me vaya.

—O eso último puedo hacerlo yo —dijo Margaret.

—Qué gracioso —dije yo—. Instala las ventanas. ¿Cuánto se tarda?

—Unos tres días. Puede que cinco, dependiendo de la facilidad con la que salgan las ventanas antiguas. Y me vendría bien que alguien me echara una mano, si tu novio va a estar por aquí hoy.

Dios, casi se me había olvidado mi novio imaginario. Margaret me miró fijamente.

—Umm... Está trabajando —dije, devolviéndole la mirada para silenciarla.

—No viene mucho, por lo que he visto —comentó Cal, mientras se cruzaba de brazos y enarcaba una ceja.

—Bueno, es que está siempre muy ocupado.
—¿A qué se dedica? Se me ha olvidado —inquirió Cal.
—Es... cirujano pediátrico.
—Qué noble —murmuró Margaret, con una sonrisa que ocultó dentro de su taza de café.
—Bueno, Cal —dije yo, para zanjar aquella cuestión—, puedes empezar hoy mismo, sí. ¿Te apetece tomar un café primero?
—No, gracias —dijo él. No aceptó mi ofrecimiento de paz—. ¿Por dónde quieres que empiece? Y ¿quieres hacer antes inventario de todo lo que hay en la habitación?
—Mira, siento mucho haberle dicho a mi amiga que acabas de salir del trullo. Pero eres un delincuente que ha cumplido condena, así que...
—¿Así que qué?
Suspiré.
—Así que supongo que puedes empezar aquí.
—Entonces, empiezo por aquí —dijo.
Se dio la vuelta, recorrió el pasillo y salió de casa por la puerta principal.
Cuando estaba fuera, seguramente para recoger la primera de mis ventanas, Margaret se inclinó hacia delante.
—¿Por qué os estáis peleando? ¿Y por qué le has dicho que tienes novio? —me preguntó—. Está buenísimo, por Dios. Yo me lo tiraría en un abrir y cerrar de ojos.
—¡No nos estamos peleando! Apenas nos conocemos. Y, sí, está buenísimo, pero eso no tiene nada que ver.
—¿Por qué? Yo creía que querías darte un buen revolcón con un tío.
—¡Shh! Baja la voz. Le he dicho que estoy saliendo con alguien.
—Sí, ya, pero ¿por qué le has dicho eso? —inquirió mi hermana, y le dio un sorbito a su café.
Yo volví a suspirar.

—Natalie vino a verme el fin de semana pasado y me hizo un montón de preguntas sobre Wyatt... Además, no creo que sea malo que él piense que hay un hombre que se pasa por aquí de vez en cuando. Por si está estudiando mi modo de vida.

—A mí no me importaría que estudiara el mío —dijo ella, y yo le clavé una mirada fulminante—. Está como un tren. Me pregunto si estaría interesado en tener una aventura.

—¡Margaret!

—Cálmate. Solo era una broma.

—Margs, hablando de citas, ¿no ibas a liarme con un herrero? Estoy un poco desesperada.

—Es verdad, es verdad. Lester, el herrero. Lo voy a llamar.

—Estupendo. Estoy impaciente por conocerlo.

Ella tomó un poco más de café.

—¿Tienes comida? Me muero de hambre. Ah, y también he traído ropa sucia, espero que no te importe. Tenía que salir de aquella casa. Y si llama Stuart, no quiero hablar con él, ¿entendido?

—Por supuesto. ¿Deseáis algo más, majestad?

—¿Podrías comprar leche descremada? Esta leche semidesnatada que tomas me va a matar —dijo. Margaret era una de esas personas que comían queso desnatado y no sabía que se estaba perdiendo algo.

Callahan entró en la cocina con la ventana nueva y la apoyó en la pared.

—¿Estás casado, vecino guapo? —le preguntó Margs.

—No —dijo él—. ¿Es una proposición?

Margaret sonrió con picardía.

—Puede —dijo.

—¡Margaret! Déjalo en paz.

—¿Cuánto tiempo has pasado en la cárcel, Al Capone? —le preguntó mi hermana—. Dios, qué increíble es su trasero con esos vaqueros –me susurró, sin quitarle ojo a la parte posterior de Callahan.

–Ya está bien –le susurré yo.

–Diecinueve meses –respondió Cal–. Y, gracias –dijo, guiñándole un ojo a mi hermana. Mi útero se contrajo a modo de respuesta.

–¿Diecinueve meses de una condena de tres a cinco años? –preguntó Margaret.

–Sí. Has hecho los deberes –dijo él, sonriéndole a mi hermana. A mi bella hermana. Bella, pelirroja, lista como un ajo, ingeniosa y rápida, que tenía un sueldo astronómico y una talla treinta y seis, para rematar.

–Bueno, es que Grace me pidió que te investigara, dado que eres una amenaza para su seguridad.

–Cállate, Margaret –dije yo, enrojeciendo inmediatamente.

–¿Alguna otra pregunta? –inquirió Cal, sin alterarse.

–¿Has estado con alguna mujer desde que saliste? –continuó Margaret, mirándose las uñas.

–¡Por el amor de Dios! –grité yo.

–¿Te refieres a si he pasado por el prostíbulo de la zona al venir a la ciudad?

–Exactamente –respondió Margaret, sin hacer caso de mis ruidos de indignación.

–No, nada de mujeres.

–Vaya. ¿Y en la trena? ¿Alguna novia? –preguntó ella. Yo cerré los ojos.

Callahan, sin embargo, se echó a reír.

–No era ese tipo de cárcel.

–Debiste de sentirte muy solo –dijo Margaret, con una sonrisa perversa, mirando la espalda de Cal.

–¿Has terminado de interrogarlo? –le espeté yo a mi hermana–. Tiene que trabajar, Margaret.

–Aguafiestas –dijo ella–. Pero tienes razón. Además, tengo que irme a la oficina. Soy abogada, Callahan, ¿te lo ha dicho Grace? Defensa penal. ¿Te gustaría que te diera mi tarjeta?

—Estoy completamente rehabilitado, dentro de la legalidad —dijo él con una sonrisa que prometía todo tipo de comportamientos ilícitos.

—Conozco a gente de la oficina de la condicional. Te estaré vigilando.

—Hazlo —respondió él.

—Yo te ayudo a instalarte —le dije a Margaret, y tiré de ella para levantarla de la silla. Tomé su maleta y subí las escaleras—. No puedes tener un lío con él —le dije, cuando estábamos ya en el piso de arriba—. No vas a engañar a Stuart. Es maravilloso, Margaret. Y está destrozado. Lo vi en el colegio el otro día, e iba cabizbajo.

—Me alegro. Por lo menos ahora es consciente de que existo.

—Oh, por el amor de Dios. Eres una caprichosa.

—Tengo que irme a trabajar —dijo ella, ignorando mi último comentario—. Nos vemos a la hora de cenar, ¿de acuerdo? ¿Te apetece cocinar?

—Oh... no voy a estar aquí.

—¿Por qué? ¿Has quedado con Wyatt? —me preguntó, arqueando la ceja.

Yo me pasé la mano por la cabeza para colocarme el pelo alocado.

—Eh, no. Bueno, sí. Vamos a casa de Natalie a cenar. Por parejas.

—La Virgen, Grace —dijo mi hermana.

—Sí, sí. Lo sé. Wyatt tendrá un aviso de urgencia y acabará operando esta noche. Que Dios lo bendiga por su gran corazón y enorme talento.

—Eres una idiota. Ah, y gracias por dejar que me quede en tu casa —dijo Margs, de camino a la habitación de invitados.

—De nada —dije yo—. Y deja en paz a Callahan.

Durante los siguientes minutos, yo encontré muchas cosas que hacer en el piso de arriba, lejos de mi vecino. Darme una ducha, por ejemplo. Mientras el agua caliente me caía por la cabeza, me pregunté lo que podía suceder si Callahan O'Shea entraba en el baño de repente, se quitaba la camisa, se desabrochaba el cinturón y se bajaba los pantalones vaqueros, me tomaba entre sus brazos y me besaba, y...

Parpadeé, abrí el grifo del agua fría y acabé de ducharme.

Margaret se marchó a la oficina después de decirnos adiós alegremente a Callahan y a mí. No parecía muy deprimida por haberse separado de su marido. Yo preparé una batería de preguntas sobre la Reconstrucción del Sur para mis alumnos de último curso. Utilicé el ordenador portátil para no tener que bajar al de sobremesa. Corregí ensayos, mientras oía el ruido de la sierra y los martillazos, mezclados con un suave silbido de Callahan O'Shea.

Angus, aunque seguía gruñendo de vez en cuando, dejó de intentar cavar un túnel por debajo de la puerta de mi habitación y se tumbó en un parche de luz del sol. Yo me concentré en el trabajo de mis estudiantes y escribí notas en los márgenes y comentarios al final, alabándolos por sus momentos de claridad y señalando las partes en las que deberían haber trabajado más.

Bajé un buen rato después. Ya estaban instaladas cuatro de las ocho ventanas del piso de abajo. Cal me miró.

—Creo que no hace falta cambiar los alféizares. Y, si las ventanas de arriba son tan fáciles como las de este piso, habré terminado el lunes o el martes.

—Ah, muy bien —dije yo—. Están genial.

—Me alegro de que te gusten.

Me miró sin sonreír, sin moverse. Yo le devolví la mirada. Y seguí mirándolo. Y seguí. Tenía la cara curtida y preciosa, pero lo que más me conmovía eran sus ojos.

Callahan O'Shea tenía una historia escrita en aquellos ojos.

Tuve la sensación de que el aire se hacía más denso entre nosotros, y noté que se me calentaba la cara... y otras partes del cuerpo.

—Será mejor que siga trabajando —dijo él.

Me dio la espalda y continuó con su tarea.

Capítulo 13

En cuanto se abrió la puerta del apartamento de Natalie, supe que Andrew y mi hermana estaban viviendo juntos. Percibí el olor dulce del champú que él utilizaba, y lo comprendí al instante.

—¡Hola! —dije, mientras abrazaba a mi hermana y le acariciaba el pelo.

—¡Hola! ¡Cuánto me alegro de verte! —dijo ella. Me estrechó con fuerza y, después, retrocedió—. ¿Dónde está Wyatt?

—¡Hola, Grace! —dijo Andrew, desde la cocina.

A mí se me encogió el estómago. Natalie y Andrew. Qué tierno.

—Hola, Andrew —respondí—. Wyatt tenía mucho trabajo en el hospital, así que va a llegar un poco tarde —dije, en un tono controlado y firme. Un punto para mí.

—Pero ¿va a venir? —preguntó Nat, frunciendo el ceño de preocupación.

—Sí, sí. Solo va a tardar un poco.

—He hecho una tarta de nata riquísima de postre —dijo Nat, con una sonrisa—. Quiero causarle una buena impresión, ¿sabes?

El apartamento de Natalie estaba en el barrio de Ninth Square de New Haven, una parte rehabilitada de la ciudad que estaba muy cerca del estudio en el que trabajaba. Yo ya había estado allí, claro. La había ayudado en la mudanza, y le había regalado una figura de hierro de un caballo. Sin embargo, las cosas estaban diferentes. ¿Cuánto llevaban viviendo juntos Natalie y Andrew? ¿Un mes? ¿Seis semanas? Las cosas de él estaban esparcidas por acá y por allá... Una chaqueta suya en el perchero, sus zapatillas de correr junto a la puerta, el *New York Law Journal* al lado de la chimenea... Si no estaba viviendo allí, se estaba quedando a dormir. Muy a menudo.

—Eh, hola —dijo Andrew, al salir de la cocina. Me dio un abrazo rápido, y yo noté sus formas angulosas. Formas que, en aquella ocasión, me produjeron repugnancia.

—Hola —dije, con una sonrisa forzada—. ¿Qué tal estás?

—¡Muy bien! ¿Te apetece una copa? ¿Un cóctel de vodka con lima? ¿Un appletini? ¿Un ruso blanco? —me preguntó, con los ojos verdes muy brillantes detrás de las gafas. Siempre había estado orgulloso de haber trabajado de camarero mientras estudiaba la carrera.

—Me encantaría tomar una copa de vino —dije yo, solo para negarle el placer exhibicionista de prepararme un cóctel.

—¿Blanco, o tinto? Tenemos abierto un cabernet sauvignon muy rico.

—Blanco, por favor —dije yo—. Aunque a Wyatt sí le gusta el cabernet.

En aquel momento, sentí una inmensa gratitud hacia el joven Wyatt Dunn, cirujano pediátrico. Aquella noche habría sido horrible sin él. Me senté en el sofá mientras Natalie me contaba que no encontraba tilapia en ningún sitio últimamente, y que siempre tenía que ir a un mercado de pescado muy pequeño que había junto al río Quinnipiac. Yo tuve que contener un suspiro al imaginarme a la elegante Natalie yendo en bicicleta al mercado italiano donde, sin duda, el pescadero le hacía halagos y le daba panecillos tostados, ya que era tan guapa. Natalie, con su pelo perfecto y su magnífico trabajo. Natalie, la que tenía el precioso apartamento con los bonitos muebles. Natalie, con mi exprometido, diciéndome que estaba impaciente por conocer a mi novio imaginario.

No me gustaba pensar que estaba diciéndole una mentira a mi hermana pequeña, ni a mis padres, ni a mi abuela ni, incluso, a Callahan O'Shea, pero era mejor que ser la pobre Grace, abandonada a causa de su hermana. Moralmente, mentir no estaba bien, pero ¡eh! Si la mentira podía justificarse en alguna ocasión, yo diría que era aquella.

Por un segundo, me imaginé una escena diferente: Callahan O'Shea estaba a mi lado y ponía los ojos en blanco al ver cómo se pavoneaba Andrew en la cocina, cortando perejil como si fuera un maníaco. Cal me echaría el brazo musculoso sobre los hombros y me diría al oído:

—No puedo creerme que estuvieras prometida con semejante idiota.

Claro. Eso sucedería cuando, además, me tocara la lotería y descubriera que era la hija secreta de Margaret Mitchell y Clark Gable.

Para distraerme, observé el salón de Nat. Me fijé de pronto en algo que había sobre la repisa de la chimenea.

—Me acuerdo de eso –dije, con algo de tirantez–. Andrew, es el reloj que te regalé, ¿no? ¡Vaya!

Era un precioso reloj de repisa de color ámbar, con la esfera de color marfil y los números muy detallados, y con una llave de latón para darle cuerda. Lo había encontrado en un anticuario de Litchfield y se lo había regalado a Andrew cuando cumplió treinta años, hacía dos. Hice una fiesta, como buena prometida, un picnic en el campo, junto al río Farmington. Invité a sus amigos del trabajo, nuestros amigos en aquel entonces, y a Ava, Paul, Kiki, el doctor Eckhart, Margaret y Stuart, Julian, mis padres y los pretenciosos padres de Andrew, que se quedaron un poco sorprendidos por tener que comer en una mesa de picnic de un merendero público. Fue un día estupendo. Claro que, entonces, él todavía me quería. Antes de conocer a mi hermana pequeña.

—Ah, sí. Me encanta ese reloj —dijo él, azoradamente, mientras me daba una copa de vino.

—Me alegro, porque me costó un riñón —anuncié, con una punzada de placer mezquino—. Es único.

—Sí, y es... precioso —murmuró Andrew.

«Ya lo sé, idiota».

—Bueno, os veo muy integrados. ¿Estás viviendo aquí ahora, Andrew? —le pregunté.

—Eh... no... Todavía me quedan unos meses del contrato de alquiler. En realidad, no —dijo, y cambió una mirada nerviosa con Natalie.

—Um. Pero, obviamente, como tus cosas están emigrando aquí... —dije, y di un buen trago a mi vino.

Ninguno de los dos respondió. Yo continué, asegurándome de utilizar un tono agradable.

—Me alegro. Además, te ahorras el dinero del alquiler. Es muy lógico.

Y rápido. Pero, claro, estaban enamorados. ¿Quién no iba a enamorarse de Natalie? Natalie era más joven. Rubia, de ojos azules. Más alta. Más guapa. Más lista. ¡Ojalá Wyatt Dunn fuera real! ¡Ojalá estuviera allí Callahan O'Shea! Cualquier cosa, con tal de liberarme de aquella sensación de rechazo que no conseguía superar. Relajé la mandíbula, me senté al lado de mi hermana y la observé con atención.

—Dios, no nos parecemos nada, ¿no? —pregunté.

—¡Pues yo creo que sí! —replicó ella—. Salvo por el color de pelo. Grace, ¿te acuerdas de cuando me hice aquella permanente en el instituto y me teñí el pelo de castaño? —dijo. Se echó a reír y me acarició la rodilla—.

Me quedé hecha polvo al ver que no me quedaba como a ti.

Pues sí. Era imposible que me enfadara con Natalie. No era justo, pero sí era completamente cierto. Recordaba bien el día al que se refería. Se había rizado el magnífico pelo que ya tenía y se lo había teñido de marrón. En aquel momento tenía catorce años, y se había encerrado a llorar en su habitación porque los rizos artificiales no eran lo que ella deseaba. Una semana después, tenía el pelo liso de nuevo, y se convirtió en la única morena con raíces rubias del instituto.

Ella quería ser como yo. Pensaba que nos parecíamos. Yo medía ocho centímetros menos, pesaba siete kilos más y tenía aquel pelo enloquecido y unos ojos grises y mediocres.

–Sí, claro que os parecéis –intervino Andrew.

«Cállate, tío», pensé yo. «Me has obligado a ir a una clase para aprender a encontrar marido, a buscar hombres en Internet, a sentir lujuria por un expresidiario y, todo esto, mientras tú te quedas con esta perla, imbécil. No te la mereces».

Vaya, vaya. Supongo que no me había liberado de la ira todavía.

Él debió de leerme el pensamiento.

–Me voy a vigilar el *risotto*. No creo que se ponga cremoso sin trabajarlo un poco más –dijo, y se escabulló a la cocina como un cangrejo asustado.

–Grace, ¿va todo bien? –me preguntó Natalie, suavemente.

Yo respiré profundamente.

–Sí, claro. Bueno, Wyatt y yo nos hemos peleado un poco.

–¡Oh, no!

Cerré los ojos. Me estaba convirtiendo en una artista de la mentira.

—Sí. Es que él está completamente entregado a los pacientes, a los niños, ¿sabes? Sé que es maravilloso, y estoy loca por él, pero casi no nos vemos.

—Vaya, supongo que es una de las desventajas de su trabajo —murmuró Natalie, con una mirada comprensiva.

—Sí.

—Pero seguro que te compensa por ello, ¿no? —me preguntó Nat.

Yo respondí que sí, claro. Me llevaba el desayuno a la cama, me enviaba flores, me escuchaba siempre... Le encantaba que le contara cosas de mis clases. El fin de semana me había regalado una preciosa bufanda. De hecho, yo tenía una preciosa bufanda nueva, pero me la había comprado yo misma el día que Julian y yo salimos de tiendas.

—Ah, ¿te había contado que he presentado mi candidatura para la presidencia del departamento de Historia de Manning? —le pregunté, para cambiar de tema.

—Vaya, ¡eso es estupendo, Grace! —exclamó mi hermana con entusiasmo—. ¡Tú harías grandes cosas por esa escuela! Cobraría mucha más vida si tú estuvieras a cargo.

Entonces, en el momento preciso, sonó mi teléfono móvil. Yo me puse en pie, me lo saqué del bolsillo y lo abrí.

—Es Wyatt —le dije a Natalie, con una sonrisa.

—¡Ah, bien! Os dejo para que habléis en privado —dijo, y comenzó a ponerse de pie.

—¡No, quédate! —le pedí, y descolgué. Ella tenía que oír mi parte de aquella conversación.

—Hola, cariño —dije.

—Hola, mi amor —dijo Julian—. Estoy pensando en cambiarme el nombre.

—¡Oh, no! ¿Está bien? —pregunté, frunciendo el ceño como si estuviera muy preocupada, como había practicado en el espejo retrovisor mientras iba a casa de mi hermana.

—Algo más viril, ¿sabes? Como Will, o Jack. O Spike. ¿A ti qué te parece?

—Creo que tiene suerte de que tú seas su médico —respondí con firmeza, y le lancé una sonrisa a mi hermana.

—Aunque tal vez eso sea demasiado macho. Tal vez Mike. O Mack. Bueno, no. Probablemente es mejor que no lo haga. Mi madre me mataría.

—¡No, no, no pasa nada, cariño! Lo entiendo. Claro que sí, lo entenderán perfectamente. No, los dos saben en qué trabajas. ¡Estás salvando vidas!

—No te emociones tanto, nena —dijo Julian.

—Tienes razón —respondí yo.

—¿Qué vais a cenar?

—Risotto, espárragos y tilapia, y una tarta muy rica que ha hecho mi hermana.

—¡Le daré un pedazo a Grace para que te lo lleve! —exclamó Natalie.

—Sí, no te olvides de traerme la tarta —me dijo Julian—. Me la he ganado. ¿Charlamos un poco más? ¿Quieres que te pida que te cases conmigo?

—No, no, cariño, está bien. Que tengas una buena noche —dije yo.

—Te quiero —me contestó Julian—. Ahora dímelo tú a mí.

—Eh... Um... lo mismo digo.

Me puse muy colorada. No estaba dispuesta a declararle mi amor a un novio imaginario. Ni siquiera yo llegaría tan lejos. Con un suspiro, cerré el teléfono.

—Bueno, no puede venir. Tenía una operación que se le ha complicado, y quiere quedarse cerca del paciente hasta que el niño esté fuera de peligro.

—Ooh —musitó Natalie, y en su cara apareció algo como la adoración—. Oh, Grace, siento mucho que no pueda venir, pero parece un hombre maravilloso.

—Sí, lo es —dije yo—. Verdaderamente, lo es.

Después de la cena, Natalie me acompañó al garaje a recoger el coche.

—Siento mucho no haber conocido a Wyatt, pero ha sido estupendo que vinieras —dijo.

—Gracias —respondí mientras abría la puerta. Puse el *tupperware* con el generoso pedazo de tarta para Julian en el asiento trasero y me giré hacia mi hermana.

—Andrew y tú vais muy en serio, ¿no?

Ella vaciló.

—Sí. Espero que te parezca bien.

—Por supuesto, Natalie. No quería que tuvieras una mera aventura. Bueno, eso no te haría ningún daño, pero... yo me alegro de que vayáis en serio.

—¿Seguro?

—Sí, de verdad.

Ella sonrió con serenidad y dicha.

—Gracias. ¿Sabes? Voy a tener que darle las gracias a Wyatt cuando lo conozca. A decir verdad, creo que habría roto con Andrew si no hubieras empezado a salir con alguien. Me sentía muy mal, ¿sabes?

—Ummm —dije yo—. Bueno, tengo que irme ya. Adiós, Nattie. Gracias por la cena, estaba riquísima.

La lluvia caía a ráfagas mientras conducía hacia casa. Los limpiaparabrisas de mi pequeño automóvil luchaban valientemente por mantener la visibilidad. Hacía muy mala noche, más fría de lo normal y con un viento salvaje, muy parecida a la noche en que me explotó el neumático y conocí a Wyatt Dunn. Al pensarlo, solté un bufido.

Durante un segundo profundamente satisfactorio, me imaginé cómo serían las cosas si yo hubiera cerrado la boca en el baño en la boda de Kitty. Si hubiera dejado que la culpabilidad hiciera su trabajo y hubiera admitido que sí, que estaba mal, que una mujer no debería salir con el hombre que había estado prometido con su hermana. Andrew habría salido de mi vida para siempre, y yo no tendría que ver cómo se le iluminaban los ojos al mirar a Natalie, con esa expresión de gratitud y asombro, una expresión que, para ser sincera, yo no había visto nunca en su semblante. No, cuando estábamos juntos y Andrew me miraba a mí, lo hacía con afecto, humor, respeto y comodidad. Todo eran cosas buenas, pero no había una pasión incontenible. Yo lo quería, pero él no me había querido de la misma manera.

Aunque Margaret ya estaba durmiendo en la habitación de invitados cuando llegué a casa, y aunque Angus hizo todo lo posible para hacerme saber que yo era la criatura más maravillosa que había sobre la faz de la tierra, me pareció que la casa estaba vacía. Ojalá tuviera al menos a ese buen novio médico para poder llamarlo. Ojalá en aquel momento fuese de camino a mi casa para estar conmigo. Le daría una copa de vino y le masajearía los hombros, y él me sonreiría con agradecimiento. Tal vez nos acurrucaríamos en el sofá y luego nos iríamos a la cama. Angus casi no mordería a Wyatt Dunn, porque Angus, al menos en aquella fantasía, era un excelente juez del carácter de la gente, y lo adoraba.

Me cepillé los dientes, me lavé la cara e hice una mueca al ver mi pelo en el espejo. Entonces, me pregunté si la buhardilla necesitaría... Bueno, una pequeña visita. Sí. Claro que sí. Después de todo, había mucha humedad, aunque había dejado de llover y, en aquel momento, solo había un poco de neblina. Seguramente, Callahan O'Shea no estaría en su tejado. Yo lo hacía, simplemente, porque era la propietaria de la vivienda, y tal vez se hubiera quedado alguna ventana abierta. ¿Y si llovía más tarde? Nunca se sabe...

Callahan O'Shea sí estaba en su tejado. «Bien por ti, Cal», pensé. No era de los que permitían que una pequeña muestra del clima de Nueva Inglaterra le impidiera hacer lo que quería.

Debía de haber echado de menos estar al aire libre en la cárcel. Por supuesto, parecía que había estado en una cárcel de lujo, pero, cuando yo me lo imaginaba, lo veía con un mono naranja o a rayas blancas y negras, en una celda con barrotes y un catre de metal.

Me imaginé cómo sería estar allí abajo con Callahan O'Shea, con la cabeza apoyada en su hombro, protegida por sus brazos fuertes, y la imagen fue tan poderosa que noté el ruido sordo de su corazón bajo mi mano y sus dedos jugueteando con mi pelo. De vez en cuando, uno de nosotros le murmuraba algo al otro, pero la mayor parte del tiempo estábamos en silencio.

—No pierdas el tiempo —me dije—. Aunque no tuviera antecedentes penales, no es tu tipo.

«Además, ni siquiera le gustas», añadió una irritante vocecita que reverberó por mi mente. Si a eso le sumaba la incomodidad que sentía teniendo a un hombre tan grande y musculoso en la casa de al lado... no. Yo quería comodidad, seguridad, estabilidad. No tensión estimulante y atracción sexual. Por muy bueno que pudiera parecer todo aquello desde mi buhardilla.

Capítulo 14

−¿Grace?
Angus gruñó ferozmente y dio un salto para atacar a una polilla. Yo alcé la vista desde las margaritas que estaba plantando en tiestos en el jardín trasero. Era domingo por la mañana y Callahan O'Shea había vuelto. Estaba en la cocina, delante de la puerta corredera. Se había puesto a trabajar a primera hora de la mañana. Margaret había salido a correr (mi hermana corría maratones, así que no era posible saber cuándo volvería), así que, aparentemente, no había ningún motivo para que Cal se quedara allí a flirtear.

−Necesito mover la estantería que hay delante de la ventana. ¿Podrías quitar tus... cosas?

−Claro −dije. Me levanté y me sacudí las manos.

Callahan se refería a mis DVDs y mis colecciones. Yo fui dejándolo todo sobre el sofá. Una lata de tabaco de la década de los años ochenta del siglo XIX, un cañón en miniatura, una figura de porcelana de Scarlett O'Hara con su vestido de cortinas verdes, y un dólar de la Confederación enmarcado.

−Vaya, parece que te gusta la Guerra de Secesión − comentó, mientras observaba mis películas. *Tiempos de gloria, Cold Mountain, El rojo emblema del valor, She-*

nadoah, Norte y Sur, El fuera de la ley, Dioses y generales, Gettysburg y el documental de Ken Burns en una edición especial en DVD que me había regalado Natalie.

—Soy profesora de Historia.

—Claro. Eso lo explica todo —dijo él—. *Lo que el viento se llevó* está sin abrir. ¿Tienes otra copia?

—Ah, eso... Me la regaló mi madre, pero siempre he querido verla antes en pantalla grande, ¿sabes? Tratar a esa película como se merece.

—¿No la has visto?

—No, pero he leído el libro catorce veces. ¿Y tú?

—Yo he visto la película —dijo, y sonrió un poco.

—¿En el cine?

—No. En la tele.

—Eso no cuenta.

—Ah —dijo él, y volvió a sonreír. A mí se me encogió el estómago.

Movimos la estantería. Él tomó su sierra y esperó a que yo me apartara. Yo no lo hice.

—Eh... Cal, ¿por qué robaste un millón de dólares?

—Un millón seiscientos mil. ¿Por qué roba alguien algo?

—No lo sé. ¿Por qué lo hiciste tú?

Él me miró con sus ojos azul oscuro, sopesando la respuesta. Yo también esperé. Su expresión me decía que había una historia, y yo quería conocerla. Me estaba evaluando, preguntándose qué contarme y cómo decirlo. Yo esperé.

—¡Hola, cariño, ya estoy en casa!

La puerta se abrió de golpe y Margaret apareció allí, sudorosa, sonrosada y deslumbrante.

—Malas noticias, colegas. Mamá viene para acá. He visto su coche en Lala's Bakery. Corred. He estado a punto de batir un récord mundial para llegar antes que ella.

Mi hermana y yo salimos corriendo al sótano.

—¡Callahan, échanos una mano! —le ordenó Margs.
—¿Qué pasa? —preguntó él.
Nos siguió escaleras abajo y, al llegar al sótano, se detuvo en seco.
—Oh, Dios mío —dijo, mirando lentamente a su alrededor.
Mi sótano era un almacén de esculturas. Mi madre, por desgracia, era muy generosa con su obra, así que yo tenía partes femeninas esparcidas por doquier.
—Me encanta esto —dijo Callahan, distraídamente.
—Vamos, cállate. Toma algunas esculturas y súbelas. No tenemos tiempo para charlar —le ordenó Margaret—. A nuestra madre le daría un ataque si supiera que Grace esconde sus cosas. Y lo sé por experiencia —dijo.
Mi hermana tomó *El hogar de la vida* (un útero) y *Nido #12* (un ovario) y subió las escaleras corriendo con ligereza.
—¿Alquilas este sitio? —me preguntó Callahan.
—Ya está bien —respondí yo, sin poder contener la sonrisa—. Sube las cosas arriba y ponlas en una estantería, o donde sea. Que parezca que es su sitio habitual —le indiqué, y le puse *Pecho en azul* en las manos. Pesaba mucho. Debería habérselo advertido y, por un segundo, estuvo a punto de caérsele. Yo me lancé a agarrarla, y él también y, al final, los dos la estábamos sujetando con las manos superpuestas. Yo lo miré a los ojos, y él sonrió.
Pasión incontenible.
Casi me fallaron las rodillas. Él olía a leña, a jabón y a café, y tenía las manos grandes y cálidas y, Dios, aquellos ojos azules un poco inclinados hacia abajo, y el calor de su cuerpo, que me impulsaba a inclinarme sobre el *Pecho en azul* y... lanzarme... De verdad, ¿qué importancia tenía que fuera un expresidiario? Solo por un pequeño robo. Aunque sabía que no debía sentir pura lujuria, sino simpatía por mi alegre vecino, me había quedado paralizada.

Sonó una bocina. Arriba, Angus comenzó a ladrar como loco y, por los golpes que sonaban, a arrojarse contra la puerta de entrada.

—¡Daos prisa! —ladró Margaret—. ¡Grace, ya sabes cómo es!

Se rompió el hechizo. Cal tomó la escultura, agarró otra y subió corriendo. Yo hice lo mismo, todavía ruborizada.

Puse *Tesoro escondido* en la librería y dejé *Puerta en verde* sobre la mesa de centro, donde podía apreciarse en toda su obscenidad.

—¡Hola, hola! —dijo mi madre, desde el porche—. Angus, abajo. Tranquilo, cariño. No. Para. Tranquilo, cariño. No ladres.

Tomé a mi perro en brazos y abrí la puerta. Todavía tenía el corazón acelerado.

—¡Hola, mamá! ¿Qué te trae por aquí?

—¡Traigo pastas! —dijo ella, alegremente—. ¡Hola, Angus! ¿Quién es el perrito más bonito del mundo? Hola, Margaret, cariño. Stuart me ha dicho que te encontraría aquí. Y, oh... Hola. ¿Quién eres tú?

Yo miré hacia atrás. Cal estaba en la puerta de la cocina.

—Mamá, te presento a mi vecino, Callahan O'Shea. Callahan, mi madre, la célebre escultora Nancy Emerson.

—Es un placer. Soy un gran admirador de su obra —dijo Cal, y le estrechó la mano a mi madre. Ella me miró inquisitivamente.

—Papá lo contrató para que cambiara las ventanas —le expliqué yo.

—Ah —dijo ella, desconfiadamente.

—Tengo que volverme a mi casa, Grace. He de ir a la ferretería. ¿Necesitas algo? —me dijo Cal.

«Necesito que me beses».

—Eh... no. No se me ocurre nada —respondí, ruborizándome de nuevo.

—Pues entonces, hasta luego. Ha sido un placer conocerla, señora Emerson.

Las tres nos quedamos mirándolo mientras salía por la puerta.

Mamá fue la primera que reaccionó.

—Bien. Margaret, tenemos que hablar. Vamos, chicas, a la cocina. ¡Oh, Grace, esto no debería estar aquí! No tiene gracia. Es una obra de arte muy seria, cariño.

Callahan O'Shea había puesto *Pecho en azul* en el frutero, entre las naranjas y las peras. Yo sonreí. A Margaret se le escapó una risotada mientras abría la bolsa de pastas.

—Oh, qué bien. Rollitos de semillas de amapola. ¿Quieres uno, Grace?

—Sentaos, niñas. ¿Qué es eso de que has dejado a Stuart, por el amor de Dios?

Yo suspiré. Mi madre no había ido a verme a mí. Yo era la hija que no daba problemas. Margaret siempre había sido (y seguía siéndolo, con orgullo), la reina del drama. Estaba llena de rebeldía adolescente y tenía un don especial para los estudios y para la confrontación. Natalie, por supuesto, era la niña de oro desde el momento en que nació y, más aún, desde que había estado a punto de morir. Todas sus hazañas se consideraban un milagro.

En mi caso, hasta el momento lo único excepcional que me había ocurrido era mi ruptura con Andrew. Obviamente, mis padres me querían, aunque pensaban que la enseñanza era un camino fácil. Cuando anuncié que no iba a estudiar Derecho, sino que iba a especializarme en Historia de Estados Unidos con la esperanza de ser profesora algún día, mi padre había sentenciado: «Los que valen, valen. Los que no, enseñan». Mis veranos eran como una afrenta para aquellos que trabajaban «de verdad». El hecho de que yo trabajara como una esclava durante el año escolar, en las tutorías, corrigiendo y diseñando las clases, quedándome hasta tarde en el colegio para recibir a estudiantes en mi despacho, enseñando al grupo de debate, acudiendo a los eventos de la escuela, vigilando bailes y excursiones, empapándome de las novedades en el campo de la didáctica y atendiendo a padres demasiado sensibles que querían que sus hijos destacaran en todo, eso parecía irrelevante cuando se comparaba con mi deliciosa temporada de vacaciones.

Mi madre se apoyó en el respaldo de la silla y miró a su hija mayor.

—¿Y bien? ¡Suéltalo ya, Margaret!

—No lo he dejado definitivamente —respondió Margaret, y mordió un buen pedazo de pasta—. Solo estoy... atrincherada aquí.

—Eso es una ridiculez —le espetó mi madre—. Tu padre y yo tenemos nuestros problemas y, ¿me has visto alguna vez salir corriendo a casa de la tía Mavis?

—Eso es porque la tía Mavis es insoportable —replicó Margaret—. Grace es la mitad de pesada que la tía, ¿verdad, Gracie?

—Vaya, gracias, Margs. Y quiero mencionar que es todo un privilegio haber visto toda tu ropa sucia desperdigada por mi habitación de invitados esta mañana. ¿Queréis que os haga la colada, majestad?

—Bueno, como tienes un verdadero trabajo, de acuerdo —dijo ella.

—¿Que no? Pues el mío es mucho mejor que sacar a unos traficantes de drogas de la c...

—Niñas, ya está bien. ¿Vas a dejar a Stuart de verdad? —preguntó mi madre.

Margaret cerró los ojos.

—No lo sé.

—Pues me parece una ridiculez, vuelvo a decírtelo. Te

casaste con él, Margaret. No puedes dejarlo así como así. Tienes que quedarte con él y arreglar las cosas hasta que volváis a ser felices.

—¿Como papá y tú? —sugirió Margaret—. Entonces, mátame ahora mismo. Grace, ¿quieres disfrutar del privilegio?

—Tu padre y yo somos completamente...

Mi madre se quedó callada y comenzó a observar su taza de café como si, de repente, hubiera tenido una revelación.

—Puede que tú también debieras venirte a vivir con Grace —le dijo Margaret.

—Ya, qué graciosa. No. No puedes, mamá —dije yo, y fulminé a Margs con la mirada—. En serio, mamá. Papá y tú os queréis, ¿no? Lo único que pasa es que os gusta discutir.

—Oh, Grace —dijo ella con un suspiro—. ¿Qué tiene que ver el amor con todo esto?

—Eso es lo que yo pienso —dijo Margaret.

—Pues yo espero que el amor tenga mucho que ver —protesté.

—Sí, hija, pero... —dijo mi madre, y suspiró—. Te acostumbras tanto a alguien que... No sé. Algunos días, quiero matar a vuestro padre. Es un abogado fiscalista de lo más aburrido, por el amor de Dios. Para él, divertirse es tirarse al suelo y hacerse el muerto en una de esas estúpidas recreaciones de la Guerra de Secesión.

—Eh, a mí también me encantan esas estúpidas recreaciones —dije, pero ella me ignoró.

—Pero yo no me he ido de casa, Margaret. Después de todo, prometimos amarnos y cuidarnos el uno al otro, aunque nos muramos en el intento.

—Dios, qué maravilloso —dijo Margaret.

—Aunque me pone de los nervios que se meta con mi faceta artística. ¿Qué hace él? Se pone un uniforme antiguo y se va por ahí a pegar tiros. Yo creo. Yo hago un homenaje a las formas femeninas. Yo soy capaz de expresarme con algo más que gruñidos y sarcasmo. Yo…

—¿Un poco más de café, mamá? —le preguntó Margs.

—No. Tengo que irme —dijo. Sin embargo, no se levantó de la silla.

—Mamá —le pregunté, con cuidado—. ¿Por qué… haces un homenaje a las formas femeninas, como has dicho? ¿Cómo empezó eso?

Margaret me miró con inquina, pero yo tenía mucha curiosidad. Estaba en el instituto cuando mi madre se había descubierto a sí misma, por decirlo de algún modo.

Ella sonrió.

—Lo cierto es que fue por accidente. Estaba intentando hacer una bola de cristal para el árbol de Navidad y me costaba atar el final. Entonces, tu padre entró en la habitación y me dijo que parecía un pezón. Así que yo le dije que era eso, exactamente, y él se puso de color morado, y yo pensé, ¿por qué no? Si vuestro padre había tenido esa reacción, ¿qué pensarían los demás? Así que lo llevé a Chimera, y les encantó.

—Ummm —murmuré yo—. ¿Cómo no les iba a encantar? Es de lo más lógico.

—No te rías, Grace, que va en serio. El *Hartford Courant* dijo de mí que soy una feminista postmoderna con el atractivo estético de Mapplethorpe y O'Keeffe de ácido.

—Y todo, por un adorno de Navidad que te salió mal —intervino Margaret.

—El primero fue accidental, hija, pero el resto son una celebración del milagro fisiológico que es la mujer —sentenció mi madre—. A mí me encanta lo que hago, aunque vosotras, hijas, seáis demasiado puritanas como para apreciar adecuadamente mi arte. Tengo una carrera nueva y la gente me admira. Y, si tortura a vuestro padre, miel sobre hojuelas.

—Sí —dijo Margs—. ¿Por qué no torturar a papá? Solo te lo ha dado todo.

—Bueno, Margaret, querida, yo podría decir que es él quien lo ha conseguido todo, y vosotras, precisamente, deberíais saberlo. Yo me convertí en una persona insignificante, niñas. Él estaba encantado con llegar a casa, que le sirvieran un Martini y una cena que yo había estado preparando durante horas, que todo estuviera impecable y que las tres niñas fueran listas, educadas y maravillosas. Y, después, se acostaba conmigo para disfrutar de un poco de sexo movidito.

Margaret y yo nos encogimos de horror.

Mi madre miró a Margaret con severidad.

—Él estaba completamente malacostumbrado, y yo era invisible. Así que, si ahora lo estoy torturando, Margaret, querida primogénita mía, tú deberías ser la primera que me dijeras «Bien hecho, mamá». Porque, por lo menos, ahora se da cuenta de que existo, y yo ni siquiera tengo que salir corriendo a casa de mi hermana.

—Ay... —gimió Margaret—. Estoy sangrando, Grace —dijo. Sin embargo, por extraño que pudiera parecer, sonreía.

—Por favor, dejad de discutir —les pedí—. Mamá, estamos muy orgullosas de ti. Eres una... eh... visionaria. De verdad.

—Gracias, cariño —dijo ella, y se puso en pie—. Bueno, ahora tengo que irme. Voy a dar una charla sobre mi obra y mi inspiración artística en la biblioteca.

—Supongo que será solo para adultos —murmuró Margaret. Tomó a Angus de mi regazo y se puso a darle besitos.

Mi madre suspiró y miró al techo.

—Grace, tienes telarañas. Y no comas sándwiches en el almuerzo, cariño. Acompáñame al coche, anda.

Yo obedecí, y Margaret se quedó con Angus en la cocina, dándole pedacitos de su rollito de semillas de amapola.

—Grace —me dijo mi madre—, ¿quién era ese hombre que estaba aquí?

—¿Callahan? —pregunté yo. Ella asintió—. Mi vecino. Como ya te he dicho.

—Bueno. No vayas a estropear una buena cosa enamorándote de un obrero, cariño.

—¡Mamá! ¡Ni siquiera lo conoces! Es muy agradable.

—Solo digo que tienes algo muy bonito con ese médico, ¿no?

—Yo no voy a salir con Callahan, mamá —le dije, con tirantez—. Es solo alguien a quien ha contratado papá.

Ah, mierda. Allí estaba él, metiéndose en su furgoneta. Y, por supuesto, oyó solo lo de «Es solo alguien a quien ha contratado papá», pero no lo de «Es muy agradable».

—Está bien —dijo mi madre en voz baja—. Es que, desde que Andrew rompió contigo parecías un fantasma, cariño. Y me alegro mucho de ver que ese joven te ha devuelto el color a las mejillas.

—Creía que eras feminista —dije.

—Y lo soy.

—¡Vaya, pues cualquiera lo diría! Puede que haya pasado el tiempo suficiente y yo lo haya superado por mí misma. O puede que sea la primavera. O que estoy teniendo una temporada muy buena en el trabajo. ¿No te has enterado de que he solicitado el puesto de presidenta de mi departamento? Puede que me vaya muy bien sin que tenga nada que ver con Wyatt Dunn.

—Bueno, bueno. Lo que tú digas —respondió mi madre—. Tengo que irme, cariño. Ya sabes, no comas muchos sándwiches. ¡Adiós!

—Me va a matar —anuncié, cuando entré de nuevo en casa—. Si no la mato yo antes, claro.

Margaret estalló en lágrimas.

—¡Dios mío! ¡No lo decía en serio, Margs! ¿Qué te pasa?

—¡El idiota de mi marido! —exclamó ella, entre sollozos, y se enjugó las lágrimas con las manos.

—Bueno, bueno, cariño. Tranquila —le dije, y le di una servilleta para que se sonara la nariz. Le acaricié el hombro, y Angus lamió sus lágrimas—. ¿Qué es lo que pasa de verdad, Margs?

Ella tomó aire temblorosamente.

—Quiere que tengamos un hijo.

Me quedé boquiabierta.

—Oh.

Margaret nunca había querido tener hijos. Decía que con solo acordarse de Natalie enchufada a las máquinas del hospital perdía el instinto maternal que hubiera podido sentir. Siempre le habían gustado los niños; tomaba en brazos a los bebés de nuestros primos en las reuniones familiares y hablaba de un modo muy agradable y adulto con los niños un poco mayores. Pero siempre decía que era demasiado egoísta como para ser madre.

—Entonces, ¿habéis hablado de ello? ¿Y cómo te sientes?

—Pues muy mal, Grace. Me estoy escondiendo en tu casa, tonteando con tu vecino y sin hablarme con mi marido, y nuestra madre acaba de echarme un sermón sobre el matrimonio. ¿Es que no es evidente cómo me siento?

—No —dije yo, con firmeza—. También estás berreando en el pelo de mi perro. Así que suéltalo, cariño. Yo no se lo voy a contar a nadie.

Ella me miró con los ojos llenos de lágrimas y con gratitud.

—Me siento... traicionada. Es como si me dijera que no soy suficiente para él. Además, Stuart puede llegar a ser... muy irritante, ¿sabes? No es la persona más aventurera del mundo.

Yo murmuré que no, que no lo era.

—Y también me siento como si me hubiera dado una colleja.

—Entonces, ¿qué piensas, Margs? ¿Crees que quieres tener un hijo?

—¡No! ¡No lo sé! ¡Tal vez! Oh, mierda. Voy a darme una ducha.

Se puso de pie y me entregó a mi perro, que aprovechó para comerse el último pedazo de rollito de semillas de amapola que quedaba en mi plato y eructó. Y así terminó nuestra conversación entre hermanas.

Capítulo 15

El miércoles por la noche, yo me estaba preparando para salir con Lester, el herrero. Él había llamado por fin, y parecía bastante normal, pero... seamos sinceras: con un nombre como Lester, siendo miembro de una cooperativa de artesanos y habiendo sido descrito como «atractivo, a su manera», yo no tenía demasiadas esperanzas.

Margaret estaba trabajando. Desde nuestra conversación del fin de semana, no había vuelto a decir ni una palabra sobre el asunto de su marido. Angus me observó mientras yo me arreglaba siguiendo algún consejo de Lou... (sí, mi desesperación llegaba hasta ese punto). Me puse una falda corta para demostrar que tenía unas piernas fabulosas. Un poco de pintalabios, un poco de perfume, y estaba preparada. Besé varias veces a Angus y le pedí que no se sintiera celoso, solo ni deprimido, y me marché.

Lester y yo habíamos quedado en Blackie's, y pensé que podía ir dando un paseo. La noche era preciosa, no hacía demasiado frío y en el oeste se veía la fina línea roja del atardecer. Miré hacia mi casa. Había dejado una lámpara encendida para que Angus tuviera luz, y también había dejado encendida la luz del porche. Los capullos de las peonías estaban a punto de abrirse. Dentro de una semana, las flores lo inundarían todo con su fragancia. El camino de losas de pizarra que llevaba a la calle estaba flanqueado de lavandas, helechos y brezo, y había una masa de hostas rodeando el pie de mi buzón.

Era una casa perfecta, lo bastante bonita como para aparecer en la portada de una revista. Era acogedora y única. Solo faltaba una cosa: el marido y los niños. La adorable familia que yo siempre había imaginado... y que cada vez me costaba más imaginar.

Tal vez te preguntes por qué no vendí la casa después de que Andrew me dejara. Después de todo, se suponía que iba a ser nuestra casa. Sin embargo, me encantaba, y yo sabía que tenía mucho potencial. Quería seguir oyendo el sonido del río Farmington a lo lejos. No quería que ninguna otra persona plantara bulbos en mi jardín, ni que colgara helechos en el porche. No, no podía venderla. Y, sí, tal vez también estuviera aferrándome un poco a lo último que tenía de Andrew. Habíamos pensado que íbamos a ser tan felices allí...

Así que, en vez de deshacerme de ella, la hice mía. La casa se convirtió en mi terapia contra el dolor y, a medida que la rehabilitaba y la convertía en un refugio de comodidad y belleza, y de algunas delicias sorprendentes, me imaginaba mi venganza hacia Andrew. Iba a conocer a alguien mejor que él. Más listo, más alto, más divertido, más rico, más agradable... Alguien que estuviera loco por mí. Y Andrew se iba a enterar de lo que es bueno. Él se lo perdía, por idiota. Y se quedaría solo y triste para el resto de su estúpida vida.

Obviamente, las cosas no salieron así; de lo contrario, yo no estaría yendo a una cita con un herrero ni tendría un novio imaginario. Y tampoco tendría pensamientos lascivos con un expresidiario.

—Vamos de una vez —me dije.

Por mucho que Margs estuviera desengañada del amor

últimamente, no me iba a emparejar con un mal tipo. Lester el herrero. Era un poco difícil emocionarse con algo así. Lester. Les. No, nada.

Blackie's estaba abarrotado, y me arrepentí al instante de haber quedado allí. ¿Qué iba a hacer, ir hombre por hombre preguntándoles si eran Lester, el herrero?

—¿Qué va a tomar? —me preguntó el camarero, cuando avancé hasta la barra.

—Un gin tonic, por favor.

—Enseguida.

Bueno, pues allí estaba una vez más, intentando dar una apariencia de seguridad en mí misma y de resultar atractiva.

—Disculpa, ¿eres Grace? —me preguntó alguien junto a mi hombro—. Yo soy Lester.

Me giré, y abrí unos ojos como platos. Se me paró el corazón y, al instante, comenzó a latir a mil por hora.

—Eres Grace, ¿no?

—Gracias —murmuré. Y pensé: «Gracias, Dios». Entonces, cerré la boca y sonreí—. Hola. Sí, soy Grace. Hola. Estoy muy bien, gracias.

Estaba balbuceando como si fuera tonta. Y tú también lo habrías hecho si hubieras visto a aquel tipo. Oh, Margaret, gracias por conseguirme una cita con aquel hombre: pelo negro. Ojos negros. Unos hoyuelos perfectos. Un cuello bronceado y digno de recorrer a lametones. Era como Julian, pero menos adorable, más peligroso, más moreno, más alto. Dios Santo.

El camarero me sirvió la copa y le entregué un billete de veinte dólares como si estuviera flotando.

—Quédese con el cambio —murmuré.

—Tengo una mesa para dos —dijo Lester—. Por allí, al fondo. ¿Te apetece que nos sentemos?

Él me precedió, así que pude mirarle el trasero mientras nos abríamos paso entre la multitud. Me prometí que le enviaría unas flores a Margaret, que le lavaría la ropa y que le haría unos *brownies* por presentarme a Lester el herrero, que era mucho más que «atractivo, a su manera».

—Me puse muy nervioso cuando me llamó Margaret —dijo él, cuando se sentaba. Ya tenía una cerveza, y le dio un sorbo—. Es tan genial.

—Ah —dije yo, como una idiota—. Sí. Es verdad. Yo quiero mucho a mi hermana.

Él sonrió, y a mí se me escapó un gemidito.

—Bueno, ¿y trabajas en un colegio?

—Sí, soy profesora de Historia en Manning Academy.

Conseguí articular unas cuantas frases sobre mi trabajo, pero no conseguí relajarme. Aquel hombre era increíblemente guapo. Tenía el pelo espeso y un poco largo, y se le ondulaba de un modo precioso alrededor de la cara. Tenía unas manos increíbles, fuertes, con los dedos largos.

—Bueno, Lester, ¿y qué tipo de trabajos haces tú con el metal? —le pregunté, después de tragar saliva.

—Pues, mira, te he traído una de mis piezas. Es un pequeño regalo para darte las gracias por haber accedido a salir conmigo —dijo él. Metió la mano en un bolso de cuero desgastado que estaba a su lado y rebuscó algo.

Un regalo. ¡Oh! Me derretí como... bueno, supongo que como un pedazo de metal, claro. Él me había hecho una cosa.

Lester puso el objeto sobre la mesa.

Era precioso. Lo había hecho de hierro, y era una persona abstracta que se erguía desde una base. El metal se retorcía con gracilidad y la figura tenía los brazos elevados hacia el cielo; el pelo flotaba en el aire como si soplara el viento en un día de verano.

—Oh, Dios mío. Es precioso.

—Gracias —dijo él—. Es de una de las series que estoy haciendo ahora, y se venden muy bien. Pero el tuyo es especial, Grace –añadió, y me miró fijamente con sus ojos negros–. Creo que eres estupenda, Grace. Espero que conectemos de verdad. Esto es una especie de regalo de buena fe.

–Vaya –dije yo–. Sí.

«Sí, quiero casarme contigo y tener cuatro hijos sanos».

Él volvió a sonreír, y yo encontré mi copa a tientas y la apuré.

–Discúlpame un segundo –dijo, entonces–. Tengo que hacer una llamada rápida, y vuelvo ahora mismo.

–Oh, por supuesto –respondí.

A mí me vendría muy bien aquel receso para dominarme, porque estaba prácticamente al borde del orgasmo. ¿Y quién podría culparme? Yo le gustaba a aquel tipo tan guapo. Quería tener una relación conmigo. ¿Podía ser tan fácil? Me imaginaba llevándomelo a casa para presentárselo a todo el mundo. Me lo imaginaba en mi próxima cena con Natalie y con Andrew. Me imaginaba a Callahan O'Shea viéndome con aquel hombre tan guapo. ¡Sería estupendo! ¡Dios Santo!

Saqué el teléfono móvil del bolso y llamé a mi casa.

–¡Margaret! –murmuré, cuando mi hermana respondió a la llamada–. ¡Lo quiero! ¡Gracias! ¡Es impresionante! ¡No es atractivo a su manera! ¡Es increíblemente guapo!

–Acabo de terminar *Dioses y generales* –me dijo ella–. ¿De verdad ves estas porquerías?

–¡Es asombroso, Margs!

–Bueno, me alegro. Parecía que estaba muy interesado en conocerte. De hecho, me pidió salir a mí primero, pero le enseñé la alianza. Ahora me arrepiento –dijo ella.

–Oh, ya viene. Gracias de nuevo, Margs. Tengo que colgar –dije.

Sonreí mientras Lester volvía a la mesa y se sentaba. Todo mi cuerpo latió de deseo.

Estuvimos charlando media hora, más o menos. Bueno, en realidad, fue él quien me habló de su familia, de cómo se había hecho herrero, de los sitios de Nueva York y San Francisco en los que exponía su trabajo. Había tenido una relación estable y larga con una mujer, pero habían terminado. Ahora quería volver a la estabilidad. Le encantaba cocinar, y estaba deseando invitarme a una cena. Quería tener hijos. Era perfecto.

Entonces, sonó su teléfono móvil.

—Oh, vaya. Lo siento, Grace —dijo, con una sonrisa de disculpa, mirando la pantalla—. Estaba esperando esta llamada.

—No te preocupes, contesta. No hay ningún problema —dije yo, y le di un sorbito a mi gin tonic. «Haz lo que quieras, cariño. Soy tuya».

Lester abrió el teléfono.

—¿Qué quieres, zorra? —preguntó, con la cara contraída a causa de la furia.

Yo me atraganté y escupí, y me erguí de un respingo en el asiento. A nuestro alrededor, los otros clientes se quedaron paralizados. Lester nos ignoró a todos.

—Bueno, ¿pues sabes con quién estoy yo? —gritó él—. ¡Estoy en un bar con una mujer! ¡Ya lo sabes, zorra asquerosa! ¡Y me la voy a llevar a nuestra casa y me voy a acostar con ella!

Gritaba cada vez con más fuerza, con más intensidad.

—¡Sí, exacto! ¡En el sofá, en nuestra cama, en el suelo de la cocina, en la puñetera mesa de la cocina! ¿Qué te parece eso, mentirosa, furcia?

Entonces, colgó el teléfono, me miró y sonrió.

—Bueno, ¿por dónde íbamos? —me preguntó, en un tono agradable.

—Eh... —murmuré yo, mirando a mi alrededor con espanto—. ¿Era esa tu ex?

—Ya no significa nada para mí –dijo Lester–. Eh, ¿te apetece que vayamos a mi casa? Puedo preparar una cena para los dos.

Todos mis órganos internos se contrajeron del horror. De repente, no tenía ninguna gana de entrar en la cocina de Lester, gracias.

—Vaya... um, Lester. ¿Crees que estaría metiéndome donde no me llaman si te digo que todavía no la has olvidado? –le pregunté, intentando sonreír.

Lester se desmoronó.

—Oh, mierda... –dijo, y rompió a sollozar–. ¡Todavía la quiero! ¡La quiero, y eso me está matando!

Dejó caer la cabeza sobre la mesa y se golpeó repetidamente la frente, sollozando, moqueando, derramando lagrimones.

Yo miré a nuestra camarera y señalé mi vaso.

—Me voy a tomar otra –le dije.

Una hora y media después, por fin pude acompañar a Lester a su coche, después de haber oído toda la historia de Stefania, la mujer rusa sin corazón que le había dejado por otra mujer... Él había ido a su casa y había gritado su nombre sin parar, hasta que habían llamado a la policía y lo habían detenido. Después, él la había llamado ciento siete veces en una sola noche... Y, en otra ocasión, había borrado la nación rusa de un mapa de la biblioteca pública y había tenido que cumplir cien horas de trabajo comunitario. Yo asentía y murmuraba mientras le daba sorbitos a mi copa. «Artistas», pensé, mientras escuchaba su monólogo. A mí también me habían dejado, pero no había reaccionado así. Tal vez a Kiki le gustara...

—Pues... buena suerte, Les –dije, frotándome los brazos con las manos. Había refrescado, y la niebla envolvía las farolas de la calle.

—Odio el amor —declaró, mirando al cielo—. ¡Cae sobre mi cabeza! ¡Mátame, universo!

—Vamos, anímate —le dije yo—. Y, bueno... gracias por invitarme a las copas.

Lo vi salir del aparcamiento. De ningún modo me iba a montar en el coche con él, por muy amable que hubiera sido su ofrecimiento de llevarme. Con un suspiro, miré la hora. Las diez en punto del miércoles por la noche. Un hombre menos.

Mierda. Me había olvidado la figura dentro del bar. Y, por muy loco que *estuviera* su creador, me gustaba. De hecho, tal vez tuviera valor en el futuro. *El precio de la obra del herrero ingresado en un psiquiátrico se dispara.* Me dije que iba a matar a Margaret cuando llegara a casa. Ella era abogada. Si me iba a buscar novio, podía haber investigado sus antecedentes.

Entré en el bar, recogí mi figura y me volví para salir, abriéndome paso entre la gente. Me quedé atascada, y empujé la puerta con tanta fuerza que se abrió de golpe y golpeó a alguien que estaba intentando entrar en aquel mismo momento.

—Ay —gimió.

Yo cerré los ojos.

—Mire por dónde va —le dije.

—Tenía que haber sabido que eras tú —dijo Callahan O'Shea—. ¿Otra vez dándote al alcohol, Grace?

—He tenido una cita, muchas gracias. Y tú no estás en posición de juzgar a nadie. Un irlandés en un bar. Qué novedad.

—Veo que estás borracha otra vez. Espero que no hayas venido en coche —me dijo, y miró hacia la barra. Yo me giré, y vi a una mujer rubia muy atractiva que lo saludaba moviendo los dedos y sonreía.

—¡No estoy borracha! Y no voy a conducir, no te preocupes. Que lo pases bien en tu cita.

Y, con aquellas palabras, salí del bar al frío nocturno.

Callahan O'Shea era arrogante e irritante, pero yo tenía que admitir que él estaba en lo cierto en cuanto a mi capacidad para soportar el alcohol. Por supuesto, yo quería tomar algo de comer, pero cuando se había acercado la camarera, Lester estaba en el cénit de su diatriba contra el amor, y pedir unas alitas de pollo me parecía desconsiderado. Bueno, no estaba exactamente borracha, solo un poco achispada y, con el olor de las lilas, era una sensación muy agradable.

La niebla era más densa a medida que avanzaba, y me imaginaba lo que estaba haciendo a mi pelo, expandiéndose como una criatura salvaje. Inhalé más aire con olor a lila y me tropecé, pagando así el precio de cerrar los ojos mientras caminaba por las aceras de Peterston, pero me recuperé bien.

—No puedo creer que tu novio te deje volver sola a casa en estas condiciones, Grace. Vaya elemento.

Yo fruncí el ceño.

—Otra vez tú. ¿Qué estás haciendo aquí?

—Acompañarte a casa. Veo que hemos ganado un Emmy —dijo Callahan, ladeando la cabeza para ver mejor la figura que yo llevaba entre las manos.

—Es un regalo precioso. De Wyatt. Que lo ha comprado para mí. Y tú no tienes por qué acompañarme a casa.

—Pues alguien debería hacerlo. En serio, ¿dónde está ese novio tuyo?

—Tenía que operar mañana muy temprano y se ha ido a casa.

—Ya. ¿Y por qué no te ha llevado a casa, por lo menos? ¿Tenía que ir a capturar gatos asilvestrados?

—Yo quería venir paseando. Además, ¿qué pasa con tu chica? ¿La has dejado sola en el bar? Vaya, vaya.

—No es mi chica.

—Pues te reconoció al instante y te ha saludado con impaciencia.

—Y, sin embargo, no es mi chica.

—Me resulta difícil de creer. ¿Quién es, entonces?

—Mi agente de la condicional —dijo Callahan, con una sonrisa—. Y, ahora, dile la verdad al tío Cal, Grace. ¿Has tenido una pequeña bronca con tu novio esta noche?

—No, claro que no. Y es la verdad —dije yo. Tal vez ya era hora de cambiar de tema—. ¿Eres irlandés de verdad?

—¿Y tú qué crees, genio?

«Creo que eres idiota». Oh, vaya. Quizá lo dijera en voz alta.

—Pues a mí me parece que la próxima vez que salgas será mejor que solo tomes Coca-Cola —me sugirió Callahan—. ¿Cuántas copas te has tomado?

—Me he tomado dos gin tonics, bueno, uno y medio, y, como no bebo a menudo, es posible que sienta un poco su efecto. Eso es todo.

Llegamos a un puente que atravesaba la vía del tren.

—Entonces, no aguantas el alcohol. ¿Cuánto pesas, de todos modos?

—Cal, es un pecado mortal preguntarle a una mujer cuánto pesa, así que retíralo, nene.

Él se echó a reír. Su risa era un poco ronca, deliciosamente traviesa.

—Me encanta que me llames «nene». Yo te voy a llamar «borrachina», ¿qué te parece?

Yo suspiré.

—Escucha, Callahan O'Shea de los Leprechauns, gracias por acompañarme hasta aquí. Solo faltan un par de manzanas. ¿Por qué no vuelves con tu chica?

—Porque este no es el mejor de los barrios de la ciudad, y no quiero que vuelvas sola a casa.

Ay. Era una de las partes menos recomendables de la ciudad. De hecho, cuando había una compraventa de drogas, solía realizarse allí mismo, bajo aquel puente. Miré a Cal a la cara. Aparte de ser guapísimo, tenía que reconocer que estaba siendo muy considerado.

—Gracias —le dije—. ¿Estás seguro de que a tu chica no le importa?

—¿Y por qué iba a importarle? Estoy haciendo un servicio público.

Al bajar los escalones de hierro del puente, me resbalé un poco. Callahan me agarró antes de que me cayera y, durante un segundo, me aferré a sus brazos. Eran unos brazos sólidos, cálidos y reconfortantes. No me hubiera importado quedarme allí toda la noche. Además, olía muy bien, demonios, a jabón y a madera.

Él me quitó algo del pelo, suavemente. Era una hoja. La miró durante un segundo y la dejó caer. Volvió a agarrarme el brazo con una mano.

—Bueno, y tu chica... —dije yo, balbuceando—, parecía muy agradable. Lo parece, quiero decir —añadí.

Cal me soltó.

—Es muy agradable. Pero no es mi chica. Como ya te he dicho, a propósito.

—Ah —dije yo, y sentí tanto alivio que me flaquearon las rodillas. No, no quería que Callahan O'Shea estuviera saliendo con nadie. Y ¿qué quería decir eso? Empezamos a caminar una vez más. La niebla mitigaba la luz de los faros de los coches y su sonido. Yo tragué saliva.

—Bueno, Cal, y... ¿estás saliendo con alguien?

Él me miró de reojo.

—No, Grace, no estoy saliendo con nadie.

—Supongo que no eres de los que se casan. ¿Todavía no quieres sentar la cabeza?

—Me encantaría casarme y sentar la cabeza. Tener una mujer, un par de niños, un jardín con césped que segar.

—¿De verdad? —le pregunté. En realidad, se lo grité. Callahan me parecía un tipo duro. ¿Cortar el césped mientras sus niños jugueteaban? Umm, umm.

–Sí, de verdad. ¿No es eso lo que queréis también tu maravilloso novio y tú?

–¿Eh? Sí, claro. Supongo. No lo sé –dije. No quería mantener aquella conversación en estado de ligera embriaguez–. Sería difícil estar con un hombre que está casado con su trabajo –dije.

–Sí –dijo él.

–Así que, para que lo sepas, las cosas no son tan maravillosas como parecen –añadí, sorprendiéndome a mí misma.

–Entiendo –dijo, y se giró para mirarme. Sonrió, solo un poco, y yo tuve que bajar la mirada de repente. No sabía nada de aquel tipo, solo que era muy atractivo. Que quería sentar la cabeza. Que había cumplido condena en la cárcel.

–Eh, Cal, ¿te arrepientes de haber robado el dinero? –le pregunté, repentinamente.

Él ladeó la cabeza y me miró con atención.

–Es complicado.

–¿Por qué no lo sueltas, irlandés? ¿Qué hiciste?

Se echó a reír.

–Puede que te lo cuente algún día. De todos modos, ya casi hemos llegado a casa.

«Ya casi hemos llegado a casa». Como si tuviéramos una casa juntos. Como si él pudiera entrar sin que Angus le mordiera. Como si yo pudiera preparar algo de comer, o él, y pudiéramos ver una película. O ir al dormitorio, quitarnos algunas capas de ropa y hacer un poco de ejercicio.

–Aquí estamos –dijo Callahan, y me acompañó por el camino desde la acera hasta mi puerta. La barandilla del porche estaba mojada y fría y, en comparación, noté la mano de Callahan muy caliente en la espalda. Vaya. Un momento... Él me había puesto la mano en la espalda. Me estaba tocando y, vaya, sí que era delicioso, como si hubiera un pequeño sol allí posado, irradiando calor a regiones lejanas de mi cuerpo.

Me giré hacia él para decirle algo, aunque no tenía ni idea de qué. Al ver su sonrisa, sus ojos azules, todo se me borró de la mente.

Sentí un cosquilleo en las rodillas y el corazón se me hinchó contra las costillas. Durante un segundo, sentí lo que podría ser besar a Callahan O'Shea, y la fuerza de aquella imagen me provocó una vibración en el fondo del estómago. Se me abrieron los labios ligeramente, y se me cerraron los ojos. Él era como un imán para mí.

–Buenas noches, mi pequeña borrachina –dijo él.

Yo abrí los ojos de golpe.

–¡Estupendo! Buenas noches, nene. Gracias por acompañarme a casa.

Y, con otra sonrisa que me llegó al tuétano, Callahan se dio la vuelta y volvió con la mujer que no era su chica, dejándome allí, sin saber si me sentía aliviada o decepcionada.

Capítulo 16

–Eh, papá –dije una noche después del colegio.

Tenía la costumbre de pasar a ver a mis padres con frecuencia. Algunas cosas no se pueden aprender ni siquiera por experiencia, ¿verdad? Lo cierto era que mis padres, individualmente, eran gente estupenda. Mi padre era metódico y sólido, como deben ser los padres, pensaba yo, y su amor por la historia de la Guerra de Secesión nos unía de una forma especial. Y mi madre era una mujer viva e inteligente. Siempre había sido una madre dedicada a sus hijas, de las que hacían los disfraces de Halloween y preparaba galletas caseras. Parecía que siempre hacían las cosas por separado; yo tenía muy pocos recuerdos de ellos dos saliendo por ahí. Tenían amigos y socializaban con normalidad, pero, con respecto a un amor y una pasión profundos... Digamos que, si existían, ellos lo ocultaban muy bien.

Eso me tenía preocupada. ¿Y si yo terminaba en un matrimonio como el suyo? Tenía el ejemplo de Margaret. O de Mémé y sus tres maridos; mi abuela no recordaba con afecto a ninguno de ellos.

Mi padre estaba sentado en la mesa de la cocina con su copa diaria de vino tinto (solo por motivos de salud) a su lado. Yo solté a Angus para que mi perro pudiera ir a saludar a su segunda persona favorita del mundo.

—Hola, cariño —me dijo él, levantando la vista del *Wall Street Journal*—. Vaya, precioso. ¿Quién es un perrito guapo? ¿Quién es un perrito bueno?

—Bueno, él, no —admití yo—. Ha mordido al vecino. Al carpintero.

—Ah, sí. ¿Qué tal las ventanas? —me preguntó mi padre, tomando a Angus en brazos.

—Ya las ha terminado —respondí. Y eso me tenía desilusionada. Ya no habría más Callahan O'Shea en mi casa—. Ha hecho un trabajo estupendo. Gracias otra vez, papá.

Él sonrió.

—De nada. Eh, me he enterado de que vas a ser Jackson en Chancellorsville.

—Tengo caballo, y todo —dije, sonriendo con modestia.

Entre los integrantes de Hermano contra hermano estaba el dueño de unas cuadras que prestaba sus caballos de vez en cuando, siempre y cuando aprobáramos un pequeño examen de equitación. A mí solo me permitía montar a Snowlight, un pony blanco viejo y gordo con tendencia a la narcolepsia y a tirarse al suelo cuando oía ruidos fuertes, lo cual iba a hacer que mi liderazgo de las tropas fuera menos impresionante de lo que tenía pensado. Sin embargo, el coronel Jackson era tiroteado en aquella batalla, así que la narcolepsia de Snowlight era muy oportuna.

—Estuviste genial en Bull Run, a propósito —le dije. Él asintió y pasó una página del periódico—. ¿Dónde está mamá?

—En el garaje —dijo mi padre.

—¡El estudio!

La voz de mi madre se oía perfectamente desde su estudio, y ella odiaba que lo llamaran «garaje», porque tenía la sensación de que era denigrar su arte.

—¡Está en su estudio! ¡Haciendo sus esculturas pornográficas! —gritó mi padre, y dejó el periódico de golpe sobre la mesa—. Dios mío, Grace, si llego a saber que tu madre iba a tener un colapso cuando empezasteis el colegio...

—¿Sabes, papá? Creo que deberías intentar apoyar un poco más a mamá...

—¡No es pornografía! —exclamó mi madre, desde la puerta de la cocina. Tenía la cara muy roja por el calor del fuego de fundir el vidrio. Angus entró corriendo al garaje para ladrarles a sus obras de arte.

—Hola, mamá —dije—. ¿Qué tal van saliendo las esculturas?

—Hola, cariño —respondió ella, y me dio un beso en la mejilla—. Estoy haciendo pruebas con un vidrio más ligero. El último útero que vendí pesaba ocho kilos, pero estos, que son menos pesados, se rompen. ¡Angus, no! ¡Apártate de ese ovario, cariño!

—¡Angus! ¡Galleta! —le grité, para atraerlo. Mi perro volvió corriendo a la cocina y mi madre cerró la puerta del garaje. Entonces, fue a la jarra de galletitas de perro que tenían guardada para Angus.

—Aquí tienes, precioso —le dijo mi madre.

Angus se sentó y elevó las patitas delanteras, y mi madre estuvo a punto de desmayarse de alegría.

—¡Qué precioso eres! ¡Sí, claro que sí! ¡Eres un muñeco! ¡Eres mi pequeño Angus!

Por fin, se irguió y miró a su hija biológica.

—Bueno, y ¿qué te trae por aquí, Grace?

—Pues... quería saber si habéis hablado últimamente con Margaret.

Mi madre miró a mi padre con el ceño fruncido.

—Jim, nuestra hija ha venido a vernos. ¿Podrías dejar el periódico y hacerle caso?

Mi padre puso los ojos en blanco y siguió leyendo.

—¡Jim!

—No pasa nada, mamá. Papá se está relajando. Además, está escuchando lo que decimos. ¿A que sí, papá?

Mi padre asintió y miró a mi madre con resignación.

—Bueno, con respecto a lo de Margaret y Stuart, ¿quién sabe? –dijo mi madre–. Encontrarán su camino. El matrimonio es complicadísimo, cariño. Tú lo sabrás algún día –añadió. Bajó el periódico de mi padre y le clavó otra mirada de reprobación–. ¿Verdad, Jim? Complicadísimo.

—Contigo, sí, querida –refunfuñó mi padre.

—Hablando de matrimonio, cariño, Natalie quería que os pidiera a todos que reservéis el domingo para que vayamos a comer todos juntos. ¿Te lo ha dicho?

—¿Matrimonio? ¿Cómo? –pregunté, con la voz quebrada.

—¿Qué? –preguntó mi madre.

—Has dicho «hablando de matrimonio». ¿Se han comprometido ya?

Mi padre bajó el periódico y me miró a través de sus gafas bifocales.

—¿Te afectaría eso, cariño?

—¡No, por supuesto que no! Pero... ¿lo ha dicho ella? A mí no me ha contado nada.

Mi madre me dio una palmadita en el hombro.

—No, ella no ha dicho nada. Pero, Grace, cariño... parece que puede pasar.

—Oh, sí, ya lo sé. ¡Claro! Espero que se casen. Están muy bien juntos.

—Y, ahora que tú tienes a Wyatt, no te dolerá, ¿no? –me preguntó mi madre.

Estuve a punto de decir la verdad sobre Wyatt Dunn, el médico angelical. «Mamá, papá, me inventé a ese tipo para que Nat no se sintiera tan culpable. Ah, y, además, creo que me hace tilín el expresidiario de la casa de al lado». Pero... ¿qué dirían ellos? Me imaginé sus caras, su consternación, su preocupación y su miedo a que yo me hubiera vuelto un poco loca. Tendrían la certeza de que no había superado lo de Andrew y que me había quedado traumatizada de por vida, y de que mi encaprichamiento con Cal era una muestra de mi frágil estado emocional.

—Sí, claro —dije—. Ahora tengo a Wyatt. Y también tengo que corregir ensayos y poner notas.

—Y yo tengo que terminar una obra —dijo mi madre, al tiempo que bajaba otra vez el periódico de mi padre—. Así que hazte la cena tú solo.

—¡Perfecto! ¡Encantado! Cada vez cocinas peor, ¿sabes? Desde que te hiciste artista.

—Madura, Jim —dijo mi madre, y se giró hacia mí—. Cariño, espera. Queremos conocer a Wyatt —añadió, y se acercó al calendario que había colgado al lado de la nevera—. Vamos a poner fecha ahora mismo.

—Mamá, ya sabes cómo es esto. Wyatt está muy ocupado. Además, va a trabajar a Boston unos días a la semana, de consultor. En Up at Children's. Bueno, tengo que irme. Nos vemos pronto. Os llamo para deciros una fecha, ¿de acuerdo?

Mientras hacía los recados por la ciudad, en el coche, iba pensando en las historias de todo el mundo. Mis padres se habían conocido en una ocasión en la que mi padre trabajaba de socorrista y mi madre estaba fingiendo que se ahogaba para asustar a sus amigas. Ella tenía dieciséis años y estaba haciendo el tonto y, si mi padre no se tomara las cosas tan al pie de la letra, seguramente se habría dado cuenta. Sin embargo, la sacó del lago y, al darse cuenta de que en sus pulmones no había ni gota de agua, le echó tal bronca que ella se puso a llorar. Y, así, tan fácilmente, él se enamoró.

Margaret y Stuart se habían conocido durante un simulacro de incendio en Harvard. Era una noche glacial de enero, y Margs solo llevaba el pijama. Stuart la envolvió en su abrigo y dejó que se sentara en su regazo para que no tocara la nieve con los pies. La llevó a su habitación y, según la leyenda, directamente a su cama.

Yo también quería tener una historia. No quería decir que había conocido a mi marido por Internet porque ambos estábamos desesperados.

Andrew y yo teníamos una historia bastante buena. Después de todo, ¿cuántas mujeres habían conocido a sus maridos mientras yacían muertos en el suelo en la batalla de Gettysburg? Era muy bonita. Pero, claro, Natalie y Andrew también tenían una gran historia: «Yo estaba comprometido con su hermana, pero, con solo ver a Natalie, supe que me había equivocado de hermana Emerson. ¡Jajaja!».

—Ya basta —me dije—. Vas a encontrar a alguien. No tiene por qué ser perfecto, solo bueno. Y, sí, Natalie y Andrew se casarán, probablemente. Ya lo sabemos. No nos sorprende. Nos vamos a tomar muy bien la noticia.

Sin embargo, no podía quitarme el asunto de la cabeza mientras iba al supermercado, al tinte, a la tienda de vinos… En todos aquellos lugares, imaginaba que me ocurría una historia para la posteridad. «Él me recomendó un buen vino y empezamos a hablar…», o «Nos tropezamos el uno con el otro delante de las cámaras frigoríficas donde estaban los helados Ben & Jerry's y discutimos sobre cuál era el mejor, y ni siquiera hoy nos ponemos de acuerdo…». O «Él estaba recogiendo un traje en el tinte y yo necesitaba mi uniforme de oficial confederado…». Aunque, por desgracia, en el tinte solo estaba la dueña, una mujer amable y menuda que, al entregarme el uniforme, me dijo:

—¡Ten cuidado de que no te peguen un tiro!

—Bueno, el objetivo en mi caso es que me peguen un tiro —dije, con una sonrisa forzada.

Cuando llegué a casa, guardé la compra, le di un premio a Angus, me serví una copa de vino y subí a la buhardilla. ¿Guardaba normalmente mi uniforme en la buhardilla? Bueno, pues no, al menos hasta el invierno. Sin embargo, aquella noche me pareció buena idea. Y no encendí la luz, porque me sabía el camino de memoria.

Callahan O'Shea estaba en su tejado, con las manos detrás de la nuca, mirando al cielo.

«Nos conocimos cuando él llamó a mi puerta y yo le pegué un golpe con un *stick* de hockey en el ojo. Pensaba que estaba robando en la casa de al lado. Resultó que no era solo un tipo que acababa de salir de la cárcel. ¿Por qué, preguntas? Bueno, es que robó un millón seiscientos mil dólares».

Suspiré, me aparté de la ventana y bajé las escaleras. Me imaginé a Wyatt Dunn llegando a casa, abrazándome, posando la mejilla en mi pelo. Angus no le ladraba ni le mordía. Nos sentábamos en mi salón y yo le daba una copa de vino. Él me preguntaba por mis alumnos, y yo le divertía contándole que había separado la clase en dos bandos, en ciudadanos de la Unión y de la Confederación, y les había hecho debatir por qué eran ellos quienes tenían la razón, y todos los estudiantes del grupo de la Confederación habían empezado a hablar con acento sureño, arrastrando las palabras, y la clase entera se había echado a reír.

Estaba tan ensimismada soñando despierta que, cuando llamaron a la puerta, casi pensaba que era Wyatt, que había conseguido conjurarlo de algún modo. Angus empezó a ladrar como un loco, así que lo tomé en brazos y me asomé a la mirilla. Era Callahan O'Shea. Yo me puse como un tomate.

—Hola —dije, sujetando a mi perro, que gruñó ferozmente.

—Hola —respondió Callahan, que se había apoyado en el marco de la puerta.

—¿Va todo bien? —pregunté. Después de todo, ya había oscurecido.

—Sí.

Me miró con aquellos ojos azules y, por primera vez, me di cuenta de que tenía motas doradas en el iris. Llevaba una camisa de color verde claro y olía a madera recién cortada.

—¿Qué puedo hacer por ti? —pregunté con la voz ronca.

—Grace.

—¿Sí? —susurré.

—Quiero que dejes de espiarme.

¡Demonios! Yo tomé aire bruscamente, con un gran sentimiento de culpabilidad.

—¿De espiarte? Yo no... Yo...

—Desde la buhardilla. ¿Te molesta por algún motivo que yo me tumbe en mi tejado?

—¡No! Solo había...

Grrr. Grrr. ¡Guau! Angus estaba forcejeando para escapar de mis brazos, lo cual me dio una gran excusa para ganar tiempo.

—Espera un segundo. O pasa. Tengo que meter a Angus al sótano.

Guardé a Angus, respiré profundamente unas cuantas veces y volví con mi vecino, que estaba junto a la puerta con una ceja arqueada y una expresión sarcástica.

—Cal, solo he subido a guardar unas cosas arriba. Te he visto y, bueno, sí, he mirado porque me preguntaba qué hacías ahí arriba. Lo siento.

—Grace, los dos sabemos que me estabas espiando. Déjalo ya.

—Vaya, parece que alguien tiene un ego desmesurado, ¿no? Estaba guardando mi uniforme de general. Sube si quieres y compruébalo.

Angus ladró desde el sótano para darme su apoyo.

Callahan dio un paso hacia delante y me miró. Se fijó en mi pelo y, después, en mis labios. Oh, Dios.

—Esto es lo que pienso —dijo él—: ¿Por qué te deja sola tantas veces ese novio tuyo? —preguntó con la voz suave.

Todo mi cuerpo respondió con una pulsación ardiente e intensa.

—Oh, es que... —susurré—. No sé si esto va a salir bien. Estamos... bueno... reflexionando sobre la situación.

«Dile que estás libre, Grace. Dile que Wyatt y tú habéis roto».

No lo hice. Me daba demasiado miedo. Me temblaba todo el cuerpo por el mero hecho de estar cerca de Callahan. Y, también, por el temor. Temía que me estuviera tomando el pelo porque sabía que yo estaba a punto de tirarlo al suelo y quitarle la ropa.

Aquella imagen tan conmovedora fue inmediatamente sustituida por otra mucho menos deseable, la de Cal apartándome y diciéndome: «No, gracias», con una expresión sardónica.

—Bueno —dije yo, en tono de profesora—: ¿Algo más, señor O'Shea?

—No —respondió él. Pero siguió mirándome, y a mí me resultó muy difícil mantener el contacto visual. Seguramente, estaba ruborizada, porque me ardía la cara.

—Se acabó el espionaje —dijo él, finalmente, con una voz suave—. ¿Entendido?

—Sí —susurré yo—. Lo siento.

Entonces, él se marchó, y yo me quedé en medio de mi salón, con las piernas temblorosas.

Bien, tenía que admitir que me sentía desesperadamente atraída por Callahan O'Shea. Y eso no era bueno. En primer lugar, no creía que yo le gustara a él. En segundo lugar, aparte de que él hubiera estado en la cárcel por un robo importante, yo siempre había sabido lo que quería, y no era alguien como él. Lo que yo quería era otro Andrew, pero sin la complicación de que se enamorara de mi hermana.

Callahan O'Shea era increíblemente guapo y atractivo, pero yo nunca conseguiría sentirme relajada con él. No era de los que iban a mirarme con adoración. Él... era demasiado. Demasiado grande, demasiado guapo, demasiado atractivo, demasiado emocionante. Me hacía sentir demasiadas cosas. Aquello era inquietante, porque, además, hacía que me irritara, que sintiera lascivia y que fuera mordaz, cuando yo quería ser dulce, cariñosa y amable. Quería ser... bueno, como Natalie. Y quería un hombre que me mirara como Andrew miraba a mi hermana. No como Callahan, que me miraba como si supiera todos mis secretos.

Capítulo 17

Stuart fue a verme un día que me había quedado a trabajar hasta tarde en Manning, preparando mi presentación para la junta de patronos.

—¡Eh, Stuart! —exclamé, y me puse de pie para darle un beso en la mejilla.

—¿Qué tal estás, Grace? —me preguntó él, cortésmente.

—Estoy bien —dije—. Siéntate. ¿Te apetece un café?

—No, gracias. Solo necesito unos minutos de tu tiempo.

Su aspecto no era bueno. Tenía ojeras y parecía que estaba muy cansado, y noté que tenía canas en la barba, canas que no estaban allí unas semanas antes. Aunque trabajábamos en la misma escuela, Stuart tenía el despacho en Caybridge Hall, un edificio nuevo de la otra parte del campus, lejos de Lehring, donde estaba el departamento de Historia. Él y yo apenas nos veíamos en el trabajo.

Me senté de nuevo detrás de mi escritorio y respiré hondo.

—¿Quieres que hablemos sobre Margaret? —le pregunté con delicadeza.

Él bajó la mirada.

—Grace, ¿a ti te ha dicho por qué estamos... separados?

—Eh... —murmuré yo, sin saber lo que podía decir—. Me ha contado algunas cosas.

—Le planteé la idea de tener un hijo —me dijo él—. Y explotó. De repente, parecía que teníamos todo tipo de problemas de los que yo no sabía nada. Parece que soy muy aburrido. No hablo lo suficiente del trabajo. Tiene la sensación de que está viviendo con un desconocido. O con un hermano. O con un hombre de noventa años. No nos divertimos lo suficiente, no agarramos el cepillo de dientes y nos vamos a las Bahamas sin pensarlo dos veces, ¡y lo dice ella, que trabaja setenta horas a la semana, Grace! ¡Si yo le propusiera que nos fuéramos de viaje sin más, me mataría!

Ciertamente, mi cuñado tenía razón. Margaret era volátil, por decirlo suavemente.

Él suspiró con cansancio.

—Lo único que yo quería era hablar, solo hablar, sobre la idea de tener un hijo. Decidimos que no íbamos a ser padres cuando teníamos veinticinco años, Grace. De eso hace mucho tiempo, y pensé que podíamos reflexionar sobre el tema. Y, ahora, me dice que va a pedir el divorcio.

—¿El divorcio? —grité yo—. Oh, mierda. Eso no lo sabía, Stuart.

Me quedé callada un largo instante, pensando. Después, continué:

—Pero ya conoces a Margaret, querido. Es muy pasional. Dudo que realmente quiera...

Me quedé callada. No tenía ni idea de lo que quería mi hermana. Por una parte, no me la imaginaba divorciándose de Stuart sin más. Por otra, sabía que ella siempre había sido muy impulsiva, y completamente incapaz de admitir que se había equivocado.

—¿Qué debería hacer? —preguntó, y se le quebró un poco la voz.

—Oh, Stuart —dije yo. Me levanté y me acerqué a él, y le di una palmadita en el hombro—. Mira, escucha, una de las cosas que me dijo fue que... —«que solo hacéis el amor en los días programados de la semana», pensé, e hice un mohín—. Que las cosas se habían vuelto un poco rutinarias. Así que, tal vez, si hubiera alguna sorpresa de vez en cuando... —«sobre la mesa de la cocina»—, eso no estaría nada mal. Hacer ese tipo de cosas que le demuestren que de verdad piensas en ella.

—Pues claro que pienso en ella —protestó Stuart—. La quiero, Grace. Siempre la he querido. No entiendo por qué eso no es suficiente.

Por suerte, mi hermana no estaba en casa cuando llegué. Tal y como había dicho Stuart, trabajaba mucho. Yo me preparé algo de cena y subí a cambiarme para ir a clase de baile.

Callahan estaba muy ocupado últimamente arreglando su casa, y yo no había vuelto a verlo desde que me había dicho que no lo espiara. Miré por la ventana y vi las nuevas tejas del porche, y vi también la preciosa tarima de madera que había puesto en la parte trasera del jardín. Durante los últimos dos días había estado trabajando en el interior, así que no había podido devorarlo con la mirada. Una pena.

—Vamos, Angus, cariño —le dije a mi perro.

Recogí mis cosas y salí de casa con Angus trotando y saltando alegremente a mi lado. Sabía lo que significaba que su mamá se pusiera una falda de vuelo. Entré en el coche, di marcha atrás y salí a la calle, tal y como había hecho mil veces antes.

Sin embargo, y al contrario que todas esas veces, en aquella ocasión oí un terrible ruido metálico.

La furgoneta *pick up* de Callahan estaba aparcada en la acera, muy cerca de la salida de mi casa. Bueno, de acuerdo, tal vez no tan cerca, pero, como estaba acostumbrada a salir siempre de la misma forma, supongo que hacía el giro un poco... Sí. Bueno. Era culpa mía.

Salí del coche para inspeccionar los desperfectos. Mierda. Callahan no se iba a poner precisamente contento cuando le dijera que le había roto el faro trasero de la izquierda. Por suerte, mi coche era alemán, y solo tenía un pequeño arañazo.

Miré el reloj, suspiré, me dirigí hacia su casa y llamé a la puerta. No abrió.

—¿Callahan? —lo llamé—. ¡Acabo de chocarme con tu *pick up*!

Nada. Entonces, había salido. Yo no tenía papel y lápiz para dejarle una nota y, si entraba a mi casa para tomar ambas cosas, llegaría tarde al baile.

Así pues, Callahan tendría que esperar. Entré en el coche, aparté a Angus del asiento del conductor y me marché a Golden Meadows.

El sol se estaba poniendo cuando pasé junto al lago, y un par de ocas del Canadá se posaron en la superficie del agua estirando los cuellos con elegancia. En cuanto tocaron el agua, nadaron una hacia la otra para asegurarse de que estaban sanas y salvas. Bellísimo. Aquella era la ternura que yo deseaba. Magnífico; ahora tenía envidia de unas ocas.

Llegué al aparcamiento de Golden Meadows y me animé un poco. Aquel lugar era bueno para el espíritu.

—Hola, Shirley —le dije a la recepcionista, cuando entré.

—Hola, Grace —respondió ella, con una sonrisa—. ¿Y quién está aquí? ¡Vaya, si es Angus! ¡Hola, cariño! ¡Hola! ¿Quieres una galletita?

Yo me divertí viendo como Shirley se deleitaba con mi perro, que era muy célebre allí. Angus, sabiendo que tenía un público muy entregado, alzó la patita derecha y ladeó la cabecita de una forma adorable, mientras Shirley se deshacía de alegría.

—¿Seguro que no te importa cuidarlo? —le pregunté a la recepcionista, mientras Angus tomaba delicadamente la galleta que le ofrecían.

—¿Importarme? ¡Claro que no! ¡Lo adoro! ¡Sí, claro que sí, cariñito! ¡Te adoro, Angus!

Yo me fui por el pasillo con una sonrisa.

—¡Hola a todo el mundo! —dije, al entrar en el salón de actividades en el que dábamos la clase de baile.

—¡Hola, Grace! —dijeron los alumnos. Yo repartí abrazos y besos, y el corazón se me alegró.

Julian también estaba allí y, al ver a mi amigo, casi me echo a llorar.

—Te he echado de menos, feo —le dije. La semana anterior no habíamos tenido clase porque había coincidido con una revisión gratuita de la presión sanguínea.

—Yo también te he echado de menos —dijo él, con cara de pena—. Esto de las citas no me está funcionando, Grace. Yo digo que nos olvidemos de ello.

—¿Qué ha pasado? —le pregunté.

—Pues nada de nada. Es solo que... creo que no estoy hecho para estar con nadie. Estar solo no es lo peor que le puede pasar a uno, ¿no crees?

—No, claro que no —dije, mintiendo—. Ven mañana a casa a ver *Pasarela a la fama*, ¿de acuerdo?

—Gracias. Me he sentido muy solo —dijo él, y me sonrió con tristeza.

—Yo también, cariño —dije yo, y le estreché la mano con alivio.

—¡Atención, todos! —exclamó Julian, después de darme una palmadita en la cabeza. Apretó el *play* y añadió—: ¡Tony Bennett quiere que cantéis *Sing, You Sinners*! ¡Gracie, vamos a mover el esqueleto!

Tres bailes después, acalorada y con la respiración entrecortada, me senté al lado de mi abuela.

—Hola, Mémé —dije, y le di un beso en la mejilla.

—Pareces una golfa —me respondió con un siseo.

—¡Gracias, Mémé! ¡Tú también estás muy guapa! —dije, en voz alta.

Mi abuela era extraña. Su mayor placer en la vida era ofender a otras personas, pero yo sabía que también se sentía orgullosa de que yo fuera a la residencia y de que todo el mundo me quisiera. Tal vez no pudiera decir nada amable, pero le gustaba que estuviera allí. Yo creía que, en algún lugar de su alma anciana, estaba la Mémé buena, una mujer que solo tenía que tener un poco de afecto para sus tres nietas. Sin embargo, hasta aquel momento, la Mémé mala tenía amordazada y atada a la Mémé mala, aunque nunca se sabía...

—¿Y qué hay de nuevo, Mémé? —le pregunté, mientras me sentaba a su lado.

—¿Y a ti qué te importa?

—Me importa un poco. Me importaría más si alguna vez fueras agradable conmigo.

—¿Y para qué? Tú solo quieres mi dinero.

—Creía que, después de doscientos años de vida, se te habría acabado todo.

—Pues no. Tengo mucho. Enterré a tres maridos, señorita, y ¿de qué sirve el matrimonio si no vas a ganar dinero?

—Eso es muy romántico, Mémé, de verdad. Se me han llenado los ojos de lágrimas.

—Oh, madura, Grace. Una mujer de tu edad no tiene tiempo que perder. Y deberías tenerme más respeto. Puede que te excluya de mi testamento.

—Mira, Mémé, toma mi parte y gástatela. Haz un crucero o cómprate un collar de diamantes. Contrata a un *gigoló*.

Ella gruñó, pero no me miró. Estaba mirando a los bailarines. Tal vez me estuviera equivocando, pero estaba siguiendo el ritmo de *Papa Loves Mambo* con el meñique. Sentí afecto por ella sin poder evitarlo.

—¿Quieres bailar, Mémé? —le pregunté suavemente. Después de todo, ella podía caminar bastante bien. La silla de ruedas era más bien para tener efecto en los demás; podía embestir a la gente con más facilidad si su centro de gravedad estaba más bajo.

—¿Bailar? —preguntó con un resoplido—. ¿Con quién, boba?

—Bueno, yo...

—¿Dónde está ese hombre de quien siempre estás hablando? Lo has asustado, ¿verdad? No me sorprende. ¿O es que se ha enamorado de tu hermana?

Yo me estremecí.

—Dios mío, Mémé —dije con un nudo en la garganta.

Sin salir de mi asombro, me alejé de ella y acepté bailar un vals con el señor Demming. Mémé era la única abuela que me quedaba. Yo no llegué a conocer a mi abuelo biológico, porque fue el primero de los maridos a los que enterró Mémé, pero lo quería porque mi padre tenía todo un arsenal de fantásticas historias sobre él. Los otros dos maridos de Mémé habían sido hombres maravillosos: el abuelo Jake, que había muerto cuando yo tenía doce años, y el abuelo Frank, que murió cuando yo estaba en la escuela de graduación. Los padres de mi madre habían muerto con pocos meses de diferencia, también cuando estaba en el instituto. Ellos también eran gente estupenda. Pero, como el destino era cruel, la única abuela superviviente que tenía era más mala que la quina.

Cuando terminó la clase de baile, Julian me dio un beso en la mejilla y se marchó. Mémé observó y esperó, como un buitre, hasta que yo pudiera seguirla a su apartamento. Yo sabía por experiencia que, si le decía que había herido mis sentimientos, solo conseguiría empeorarlo, porque me contestaría que yo no tenía sentido del humor y llamaría a mi padre para quejarse de mí. Así pues, tomé con resignación las asas de su silla de ruedas y la empujé suavemente por el pasillo.

—Edith —dijo Mémé, en voz bien alta, abordando a una mujer con aspecto temeroso—. Esta es mi nieta, Grace. Grace, Edith es nueva en la residencia. ¿Has tenido visita esta semana, Edith?

—Pues, sí, mi hijo y su...

—Grace viene todas las semanas, ¿verdad, Grace?

—Sí. Soy ayudante en la clase de baile —dije—. Serías muy bienvenida, Edith.

—¡Oh, a mí me encanta bailar! —exclamó Edith—. ¿De verdad que puedo ir?

—Es de siete y media a nueve —respondí yo, con una sonrisa—. Te avisaré la semana que viene.

Mémé se irritó porque no consiguió que Edith se sintiera mal, así que empezó a toser para llamar la atención.

—Me alegro de haberte conocido —le dije a Edith, y seguí empujando la silla de ruedas.

—Para —me ordenó Mémé. Yo obedecí—. ¡Tú! ¿Qué quieres?

Un hombre acababa de salir de uno de los pasillos que atravesaban el corredor principal. Era Callahan O'Shea.

—Si estás pensando que este es un buen sitio para robar, deja que te informe de que hay cámaras de seguridad. ¡Y alarmas! La policía estaría aquí en cuestión de segundos.

—Debéis de ser familia —dijo Callahan con sequedad.

Yo sonreí.

—Te presento a mi abuela, Eleanor Winfield. Abuela, este es mi vecino, Callahan O'Shea.

—Ah, el irlandés —dijo ella con desdén—. Nunca le prestes dinero, Grace. Se lo bebería. Y, por el amor de Dios, no le invites a tu casa. Roban.

—Eso ya lo había oído —respondí con una sonrisa. Cal también sonrió y... allí estaba aquella sensación suave y cálida.

—Tuvimos una criada irlandesa cuando yo era pequeña —continuó Mémé, mirando con antipatía a Callahan—. Eileen. O Irene. O Colleen. ¿La conoces?

—Mi madre —dijo él al instante. A mí se me escapó una carcajada.

—Nos robó siete cucharas antes de que mi padre la sorprendiera. Siete.

—Nos encantaban esas cucharas —dijo él—. ¡Cuánto nos divertíamos con ellas! Comíamos, nos golpeábamos la cabeza, se las tirábamos a los cerdos en la cocina. Qué tiempos tan felices.

—No tiene gracia, joven —dijo Mémé.

A mí me parecía que sí. De hecho, me estaba enjugando las lágrimas de la risa.

—¿Has venido a ver a tu abuelo, Callahan? —le pregunté.

—Sí.

—¿Y qué tal está? ¿Tú crees que querrá que vuelva a leerle el final de la historia del duque y Clarissia?

Cal sonrió.

—Seguro que sí.

Yo le devolví la sonrisa.

—Por un segundo, pensé que habías venido por lo de tu furgoneta.

A él se le borró la sonrisa de los labios.

—¿Qué pasa con mi furgoneta?

Yo me ruboricé.

—Casi no se nota.

—¿El qué, Grace?

—Es solo un golpecito —respondí, encogiéndome—. Puede que se haya roto un faro.

Él frunció el ceño.

—Bueno, sí se ha roto, pero no te preocupes, tengo seguro.
—Es lógico, lo necesitas.
—¡Grace! Llévame a mi apartamento —me ordenó Mémé.
—Calma, majestad. Estoy hablando con mi vecino.
—Pues habla por la mañana —replicó ella, y fulminó a Callahan con la mirada. Él hizo lo mismo, y yo volví a sonreír. Me gustaba aquel hombre, entre otras cosas, porque no se dejaba asustar por Mémé, y no había muchos de esos.
—¿Cómo has venido, Cal? Entiendo que no has venido conduciendo.
—No, en bici.
—¿Quieres que te lleve? Ya es de noche.
Él me miró un segundo. Entonces, su sonrisa aumentó, y mis partes femeninas vibraron al verlo.
—Sí, claro. Gracias.
—¡No deberías llevarlo en tu coche, Grace! —me espetó Mémé—. Lo más probable es que te estrangule y tire tu cadáver al lago.
—¿Es cierto eso? —le pregunté a Callahan.
—Lo estaba sopesando —admitió él.
—Bueno, pues tu negro secreto ya se ha sabido.
Él sonrió.
—Permíteme —dijo, y tomó las asas de la silla de ruedas de Mémé—. ¿Por dónde, señoras?
—¿Me está empujando ese irlandés? —inquirió Mémé, torciendo el cuello para poder mirar hacia atrás.
—Oh, ya está bien, Mémé —le dije yo—. Es un chico fuerte, grande y guapo. Siéntate y disfruta del paseo.
—Hablas como una golfa —murmuró ella.
Sin embargo, lo hizo. Cuando llegamos a la puerta de su apartamento, nos dijo adiós y miró de forma elocuente a Callahan hasta que él se dio por aludido y se retiró un poco hacia el pasillo para que no viera los montones de

oro puro que tenía en su morada y no tuviera la tentación de robárselos.

—Buenas noches, Mémé —le dije.

—No confíes en ese hombre —me susurró—. No me gusta cómo te mira.

Yo tuve la tentación de preguntarle cómo me miraba.

—De acuerdo, Mémé.

—Qué anciana más dulce —dijo Callahan, cuando me reuní con él.

—Es bastante horrible —admití yo.

—¿Vienes a verla a menudo?

—Sí.

—¿Por qué?

—Por el deber.

—Tú haces muchas cosas por tu familia, ¿verdad? —me preguntó—. ¿Hacen ellos algo por ti?

Yo volví la cabeza hacia él.

—Sí. Son estupendos. Estamos muy unidos —dije. Por algún motivo, aquel comentario me hirió—. Tú no conoces a mi familia. No deberías haber dicho eso.

—Umm... Santa Grace mártir.

—¡Yo no soy una mártir!

—Tu hermana se ha ido a vivir a tu casa y te mangonea, tu abuela te trata como a una porquería, le mientes a tu madre diciéndole que te gustan sus esculturas... A mí todo eso me parece de mártir.

—No sabes de qué estás hablando —le espeté yo—. Que yo sepa, tú solo tienes dos familiares, uno que no puede hablar y otro con el que no te hablas. ¿Qué sabes tú de la familia?

—Vaya, vaya, parece que tienes dientes —dijo con un perverso placer.

—¿Sabes? No estás obligado a venir conmigo en coche, Callahan O'Shea. Si quieres, puedes volver en tu bici, y que te pille un coche.

—Contigo en la carretera, hay muchas posibilidades de que suceda, ¿no crees?

—Repito: cállate o vuelve a casa tú solo.

—Está bien, está bien. Cálmate —dijo él.

Yo empecé a caminar más rápidamente por el pasillo hacia la recepción, para recoger a Angus.

—¿Ha sido bueno? —le pregunté a Shirley.

—¡Un angelito!

—¿Qué sedante has usado? —le preguntó Callahan.

—Tú eres el único que le cae mal —mentí, mientras Angus le enseñaba los dientecitos torcidos a Callahan O'Shea y le gruñía—. Sabe juzgar muy bien a la gente.

Cuando salimos, estaba lloviendo, y aquella lluvia dulce haría que mis peonías estuvieran ocho centímetros más altas al día siguiente, igual que mi pelo. Esperé, todavía enfadada, a que Cal soltara su bicicleta de la farola. Yo le abrí el maletero, pero él se quedó allí plantado, bajo la lluvia, mirándome.

—¿Y bien? —le pregunté—. Métela ya.

—No tienes por qué llevarme si no quieres, Grace. Te he hecho enfadar. Yo puedo volver en bici.

—No estoy enfadada, no seas tonto. Mete la bici al maletero. Angus y yo nos estamos mojando.

—Sí, señora.

Él recogió la bici y la metió en el maletero. No cupo completamente, así que tomé nota de que tenía que conducir despacio para no dañar dos formas de transporte de Callahan la misma noche. Después, entré en el coche con mi perro. Me miré al espejo retrovisor y confirmé que sí, que mi pelo estaba poseído por los espíritus malignos. Suspiré.

—Te pones muy mona cuando te enfadas —me dijo Callahan al entrar.

—No estoy enfadada —respondí.

—Me parecería bien que lo estuvieras —dijo él mientras se abrochaba el cinturón de seguridad.

—¡No lo estoy! —exclamé, casi gritando.
—Lo que tú digas.

Me rozó con el brazo, y yo sentí una descarga de electricidad por todo el cuerpo. Miré hacia delante, a la espera de que la sensación desapareciera.

Cal me miró.

—¿El perro siempre se sienta en tu regazo cuando conduces? —preguntó.

—¿Cómo quieres que aprenda a conducir, si no practica? —le dije yo.

Callahan sonrió, y a mí se me pasó el enfado. La lujuria, sin embargo, no. Salí con mucho cuidado de la plaza de aparcamiento. Callahan O'Shea olía muy bien. Su olor era cálido, a lluvia y a madera. Me pregunté si le importaría que metiera la cara en su cuello durante un rato, aunque, seguramente, no debería hacerlo mientras conducía.

—¿Qué tal está tu abuelo? —le pregunté.

—Igual —dijo Cal, sin dejar de mirar por la ventana.

—¿Crees que te reconoce?

Cal se quedó callado unos segundos.

—No, no lo creo.

Tenía cien preguntas que hacerle. «¿Sabía él que estabas en la cárcel? ¿En qué trabajabas antes de que te condenaran? ¿Por qué no se habla tu hermano contigo? ¿Por qué lo hiciste, Cal?».

—Bueno, Cal —dije, cuando torcía a la izquierda por Elm Street. Angus me ayudó a girar el volante—. ¿Qué tal va tu casa?

—Es muy bonita —dijo él—. Deberías venir un día a verla.

Yo lo miré.

—Claro —respondí. Vacilé un momento, y decidí intentarlo—. Callahan, me he estado preguntando en qué trabajabas antes de entrar en la cárcel.

—Era contable.

—¿De verdad? —pregunté. Yo pensaba que trabajaba en algo relacionado con el aire libre; vaquero, por ejemplo. No que tuviera un trabajo de oficina—. ¿Y no quieres volver a trabajar en lo mismo? ¿Te resulta aburrido?

—Me retiraron la licencia cuando cometí el delito, Grace.

Ah, mierda. Claro.

—Entonces, ¿por qué cometiste el delito?

—¿Y por qué tienes tantas ganas de saberlo?

—¡Porque sí! No todo el mundo vive al lado de un expresidiario.

—Puede que yo no quiera que piensen en mí como en un expresidiario, Grace. Puede que prefiera que me consideren la persona que soy ahora. Puede que quiera recuperar el tiempo perdido y dejar atrás el pasado, y todo eso.

—Ah, qué bonito. Bueno, pero es que yo soy profesora de Historia. El pasado me importa mucho.

—Seguro que sí —dijo él con frialdad.

—El mejor indicador del futuro es el comportamiento pasado —dije.

—¿De quién es esa cita? ¿De Abe Lincoln?

—En realidad, el doctor Phil —respondí, sonriendo. Pero él no me devolvió la sonrisa.

—Entonces, ¿qué es lo que quieres decir, Grace? ¿Que piensas que te voy a robar a ti?

—¡No! Solo que… Bueno, parece obvio que tuviste la necesidad de infringir la ley, y eso quiere decir algo, pero, si no abres la boca y hablas, yo no sé de qué se trata.

—¿Y qué dice tu pasado de ti?

Mi pasado era Andrew. ¿Qué decía eso? ¿Que yo no sabía juzgar a la gente? ¿Que comparada con Natalie, yo no estaba a la altura? ¿Que no era lo suficientemente buena? ¿Que Andrew era un imbécil?

—Aquí está el lago —comenté—. Si habías pensado tirar ahí mi cadáver, será mejor que te pongas manos a la obra.

Él sonrió un poco, pero no respondió.

Entramos en nuestra calle.

—Oye, respecto a tu furgoneta —dije—, lo siento mucho. Llamaré mañana mismo al seguro.

—Seguro que tienes el número en los favoritos —dijo Callahan.

—Qué gracioso.

Él se rio, y su risa grave me llegó al alma, como siempre.

—Gracias por traerme, Grace —me dijo.

—Si alguna vez quieres confesar tus pecados, estoy dispuesta a escuchar.

—Y ahora, pasas de mártir a sacerdote. Buenas noches, Grace.

Capítulo 18

–Es... precioso –dije, pestañeando mientras observaba el anillo.

Y lo era. El diamante pesaba casi un quilate y estaba tallado en forma de pera. Me encantaba. De hecho, yo tenía uno idéntico en casa, esperando a que lo empeñara. Por el amor de Dios, ¿acaso Andrew no podía ser un poco más original? Vamos, elegía a dos hermanas para comprometerse con ellas y... ¿no podía, al menos, elegir anillos diferentes?

–Gracias –dijo Nat, que no sabía que teníamos el mismo modelo de anillo de compromiso del mismo hombre. Estábamos sentadas las dos en el jardín trasero de casa de nuestros padres; el resto de la familia estaba dentro: Andrew, Mémé, Margaret, papá y mamá.

–¿Seguro que te parece bien? –me preguntó Natalie.

–Lo único que no me gusta es que me estés preguntando todo el tiempo si estoy bien –respondí con un poco de tirantez–. De verdad, Natalie. Por favor, déjalo ya –añadí. Me arrepentí al instante de mi tono de irritación y le apreté la mano–. Me alegro de que seas feliz.

–Has sido increíblemente buena, Grace. Juntarnos a Andrew y a mí... eso es más que generoso por tu parte.

«Dime algo que no sepa». Solté un resoplido y miré a

mi hermana pequeña. Le brillaban los ojos cada vez que miraba el anillo.

—Bueno, y ¿ya tenéis fecha? —le pregunté.

—Pues... quería pedirte opinión sobre eso. Andrew y yo pensamos que debería ser pronto. Para quitárnoslo de encima, ¿sabes? Después, podríamos casarnos. Algo sencillo, ¿sabes? Solo la familia, algunos amigos y una pequeña cena. ¿Qué te parece?

—Suena muy bien.

—Grace —dijo ella después de una pequeña vacilación—. No sé si tú querrías ser mi dama de honor. Sé que las circunstancias son un poco raras, pero tenía que pedírtelo. Y, si no quieres, por supuesto que lo entenderé. Pero siempre, desde pequeña, me he imaginado que serías tú. Margaret será otra de las damas, claro, pero quiero que tú seas la primera.

Era imposible negarse.

—Claro —murmuré—. Será un honor.

—Gracias —susurró Natalie, y me dio un abrazo.

Durante un segundo fue como si volviéramos a ser pequeñas. Notaba su carita cálida y suave contra mi cuello, le acariciaba el pelo rubio y suave, respiraba el olor dulce de su champú.

—No puedo creer que vayas a casarte —susurré con los ojos empañados—. Todavía me entran ganas de llevarte a la espalda y hacerte trenzas.

—Te quiero, Grace.

—Yo también te quiero, Nattie —le dije, a pesar del nudo que tenía en la garganta.

Mi hermana pequeña. Yo había ayudado a mi madre a bañarla y cambiarle el pañal. Le había leído cuentos y la había acunado. Y ella me iba a dejar del modo más profundo en que una hermana podía dejar a otra. Yo había sido la persona favorita de Natalie durante veinticinco años, y ella había sido la mía y, ahora, todo eso iba a cambiar. Cuando estaba con Andrew... tenía que reconocer que ni siquiera él había conseguido ocupar el lugar de mi hermana en mi corazón. Claro, a él lo quería... Pero Natalie era parte de mí. Parte de mi alma y mi corazón como solo una hermana podía serlo. Siempre la había querido tanto que casi me dolía. No podía permitir que Andrew nos distanciara.

Ella me abrazó con fuerza y se irguió.

–No puedo creer que todavía no conozca a Wyatt.

–Sí, es verdad –dije–. Él también tiene muchas ganas de conoceros.

Yo había dicho que Wyatt estaba en un congreso médico en San Francisco. Había pensado en decirle a mi familia que habíamos roto, pero pensé en que tenía que seguir con él un poco más. Aquella mañana había buscado en Google «congresos médicos» y había encontrado uno en la ciudad de la bahía, algo muy conveniente.

–¿Van las cosas bien entre vosotros? –me preguntó mi hermana.

–Bueno, supongo que sí. Trabaja demasiado. Ese es el problema.

Yo tenía pensado ir soltando aquellas frases poco a poco para que la noticia de nuestra ruptura fuera anunciándose.

–Siempre está en el hospital, y también va a Boston. Está completamente dedicado a su trabajo. Supongo que esa es la queja clásica de la mujer de un médico.

Ooh. No quería decir esa frase. A Natalie le brillaron los ojos aún más, si era posible.

–¿Crees que cabe la posibilidad de que os caséis?

–Eh... bueno, no lo sé. Tendríamos que resolver el problema de su trabajo. Y, por supuesto, yo ya me he llevado algún que otro desengaño.

Natalie se estremeció.

–Quiero decir que he elegido mal a mis novios más

veces, así que, en esta ocasión, quiero tener cuidado y estar segura de que es mi media naranja.

—Pero ¿crees que lo es?

—Wyatt es... maravilloso, Nat. Ojalá pudiéramos pasar más tiempo juntos.

Se abrió la puerta de la terraza, y Margaret asomó la cabeza.

—Grace, tu perro acaba de romper una vulva. Y mamá quiere que entréis a comer ya —dijo. Se puso en jarras y añadió—: ¿Es que no se os ha ocurrido pensar que yo podría ponerme celosa de vuestra pequeña reunión? Por los clavos de Cristo, tías, ¿es que no podéis incluirme ni una sola vez?

—Jura como una exmonja convertida en carretero —murmuró Natalie.

—Sí, me pregunto dónde pasa su tiempo libre.

—Deja de quejarte —le dijo Natalie a Margaret—. Vosotras vivís juntas, así que no me hables de reuniones.

Margaret se acercó a nosotras.

—Déjame sitio, favorita —refunfuñó, y me empujó por el hombro para poder sentarse—. ¿Va bien todo por aquí? Os he estado espiando por la ventana.

—Sí, fenomenal. Voy a ser la madrina de honor de Nattie —dije. Me sentía bien. Sí. Todo iba a salir bien.

—¡Dios, Natalie! ¿Quieres que la anterior prometida de Andrew sea tu puñetera dama de honor?

—Sí —respondió Natalie con calma—. Pero solo si ella quiere.

—Y yo sí quiero —dije, y le saqué la lengua a Margaret.

—¿Y yo? ¿Qué soy yo, Nat? ¿Puedo ser la limpiadora? A lo mejor podría lavar los platos en vuestra boda y miraros solo de vez en cuando, si creéis que no me voy a quedar cegada con vuestra belleza, majestad.

—Dios, escúchala —dijo Nat, riéndose—. ¿Quieres ser una de mis damas, mi querida Margaret?

—Oh, sí, sí. Muchas gracias, estoy impaciente —dijo Margaret, y me lanzó una mirada—. Dama de honor, ¿eh? Qué raro todo.

—Margs, tú conoces a Wyatt, ¿no? —preguntó Natalie.

Margaret asintió.

—Claro —dijo. Yo cerré los ojos.

—¿Y qué te ha parecido? —preguntó, al tiempo que se sentaba más erguida y sonreía. A ella siempre le encantaba una buena charla entre hermanas.

—Bueno, aparte de que tiene seis dedos en el pie izquierdo, es bastante mono —dijo Margs.

—Qué gracioso —dije yo—. Es solo un bultito, Natalie.

Natalie se estaba riendo.

—¿Y qué más, Margs?

—Pues... es bastante asqueroso cómo le chupa la oreja a Grace. Sobre todo, en la iglesia. Puaj.

—Vamos, lo digo en serio —dijo Natalie, enjugándose los ojos.

—El ojo bizco me agobia un poco.

Cuando nuestra madre salió a averiguar por qué no entrábamos a comer, se encontró a sus tres hijas desternilladas de risa en el banco, bajo el arce.

Mi buen humor continuó mientras Angus y yo volvíamos a casa dando un paseo por la orilla del Farmington. Había un camino a través del bosque que flanqueaba el río y, aunque había muchos mosquitos, eran inofensivos si uno los ignoraba. Angus correteaba a mi lado, atado con la correa, y se detenía a menudo a hacer pis y olisquear y hacer un poco más de pis para que todos los demás perros que recorrieran aquel camino supieran que Angus McFangus había estado allí antes que ellos.

Natalie y Andrew habían elegido el cuatro de junio como fecha para su compromiso, el día después de la graduación en Manning. Faltaban cuatro semanas; en aquellas cuatro semanas tendría que romper con mi novio imaginario y encontrar otro acompañante para otra boda. Me imaginé ir sola a esta. ¡Nooo! Pero, al mismo tiempo, la idea de obligarme a mí misma a encontrar a otra persona me parecía igualmente desagradable.

Angus se puso a ladrar y se echó a temblar. Un poco más allá había alguien pescando en el río, con unas botas altas. Su pelo brillaba bajo el sol, y yo sonreí. No me sorprendió mucho encontrarme allí a mi vecino.

—¿Has pescado algo, o solo estás intentando estar guapo? —le pregunté.

—Hola, vecinita —me respondió él—. No he pescado nada.

—Vaya, pobrecito —le dije, y fui pisando por las rocas para acercarme a él—. No me saques un ojo con el anzuelo, ¿eh?

—¿Por qué no? A mí me parece que te debo unos cuantos cortes y moretones —respondió él, caminando por el agua hacia mí. Angus comenzó a ladrar.

—Tú, cállate —le dijo Cal con severidad, y Angus se puso histérico.

¡Guauguauguauguau! ¡Guauguauguauguau!

—Qué mano tienes con los animales —le dije—. ¿Los niños pequeños se echan a llorar cuando te ven?

Él se rio.

—¿Qué estás haciendo aquí, Grace?

—Iba para casa.

—¿Quieres sentarte un rato? Tengo galletas —dijo él.

—¿Son caseras?

—Si por «caseras» te refieres a «compradas en la pastelería», sí —respondió—. Están buenísimas. Aunque no se pueden comparar con tus *brownies*. No eran de este mundo. Merecen la pena todo el dolor que he tenido que soportar para conseguirlos.

—Ay. Bueno, ese es un cumplido tan agradable, que tal vez te haga unos cuantos más —dije, y me senté en una roca con Angus en el regazo, mientras él le gruñía al hombre que teníamos enfrente.

—¿Por qué no sueltas a Angus? —me sugirió Cal.

—No, no. Se iría directamente al agua y se lo llevaría la corriente —dije, y lo abracé con fuerza—. Y no queremos que te ahogues, cariñito, mi bebé —le dije al perro—. No, ni hablar.

—Bueno, algunos sí queremos —dijo Callahan.

Las galletas eran de Lala's. Tristemente, reconocía los pasteles y los bollos de veinte kilómetros a la redonda. Aquellas eran muy ricas, crujientes y deliciosas, de mantequilla de cacahuete con cristales de azúcar por encima.

Callahan le ofreció una galleta a Angus, que la mordió junto a una parte del dedo de quien se la había dado. Cal apartó la mano, suspiró, se miró el dedo herido y lo extendió para enseñármelo. Le habían brotado dos gotas de sangre.

—Pobrecito —dije—. ¿Quieres que llame a urgencias?

—¿Y por qué no llamas a un abogado? —replicó él, enarcando una ceja—. A Margaret, por ejemplo. Tu perro se está convirtiendo en una amenaza. Me sorprende seguir vivo, teniéndoos a vosotros dos cerca.

—Es realmente trágico. Pero te vas a mudar muy pronto, ¿no?

—Sí. Seguro que me echarás de menos.

Por supuesto que lo iba a echar de menos. Le brillaba el pelo bajo el sol, que revelaba matices castaños, de color caramelo y dorados. No era justo que aquel tipo pareciera salido de un anuncio de televisión, exudando atractivo sexual con unas botas de pesca y una camisa de franela. Llevaba las mangas recogidas y se le veían los antebrazos bronceados. Tenía las pestañas doradas y rectas, y era tan guapo, que mis partes femeninas me estaban rogando que hiciera algo.

Carraspeé.

—Bueno, Cal, ¿y qué tal tu vida amorosa? Da la casualidad de que he vuelto a verte con esa chica rubia del bar.

—¿Espiando otra vez, Grace? Creía que habíamos llegado a un acuerdo.

Yo suspiré de exasperación.

—Estaba en tu porche. Yo estaba escardando malas hierbas. Tú la besaste.

—En la mejilla.

—Eso les parece romántico a muchas mujeres.

Él no dijo nada.

—¿Entonces? ¿Qué pasa con ese césped que quieres cortar?

—¿Es esa una forma burda de referirte al sexo, Grace?

Yo pestañeé y me eché a reír.

—No, me refiero a lo que me dijiste. Que querías una mujer, algunos hijos y un césped que cortar.

—Es cierto.

Volvió a lanzar el sedal, sin mirarme.

—Bueno, y ¿cómo va la búsqueda?

—No va mal —respondió él, después de un par de segundos. Angus gruñó.

«No va mal». ¿Qué significaba eso?

—Bueno —dije. Me puse de pie y me sacudí los pantalones vaqueros—. Gracias por la galleta, señor. Y buena suerte con la pesca. De una esposa y de una trucha.

—Que tengas un buen día, Grace.

—Tú, también.

Estuve intentando evadirme de la lujuria que sentía por Callahan O'Shea durante todo el camino de vuelta a casa. Me recordé con firmeza que no era el marido más apropiado para mí. No éramos compatibles. Porque... eh... porque...

Afrontémoslo: Callahan O'Shea era muy guapo y, tal vez, yo le gustara un poco. Flirteaba un poco conmigo. A veces. Para ser sincera, flirteaba más con Margaret. Yo los había visto hablando el otro día y riéndose como viejos amigos. Por desgracia, yo estaba al teléfono en aquel momento y no había podido escuchar la conversación.

Sin embargo, había una cosa muy cierta: yo no me sentía segura cuando estaba con él. No porque tuviera miedo de que me robara, por supuesto que no. Pero, si Andrew me había roto el corazón, me imaginaba lo que podía hacerme Callahan O'Shea. Aplastarlo hasta que solo quedaran los añicos. Para alguien como yo, la profesora de Historia que bailaba con gente de la tercera edad, adoraba las películas sobre la Guerra de Secesión y las recreaciones, estar con alguien como él, aquel hombre vital y vagamente peligroso que irradiaba atractivo sexual... tenía que ser mala idea. Un desastre inevitable.

Ojalá pudiera dejar de pensar en ello.

Capítulo 19

Que Julian volviera a estar presente en mi vida de manera regular era un gran alivio. Y no solo lo tenía a él, sino que también tenía al guapísimo y elegante Tim Gunn, porque estaban echando *Pasarela a la fama* en la tele. Margaret se había dignado a bajar con nosotros, yo había hecho palomitas y *brownies* y me sentía muy feliz, más que en mucho tiempo.

La semana había sido dura en el colegio. Los niños estaban deseando hacer cualquier cosa salvo aprender, y el año escolar había prácticamente terminado para los de último curso desde que habían recibido noticias de las universidades. Yo lo entendía y les había puesto *Glory* en vez de hacerles trabajar, pero, de todos modos... Tampoco podía no hacer nada, que era lo que estaba haciendo Ava, permitiendo que sus alumnos de último curso enviaran mensajes de texto a sus amigos y chismorrearan, pese a que faltaban varias semanas para que acabara el curso.

Hablando de Ava, según ella misma, su presentación ante la junta había sido deslumbrante. El hecho de que estuviera acostándose con el presidente, algo que había aseverado Kiki, confirmado Paul e insinuado la propia Ava, no perjudicaba a su causa. Mi presentación se acercaba, y yo había estado trabajando en ella febrilmente.

No dejaba de preguntarme si debería suprimir los cambios que quería hacer y mantenerme fiel al estado actual de las cosas.

En cuanto a las citas, eCommitment me había ofrecido a un empleado de pompas fúnebres cuya pasión era la taxidermia, comprensible, supongo, aunque eso no significaba que tuviera que salir con él, y a un hombre en paro que vivía en el sótano de sus padres y coleccionaba cromos de Pokémon. ¡Vamos! Me había cansado de buscar. Era cierto que no había perseverado durante mucho tiempo, pero quería tomarme un descanso. Iba a romper con Wyatt y a decirle a mi familia que era un adicto al trabajo, punto. Después, podría relajarme y disfrutar de la vida. Me parecía que era un magnífico plan.

—¿Quién decíais que era ese? —preguntó Margaret, metiéndose otro puñado de palomitas en la boca. Supuestamente estaba trabajando en un caso y tenía su libreta legal al lado, pero se le olvidó todo cuando sucumbió ante los cantos de sirena de mi programa favorito.

—Es el que le hizo un vestido a su madre cuando tenía seis años —respondió Julian, que le estaba acariciando el lomo a Angus—. El prodigio. Además, es muy mono. Creo que es gay.

—¿De verdad? —replicó Margaret—. Umm… ¿Un chico que diseña ropa para mujer, gay? ¿Quién se lo iba a imaginar?

—Vamos, vamos, no te dejes llevar por los estereotipos —le dijo Julian.

—Y lo dice el profesor de baile gay —añadió Margaret, sonriendo.

—Contestó la abogada defensora heterosexual ambiciosa con problemas de ira —replicó Julian.

—Respondió un hombre que se pasa media hora arreglándose el pelo cada día, que tiene tres gatos y que les hace jerséis de punto —contraatacó Margaret.

—Soltó bella y amargada adicta al trabajo que abandonó a su sensible y afable marido, castrándolo de ese modo —respondió Julian. Los dos se sonrieron afectuosamente.

—Tú ganas —dijo Margaret—. La iracunda heterosexual se rinde ante el hada bailarina.

Julian la abanicó con sus impresionantes pestañas.

—Niños, ya está bien de discutir o no hay helado —dije yo, para inundar el ambiente con mi karma pacifista—. ¡Mirad, Tim les está revelando el desafío!

Nos quedamos callados para escuchar todo lo que decía Tim Gunn. Por supuesto, el teléfono tuvo que sonar en aquel momento.

—No contestes —me siseó Julian, y subió el volumen de la televisión con el mando a distancia.

Yo desobedecí después de mirar la pantalla del móvil.

—Hola, Nat.

—¡Hola, Gissy! ¿Cómo estás?

—Estoy muy bien —dije, intentando escuchar el programa. Oooh. Vestidos de telas y materiales encontrados en la basura. Aquello iba a estar muy bien.

—¿Qué estás haciendo? —me preguntó Natalie.

—Estamos viendo *Pasarela a la fama* —respondí.

—¿Está ahí Wyatt? —preguntó Natalie con entusiasmo.

—No, no, es Julian. Wyatt está en... um... Boston.

Al instante, Julian giró la cabeza hacia mí y se inclinó para oír la conversación. *Pasarela a la fama* estaba en el intermedio.

—Bueno, mira, es que tengo que pedirte un favor. Andrew y yo vamos a organizar una cena familiar para el viernes. Ya sabes, con los Carson y nosotros. Quería asegurarme de que vas a poder venir. Con Wyatt.

Yo me estremecí.

—Creo que podrá reservar una noche por fin, ¿no, Grace? Tiene que haber más médicos en Boston, ¿no? —me preguntó, riéndose.

—Eh... ¿Una cena con los Carson? —repetí.

Margaret retrocedió de la impresión al oír el nombre de los Carson, y Julian se quedó horrorizado. Se acordaban de ellos. Yo hice un gesto simulando que me pegaba un tiro en la sien

—Eh... ¿el viernes? —dije, y les hice un gesto a Margaret y a Julian para pedirles ayuda—. Vaya, es que ya teníamos planes.

—¡Grace, vamos! —dijo Natalie—. Esto es absurdo.

«No te haces una idea», pensé yo.

Margaret se puso en pie de un salto y me quitó el teléfono.

—Nat, soy Margs —dijo mi hermana mayor, y escuchó a la pequeña un segundo. Después, le preguntó—: ¿Es que a ti no se te ha ocurrido pensar que puede que a Grace le dé miedo que Wyatt también se enamore de ti?

—¡Cállate! ¡No tiene gracia! Dame el teléfono, Margaret —le ordené, y se lo arranqué de las manos. Después, hablé con Natalie para calmarla—. Soy yo otra vez, Nattie.

—Grace, no es cierto, ¿no? —susurró.

—¡Pues claro que no! —respondí, y le lancé una mirada fulminante a Margaret. Después, bajé la voz—. Mira, te lo voy a contar porque sé que lo vas a entender —dije, y Margaret suspiró—. Ya sabes que Wyatt y yo no pasamos demasiado tiempo juntos. Y yo le he dicho que se me estaba acabando la paciencia. Así que hizo planes especiales para este fin de semana...

Nat se quedó callada un minuto.

—Bueno, sí, supongo que necesitáis estar juntos a solas.

—Exacto. Lo has entendido. Pero saluda a los Carson de mi parte y diles que, por supuesto, nos veremos en la boda, y todo eso.

—De acuerdo. Te quiero, Grace.

—Yo también te quiero, cariño —dije. Colgué y me volví hacia mi hermana mayor y mi mejor amigo–. Wyatt y yo vamos a tener la gran bronca –anuncié.

–Pobrecillo. Ojalá no estuviera tan dedicado a curar niños –dijo Margaret.

–Estoy seguro de que se va a quedar destrozado –dijo Julian, amablemente.

Entré a la cocina para beber un vaso de agua fría y Angus me siguió con la esperanza de conseguir una galleta. Yo me arrodillé junto a él y le pedí que se sentara para recibir su premio. Entonces, se la di y le acaricié la cabecita.

Estaba cansada de Wyatt, de Margaret, de las peleas constantes de mis padres, de la bruja de Mémé, de Natalie y de Andrew. Por un segundo, me acordé de que Callahan O'Shea me había preguntado qué hacía mi familia por mí. Bien, pues también estaba cansada de pensar en él, porque sentía un cosquilleo en partes de mi anatomía que llevaban mucho tiempo descuidadas y, entonces, no dormía bien, y eso hacía que me sintiera más cansada que nunca.

Cuando pasara la boda de Natalie, iba a tomarme unas buenas vacaciones. Tal vez me fuera a Tennessee a ver algunos lugares donde se habían librado batallas importantes. O tal vez me fuera a Inglaterra, o a París, donde quizá conociera a un Jean-Philippe de carne y hueso.

Angus posó la cabecita en mi pie.

–Te quiero, McFangus. Eres el niño favorito de mamá.

Me puse en pie y, sin poder evitarlo, miré por la ventana para ver si veía a Callahan O'Shea en su casa. En la ventana de una de las habitaciones del primer piso brillaba una luz suave. Tal vez fuera la ventana de un dormitorio. Tal vez estuviera haciendo el amor con una posible esposa. Si yo subía las escaleras, hasta la buhardilla, por ejemplo, podría verlo... o, si me compraba unos buenos prismáticos... o si subía por el lilo y escalaba por el canalón, entonces, sí, tendría una vista perfecta de lo que estaba sucediendo en aquella habitación. Dios Santo, era patética.

—Grace —dijo Margaret, desde la puerta de la cocina—. ¿Estás bien?

—Claro —dije yo.

—Escucha, os voy a invitar a cenar a Julian y a ti, ¿de acuerdo? A modo de agradecimiento por soportarme aquí en tu casa —me dijo, en un tono de amabilidad muy poco común en ella.

—Es todo un detalle por tu parte.

—Voy a pedirle a Junie que haga la reserva en algún sitio lujoso. Pide muchas copas, dos postres, todo a lo grande —dijo. Se acercó a mí y me rodeó con un brazo por el hombro y, para mi hermana la puercoespín, aquel era un gesto tremendamente tierno—. Y así te divertirás aún más pensando que no tienes que ver a la familia Carson.

El viernes por la noche, el maître de Soleil, un restaurante de Glastonbury con vistas al río Connecticut, nos llevó a Julian y a mí a una preciosa mesa. Yo nunca había comido allí; era demasiado caro y moderno. Pasamos por delante de la puerta de una impresionante bodega de camino a la mesa y, también, por delante de un frigorífico de cristal lleno de diferentes botellas de vodka. La cocina estaba a la vista en un extremo, para que todos pudieran ver trabajar a los cocineros y oír cómo hablaban en francés. Nuestro camarero, cuyo nombre era Cambry, nos entregó carta tras carta, la carta de vinos, la carta de los platos del día, la lista de cócteles, el menú, las recomendaciones del chef... Todo ello, en carpetas de cuero con una tipografía muy elegante.

—Que disfruten de su cena —dijo, mirando a Julian. Mi amigo lo ignoró, como de costumbre.

—Qué sitio, Grace —dijo Julian, mientras consultábamos la carta de cócteles—. Es el tipo de restaurante al que te llevaría Wyatt.

—¿Tú crees? Es un poco demasiado para mí.

—Pero él quiere impresionarte. Te adora.

—No es suficiente, Wyatt —dije yo—. Entiendo tu entrega al trabajo, pero yo quiero más. Eres un hombre encantador. Buena suerte. Siempre te tendré cariño, pero adiós.

Julian se puso ambas manos sobre el corazón.

—Oh, Grace, lo siento muchísimo. Siempre te querré y lamentaré que mi trabajo nos haya separado, pero no puedo abandonar a esos pobres niños en manos de cualquier matasanos cuando yo soy el único que tiene las capacidades necesar... —estaba diciendo, cuando, de repente, se quedó mirando a un camarero que pasaba—. Oh, eso tiene muy buena pinta. ¿Es salmón? Creo que lo voy a pedir —afirmó, y se giró de nuevo hacia mí—. ¿Por dónde iba?

—No importa. Hemos terminado. Mi familia lo va a sentir mucho —respondí, y mi amigo se echó a reír—. Julian —le dije en voz baja—. ¿Sabes que me dijiste que no íbamos a seguir buscando un hombre?

—Sí, claro —dijo él, frunciendo el ceño.

—Bueno, pues yo todavía quiero encontrarlo.

Él se apoyó en el respaldo de la silla y suspiró.

—Ya lo sé. Yo, también. Pero es que es tan difícil...

—Estoy pillada por mi vecino, el expresidiario.

—Lógico —murmuró Julian.

—Es solo que es un poco...

—¿Demasiado? —sugirió Julian.

—Exacto —dije yo—. Me da la impresión de que le gusto, pero, cuando me pongo a pensar en que podría hacer algo al respecto, me...

—¿Te mueres de miedo?

—Sí, eso es —admití. Julian asintió comprensivamente–. Pero ¿y tú, Julian? Tú tienes que quitarte a los hombres de encima como si fueran moscas que van a la miel. El camarero no deja de mirarte. Es muy mono. Por lo menos, podías hablar con él.

–Bueno, puede que lo haga.

Yo miré por la ventana, hacia el río. El sol se estaba hundiendo en una masa de impresionantes nubes de algodón, y el cielo tenía un color rosado y melocotón. Era todo precioso, y yo empecé a relajarme.

–Está bien, vamos a intentarlo, Grace –dijo Julian, cuando hubimos pedido la cena (él había vuelto a ignorar al camarero) y estábamos tomándonos un Martini–. ¿Te acuerdas de Lou, el de la clase para encontrar marido? Ya sabemos cuál es la regla número uno.

–Yo soy la mujer más bella del establecimiento –dije.

–Sí, Grace, pero tienes que creértelo. Ponte recta. Deja de encorvarte.

–Sí, mamá –dije, dándole otro sorbito al Martini.

–Regla número dos. Mira a tu alrededor y sonríe, porque sabes que cualquier hombre que haya aquí sería muy afortunado por tenerte a tu lado, y tú puedes conseguir a cualquier hombre que desees.

Hice lo que me decía. Mi mirada recayó en un hombre mayor, de unos ochenta años. Bueno, él sí que sería muy afortunado por tenerme a su lado, pero ¿sentiría lo mismo el encargado de la barra, que se parecía muchísimo a un joven Clark Gable sin el bigote?

–Cree en ti misma –recitó Julian–. No, Grace, lo estás haciendo mal. Mira. ¿Cuál es el problema?

Yo puse los ojos en blanco.

–El problema es que esto es una estupidez, Julian. Si me pones junto a... no sé... a Natalie, por ejemplo, o a Margaret, no soy la mujer más bella del establecimiento. Pregúntale a Andrew si fue afortunado por tenerme a su lado, ¡y seguramente te dirá que sí, por supuesto que sí!

Porque, si no hubiera estado conmigo, nunca habría encontrado a la mujer de su vida.

—¡Oooh! ¿Tienes la regla? Vamos, querida, mírame a mí —me espetó Julian, ignorando mi diatriba.

Entonces, observé malhumoradamente cómo él se recostaba en el asiento y miraba por todo el local. Pim, pam, pum. En cuestión de segundos, tres mujeres de tres mesas diferentes dejaron de hablar en medio de una frase y se ruborizaron.

—Claro, claro, se te dan fenomenal, las mujeres —dije yo—. Pero tú no quieres salir con mujeres. ¿Te crees que no me he dado cuenta de que te querías meter debajo de la mesa cuando el camarero estaba haciéndote fiestas? Inténtalo con los chicos, Julian.

Él me miró con los ojos entrecerrados.

—Muy bien.

Se puso un poco rojo, pero tuve que admitir que iba a intentarlo.

Entonces, miró a los ojos a nuestro camarero que tomó un plato del mostrador de la cocina y prácticamente volcó una mesa al venir hacia nosotros.

—Aquí tienen —susurró—. Ostras Rockefeller. Que disfruten.

—Gracias —dijo Julian, sin dejar de mirarlo. Al camarero se le abrieron los labios. Julian no apartó la mirada.

Vaya, vaya. ¿Sería mi amigo capaz, por fin, de romper el voto de castidad que se había impuesto a sí mismo y encontrar al hombre perfecto? Sonriendo, yo tomé un poco de la ración de ostras, que estaban buenísimas, y decidí revisar mis mensajes mientras aquellos dos hombres tan guapos se miraban con emoción. ¡Dios Santo! Julian iba a iniciar una conversación! Las maravillas no dejaban de ocurrir.

Había apagado el móvil durante la última clase de aquel día, al ponerles un examen a mis estudiantes del último curso, y no lo había vuelto a encender. Sinceramente, yo no era una gran amante del teléfono móvil. Algunos días, incluso se me olvidaba encenderlo. Pero... aquello era extraño. Tenía seis mensajes. ¿Ocurría algo? ¿Acaso había muerto Mémé? Al pensarlo, sentí una inesperada tristeza. Marqué el código de mi contestador, miré por la ventana y esperé mientras flirteaban Julian y Cambry.

–«Tiene seis mensajes. Mensaje número uno: Grace, soy Margaret. Mira, bonita, no vayáis hoy al Soleil, ¿de acuerdo? Lo siento muchísimo, pero creo que Junie le dijo a mamá adónde ibais a ir cuando llamó a mi despacho esta tarde. Y, como está completamente empeñada en conocer a Wyatt, reservó una mesa para cenar allí esta noche. Con los Carson. Así que no vayas allí. Yo pago la cuenta de cualquier otro sitio, así que elige lo que quieras. Llámame cuando oigas esto».

El mensaje era de las 3:45.

Oh, Dios mío.

Mensaje número dos:

–«Grace, soy Margs otra vez. Mamá acaba de llamarme. La cena es en el Soleil, definitivamente, así que ve a otra parte, ¿de acuerdo? Llámame.

Este era de las 4:15.

Los siguientes mensajes, hasta el cinco, eran más de lo mismo, aunque el lenguaje de Margaret iba deteriorándose. Yo me quedé horrorizada al oír el sexto:

–«Grace, ¿dónde estás? Estamos yendo al restaurante ahora mismo. Los Carson, Andrew, Natalie, mamá, papá y Mémé. ¡Llámame! Tenemos reserva a las 7:00.

Yo miré el reloj. Las 6:53.

Julian y Cambry se estaban riendo mientras Cambry le escribía su número de teléfono a mi amigo en un pedazo de papel.

–¿Julian? –dije, en un susurro.

–Un segundo, Grace –dijo Julian–. Cambry y yo...

Entonces, vio mi expresión y me preguntó:
—¿Qué ocurre?
—Mi familia está a punto de llegar. Aquí.
A él se le salieron los ojos de las órbitas.
—Oh, mierda.
Cambry se quedó desconcertado.
—¿Hay algún problema? —preguntó.
—Tenemos que marcharnos inmediatamente —dije—. Es una emergencia familiar. Tenga —dije, y saqué de mi bolso el vale regalo que me había imprimido la secretaria de Margaret de Internet. Tenía pánico. No podían encontrarme allí. Le diría a mi familia que habíamos ido a otro sitio. Sí, eso era lo que iba a hacer. No habría problema.

Cuando nos levantamos para irnos oí el horrible sonido de la risa nerviosa que mi madre utilizaba en los eventos sociales. ¡Jajaja! ¡Jajaja! Ooh... Jajaja. Miré a Julian.
—Corre —le susurré.
—Necesitamos otra salida —le dijo Julian a Cambry.
—Por la cocina —dijo él, al instante.

Los dos salieron corriendo conmigo pisándoles los talones, pero se me enganchó la correa del bolso en la silla de un señor. Él alzó la vista.
—Ooh —dijo—. Te has quedado atrapada, querida —dijo. «En más sentidos de los que usted cree, señor», pensé yo. Le lancé una sonrisa llena de terror y tiré. La correa no se soltó.

Gracias a sus años de danza, Julian era ágil y rápido como una culebra. Zigzagueó entre las mesas y entró en la cocina sin darse cuenta de que yo no iba tras él.
—Ya está —dijo el comensal, deslizando la correa hacia arriba por el respaldo de su silla. Cuando yo me giré para salir corriendo detrás de mi amigo, oí la voz de mi madre.
—¡Grace! ¡Ahí estás!

Toda mi familia entró en el restaurante. Margaret, con los ojos abiertos como platos. Andrew y Natalie, tomados de la mano. Mi padre, empujando la silla de Mémé, y mi madre, detrás, con los Carson, Letitia y Ted.

Se me quedó la mente en blanco.

—¡Hola a todos! —dije—. ¿Qué estáis haciendo aquí?

Nat me dio un abrazo.

—Mamá se ha empeñado en que viniéramos aquí para coincidir. Solo para decir «hola», no para estropearte tu noche especial.

Se apartó y me miró.

—Lo siento muchísimo. Le dije que no mil veces, pero ya sabes cómo es.

Margaret me miró y se encogió de hombros. Ella había intentado evitarlo por todos los medios. A mí me latía el corazón de un modo ensordecedor, y una risa histérica se retorcía en mi estómago como si fuera una trucha.

—¡Grace, cariño! ¡Qué misteriosa has sido! —exclamó mi madre, y miró hacia mi mesa, donde habían quedado abandonados dos cócteles de Martini y unas ostras Rockefeller—. Le conté a Letitia lo de tu maravilloso novio médico, y dijo que estaba impaciente por conocerlo. Entonces, tuve que decirle que ni siquiera nosotros lo conocíamos todavía y, entonces, pensé, bueno, pues vamos a matar dos pájaros de un tiro. Te acuerdas de los Carson, ¿verdad, cariño?

Por supuesto que me acordaba de ellos. Había estado a tres semanas de convertirme en su nuera, por el amor de Dios. Tal vez, algún día muy lejano, podría perdonar a mi madre. Bueno, pensándolo mejor, no. Los Carson eran gente altiva y poco empática, y carecían por completo de sentido del humor. Nunca habían tenido ninguna muestra de afecto conmigo, tan solo la amabilidad más glacial.

—Hola, señor Carson, señora Carson. Me alegro de verlos de nuevo —dije.

Ellos sonrieron de una manera falsa, y yo les devolví la sonrisa con el mismo afecto.

—¿Qué estáis comiendo? ¿Son ostras? Yo no como marisco —bramó Mémé—. Es asqueroso, baboso y está lleno de bacterias. Y yo ya tengo el síndrome del colon irritable sin necesidad de exponerme a eso.

—Grace, cariño, siento molestarte —murmuró mi padre, mientras me daba un beso en la mejilla—. Tu madre se puso como loca cuando se enteró de que no venías. ¡Qué guapa estás! ¿Y dónde está él? Ya que estamos aquí...

Andrew me miró. Después de todo, él me conocía bastante bien. Ladeó la cabeza y sonrió con curiosidad.

—Eh... uh... Está en el baño —dije yo.

Margaret cerró los ojos.

—Es que no se encontraba bien —continué—. Voy a verlo y a decirle que estáis aquí.

Mientras caminaba por el restaurante, me ardía la cara. Cambry estaba en el vestíbulo y me señaló el pasillo, hacia los baños. Allí estaba Julian, dentro del baño de caballeros, mirando por una rendija de la puerta.

—¿Qué hacemos? —susurró—. Le he contado a Cambry lo que ocurre. Él puede ayudarnos.

—Acabo de decirles que Wyatt no se encuentra bien. Y tú vas a hacer el papel de Wyatt —dije, y miré hacia el comedor—. Dios mío, ¡viene mi padre! ¡Métete en uno de los compartimentos, rápido!

La puerta del compartimento se cerró justo cuando mi padre entraba por la puerta.

—¿Cariño? ¿Qué tal está?

—Pues no muy bien, papá. Ha debido de sentarle mal algo.

—Pobre. Vaya forma de conocer a la familia de tu novia —dijo mi padre, y se inclinó amablemente hacia la pared.

—¿Quieres que le eche un vistazo?

—¡No! No, no —dije yo, y abrí un poco la puerta del baño de caballeros—. ¿Cariño? ¿Estás mejor?

—Uhhnnhuh —respondió Julian, débilmente.

—Si me necesitas, estoy aquí –dije, y cerré de nuevo–. Papá, ojalá no hubierais venido. Esto era… nuestra noche especial.

Él se quedó avergonzado.

—Bueno, tu madre… ya sabes cómo es. Estaba convencida de que toda la familia tenía que estar unida para demostrarles a los Carson que… bueno, que tú lo has superado todo.

—Muy bien. Es verdad –dije yo.

Me arrepentí de no haber ido a aquella estúpida cena desde el principio. En vez de eso, allí estaba yo, mintiéndole a mi padre, que me quería, jugaba a la Guerra de la Secesión conmigo y me regalaba unas ventanas nuevas.

—¿Papá? –dije yo–. Acerca de Wyatt…

Mi padre me dio una palmadita en el hombro.

—No te preocupes, cariñito. Por supuesto que es embarazoso, pero nadie va a pensar mal de él por una diarrea.

—Bueno, lo cierto es que… Mira, papá…

—Nos alegramos muchísimo de que salgas con alguien, cariño. No me importa admitir que estaba preocupado por ti. Romper con Andrew… bueno, eso es una cosa. A todo el mundo le rompen el corazón en alguna ocasión. Y sé que no fue cosa tuya, cariño.

—¿Lo sabes? –le pregunté yo, con asombro. Yo le había dicho a todo el mundo que había sido una decisión conjunta, que no estábamos seguros de ser el uno para el otro…

—Claro, cariño. Estaba claro que tú lo querías. Y permitir que tu hermana saliera con él… –mi padre suspiró–. Bueno, por lo menos has encontrado a otra persona. Natalie ha estado todo el camino hablando de lo maravilloso que es tu novio. Creo que se siente muy culpable.

Y, así, se me pasaron las ganas de confesar la verdad. Un hombre se acercó por el pasillo, se detuvo y se quedó mirándonos.

—El novio de mi hija se encuentra mal —le explicó mi padre—. Del vientre.

—Oh —dijo el hombre—. Um... Gracias. Supongo que puedo esperar —añadió. Se dio la vuelta y volvió al salón.

Mi padre abrió un poco la puerta.

—Wyatt, hijo, soy el padre de Grace, Jim Emerson.

—Hola, señor Emerson —dijo Julian, con una voz más grave de lo normal.

—¿Puedo hacer algo por ti?

—No, gracias —dijo Julian, con un gruñido, para añadirle realismo.

Mi padre hizo un gesto de dolor y cerró la puerta.

—¿Por qué no volvemos, papá? —sugerí, y abrí de nuevo una rendija—. ¿Cariño? Vuelvo en un segundo.

—De acuerdo —gruñó Julian, y tosió. A mí me parecía que estaba sobreactuando un poco, pero, eh, estaba en deuda con él.

Mi padre me tomó de la mano cuando volvíamos al comedor, y yo le di un suave apretón de agradecimiento mientras nos acercábamos al resto de mi familia, que ya estaba sentada alrededor de una mesa grande. Los Carson fruncieron el ceño al ver la carta, Mémé inspeccionó la cubertería, mi madre estaba a punto de levitar a causa de la energía nerviosa que fluía a su alrededor. Andrew, Natalie y Margaret me miraron.

—¿Qué tal está? —preguntó Natalie.

—No muy bien —dije yo—. Una ostra, o algo así.

—Ya os lo he dicho. Las ostras son flemas llenas de suciedad —sentenció Mémé, e hizo que un comensal de una mesa cercana tuviera una arcada.

—Tienes muy buen aspecto, Grace —dijo la señora Carson, apartando los ojos de la carta. Ladeó la cabeza, como si le impresionara que no me hubiera cortado las venas después de que su hijo me dejara.

—Gracias, señora Carson —dije. Durante un mes, más o menos, la había llamado Letty. Habíamos comido juntas en una ocasión para hablar de la boda.

—Yo tengo Inmodium por aquí, en algún lado —dijo mi madre, rebuscando en su bolso.

—No, no te preocupes, mamá. Es más... Bueno, nos vamos a casa. Lo siento muchísimo. A Wyatt le habría encantado conoceros a todos, pero no va a poder ser —respondí, con un suspiro.

No solo estaba saliendo con un hombre imaginario, sino que, además, tenía diarrea. Qué elegante. Estaba claro que podía poner celoso a Andrew.

Un momento. Que yo supiera, no me había inventado a Wyatt Dunn para poner celoso a nadie. Miré a Andrew. Él me observaba sin soltarle la mano a Natalie, y en sus ojos había un brillo de ¿afecto? Él sonrió a medias, y yo aparté la mirada.

—Te acompaño al coche —dijo Natalie.

—No, quédate aquí —ladró Margaret—. No querrá conocerte en estas circunstancias, boba —dijo, y Natalie se sentó rápidamente, con cara de sentirse dolida.

Le di un beso en la mejilla a mi madre, le dije adiós a Mémé y, por fin, pude salir del baño. Cambry, el camarero, estaba esperando junto de la puerta del baño.

—Podéis salir por la puerta trasera —murmuró, y abrió la puerta—. ¿Julian? Puedes salir.

—Lo siento muchísimo —le dije a mi amigo—. Y muchas gracias —añadí, y le entregué a Cambry un billete de veinte dólares a modo de propina—. Has sido muy amable.

—De nada. Ha sido casi divertido —dijo Cambry, y nos llevó hasta la otra salida, la más alejada del comedor. Le estrechó la mano a Julian, sujetándosela un poco más de lo normal.

—Bueno, pues yo lo he pasado muy bien —me dijo Julian, cuando salíamos del aparcamiento—. Y ¿sabes una cosa, Grace? He quedado para salir con Cambry. No hay mal que por bien no venga.

Yo miré a mi amigo.

—Has estado genial —le dije.

—Fingir diarreas es mi especialidad —dijo.

Y, con eso, nos echamos a reír con tantas ganas que tuve que parar el coche.

Capítulo 20

—¿Y por qué ibas a enseñar la Revolución americana al mismo tiempo que la Guerra de Vietnam? —preguntó el director Stanton, con el ceño fruncido.

Diez de nosotros, el director, el señor Eckhart, siete patronos y yo, estábamos sentados alrededor de la gran mesa de nogal de la sala de reuniones de Bigby Hall, el principal edificio administrativo de Manning, el que aparecía en la portada de nuestros folletos promocionales. Estaba haciendo mi presentación al patronato, y me sentía mal. Había estado despierta hasta las dos de la madrugada perfeccionando la charla, practicando una y otra vez hasta que me pareció que lo hacía bien. Aquella mañana me había levantado a las seis, me había puesto uno de los trajes pensados para salir con Wyatt, procurando combinar el conservadurismo con creatividad, me había domesticado el pelo y había tomado un buen desayuno, a pesar de que tenía el estómago revuelto. En aquel momento, me preguntaba si tenía que haberme molestado.

No estaba saliendo bien. Había terminado mi exposición y los siete miembros de la junta, incluyendo a Theo Eisenbraun, el supuesto amante de Ava, me estaban mirando con diferentes grados de confusión. Y parecía que el señor Eckhart estaba dormitando, según noté yo con un pánico que iba en aumento.

—Es una excelente pregunta —dije, con mi mejor voz de profesora—. La Revolución americana y la Guerra de Vietnam tienen mucho en común. La mayoría de los departamentos de Historia enseñan la asignatura cronológicamente, lo cual, para ser sincera, puede resultar un poco anquilosante. Pero, en la revolución, se da la situación de un ejército invasor que se enfrenta a una pequeña banda de ciudadanos mal armados que ganaron la guerra utilizando el terreno de una forma astuta y negándose a claudicar. Y en Vietnam ocurrió básicamente lo mismo.

—Pero sucedieron en siglos diferentes —dijo Adelaide Compton.

—Sí, lo sé —dije yo, tal vez con un poco de enfado. Pero yo creo que enseñar las cosas por temas, y no cronológicamente, es mejor. En algunos casos, por lo menos.

—¿Y quiere dar una clase llamada «El abuso de poder»? —preguntó Randall Withington, que había sido senador de los Estados Unidos por nuestro estado hacía unos años. Su cara, ya rubicunda de por sí, estaba aún más roja de lo normal.

—Sí, porque creo que es un aspecto muy importante de la historia —respondí, y me encogí por dentro. El senador Withington había sido destituido por una acusación de corrupción y de abuso de poder.

—Bueno, todo esto es muy interesante —dijo Hunter Graystone III, que era el padre de Hunter IV, uno de los alumnos de Manning. Señaló mi documento de cincuenta y cuatro páginas, que incluía un plan de estudios para los cuatro años, las asignaturas obligatorias, las optativas, los créditos, el presupuesto, las excursiones, sugerencias para la contratación de nuevo personal, las estrategias de enseñanza, el papel de los padres y las estrategias para combinar la asignatura de Historia con otras asignaturas.

Lo había clasificado todo por colores, con fotografías, gráficos, cuadros... Lo había llevado a Kinko's para que lo imprimieran y lo encuadernaran. El señor Graystone todavía no lo había abierto; yo le había puesto a su hijo un notable en la última evaluación, un notable merecido, y el señor Graystone me lo había recordado justo después de que yo me presentara, media hora antes.

–¿Por qué no nos lo resume, señorita Emerson?

El señor Eckhart alzó la vista (gracias a Dios, no estaba dormido), y asintió para darme ánimos.

–Claro –dije yo, tratando de sonreír–. Bueno, pues, en resumen, quiero que los estudiantes de Manning entiendan el impacto que tiene la Historia en nuestro mundo de hoy. Quiero que el pasado cobre vida para ellos, para que puedan apreciar los sacrificios que nos han permitido llegar a este punto –miré a cada uno de los miembros de la junta para que sintieran mi amor por aquel tema–. Quiero que nuestros estudiantes aprendan del pasado de una forma mucho más profunda que memorizando fechas. Quiero que sepan cómo cambió el mundo entero por los actos de una sola persona, ya fuera Enrique VIII creando una nueva religión o el señor King pidiendo la igualdad en los escalones del Monumento a Lincoln.

–¿Y quién es el señor King? –preguntó Adelaide, frunciendo el ceño.

Yo me quedé boquiabierta.

–Martin Luther King, el activista por los derechos civiles.

–Ah, claro. Continúe.

Tomé aire para calmarme y seguí hablando.

–Hoy día, muchos niños se ven aislados del pasado más reciente, desconectados de las políticas de su país. Viven en un mundo en el que hay demasiadas distracciones que los alejan del verdadero conocimiento. Mensajes de texto, vídeo juegos, chats... todo esto aleja a las personas de la comprensión del mundo real. Estos niños tienen que ver dónde hemos estado y cómo hemos llegado hasta aquí. Nuestro pasado es lo que determina nuestro futuro como individuos, como nación y como mundo. Los niños tienen que entender el pasado porque ellos son el futuro.

El corazón me latía con mucha fuerza y tenía la cara muy caliente. Me temblaban las manos y la voz. Había terminado.

Nadie dijo nada, ni una palabra. Y aquel silencio no me dio una buena impresión.

—Entonces... usted cree que los niños son nuestro futuro —dijo Theo, conteniendo una sonrisa.

Yo cerré los ojos brevemente.

—Sí. Espero que tengan la capacidad de pensar cuando el destino les exija que actúen de un modo de otro. Bien —dije, y recogí mis papeles—. Muchísimas gracias por dedicarme su tiempo y su atención.

—Ha sido muy... interesante —dijo Adelaide—. Buena suerte.

Me aseguraron que me avisarían si pasaba a la siguiente fase de la selección. Por supuesto, también estaban buscando al candidato fuera de Manning, bla, bla, bla, bla.

La noticia de mi apasionado discurso se difundió por el colegio, porque, cuando me encontré a Ava aquel mismo día, en la sala de profesores de Lehring, sonrió con timidez y coquetería.

—Hola, Grace —dijo. Pestañeó tres veces, y me preguntó—: ¿Cómo ha ido tu presentación ante la junta?

—Muy bien —dije, mintiendo—. Muy positiva.

—Me alegro por ti —murmuró, mientras enjugaba su taza de café—. Creo que los niños son nuestro futuro, hay que enseñarles bien y dejar que ellos avancen...

Yo apreté los dientes.

—¿Y cómo fue la tuya, Ava? ¿Tu sujetador *wondrebra* ha conquistado a la junta?

—Oh, Grace, lo siento por ti —dijo ella—. Lo que les ha encantado no ha sido mi escote, querida. Es mi don de gentes. Pero, de todos modos, que tengas mucha suerte.

En aquel momento, Kiki asomó la cabeza por la puerta.

—Grace, ¿tienes un minuto? Ah, hola, Ava. ¿Qué tal?

—Muy bien, gracias —susurró Ava. Pestañeo. Pestañeo. Y pestañeo.

—¿Y tú? ¿Estás bien? —me preguntó Kiki, cuando salí al pasillo y cerré la puerta.

—En realidad, estoy fatal.

—¿Qué ha pasado?

—No me ha ido muy bien en la presentación —dije. Todo mi trabajo, reducido a una canción de Whitney Houston. Para mi consternación, se me formó un nudo en la garganta.

—Lo siento, guapa —me dijo ella, y me dio una palmadita en el brazo—. ¿Quieres que vayamos a la noche de baile para solteros de Julian de este viernes? Nos serviría para olvidar un poco los problemas. Yo todavía no he conocido a nadie. No lo entiendo. He estado poniendo en práctica todos los trucos de Lou, ¿sabes?

—Kiki, ¿no te pareció una idiotez esa clase? ¿De verdad quieres engatusar a un tipo para que salga contigo siendo alguien que no eres?

—¿Hay otro modo? —preguntó ella. Yo suspiré—. Está bien, está bien, ya lo sé. Pero ven a bailar conmigo, por favor. Solo para distraerte.

—Eh... No, no creo.

Ella bajó la voz.

—A lo mejor conoces a alguien con quien ir a la boda de tu hermana. Merece la pena intentarlo.

Yo suspiré.

—Está bien. No te lo prometo, pero lo intentaré.

—¡Genial! —exclamó, y miró la hora—. Vaya, tengo que irme pitando. El señor Lucky necesita su inyección de insulina. Si llego tarde, se hace caca por todas partes y le dan ataques. ¡Luego hablamos!

Y se marchó corriendo por el pasillo para atender a su gato.

—Hola, Grace.

Yo me giré.

—¡Hola, Stuart! ¿Qué tal estás? ¿Cómo va todo?

Él suspiró.

—Esperaba que me lo dijeras tú.

—Stuart... eh... Mira, escucha, tienes que hacer algo. Yo no soy tu intermediaria, ¿sabes? Quiero que lo solucionéis, de verdad, pero tienes que ponerte en acción. ¿No te parece?

—No sé qué hacer —protestó él. Se quitó las gafas y se frotó los ojos.

—¡Pues has estado casado con ella siete años, Stuart! ¡Vamos, piensa en algo!

Se abrió la puerta de la sala de profesores.

—¿Ocurre algo? —preguntó Ava.

—No, nada, Ava —respondí yo—. Es una conversación privada.

—¿Qué tal te va, Stu? —ronroneó ella—. He oído decir que tu mujer te ha dejado. Lo siento muchísimo. Algunas mujeres no saben valorar lo que es un hombre decente de verdad —dijo, y agitó la cabeza con tristeza, pestañeó, pestañeó, pestañeó y se marchó por el pasillo moviendo el trasero de un lado a otro.

Stuart se quedó mirándola.

—¡Stuart! —ladré yo—. Ve a ver a tu mujer. Por favor.

—De acuerdo —murmuró él, apartando los ojos del trasero de Ava—. Lo haré, Grace.

Aquella noche, yo estaba corrigiendo una redacción de Kerry Blake en la cama mientras Margaret jugaba al

Scrabble en el ordenador, en mi despacho del piso de abajo.

Kelly era una chica inteligente, pero, a los diecisiete años, ya sabía que nunca iba a tener que trabajar. Su madre se había licenciado en Harvard y era socia de una consultoría de Boston. Su padre tenía una compañía informática multinacional, y viajaba a menudo a las sedes de otros países en su avión privado. Kerry entraría en una universidad de élite tuviera las notas que tuviera. Y si, milagrosamente, decidiera trabajar en vez de vivir la vida a lo Paris Hilton, tendría algún puesto muy bien pagado con un despacho maravilloso, comidas de tres horas de duración y muchos empleados a su disposición. Si Kerry cometía faltas gramaticales en una redacción, a nadie iba a importarle.

Salvo a mí. Yo quería que utilizara el cerebro en vez de vivir de las rentas, pero a Kerry no le importaba lo que yo pensara. Eso estaba claro.

–¡Grace! –dijo Margaret, desde abajo, con una voz tan fuerte, que Angus se sobresaltó. Mi hermana cada vez se parecía más a Mémé–. Estoy haciendo pasta con brécol para cenar. ¿Quieres un poco?

Yo hice un gesto de repugnancia.

–No, gracias. Ya me preparo algo después.

Algo con queso. O con chocolate. O con las dos cosas, posiblemente.

–Oh, mierda. Ha venido Stuart.

Gracias a Dios. Me acerqué a la ventana y Angus me acompañó dando saltitos de felicidad. Mi cuñado se acercaba a la casa por el camino. Casi había oscurecido, pero su camisa blanca resplandecía. Me salí al pasillo para escuchar mejor la conversación y dejé a Angus encerrado en la habitación para que no echara a perder mi plan. Margaret fue a abrir la puerta dando zancadas. Yo solo le veía la parte posterior de la cabeza desde la escalera, pero nada más.

—¿Qué quieres? —le preguntó a Stuart.

Aunque parecía que no iba a tener piedad con él, yo detecté un matiz de placer en su tono de voz. Por fin, Stuart estaba haciendo algo, y Margaret sí apreciaba mucho eso.

—Margaret, creo que deberías volver a casa —dijo Stuart, en un tono muy calmado. No dijo nada más.

—¿Eso es todo lo que tienes que decirme? —preguntó mi hermana, como si me hubiera leído el pensamiento—. ¿Eso es todo?

—¿Qué más quieres que te diga, Margaret? —preguntó él, cansadamente—. Te echo de menos. Te quiero. Vuelve a casa.

De repente, a mí se me empañaron los ojos.

—¿Por qué? ¿Para que podamos mirarnos el uno al otro, mano sobre mano, aburriéndonos como todas las noches?

—Yo nunca me sentí así, Margaret. Era muy feliz —dijo Stuart—. Si no quieres tener un hijo, no importa, pero todas esas otras quejas… No sé qué quieres que haga. No soy distinto a como he sido siempre.

—Ese puede ser el problema —dijo Margaret.

Stuart suspiró.

—Si hay algo concreto que quieres que haga, lo haré, pero tienes que decírmelo. Esto no es justo.

—Si te lo digo, no vale —replicó Margaret—. Es como planificar la espontaneidad, Stuart. Un oxímoron.

—Entonces, quieres que sea inesperado y sorprendente —dijo Stuart con una voz repentinamente dura—. ¿Te gustaría que echara a correr desnudo por Main Street? ¿Y si empiezo a chutarme heroína? ¿Y si tengo una aventura con la señora de la limpieza? ¿Te sorprenderías lo suficiente?

—No te hagas el obtuso, Stuart. Hasta que no lo deduzcas por ti mismo, no tengo nada que decir. Adiós.

Margaret le cerró la puerta en las narices y apoyó la espalda en ella. Un segundo más tarde, miró por la ventana a escondidas.

—Mierda —dijo. Yo oí el ruido de un motor. Parecía que Stuart se iba.

Margaret me vio en la escalera.

—¿Y? —preguntó.

—Margaret, Stuart te quiere y quiere hacerte feliz. ¿Eso no cuenta, cariño?

—¡Grace, no es tan fácil! Él me querría igual si todas las noches de nuestra vida fueran iguales. La cena. Una conversación sobre literatura y actualidad. Relaciones sexuales en los días señalados en el calendario. Alguna salida a un restaurante, donde habla media hora para pedir una botella de vino. ¡Me aburro tanto que podría ponerme a gritar!

—Bueno, pues yo pienso esto: Stuart es un hombre bueno, inteligente y trabajador que te adora. Me parece que te estás comportando como una niña mimada y caprichosa.

—Grace —dijo ella con tirantez—. Como nunca has estado casada, tu opinión no me vale en este momento, así que preocúpate de tus cosas, ¿de acuerdo?

—Oh, muy bien, Margs. A propósito, ¿cuánto tiempo crees que te vas a quedar? —inquirí. Desde luego, era mezquino, pero me sentí bien.

—¿Por qué? —dijo Margaret—. ¿Acaso estoy interfiriendo en tus veladas con Wyatt? —preguntó. Y, con eso, se marchó a la cocina dando zapatazos.

Diez minutos más tarde, bajé las escaleras. Margaret estaba junto a los fogones, removiendo la pasta, con las mejillas llenas de lágrimas.

—Lo siento —dijo con un hilo de voz.

—No pasa nada —dije yo. Mi enfado se evaporó. Margaret no lloraba jamás.

—Lo quiero, Grace. Creo que lo quiero mucho, pero, algunas veces, me siento como si me estuviera ahogando. Tengo la sensación de que ni siquiera se fijaría en mí aunque me pusiera a gritar. No quiero divorciarme, pero tampoco puedo estar casada con un muñeco de cartón. Es como si, en teoría, funcionáramos bien, pero cuando estamos juntos, yo me muero. No sé qué hacer. Si alguna vez pudiera salirse de lo establecido, ¿sabes? Y la idea de tener un hijo... —mi hermana empezó a sollozar—. Parece que Stuart quiere tenerlo porque yo ya no soy suficiente para él. ¡Y se supone que el que me adoraba era él!

—¡Y te adora, Margs!

Ella no me escuchó.

—Además, yo soy tan bruja, Grace, que, ¿quién iba a querer que fuera su madre?

—No eres una bruja. No todo el tiempo —le aseguré yo—. Angus te adora. Eso es buena señal, ¿no?

—¿Quieres que me vaya? Puedo quedarme en un hotel, o algo así.

—No, claro que no. Sabes muy bien que puedes quedarte todo el tiempo que quieras.

Ella me abrazó y me apretó con todas sus fuerzas.

—Siento haberte lanzado la pulla de Wyatt —murmuró.

—Sí, sí —dije yo, devolviéndole el abrazo. Angus, como siempre que había amor y no era para él, se puso celoso y empezó a saltar y gimotear.

Margaret retrocedió, tomó una servilleta de papel y se secó las lágrimas.

—¿Quieres un poco de cena? —me preguntó—. He hecho de sobra para las dos.

Yo miré lo que ella llamaba «cena».

—Intento evitar comer cuerdas —dije con una pequeña sonrisa—. No, en realidad, no tengo hambre. Creo que voy a ir a sentarme fuera un rato.

Me serví una copa de vino, le di una palmadita en el

hombro para que supiera con certeza que yo no estaba enfadada y salí al porche con mi perro.

Me senté en una silla y miré alrededor. Angus se puso a olisquear la valla trasera y a recorrer el perímetro, como buen perro guardián. Todas las flores que había plantado el año anterior estaban brotando maravillosamente. Las peonías estaban llenas de capullos y su olor perfumaba la noche. Las monardas se mecían junto a los pinos que tapaban la vista del número 32 de la calle Maple y, en el lado de Callahan, los iris se erguían graciosamente. Las flores eran blancas y azules, y desprendían un aroma a vainilla y uvas. Las lilas de la fachada este de la casa también emanaban un perfume increíblemente dulce que resultaba calmante y tonificante a la vez. Solo se oía el río Farmington que, en aquella época del año, estaba muy caudaloso. A lo lejos se oyó el silbido de un tren, con una nota de melancolía que acentuó mi sensación de soledad.

¿Por qué no podía ser feliz la gente estando sola? El amor convertía al corazón en un rehén. Yo vendería mi alma por Margaret y Natalie, por mis padres, por Julian e incluso por Angus, mi fiel amigo. Y, tal y como demostraban mis actos últimamente, haría cualquier cosa por encontrar a alguien que me quisiera tanto como yo estaba dispuesta a quererlo a él. Me parecía que aquellos días lejanos con Andrew le habían sucedido a otra persona. Por otro lado, aunque encontrar a alguien, ¿qué garantías tenía de que la relación durara? Solo tenía que pensar en mis padres, tan enfadados el uno con el otro todo el tiempo. Margaret y Stuart... siete años, y su matrimonio se estaba desmoronando. Kiki, Julian y yo, dando tumbos.

Creo que lloré un poco. Me sequé los ojos con la manga y tomé un buen trago de vino. El amor era una estupidez. Margaret tenía razón. El amor era una mierda.

—¿Grace?

Alcé la cara. Callahan O'Shea estaba en su tejado, mirándome como si fuera un *deus ex machina*.

—Hola —dije yo.

—¿Va todo bien? —me preguntó.

—Sí... sí, claro.

—¿Quieres subir?

Yo me quedé sorprendida por mi propia respuesta.

—De acuerdo.

Dejé a Angus examinando los helechos, salí por la pequeña puerta que separaba mi patio trasero de la parte delantera de la parcela y me dirigí al porche trasero de Callahan. Los tablones nuevos de madera desprendían un olor limpio y brillaban tenuemente en la oscuridad nocturna. Cuando subía, noté el frío en las manos al agarrarme a los travesaños de metal de la escalera. Miré por encima del tejado, hacia donde estaba mi vecino, y lo vi allí de pie.

—Hola —dijo él, y me tendió la mano para ayudarme.

—Hola —respondí yo.

Me sujetó con firmeza y yo me alegré, porque nunca había sido una gran aficionada a las escaleras de mano. Consiguió que me sintiera segura solo con darme la mano. Cuando tuve que soltarme, lo hice de mala gana.

Había una manta de color oscuro extendida sobre las tejas.

—Bienvenida al tejado —me dijo—. Siéntate.

—Gracias —dije yo. Me senté con azoramiento, y él se colocó a mi lado—. Bueno, y ¿qué haces aquí? —le pregunté, con una voz que me sonó un poco alta en aquella quietud.

—Me gusta mirar el cielo —dijo él. Pero no estaba mirando hacia arriba. Me estaba mirando a mí—. En la cárcel no tenía muchas ocasiones para hacerlo.

—El cielo es bonito —respondí yo. «Qué inteligente comentario, Grace. Qué ingenioso». Notaba el calor de su hombro junto al mío–. Bueno.

–Bueno –dijo. Sonrió un poco, y yo noté un cosquilleo en el estómago. Entonces, se tendió sobre la manta y apoyó la cabeza en ambas manos. Yo vacilé durante un segundo y, después, hice lo mismo que él.

Era precioso. Las estrellas temblaban y el cielo tenía un color aterciopelado. Se oía el sonido del río a lo lejos, y el canto de algún ave nocturna. Y yo estaba junto a Callahan O'Shea.

–¿Has estado llorando? –me preguntó con suavidad.

–Un poco.

–¿Va todo bien?

Yo me quedé callada.

–Bueno –dije, por fin–. Margaret y Stuart tienen una crisis grave. Y mi otra hermana, Nat... ¿te acuerdas de ella? –le pregunté, y él asintió–. Pues se va a casar dentro de unas pocas semanas. Creo que me he puesto muy sensible.

–Tú y esa familia tuya –comentó él–. Claramente, te tienen bien agarrada.

–Pues... sí –dije yo, en un tono sombrío.

El pájaro nocturno volvió a cantar, y Angus ladró para responderle.

–¿Tú has estado casada alguna vez? –me preguntó Callahan.

–No –dije yo, sin dejar de mirar las hipnóticas estrellas–. Pero estuve prometida hace un par de años.

Dios. Hacía un par de años. Tenía la sensación de que había pasado una eternidad.

–¿Y por qué rompiste?

–Yo no rompí, en realidad. Rompió él. Se enamoró de otra persona.

Callahan O'Shea giró la cabeza hacia mí.

–Vaya, parece que era idiota –respondió él con suavidad.

Oh. Oh. Ahí estaba otra vez aquel cosquilleo en el estómago. Tuve que tragar saliva.

—No estaba tan mal —dije yo, mirando de nuevo al cielo—. ¿Y tú, Callahan? ¿Te has acercado al altar alguna vez?

—Antes de entrar en la cárcel estaba saliendo con una chica. Supongo que íbamos en serio —dijo.

—¿Y por qué rompisteis?

—Bueno, ya era difícil antes —respondió él—. Pero el hecho de que me detuvieran fue la gota que colmó el vaso.

—¿La echas de menos?

—Un poco. Algunas veces. Pero es como si nuestros momentos felices hubieran sucedido en otra vida. Casi no los recuerdo.

Aquella afirmación era tan parecida a lo que yo había estado pensando antes sobre Andrew, que me quedé boquiabierta. Él debió de notar mi asombro, porque sonrió.

—¿Qué pasa? —preguntó.

—No, nada. Es que... entiendo esa sensación.

Nos quedamos callados un minuto y, entonces, yo le hice otra pregunta.

—Eh, Cal, leí que te declaraste culpable. ¿No querías ir a juicio?

Él mantuvo los ojos fijos en el cielo y no respondió inmediatamente.

—Había muchas pruebas en contra de mí —dijo, por fin.

Y, de nuevo, tuve la impresión de que Callahan no me lo estaba contando todo. Sin embargo, era su delito, era su pasado, y aquella noche era demasiado tranquila como para seguir presionándole. Estaba en el tejado con Callahan O'Shea, y eso era suficiente. De hecho, era maravilloso.

—¿Grace?

Dios, cómo me gustaba oírle decir mi nombre. Tenía una voz grave y suave, como el sonido de un trueno, a lo lejos, en una noche de verano.

Me giré para mirarlo, pero él seguía observando las estrellas.

–¿Sí?

No se volvió hacia mí, y me preguntó:

–¿Has roto con el rescatador de gatos?

A mí se me paró el corazón, se me cortó el aliento. Por un segundo, me vi diciéndole la verdad a Callahan. Me imaginé que me miraba con una expresión de incredulidad y de disgusto, que ponía los ojos en blanco y que murmuraba algo poco halagador sobre mi estado emocional. Y yo no quería eso. Callahan O'Shea me estaba preguntando si había roto con Wyatt porque... sí, no había forma de negar que... yo le interesaba.

Me mordí el labio.

–Eh... Wyatt... era mejor en la teoría que en la práctica –respondí. Lo cual no era exactamente una mentira–. Así que, sí... lo hemos dejado.

–Bien –dijo él.

Entonces, sí se giró a mirarme. Estaba muy serio y tenía una mirada indescifrable a la tenue luz de las estrellas. A mí se me ralentizaron los latidos del corazón y, de repente, el olor de las lilas me resultó embriagador. Cal tenía unas pestañas larguísimas y unos ojos preciosos. Y, también, daba miedo verlo tan cerca, tan alcanzable, tan cálido, tan sólido.

Él, muy lentamente, alargó una mano para acariciarme la mejilla con los nudillos. La caricia fue muy pequeña, pero yo tomé aire bruscamente al notar el contacto. Iba a besarme. Oh, Dios. El corazón me latía con tanta fuerza que casi me iba a romper una costilla. Cal sonrió.

Entonces, la voz de Margaret se oyó con claridad.

–¿Grace? Grace, ¿dónde estás? ¡Nat está al teléfono!

–¡Voy! –grité, y me puse en pie de un salto. Al darse cuenta de que su dueña estaba en el tejado, Angus empezó a ladrar como loco y echó por tierra toda la quietud.

—Lo siento, Cal. Tengo que... tengo que irme.
—Cobarde —dijo él, pero estaba sonriendo.
Yo di un paso hacia la escalera, pero me detuve.
—A lo mejor podría volver aquí alguna vez —dije.
—A lo mejor —dijo él—. Yo espero que lo hagas.
—Bueno, me voy —susurré, y bajé por la escalera todo lo rápidamente que pude. Oí la risa suave y ronca de Callahan, que me siguió mientras corría hacia el patio trasero de mi casa. Al verme, Angus se calló por fin. A mí me latía el pulso como si hubiera corrido un kilómetro.
—¿Qué estabas haciendo ahí? —me preguntó Margaret, con un siseo—. ¿Estabas en el tejado con Callahan?
—Hola, Margaret —dijo Cal, desde arriba.
—¿Qué estabais haciendo ahí arriba? —le preguntó Margaret.
—Es un buen sitio para darse un revolcón —respondió Cal—. ¿Quieres probar?
—No me tientes, Bird Man de Alcatraz —dijo ella, mientras me ponía el teléfono en la mano.
—¿Diga? —pregunté con un jadeo.
—Hola, Grace. Lo siento, ¿te he interrumpido? —me preguntó Nat, con un hilo de voz.
—Oh, no. Solo estaba... —dije, y me detuve para carraspear—. Solo estaba hablando con Callahan, el vecino de al lado. ¿Qué pasa?
—Pues, mira, quería preguntarte si estás libre el sábado. ¿Tienes algo del colegio, o alguna batalla?
Yo entré en la cocina por la puerta corredera y miré el calendario.
—No, no tengo nada.
—¿Y te gustaría venir a comprar el vestido conmigo?
Yo eché la cabeza hacia atrás involuntariamente.
—¡Claro! —exclamé—. ¿A qué hora?
—Pues... ¿te vendría bien a las tres?
—Sí, me viene perfectamente.

—¿Seguro?

—¡Sí! Claro que sí, cariño. ¿Por qué me lo preguntas?

—Margaret me dijo que a lo mejor podía dejarte en paz e ir sin ti.

La buena de Margs. Mi hermana mayor tenía razón. Sería estupendo poder librarse de aquel evento nupcial en particular, pero yo tenía que ir.

—Quiero acompañarte, Nat –dije. Al menos, una parte de mí sí quería–. Nos vemos a las tres.

—¿Por qué la malcrías tanto? —me preguntó Margaret en cuanto colgué. Angus entró corriendo y estuvo a punto de tirarla, pero ella lo ignoró–. Dile que abra los ojos y que piense en los demás, para variar. Ya no está en la cama del hospital, Grace.

—Eso ya lo sé, mi querida Margaret. Pero, por el amor de Dios, es su vestido de novia. Y yo ya he superado lo de Andrew. No me importa que se case con él, es nuestra hermana pequeña y las dos deberíamos estar con ella.

Margaret se sentó en una de las sillas de la cocina y tomó en brazos a Angus, que la lamió con afecto.

—La princesa Natalie. Dios no quiera que tenga que pensar en otra persona, para variar.

—¡No es cierto! Dios, Margs, ¿por qué te metes con ella?

Margaret se encogió de hombros.

—Es que me parece que necesita que la pongan en su sitio de vez en cuando. Ha tenido una vida maravillosa, Grace. Adorada, bella, inteligente. Ella se lo lleva todo.

—¿Al contrario que tu pobre persona, huérfana y de la especie troll? –le pregunté yo.

Margaret suspiró.

—Sabes de qué estoy hablando, Grace, reconócelo. Natalie ha vivido en una nube blanca con un arco iris por encima de la cabeza y rodeada de pájaros cantores. Yo he pasado por la vida a trompicones, y tú… tú has…

—¿Yo qué? —le pregunté yo, con irritación.

Ella se quedó callada un instante.

—Tú te has golpeado contra unos cuantos muros.

—¿Te refieres a Andrew?

—Pues sí, claro. Pero ¿te acuerdas cuando nos mudamos a Connecticut, y estabas perdida? —me preguntó Margaret. Claro que me acordaba. Entonces era cuando salía con Jack, de Le Cirque. Margaret continuó—: ¿Y el año que viviste con papá y mamá después de terminar la universidad, cuando trabajaste de camarera todo el año?

—Sí, me tomé un tiempo para saber qué quería hacer —le dije—. Además, gracias a eso siempre sabré cómo ser camarera.

—Claro, eso no tiene nada de malo. Es solo que Nat nunca ha tenido que preguntarse nada, nunca ha estado perdida, nunca ha dudado de sí misma, nunca se ha imaginado que la vida no fuese a ser perfecta para ella. Hasta que conoció a Andrew y encontró algo que no podía tener, pero tú acabaste por dárselo. Así que, si pienso que es un poco egocéntrica, esos son los motivos.

—Pues a mí me parece que estás celosa de ella.

—Pues claro que estoy celosa de ella, tonta —dijo Margaret, aunque en un tono de afecto—. Eh —añadió—, ¿qué estabas haciendo con el vecino ahí arriba?

Yo tomé aire.

—Solo estábamos mirando el cielo y charlando.

Margaret me miró con los ojos entrecerrados.

—¿Te interesa, Grace?

Yo me ruboricé.

—Más o menos. Sí. Sí, me interesa.

—Umm, umm —murmuró Margs con su sonrisa de pirata.

—¿Y qué?

—No, nada. Es un gran avance con respecto a Andrew el Pálido. Dios, imagínate lo que puede ser acostarse con

Callahan O'Shea. Solo su nombre casi me da un orgasmo –dijo ella, y se echó a reír. Yo sonreí de mala gana. Margaret se levantó y me dio una palmadita en el hombro–. Pero no lo hagas solo para demostrarle a Andrew que hay un hombre que quiere lo que hay en tus bragas, ¿eh?

–Vaya. Eso que has dicho es tan romántico, que creo que me voy a echar a llorar.

Ella sonrió de nuevo, como la pirata que debería haber sido.

–Bueno, yo estoy agotada. Todavía tengo que escribir un informe y, después, me voy a acostar. Buenas noches, Gracie –me dijo. Me entregó a mi perro, que apoyó la cabeza en mi hombro y exhaló un suspiro de devoción–. Y, Grace, una cosa más, ya que estoy haciendo de hermana mayor. Mira, sé que quieres olvidar el pasado y todo eso, y me parece totalmente lógico. Pero, por muy impresionante que esté Cal sin camisa, siempre va a tener antecedentes penales, y esas cosas siempre siguen a una persona.

–Sí, ya lo sé –dije. Ava y yo habíamos llegado a la segunda ronda de entrevistas para la presidencia del departamento, para mi sorpresa. Yo no tenía muchas esperanzas de conseguirlo, pero Margs tenía razón. Callahan O'Shea y su pasado le importarían a Manning. Aunque no debería ser así, así era.

–Solo es para que estés segura de lo que quieres, nena –me dijo Margs–. Es lo único que digo. Creo que Cal es muy divertido, y a ti te vendría bien un poco de diversión. Pero ten en cuenta que eres profesora de colegio, y esto puede importarle mucho a la buena gente de Manning. Por no mencionar a papá y a mamá.

Yo no respondí. Margaret tenía razón, como de costumbre.

Capítulo 21

—Me han encargado la escultura de un bebé en un útero para el Hospital Infantil de Yale New Haven —anunció mi madre la noche siguiente, durante la cena. Margaret, Mémé y yo estábamos en casa de mis padres.

—Eso es estupendo, mamá —dije yo, y tomé un bocado de su excelente estofado de carne.

—Y está saliendo maravillosamente, en mi opinión —respondió ella.

—Cosa que opinas cada media hora —musitó mi padre.

—Yo estuve a punto de morir en el parto —dijo Mémé—. Tuvieron que dormirme. Cuando me desperté, tres días después, me dijeron que había tenido un precioso hijo.

—Así me gustan a mí los partos —murmuró Margaret, y apuró su copa de vino.

—El problema que tengo con la escultura es que la cabeza del bebé se rompe todo el tiempo...

—Y eso no es muy reconfortante para las futuras madres, supongo —dijo Margaret.

—No consigo que se quede en su sitio —terminó mi madre, mirando a Margs con reprobación.

—¿Y si le pones celo? —sugirió mi padre. Yo tuve que contener una carcajada.

—Jim, ¿es que tienes que menospreciar constantemente mi trabajo? ¿Umm? Grace, ¿por qué te encorvas tanto, hija? Siendo tan guapa, ¿por qué escondes la cara?

—Siempre se puede distinguir una buena educación por la postura —dijo Mémé, y se tragó de golpe todo su Martini—. Una dama nunca se encorva. Grace, ¿qué te pasa hoy en el pelo? Parece que acabas de salir de la silla eléctrica.

—¿Te gusta, Mémé? Me ha costado una fortuna, pero, sí, el aspecto que estaba buscando era el de la silla eléctrica. ¡Gracias!

—Mamá —dijo mi padre—, ¿qué te gustaría de regalo este año por tu cumpleaños?

Mi abuela enarcó una ceja.

—Ah, vaya, te has acordado. Pensaba que se os iba a olvidar a todos. Nadie ha dicho ni una palabra.

—Pues claro que me he acordado —respondió mi padre, con un tono de cansancio.

—¿Se le ha olvidado alguna vez, Eleanor? —le preguntó mi madre con aspereza, en una rara muestra de apoyo a mi padre.

—Sí, una vez —dijo Mémé.

—Cuando tenía seis años —dijo mi padre, y suspiró.

—Cuando tenía seis años. Creía que me había hecho una tarjeta, pero no. Nada.

—Bueno, he pensado en que vayamos a cenar fuera el viernes —dijo mi padre—. Las niñas y sus novios, tú, Nancy y yo. ¿Qué te parece?

—¿Adónde iríamos?

—A algún sitio muy caro donde vas a poder quejarte toda la noche —dijo Margaret—. Tu idea del cielo, ¿no, Mémé?

—En realidad —dije, por un impulso—, yo no puedo ir. Wyatt va a dar un discurso en Nueva York, y le he prometido que iba a acompañarlo. Lo siento mucho, Mémé. Espero que tengas una estupenda noche.

Por supuesto, yo ya tenía pensado que iba a decirle a mi familia que Wyatt y yo nos habíamos separado. De lo contrario, Wyatt tendría que ir a la boda, y era obvio que no podía aparecer, puesto que era imaginario. Sin embargo, la idea de pasarme la noche del viernes oyendo a Mémé hablar de sus pólipos nasales y viendo discutir a mis padres, presenciando la felicidad de Natalie y Andrew y soportando las pullas que Margaret iba a lanzarle a todo el mundo... no. Callahan O'Shea tenía razón. Yo hacía mucho por mi familia, y podía permitirme el lujo de utilizar a Wyatt Dunn como excusa para librarme de aquella velada, al menos. Después, ya rompería con él, ay.

—Pero... es mi cumpleaños —dijo Mémé, frunciendo el ceño—. Cancela tus planes.

—No —dije con una sonrisa.

—En mis tiempos, la gente tenía más respeto por sus mayores —dijo ella con una mirada glacial.

Yo la ignoré.

—Bueno, tengo que irme —dije—. Me quedan muchos trabajos que corregir. Os quiero a todos. Nos vemos en casa, Margs.

—¡Salud, Grace! —dijo ella, y me hizo un brindis con una mirada de complicidad—. Eh, ¿Wyatt no tiene ningún hermano?

Yo sonreí, le di una palmadita en el hombro y me marché.

Diez minutos después, cuando aparqué en mi calle, miré hacia la casa de Callahan. Tal vez estuviera allí. Tal vez quisiera tener compañía. Tal vez se quedara a punto de besarme otra vez. Tal vez no se quedara a punto, sino que acabara lo que había empezado...

—Bah, no pierdo nada por intentarlo...

Salí del coche. Angus se asomó por la ventana y comenzó a ladrar para darme la bienvenida.

—¡Un momento, precioso! —le dije, y me encaminé hacia la puerta del número 36. Llamé con firmeza. Esperé.

No hubo respuesta. Volví a llamar, pero me desanimé. Miré hacia la calle y me di cuenta de que la furgoneta de Cal no estaba. Con un suspiro, me di la vuelta y fui hacia mi casa.

La furgoneta tampoco estaba al día siguiente, ni al otro. Yo no estaba espiando, por supuesto que no... solo miraba por la ventana cada diez minutos y, con una gran exasperación, me veía obligada a reconocer que lo echaba de menos. Echaba de menos las bromas, las miradas perspicaces, los brazos fuertes. El deseo que me provocaba con una sola mirada. Y, Dios, cuando me había acariciado la cara en el tejado, me había sentido como si fuera la persona más bella del mundo.

¿Dónde estaba, demonios? ¿Por qué me molestaba tanto que se hubiera ido durante unos días? Tal vez... tal vez tuviera una novia. Yo no lo creía, pero... tampoco podía saberlo con certeza.

El viernes por la noche estaba ya cansada de torturarme con Callahan, así que decidí que iba a salir con Julian y Kiki. Se suponía que estaba en Nueva York con Wyatt, y Margaret estaba gruñendo en la cocina, rodeada de papeles, con una botella de vino abierta, quejándose de que tenía que ir a cenar con mi familia.

A las nueve en punto, en vez de estar viendo a Mémé mientras trataba de pasar la comida más allá de su hernia de hiato y escuchar las pullas de mis padres, estaba bailando a Gloria Estefan en la noche para solteros de Jitterbug's. Bailando con Julian, bailando con Kiki, bailando con Cambry el camarero y pasándomelo bomba.

Allí no había hombres para mí... Kiki se había apropiado del único hombre heterosexual y razonablemente atractivo del local, y parecía que estaban haciendo buenas migas. Cambry se había llevado a muchos de sus amigos, así que aquella noche tenía un ambiente decididamente gay.

No me importaba un comino. Eso solo significaba que los hombres bailaban bien, que iban bien vestidos y que coqueteaban descaradamente. Yo dejé que la música me apartara de la cabeza a Callahan O'Shea y, después de un rato, estaba girando, riéndome, alardeando de lo bien que bailaba y oyendo como los amigos de Cambry me decían una y otra vez que era fabulosa.

Me sentí feliz. Era agradable estar lejos de mi familia, no tener que buscar el amor, solo salir para divertirme. El bueno de Wyatt Dunn. Aquella última cita era la mejor que habíamos tenido.

Cuando Julian fue a cambiar la música al fondo del local, yo fui con él.

—¡Esto es estupendo! —exclamé—. ¡Mira cuánta gente! Deberías hacerlo periódicamente. La noche de gais solteros.

—Sí, ya lo sé —dijo él, sonriendo mientras recorría las canciones de su lista—. ¿Qué hacemos ahora? Ya son las diez. ¡Vaya! Se me ha pasado la noche volando. ¿Pongo algo más lento? ¿Qué te parece?

—Por mí, bien. Estoy cansada. Esto es un poco más animado que la clase de baile de la residencia. Me duelen los pies.

Julian sonrió. Estaba tan guapo como siempre, increíblemente guapo, pero también estaba más feliz.

—¿Qué tal las cosas con Cambry?

Julian se ruborizó.

—Bastante maravillosas —dijo él con timidez—. Hemos salido dos veces ya. Puede que nos besemos pronto.

—Me alegro, cariño —le dije.

—¿No te sientes un poco… abandonada?

—¡No! Estoy feliz por ti. Hacía mucho tiempo que tenía que haber pasado esto.

–Sí, es cierto. Y, Grace, tú... –de repente, Julian se quedó callado, y su expresión se volvió de espanto–. Oh, no, Grace. Está aquí tu madre.

–¿Qué? –pregunté. Al instante, me imaginé lo peor. Mémé había muerto. A mi padre le había dado un infarto. Mi madre estaba buscándome para darme la noticia. «Por favor, que no les haya pasado nada a Natalie ni a Margs».

–Está bailando –dijo Julian, girando el cuello para verla–. Está bailando con uno de los amigos de Cambry. Creo que se llama Tom.

–¿Bailando? ¿Mi padre no está aquí? –pregunté, desde detrás del hombro de Julian.

–Yo no lo veo. Puede que a tu madre le apeteciera bailar, simplemente. ¡Viene hacia aquí! ¡Escóndete, Grace! ¡Se supone que estás en Nueva York!

Yo me metí en el despacho de Julian antes de que mi madre me pillara. ¿Una muestra de madurez? No. Pero ¿para qué iba a estropear una noche feliz cuando podía esconderme? Puse la oreja contra la puerta para poder escuchar.

–¡Hola, Nancy! –exclamó Julian, en voz bien alta para que yo pudiera oírlo–. ¡Cuánto me alegro de verte!

–Hola, Julian, cariño –dijo mi madre–. ¡Qué divertido es esto! Bueno, ya sabes que yo no soy soltera, pero me apetecía mucho bailar.

–¡Genial! –dijo Julian–. Vas a dejar unos cuantos corazones rotos, pero ¡por supuesto! ¡Quédate un rato y diviértete! ¿Te apetece bailar conmigo?

–Bueno, cariño, en realidad, necesitaría utilizar el teléfono de tu despacho un segundo.

–¿El teléfono de mi despacho? –gritó Julian.

–Sí, cariño, si no hay ningún problema.

–¡No, no, claro que no! ¡Por supuesto que puedes usar el teléfono de mi despacho!

Yo me aparté de un salto de la puerta, abrí el armario y me metí dentro. Justo a tiempo.

—Gracias, Julian, cielo. Ahora, vete, vete. No abandones a tus invitados por mi culpa.

—Claro que no, Nancy. No te preocupes, tómate el tiempo que necesites.

Oí que se cerraba la puerta y percibí el olor a cuero de la chaqueta de Julian. Oí los pitidos del teléfono mientras mi madre llamaba a alguien, y esperé con el corazón en un puño.

—Tienes camino libre —murmuró, y colgó.

¿Camino libre? ¿Libre para qué? Tuve la tentación de abrir una rendija la puerta, pero no quería delatarme. Después de todo, no solo no estaba en Nueva York con mi novio el médico, sino que además estaba encerrada en un armario espiando a mi madre. «Tienes camino libre». Eso no sonaba nada bien.

Yo sabía que las cosas no iban maravillosamente entre mis padres, pero eso era algo normal. ¿Acaso mi madre tenía un amante? ¿Estaba engañando a mi padre? ¡Mi pobre padre! ¿Lo sabría?

La indecisión me paralizó y me quedé donde estaba, con un nudo en la garganta y el corazón acelerado. Me di cuenta de que estaba agarrada a la manga de la chaqueta de Julian. «Calma, Grace. Puede que lo de que el camino está libre no sea nada tan clandestino como piensas. Puede que mamá esté hablando de otra cosa».

Pero, no. La puerta del despacho se abrió y volvió a cerrarse.

—Te he visto bailando ahí fuera —dijo un hombre con la voz muy ronca—. Eres la escultora, ¿no? Todos los hombres te estaban observando. Deseándote.

No, no. Eso no era cierto. Fruncí el ceño. Todos los hombres de ahí fuera, salvo uno o dos, eran gais. Si estaban mirando a mi madre, sería para copiarle el traje.

—Cierra la puerta con el pestillo —dijo mi madre, en voz baja.

Yo abrí unos ojos como platos en medio de la oscuridad del armario. ¡Por el amor de Dios! Clavé las uñas en la manga de la chaqueta.

—Eres preciosa —dijo el hombre. Su voz seguía siendo ronca... pero me resultaba familiar.

—Cállate y bésame, chicarrón —le ordenó mi madre. Hubo un silencio.

Yo, muerta de miedo, abrí una rendija la puerta del armario y miré. Y estuve a punto de hacerme pis.

Mis padres se estaban manoseando en el despacho de Julian.

—¿Cómo te llamas? —le preguntó mi padre, apartándose de sus labios y mirándola con los ojos entrecerrados.

—¿Y qué importa eso? —preguntó mi madre—. Bésame otra vez. Haz que me sienta como una mujer.

Mi asombro se convirtió en horror al ver a mi padre agarrar a mi madre y besarla con ahínco... Oh, Dios, hubo lengua. Retrocedí y cerré la puerta con todo el cuidado que pude para no hacer ruido... Aunque no hubiera importado, porque estaban gimiendo a bastante volumen. Yo me metí la manga de la chaqueta en la boca para no gritar. Mis padres. Mis padres estaban jugando al cambio de personalidades. Y yo, encerrada en un armario.

—Oh, sí. Más. Sí —gruñó mi madre.

—Te deseo. Te he deseado desde el primer momento en que entré en este sórdido lugar.

Yo me tapé los oídos con todas mis fuerzas. «Dios mío, por favor. Por favor, déjame sorda en este mismo instante. Por favor, por favor».

Yo hubiera podido salir del armario y parar aquello, pero, entonces, habría tenido que explicarles qué estaba haciendo allí escondida y por qué no me había manifestado antes. Y tendría que oír a mis padres explicándome qué hacían ellos.

—Oh, sí, sí, ahí —ronroneó mi madre. Yo lo oí a pesar

de que tenía los dedos incrustados en los oídos. Como los dedos no me funcionaban, lo intenté con las palmas de las manos–. Más abajo... más arriba...

–¡Ay! ¡Mi ciática! ¡No tan rápido, Nancy!

–Deja de hablar y hazlo, guapo.

«Oh, por favor, por favor, Dios. Si haces que paren, me meto a monja. ¿No necesitas monjas? Por favor...».

Al oír otro gruñido, intenté abstraerme y esconderme en mi lugar de la felicidad... una pradera llena de flores silvestres, disparos de armas, cañonazos, soldados confederados y unionistas cayendo como moscas... pero no lo conseguí.

–Oh, sí, cariño –gimió mi madre.

Yo no podía quedarme allí y oír a mis padres haciendo aquello hasta el final, pero, justo cuando estaba a punto de salir del armario y detenerlos en nombre de la decencia, mi madre (o Dios) intervino.

–Aquí no, chicarrón. Vamos a un hotel.

«¡Gracias, Señor! Oh, y con respecto a lo de meterme a monja... ¿te valdría con una buena donación a Heifer International?».

Esperé unos minutos más, respirando profundamente, y me arriesgué a echar otro vistazo. Se habían marchado.

De repente, la puerta del despacho se abrió de par en par, y yo me estremecí, pero era Julian.

–¿Ha ido todo bien? –preguntó Julian–. ¿Te ha visto? Ni siquiera se ha despedido, ha ido directamente hacia la puerta y se ha marchado –me dijo. Al verme bien, se quedó asombrado–. Grace, ¡estás muy pálida! ¿Qué ha pasado?

Yo hice un ruidito ahogado.

–Eh... tal vez debieras quemar ese escritorio –dije.

Rápidamente, salí del despacho, le hice un gesto a Kiki, que todavía estaba bailando con el mismo hombre, y me marché a casa. Durante el trayecto no pude dejar de estremecerme. Sin embargo, al mismo tiempo, me sentía... escalofrío... bastante contenta de que mis padres... todavía lo hicieran. Eso quería decir que su matrimonio era algo más que obligación e irritación. Bajé la ventanilla y respiré profundamente el aire de la primavera. Tal vez, si me sometía a unas sesiones de terapia por hipnosis, pudiera borrar de mi mente para siempre lo que había sucedido aquella noche.

Pero... sí. Me alegraba de saber que mis padres todavía... eh... se querían.

Me estremecí. Entré en mi parcela con el coche.

La casa de Callahan seguía oscura.

Capítulo 22

Al día siguiente me reuní de nuevo con Margs, Natalie y la chica sexy anteriormente conocida como mi madre. Íbamos a comprar el vestido de novia de Natalie a Birdie's Bridal.

Bueno, mi madre y Natalie iban a comprar el vestido. Margaret y yo estábamos bebiendo margaritas de fresa de un termo que se había llevado Margs mientras esperábamos sentadas a que Natalie saliera del probador con otro vestido. La sala de probadores de Birdie's tenía sofás, una mecedora, una mesa de centro y una enorme zona central limitada con cortinas para que la novia se probara los vestidos y saliera a enseñárselos a sus acompañantes.

—Te lo has ganado —murmuró Margaret, y le dio un sorbo al termo.

—Pues sí —dije yo.

Mi madre y Nat estaban detrás de la cortina.

—Aquí hay que meter un poco... mueve el brazo, cariño, así... —decía mi madre.

Qué normal parecía al día siguiente. Me pregunté si estaría pensando en que casi había hecho el amor con mi padre en Jitterbug's la noche anterior. Ejj... O, tal vez, estaba acordándose del día en que ella y yo habíamos ido a comprar mi vestido de novia. Margaret tenía una vista y Natalie estaba en Stanford, así que habíamos ido solas, y lo habíamos pasado muy bien. Por supuesto, yo me había comprado el primer vestido que me probé. Para ser sincera, no era precisamente de princesa. Además, a mí me parecía tan bien un vestido blanco como otro. Casi no recordaba cómo era mi vestido de novia, aparte de blanco y sencillo. Tendría que venderlo en eBay. Vestido de novia sin estrenar.

—¡Oh, este también es precioso! —exclamé, cuando Natalie volvió a salir de detrás de las cortinas. Estaba como debía estar una novia: sonrojada, sonriente, brillante, modesta y dulce.

—El primero era mejor —dijo Margaret—. No me gustan esos volantes que tiene en el cuello.

—Sí, eso está pasado de moda —dije yo, y le di otro trago a mi margarita.

—No sé —murmuró Natalie, mirándose—. A mí me gustan los volantes.

—Bueno, esos son muy bonitos —dije yo, rápidamente.

—Estás preciosa —afirmó mi madre—. Estarías preciosa aunque te pusieras una bolsa de basura.

—Sí, princesa Natalie —dijo Margaret, poniendo los ojos en blanco—. Te pusieras lo que te pusieras, estarías muy guapa.

—Sí, aunque te pusieras un saco —añadí yo, y mi hermana mayor soltó un resoplido.

Nat sonrió, aunque tenía una mirada perdida.

—No me importa lo que lleve ese día. Solo quiero casarme —dijo.

—Buuaaa —dijo Margaret, y yo sonreí.

—Es normal —dijo mi madre—. Yo me sentía de la misma manera. Y Margaret.

—¿Sí? —preguntó Margaret.

Mi madre se dio cuenta con retraso de que quizá en aquel momento había otros sentimientos, y me miró con una sonrisa nerviosa. Yo le devolví la sonrisa. Sí, yo también había sentido eso con respecto a mi boda. Lo único que quería era casarme con Andrew. Noches viendo películas y jugando al Scrabble, fines de semana en el campo de batalla o comprando antigüedades, sexo sin prisas en una cama llena de páginas del *New York Times*. Un par de niños. Largas vacaciones de verano en Cape Cod o recorriendo el país en coche. Bla, bla, bla.

Al verme allí, admirando a mi hermana, me di cuenta de que incluso antes de la revelación de Andrew, todas aquellas imaginaciones habían sido poco... convincentes. Era todo demasiado bueno como para ser cierto.

–¿Qué tal lo pasaste el fin de semana en la ciudad, Grace? –preguntó Natalie, de repente.

Yo miré a Margaret, que ya estaba advertida.

–Bueno, pues... la verdad es que siento tener que deciros que... Wyatt y yo nos vamos a tomar un tiempo.

–¿Cómo? –preguntaron a la vez Natalie y mi madre.

Yo suspiré.

–Es que... Wyatt es un gran tipo, de verdad, es estupendo, pero su trabajo es demasiado absorbente. Vosotros ni siquiera habéis podido conocerlo todavía. ¿Qué dice eso sobre el tipo de marido que sería?

–Muy malo –respondió Margaret.

–Cállate, Margaret –dijo mi madre, y se sentó a mi lado para hacerme algunas caricias maternales.

–Oh, Grace –dijo Natalie, mordiéndose el labio–. Parecía un chico tan estupendo... Yo pensé que estabais locamente enamorados. ¡Hace poco hablaste incluso de matrimonio!

Margaret se atragantó con la margarita.

–Bueno –dije yo–. No quiero tener un marido para el que mis hijos y yo no seamos una prioridad. Ya sabes. Se pasaba todo el tiempo corriendo al hospital.

—¡Pero es que iba a salvar vidas de niños, Grace! —protestó Natalie.

—Ummm... Sí, es verdad —dije—. Es un magnífico médico, pero eso no significa que vaya a ser un magnífico marido.

—Puede que tengas razón, cariño. El matrimonio ya es muy duro de por sí —dijo mi madre. Yo tuve que obligarme a no recordar la noche anterior, pero, por supuesto, tenía la escena grabada en la mente. Mi padre y mi madre... ¡Ayyy!

—¿Cómo estás tú, Grace? —me preguntó Margaret, tal y como yo le había dicho que hiciera durante el trayecto en coche hasta la tienda.

—Pues yo estoy bien —dije, alegremente.

—¿No estás destrozada? —preguntó Natalie, mientras se arrodillaba ante mí. Con el vestido de novia, estaba bellísima.

—No, ni un poco. Es lo mejor. Además, creo que vamos a seguir siendo amigos —dije, y Margaret me dio un codazo en las costillas—. O no. Puede que lo destinen a Chicago. Bueno, ya veremos. Mamá, ¿cómo van tus obras? —pregunté para cambiar de tema.

—Pues... en este momento estoy un poco bloqueada. Creo que es el aburrimiento —dijo mi madre—. Estoy pensando en empezar con el universo masculino. Estoy harta de tantos labios y ovarios, y puede que haya llegado el momento de unos buenos penes.

—¿Y por qué no flores, mamá? ¿O conejitos, o mariposas? ¿Tienen que ser siempre genitales? —le preguntó Margaret.

—¿Qué tal van las pruebas? —nos preguntó Birdie, la propietaria de Birdie's Bridal, que se acercó a nosotras con otro vestido—. Oh, Natalie, ¡estás preciosa! ¡Como de revista! ¡Como una estrella de cine! ¡Como una princesa!

—No olvide las diosas griegas —le dijo Margaret.

—Afrodita emergiendo de entre las olas —añadió Birdie, asintiendo.

—Bueno, esa sería Venus —dije yo.

—Oh, Faith, aquí tienes tu vestido —dijo Birdie, y me entregó un vestido largo de color rosa.

—Grace. Me llamo Grace.

—Pruébatelo, pruébatelo —dijo Nat, dando palmaditas—. ¡Ese color te va a quedar muy bien, Grace!

—Sí, dama de honor. Te toca ser superespecial —gruñó Margaret.

—Vamos, Margaret —le dije yo—. Pruébate tu vestido y sé buena.

—El tuyo es este —dijo Natalie.

Birdie le entregó a Margaret un vestido un poco más claro que el mío, y las dos nos metimos en diferentes compartimientos para probarnos los trajes.

Colgué la percha en el gancho, me quité los pantalones vaqueros y la camiseta y me metí el vestido por la cabeza. Después, me desenganché el pelo de la cremallera y conseguí rescatar mi pecho izquierdo, que se me había atascado en el corpiño. Un tirón por acá, un empujón por allá, y estaba vestida.

—Vamos, sal para que te veamos —me dijo Natalie, con impaciencia.

—¡Tachán! —exclamé, al salir para reunirme con mis hermanas.

—¡Oh! ¡Estás increíblemente guapa! ¡Es tu color! —gritó Natalie, dando palmaditas de emoción. Ella se había puesto otro vestido de novia, de seda blanca, con un escote recatado, un corpiño bordado y una falda muy abultada. Margaret, que siempre lo hacía todo con rapidez y eficiencia, ya estaba esperando, con cara de mal humor y guapísima.

—Vamos, Grace —dijo mi madre—. Ponte con tus hermanas para ver cómo estáis las tres.

Yo obedecí. Subí al pequeño estrado junto a mi hermana Natalie Rose, rubia y elegante, y a Margaret, con su pelo rojizo, atractiva, esbelta y con unos pómulos impresionantes. Mis hermanas eran, sencillamente, bellas. Deslumbrantes, incluso.

Y, después, estaba yo. Tenía el pelo oscuro y, aquel día, el tiempo me lo había rizado aún más de lo normal. Tenía unas ojeras muy marcadas, porque, ¿quién iba a poder dormir después de haber visto los juegos preliminares de sus padres? Durante los meses anteriores, me habían engordado los brazos, seguramente, debido a todo el tiempo que había pasado en compañía de Ben & Jerry's. Basándome en una fotografía que teníamos de mi bisabuela materna, que había emigrado a los Estados Unidos desde su Kiev natal, podía decir que me parecía a ella.

–Me parezco a la bisabuela Zladova –comenté.

Mi madre echó la cabeza hacia atrás.

–Siempre me pregunté de dónde habías sacado ese pelo –murmuró con asombro.

–No es verdad –dijo Natalie.

–¿No era lavandera? –preguntó Margaret.

Yo puse los ojos en blanco.

–Magnífico. Nat es Cenicienta, Margaret es Nicole Kidman y yo soy la bisabuela Zladova, lavandera de los zares.

Diez minutos después, Birdie estaba terminando la venta, mi madre estaba observando los tocados, Margaret estaba mirando su Blackberry y yo necesitaba tomar un poco el aire.

–Nos vemos fuera, Nat –dije.

–¿Grace? –me dijo mi hermana, poniéndome la mano en el brazo–. Siento lo de Wyatt.

–Ah –dije yo–. Bueno, gracias.

–Encontrarás a otra persona –murmuró ella–. El hombre perfecto aparecerá. Muy pronto será tu turno.

Aquellas palabras fueron como una bofetada. No, más que las palabras, fue... la lástima. Desde que Andrew y yo habíamos roto, Natalie había sentido empatía, culpabilidad y muchas otras cosas, sin duda, pero nunca me había tenido lástima. No. Mi hermana pequeña siempre, siempre me había admirado, incluso en mis horas bajas. Nunca me había mirado como me miraba en aquel momento. Una vez más, yo era «la pobre Grace».

—A lo mejor nunca conozco a nadie —dije, secamente—. Pero, eh, a Andrew y a ti os vendría muy bien tenerme de canguro, ¿no?

Ella palideció.

—Grace... no lo decía por eso.

—Claro que no, ya lo sé. Pero, Natalie, estar soltera no es lo peor del mundo. No es que haya perdido un miembro.

—¡No, no! Claro que no. Ya lo sé —dijo ella, y sonrió con una expresión de incertidumbre.

Yo respiré profundamente.

—Voy fuera —dije.

—Muy bien —respondió ella—. Nos vemos en el coche.

Después, volvió con nuestra madre y con su vestido de novia.

Cuando llegué a casa, estaba agotada de tanta alegría. Al terminar la compra del vestido, nos habíamos ido a cenar y a tomar copas, sin dejar de hablar animadamente de la boda. Habíamos quedado con otras mujeres de la familia, las hermanas de mamá y la prima Kitty, que no dejaba de hablar de lo maravilloso que era estar casada. Por tercera vez, claro. La primera y la segunda no habían sido tan maravillosas, pero eso era el pasado y, ahora, Kitty era una experta en «fueron felices para siempre.

Dentro de unas pocas semanas, Andrew y Natalie serían marido y mujer. Yo estaba impaciente, porque quería que pasara la boda y todo lo demás. Entonces, por fin, podría empezar un nuevo capítulo de mi vida.

Angus arañó la puerta de la cocina para que lo dejara salir. Se había puesto a llover y sonaban truenos a lo lejos. Angus no tenía miedo a las tormentas, como otros perros. Mi pequeño tenía el corazón de un león. Lo que no le gustaba era que le lloviera encima.

—Vuelve pronto —le dije.

En cuanto abrí la puerta, vi una sombra oscura contra la valla, al final de la parcela. Cayó un rayo y, con la luz, vi que era una mofeta. ¡Demonios! Me lancé en busca de mi perro.

—¡Angus, no! ¡Ven, cariño!

Pero era demasiado tarde. Mi perro, como una flecha blanca y feroz, atravesó rápidamente el jardín. Hubo otro rayo, y distinguí que el animal era, en realidad, un mapache. Él alzó la vista alarmado y, al instante, desapareció por debajo de la valla, seguramente, por un agujero que había escarbado el propio Angus. Un mapache podía hacerle mucho daño a mi perro, pero él no era lo suficientemente listo como para saberlo.

—¡Angus! ¡Ven aquí! ¡Ven, ven!

No sirvió de nada. Angus nunca obedecía cuando iba persiguiendo a otro animal, y también desapareció por debajo de la valla como el mapache.

—¡Mierda!

Entré corriendo en casa, tomé una linterna y corrí hacia el patio de Callahan para no tener que trepar por la valla de mi propio jardín.

—¿Grace? ¿Hay algún problema? —me preguntó él. La luz de su porche se encendió. Había vuelto.

—Angus está persiguiendo a un mapache —respondí, sin detenerme, y atravesé su jardín hacia el bosque.

Me imaginé a mi adorable perro sin un ojo, con unos

terribles zarpazos en el lomo y el pelaje blanco lleno de sangre... Los mapaches eran muy feroces, y aquel podía destrozar a mi perro. Era mucho más grande que Angus.

–¡Angus! –grité, con la voz muy aguda a causa del miedo–. ¡Cariño, Angus! ¡Ven!

El haz de mi linterna iluminó las gotas de agua y las ramas mojadas de los árboles. Mientras corría, recordé otro peligro que me produjo pánico: el río. El río Farmington estaba a muy poca distancia, y en aquella época del año, debido a las lluvias de la primavera y el deshielo, bajaba muy caudaloso, con fuerza más que suficiente para arrastrar a un perro pequeño y no demasiado listo.

Vi otra luz a mi lado. Era Callahan, que me había alcanzado. Llevaba un chubasquero y una gorra de los Yankees.

–¿Por dónde ha ido? –me preguntó.

–Oh, Callahan, gracias –dije entre jadeos–. No lo sé. Se salió por debajo de la valla, por un túnel que ha hecho él mismo. Yo los relleno normalmente, pero esta vez... yo... yo... –no pude continuar, porque empecé a sollozar.

–Eh, tranquila. Lo vamos a encontrar. No te preocupes, Grace –me dijo él. Me pasó el brazo por encima de los hombros, me dio un achuchón y dirigió el haz de la linterna hacia arriba, hacia las ramas de los árboles.

–No sabe trepar, Cal –dije yo con lágrimas y gotas de lluvia en la cara.

Cal sonrió.

–Pero el mapache sí. Puede que Angus lo haya espantado y se haya subido a un árbol. Si encontramos al mapache, a lo mejor encontramos a tu perro.

Buena idea. Sin embargo, después de pasar cinco minutos buscando por las ramas, no habíamos encontrado al mapache ni al perro. No había ni rastro de ellos. Estábamos más cerca del río, cuyo sonido había sido para mí dulce y reconfortante, pero que ahora me parecía amenazador y cruel... El río que discurría velozmente, arrastrando cualquier cosa.

—Bueno, y ¿dónde has estado estos días? —le pregunté a Callahan, mientras iluminaba por debajo de una rama caída con la linterna. Angus no estaba allí.

—Becky necesitaba que hiciera una obra rápida en Stamford —respondió él.

—¿Quién es Becky?

—La rubia del bar. Es amiga mía desde el instituto. Trabaja en el sector inmobiliario. Así es como encontré esta casa.

—Podías haberme dicho que ibas a marcharte de la ciudad —dije, mirándolo—. Me he preocupado.

Él sonrió.

—Lo haré la próxima vez.

Volví a llamar a Angus, silbé, di palmadas. Nada.

Entonces, oí un ladrido y, después, un gemido de dolor.

—¡Angus! Angus, cariño, ¿dónde estás? —grité yo, y me dirigí hacia el lugar del que provenía el sonido.

Era difícil oírlo por encima del ruido de la lluvia y del río. Se me llenó la cabeza de imágenes de Angus la primera vez que lo llevé a casa, de cachorro. Era una bolita diminuta y temblorosa de pelo blanco. Después, vi sus ojos brillantes mirándome cada mañana para que me despertara... su pose de superperro... cómo dormía boca arriba, con las zarpas estiradas... sus dientecillos inferiores torcidos... Cada vez se me caían más las lágrimas.

—¡Angus! —grité, con la voz ronca.

Llegamos a la orilla del río. Siempre me embelesaba ver correr el agua, las piedras del lecho, la espuma blanca que se formaba cuando alguna roca rasgaba la superficie. Aquella noche el río era siniestro y oscuro. Pasé la luz de la linterna por el agua con el temor de ver un cuerpecillo blanco arrastrado por la corriente.

—Oh, mierda —dije entre sollozos.

—No creo que vaya a entrar al agua —dijo Cal, para calmarme, y me tomó de la mano—. Es muy bobo, pero tiene el instinto, ¿no? No iba a ahogarse voluntariamente.

—No conoces a Angus —respondí—. Es muy terco. Cuando quiere algo, no se detiene.

—Bueno, de todos modos, si está persiguiendo al mapache, el mapache sí tiene sentido común —respondió Cal—. Vamos a seguir buscando.

Caminamos a lo largo del río, a través del bosque, alejándonos cada vez más de casa, gritando el nombre de mi perro, prometiéndole golosinas. No hubo más ladridos, solo el sonido de la lluvia que se filtraba a través de las hojas. Yo no llevaba calcetines y se me estaban congelando los pies dentro de los zuecos de plástico que usaba para el jardín. Todo aquello era culpa mía. Angus se pasaba todo el tiempo haciendo túneles, y yo lo sabía. Por esa razón, yo inspeccionaba la valla todos los fines de semana. Aquel día no lo había hecho. Aquel día había estado de compras con la boba de Natalie.

No quería imaginarme la vida sin mi perro. Angus era quien dormía en mi cama después de que Andrew me dejara. Angus era el que me necesitaba y me esperaba, el que asomaba la cabecita por la ventana de la sala de estar cada vez que yo llegaba a casa y se regocijaba ante el milagro de que yo existiera. Lo había perdido. Debería haber tapado el agujero, pero no lo había hecho, y él se había escapado.

Tomé aire temblorosamente y noté las lágrimas, calientes e interminables, cayendo por mi cara empapada de lluvia.

—Allí está —dijo Cal, alumbrando con la linterna.

Cal tenía razón. Angus estaba a unos treinta metros al oeste del río, al lado de una casita que, como la mía, lindaba con el bosque estatal. Estaba olisqueando un cubo de basura volcado, y alzó la vista al oír mi voz. Movió la cola, ladró una vez y luego se puso a investigar de nuevo en la basura.

—¡Angus! —grité, y eché a correr por la suave colina que me separaba de mi perro—. ¡Mi perrito! ¡Mi niño! ¡Mamá estaba muy preocupada por ti! ¡Sí, mucho!

Él movió la cola para mostrar que estaba de acuerdo, ladró de nuevo y, entonces, yo lo tomé en brazos. Le besé la cabecita una y otra vez, mientras se me caían las lágrimas en su pelaje mojado y él se retorcía y me mordisqueaba con deleite.

—Pues ya lo hemos encontrado —dijo Cal, que se acercó por mi espalda con una gran sonrisa. Yo intenté devolverle la sonrisa, pero no lo conseguí.

—Gracias —le dije.

Callahan alargó el brazo y acarició a Angus. Al darse cuenta de que su enemigo estaba allí, giró la cabecita y lanzó un mordisco al aire.

—Ingrato —dijo Cal, fingiendo un gesto malhumorado para mi perro. Después, se inclinó, recogió la basura, la metió al cubo y lo enderezó.

—Has estado maravilloso —dije, temblando y agarrando a Angus contra mi pecho.

—No te sorprendas tanto —replicó Cal.

Salimos del bosque hacia la calle. Reconocí el barrio. Estaba a unos ochocientos metros de Maple Street y era un poco más pijo que la zona en la que vivíamos Cal y yo. La lluvia se suavizó, y Angus se acurrucó contra mí como si fuera un bebé, con la mejilla apoyada en mi cuello y las patas delanteras en mi hombro. Estiré la chaqueta para taparlo y le agradecí al cielo que mi perro, a quien quería más de lo que probablemente era aconsejable, estuviera sano y salvo.

Al cielo y, también, a Callahan O'Shea. Había venido conmigo aquella noche fría y lluviosa y no se había marchado hasta que habíamos encontrado a Angus. No había dicho nada irritante como «Bah, no te preocupes, ya volverá». No. Callahan se había quedado conmigo, me había tranquilizado y me había consolado. Había recogido basura por mí. Yo quería decir algo, pero no estaba segura de qué. De todos modos, cuando lo miré y lo vi tan fuerte y sólido como de costumbre, me ardió la cara lo suficiente como para suministrar electricidad a una ciudad pequeña.

Giramos por Maple Street y vimos las luces brillantes de mi casa. Después, miré hacia abajo. Cal y yo estábamos llenos de barro hasta las rodillas y completamente empapados. Angus parecía una fregona más que un perro, con el pelo calado y enmarañado.

Cal captó mi mirada.

—¿Por qué no vienes a mi casa? —me sugirió—. Podemos lavarnos allí. Tu casa es como un museo, ¿no?

—Bueno, no es que sea como un museo —respondí yo—. Lo que pasa es que está muy ordenada.

—Ordenada. Claro. Bueno, ¿quieres venir a mi casa? A mí no me importa que se manche la cocina. Todavía la estoy terminando.

—Claro. Gracias —dije yo. Llevaba mucho tiempo preguntándome cómo era su casa por dentro, lo que había estado haciendo Callahan en el interior—. ¿Y qué tal va la obra, a propósito?

—Va bastante bien. Vamos y te la enseño —me dijo, como si me hubiera leído el pensamiento.

Entramos por la puerta trasera.

—Voy a buscar un par de toallas —dijo él. Se quitó las botas de trabajo y fue a otra habitación. Angus, que seguía apoyado en mi hombro, soltó un pequeño ronquido, y yo sonreí. Me quité las sandalias de plástico del jardín con los pies, me aparté el pelo de la cara con una mano y miré alrededor.

La cocina de Cal estaba casi terminada. Tenía una mesa de caballetes con tres sillas orientada hacia un ventanal. Los armarios de la cocina eran de arce con paneles de cristal, y las encimeras eran de esteatita. Todavía no tenía electrodomésticos, salvo la cocina y la nevera. Debería invitarle a cenar, pensé. Por lo agradable que había sido conmigo. Por cómo me había tomado de la mano. Porque me gustaba muchísimo, y porque no era capaz de recordar los motivos por los que había pensado alguna vez que Callahan O'Shea era una mala elección.

Cal volvió a la cocina.

—Toma —me dijo. Tomó a Angus y lo envolvió en una toalla grande. Empezó a secarle el pelo, y Angus pestañeó somnoliento al ver que lo estaba sujetando un extraño—. Nada de morder —le advirtió Cal. Angus movió la cola. Cal sonrió.

Entonces, besó a mi perro en la cabeza.

Y eso fue el remate. Sin darme cuenta de que me movía, vi que mis brazos estaban alrededor del cuello de Callahan, que le había quitado la gorra de los Yankees y que tenía los dedos metidos entre su pelo, de que estaba aplastando a Angus y de que estaba besando a Callahan O'Shea. Por fin.

—Ya era hora —murmuró él contra mi boca.

Después, me correspondió.

Capítulo 23

Su boca era caliente, suave y dura al mismo tiempo, y él era tan sólido y tan cálido... Y me lamía la barbilla mientras me besaba... No, un momento. Ese era Angus, y, al darse cuenta, Callahan se echó a reír en voz baja.

–Está bien, está bien, espera –murmuró, al tiempo que retrocedía. Estaba sujetando a Angus con una mano y, con la otra, la parte posterior de la cabeza. Oh, mierda, mi pelo. El pobre hombre podía perder un dedo en él. Pero se desenredó con cuidado, dejó a mi perro calado en el suelo y se irguió, mirándome a los ojos. Angus ladró una vez y, después, debió de echar a correr a alguna parte, porque oí el sonido de sus uñas alejándose. Pero yo no estaba mirando nada, salvo al hombre que había frente a mí. Su adorable boca, su barba incipiente y sus ojos azul oscuro, inclinados hacia abajo.

Podría mirar aquellos ojos durante mucho, mucho tiempo, pensé. Noté el calor que irradiaba Callahan, y se me abrieron los labios.

–¿Quieres quedarte? –me preguntó con la respiración entrecortada.

–¡Claro! –respondí yo con la voz muy aguda.

Y, entonces, volvimos a besarnos. Me abrazó y me estrechó entre sus brazos y, Dios, qué sensación tan maravillosa me producía... Era muy grande y me transmitía seguridad, y me daba un poco de miedo al mismo tiempo, tan masculino y tan duro. Y su boca, oh, Señor, aquel hombre sabía besar, me estaba besando como si yo fuera el agua al final de un largo camino de arena ardiente. Sentí la pared en mi espalda, sentí su peso aplastándome y, entonces, sus manos estaban bajo mi camisa mojada, quemando la piel húmeda de mi cintura, de mis costillas. Le saqué la camisa de la cintura de los pantalones vaqueros y deslicé las manos por la piel caliente de su espalda, y casi se me doblaron las rodillas cuando él movió la boca hasta mi cuello. Entonces deslizó la mano un poco más arriba y las rodillas se me doblaron de verdad, pero él me sostuvo contra la pared y siguió besándome el cuello y la boca. Callahan O'Shea debía de haberse desesperado durante todo aquel tiempo que había pasado en la cárcel, y el hecho de que estuviera conmigo, besándome... era abrumador. Un hombre como aquel, conmigo.

—¿Estás segura de esto? —me preguntó, retrocediendo, con los ojos oscurecidos y las mejillas sonrojadas. Asentí y, sin más, él me besó de nuevo y me levantó sujetándome por el trasero, y me llevó a otra habitación. Gracias a Dios, una con cama. Entonces, Angus soltó un ladrido y saltó contra nosotros, y Callahan se echó a reír. Sin soltarme, empujó suavemente a mi perro con el pie y cerró la puerta con el hombro.

Así nos quedamos los dos solos. Fuera de la habitación, Angus gimió y arañó salvajemente la puerta. No pareció que Cal se diera cuenta; simplemente, me bajó, deslizó las manos por mi cara y se me acercó, ocupó el espacio que había entre nosotros.

—Va a estropear la puerta —susurré, mientras Cal me acariciaba el cuello con la nariz.

—No me importa —murmuró.

Entonces, Callahan O'Shea me sacó la camisa por la cabeza, y yo dejé de preocuparme por mi perro.

Yo dejé de sentir la urgencia de antes y, de repente, las cosas empezaron a transcurrir a cámara lenta. Noté sus manos muy calientes sobre la piel, y él se inclinó para besar mi hombro mientras deslizaba hacia abajo el tirante de mi camiseta. Noté también la aspereza de su barba incipiente y su boca cálida y sedosa. Su propia piel era como el terciopelo, y sus músculos duros se movían por debajo con un poder hipnótico.

Sin que me diera cuenta, llegamos hasta la cama, porque Cal se estaba tumbando y arrastrándome con él, sonriendo con aquella sonrisa lenta y llena de picardía que me encogía el estómago. Luego, movió la mano hasta la cintura de mis pantalones vaqueros y jugueteó antes de desabrochar hábilmente el botón. Me besó de nuevo, ardientemente, lentamente, y rodó por la cama hasta que yo quedé encima de él, rodeada por sus brazos musculosos, y besé aquella boca sonriente deslizando mi lengua por la suya. Dios, sabía tan bien, que no podía creer que él llevara viviendo en la casa de al lado todas aquellas largas y solitarias semanas, durante las que me estaban esperando unos besos como aquellos. Le oí gruñir mientras metía los dedos entre mi pelo mojado, y me retiré para verle la cara.

—Ya era hora —susurró otra vez. Después, no hablamos más.

Una hora después, yo tenía una sensación dulce por todo el cuerpo. Estaba tumbada de costado, con la cabeza en el hombro de Callahan, que me rodeaba con un brazo. Miré su cara. Tenía los ojos cerrados y sus largas pestañas le rozaban la parte superior de las mejillas. Sonreía. Seguramente, estaba dormido, pero sonreía.

—¿Qué estás mirando? —me preguntó, sin abrir los ojos. No, no estaba durmiendo, pero parecía que lo sabía todo.

—Eres bastante guapo, irlandés —dije.

—¿Se te rompería el corazón si te dijera que, en realidad, soy escocés?

—No, si eso significa que puedo verte con falda —respondí yo—. Además, así estás emparentado con Angus.

—Maravilloso —dijo él, sonriendo.

A mí estuvo a punto de estallarme el corazón. Callahan. O'Shea. Estaba en la cama, desnuda, con Callahan O'Shea. Y eso era genial.

—Así que escocés, ¿eh? —pregunté, acariciándole el hombro con un dedo.

—Um, um. Bueno, mi abuelo es escocés. Supongo que mi padre era irlandés. De ahí mi nombre —respondió él. Abrió los ojos como un dragón perezoso y sonrió de nuevo—. ¿Alguna pregunta más en estos momentos?

—Um... bueno... ¿Dónde está el baño, Cal? —pregunté yo. No era exactamente lo más romántico del mundo, pero era algo ineludible.

—Es la segunda puerta de la izquierda —dijo él—. No tardes.

Yo agarré la manta que estaba doblada a los pies de la cama y salí al pasillo mientras me envolvía en ella. Allí estaba Angus, dormido boca arriba delante de la chimenea del salón, roncando. Buen chico.

Fui al baño, encendí la luz y pestañeé. Al verme en el espejo, me quedé de piedra. ¡Por Dios! Tenía una mancha de barro en la mandíbula, un arañazo enrojecido en la frente que, seguramente, me había hecho con una rama al buscar a Angus por el bosque, y el pelo... Mi melena parecía más de lana que de pelo. Intenté desenredármelo un poco con los dedos, me lo humedecí, hice mis necesidades y me lavé las manos. Vi que tenía los pies bastante sucios. Me los lavé también, uno después del otro, en el lavabo.

—¿Qué estás haciendo ahí? —me preguntó Cal—. ¡Deja de cotillear en el armario y vuelve a la cama, mujer!

Mi sonrisa se reflejó en el espejo. Tenía las mejillas brillantes. Me envolví bien en la manta y volví a la habitación de Callahan por el pasillo. Al verme, él se incorporó de repente y se sentó.

—Es por culpa de la lluvia —dije, pasándome una mano por la cabeza—. Se me pone el pelo como loco.

Sin embargo, él se limitó a mirarme.

—Eres tan preciosa, Grace... —dijo.

Y, con eso, lo remató.

Yo me había enamorado de Callahan O'Shea.

A la mañana siguiente, abrí un ojo. El reloj de la mesilla marcaba las seis y treinta y siete minutos de la madrugada. Callahan estaba profundamente dormido a mi lado.

Tardé unos instantes en asimilarlo y, cuando lo hice, noté un calor en el pecho. Callahan O'Shea estaba durmiendo a mi lado. Después de hacer el amor conmigo. Tres veces. ¡Ejem! Y podría añadir que maravillosamente bien. Tanto que, la segunda vez, yo había despertado a Angus, que había intentado hacer un túnel por debajo de la puerta para averiguar por qué estaba haciendo tanto ruido su dueña.

No solo eso, sino que, además, había sido... divertido. Apasionado y ardiente, sí, me esperaba eso de un tipo como Callahan O'Shea. Pero, tal vez, no me esperaba que me hiciera reír. Ni que me dijera lo suave que era mi piel, en un tono de voz maravillado. Cuando me desperté, sobre las tres de la madrugada, él me estaba mirando y sonriendo.

—Eh, Cal —susurré. Él no se movió—. ¿Callahan?

Le besé el hombro. Qué bien olía. Dios, cualquiera pensaría que con tres veces ya había tenido suficiente.

—Eh, guapo. Tengo que irme. Despierta, bobo.

Nada. Ni se movió. Lo había dejado agotado, al pobre.

Me di cuenta de que estaba sonriendo de oreja a oreja. Tal vez, incluso, canturreando un poco. Me pareció como si fuera a decantarme por Cole Porter. Le di otro beso al guapísimo Callahan O'Shea, lo miré un poco más y me levanté de la cálida cama. Recogí la ropa, que estaba manchada de barro, y salí de la habitación. En cuanto me vio, Angus se puso a saltar.

—Shhh —susurré—. Cal todavía está durmiendo.

Eché un vistazo por el salón y vi que Cal había trabajado mucho. El suelo estaba barnizado, y las paredes estaban pintadas de gris claro. Había unos tablones apilados en un rincón, y dos de las cuatro ventanas del salón estaban adornadas con un cerco de madera lacada.

Era una casa preciosa o, por lo menos, iba a serlo cuando estuviera terminada. Los azulejos de la chimenea estaban pintados de azul, y la escalera todavía no tenía barandilla, pero era ancha y elegante. Era un tipo de casa que se había construido con sumo cuidado. Las ventanas tenían alféizares anchos, los techos tenían molduras y el suelo era de roble con algunos detalles de marquetería. Las casas ya no se hacían así.

Angus gimió.

—Ya voy, ya voy —le dije.

En la cocina, encontré papel y boli junto al teléfono y escribí una nota.

Estimado señor O'Shea:

Le agradezco muchísimo la ayuda que me prestó para encontrar a mi perro Angus anoche. Espero que haya dormido bien. Tengo el triste deber de luchar contra las hordas yanquis esta misma mañana, en Chancellorsville (ubicación también conocida como Haddam Meadows, en la salida 154 de la Route 9, por si acaso está interesado en vernos resistir al agresor del norte). Si sobrevivo a la batalla y salgo ilesa de la lucha, espero de verdad que nuestros caminos vuelvan a cruzarse en un futuro muy cercano. Con todo mi afecto,

Grace Emerson

¿Una tontería, o una cartita muy mona? Decidí que era muy mona, y la metí debajo del teléfono. Después, eché un último vistazo a mi guapísimo amante, recogí a Angus y salí de la casa. Mi perro necesitaba un buen baño, y yo, también.

Capítulo 24

–¡Por aquí, Primero de Virginia! –grité, desde mi montura, Snowlight. En realidad, un poni blanco, pequeño y rechoncho no era precisamente el corcel de un oficial, pero era mejor que nada.

Margaret se acercó corriendo.

–Tengo que dejar de hacer esto –dijo, tirando de una esquina de su uniforme de lana–. Me voy a morir aquí mismo.

–En realidad, se supone que tienes que morir allí, junto al río –le dije yo, corrigiéndola.

–No puedo creer que esto sea tu vida social –dijo ella.

–Pero aquí estás, conmigo –repliqué, y me volví hacia mis soldados–. ¿Quién no iba a conquistar, con tropas como estas? –cité en voz bien alta. Mis soldados prorrumpieron en vítores.

–Entonces, anoche te acostaste temprano –comentó Margs–. La luz estaba apagada, y Angus estaba muy callado, y solo eran las nueve y media cuando mamá me dejó en casa.

–Sí. Me acosté pronto para madrugar hoy –dije. Sin embargo, me ardía tanto la cara que seguramente me estaba delatando. Aquella mañana, Margs me había encontrado en la cocina, con el pelo envuelto en una toalla, la bata roja bien atada a la cintura, muy decorosa. Había ido al campo de batalla en su coche, porque tenía una vista en Middletown a las dos, así que yo no había podido contarle nada de lo que había sucedido con mi guapísimo vecino de la casa de al lado.

—Eh, he conocido a un tío en los juzgados, y me pareció que a lo mejor podía pedirle su número y dártelo —me comentó Margaret, mientras apuntaba con su rifle a un soldado de la Unión.

—Espera, espera, no dispares —dije yo—. Si disparas, Snowlight se va a quedar dormido. Tiene narcolepsia —añadí, y le di unas palmaditas de cariño al poni en el cuello.

—Por el amor de Dios, Grace —murmuró Margs. Señaló con el arma al soldado y dijo, sin demasiada convicción—: Pum.

El soldado, que ya estaba al tanto de las limitaciones de mi montura, cayó con dramatismo, se agarró con las uñas al suelo unos segundos y, después, se quedó inmóvil.

—Bueno, entonces, ¿quieres que le diga que te llame?

—Pues... en realidad, creo que no voy a necesitar el número de nadie.

—¿Por qué? ¿Es que has conocido a alguien?

Yo la miré y sonreí.

—A Callahan O'Shea.

—¡Te pillé! —gritó, con cara de incredulidad. En aquel momento, Grady Jones, una farmacéutica de profesión, disparó un cañón a unos cincuenta metros, y Margaret cayó al suelo, tal y como le correspondía—. ¡Te has acostado con él! —exclamó—. ¡Con Callahan!

—Un poco más bajo, Margaret, por favor, se supone que estás muerta —le dije. Yo bajé de Snowlight y le di una zanahoria que llevaba en el bolsillo para entretenerlo y poder hablar con mi hermana—. Y, sí. Anoche.

—Oh, mierda.
—¿Qué pasa? —le pregunté—. ¿Es que no crees que me merezco un poco de diversión?

Margaret movió el rifle para no seguir tumbada sobre él.

—Grace, claro que te mereces un poco de diversión. Y, seguramente, Callahan es muy, muy divertido.

—Pues sí. ¿Cuál es el problema?

—Bueno, pues que tú no estás buscando diversión, ¿no?

—¡Sí! Pero... ¿a qué te refieres?

—A que tú estás buscando algo duradero, no una aventura.

—¡Más bajo! ¡Se supone que estás muerta! —le espetó a mi hermana un soldado de la Unión que pasaba por allí.

—Esto es una conversación privada —replicó Margaret.

—Esto es una batalla —le siseó él.

—No, querido, se trata de una recreación, y hay que fingir. Siento ser yo quien te lo diga, pero no estás en la Guerra Civil de verdad. Aunque, si quieres sentir algo más de autenticidad, estaré encantada de clavarte esta bayoneta en el culo.

—¡Margaret! Ya basta. Tiene razón —dije yo, y me volví hacia el unionista—. Lo siento.

Por suerte, no lo conocía. Él cabeceó con exasperación y siguió andando, pero lo mataron unos cuantos metros más allá.

Miré a mi hermana, que se había puesto el brazo sobre la cara para protegerse del sol.

—Margs, con respecto a Cal, resulta que él también está buscando algo más duradero. El matrimonio, un par de niños, un césped que cuidar en el jardín... Él mismo me lo dijo.

Margaret asintió.

—Eso está muy bien —dijo. Se quedó callada un minuto. A lo lejos se oían disparos y gritos. Al cabo de un minuto yo tendría que volver a montar en Snowlight, unirme a un grupo de reconocimiento y recibir unos tiros de mis propios hombres en el brazo, con una subsiguiente amputación y, finalmente, la muerte. Sin embargo, estuve allí un poco más. Notaba el sol en la cabeza y el olor dulce y penetrante de la hierba cortada.

—Una cosa más, Gracie —dijo Margaret—. ¿Te ha contado alguna vez Callahan lo que ocurrió exactamente con el desfalco?

—No. Se lo he preguntado una o dos veces, pero no me lo ha contado —dije yo.

—Pregúntaselo otra vez —me aconsejó ella.

—¿Tú lo sabes?

—Sé un poco. He investigado.

—¿Y?

—¿Nunca te ha mencionado un hermano? —me preguntó Margaret. Se sentó y me miró con los ojos entrecerrados.

—Sí. Están distanciados.

Margaret asintió.

—Normal. Resulta que el hermano de Callahan era el presidente de la empresa a la que desfalcó.

¡Por Dios! Supongo que se me puso cara de estupefacción, porque Margaret me dio unos golpecitos bajo la barbilla.

—Pregúntaselo, Grace. Seguro que ahora que estáis frotándoos te lo contará.

—Qué pico de oro tienes, Margs. No me extraña que te adoren todos los jurados —murmuré.

—¡General Jackson! ¡Necesitamos conocer su opinión! —dijo mi padre, a lo lejos, así que yo volví a montar en el poni y dejé a mi hermana echando la siesta en la hierba.

Durante el resto de la batalla, no pude dejar de pensar en lo que me había contado mi hermana y, aunque seguí todos los pasos, no pude disfrutar del todo de ser el general Jackson aquel día. Al final, cuando me dieron el balazo, me sentí aliviada. Pronuncié las últimas palabras del general, tan poéticas: «Dejad que crucemos el río y descansemos a la sombra de los árboles…», y nuestra batalla terminó. En realidad, Stonewall Jackson tardó ocho días más en morir, pero ni siquiera Hermano contra hermano estaba dispuesto a pasarse una semana recreando la vigilia.

Cuando llegué a casa, eran casi las cinco. Era como si me hubiera pasado varios días fuera de casa, y no unas horas. Aunque, claro, la noche anterior la había pasado en casa de Callahan. Con solo pensarlo, me temblaron las rodillas y noté una agradable sensación en el pecho. Sin embargo, también tenía muy presente que debía pedirle a Cal que me contara la verdad de su pasado.

Antes tenía que atender a mi perro. Angus estaba saltando a mi lado, recordándome quién era mi verdadero amor. Le pedí disculpas por mi ausencia, pese a que mi madre había ido a darle carne de hamburguesa para comer, lo había sacado a dar un paseo, lo había cepillado y le había puesto al cuello un precioso pañuelo de bandana. Parecía que el amor de una abuela no era suficiente para él, así que se había dedicado a comerse una zapatilla mientras yo no estaba en casa. Era un perrito muy malo, pero no tuve valor para decírselo, porque también era absolutamente adorable.

Alguien llamó a la puerta con bastante ímpetu.

–¡Voy! –dije.

Callahan O'Shea estaba en el porche de mi casa, con las manos en las caderas y cara de enfado.

–Hola –dije, y me ruboricé pese a su expresión. Tenía un cuello precioso, moreno, de color caramelo, listo para que yo lo probara.

—¿Dónde demonios has estado? —me ladró.
—Yo... yo... tenía una batalla. Te dejé una nota.
—No he visto ninguna nota.
—La puse debajo del teléfono —respondí yo, arqueando las cejas.

Él frunció el ceño con cara de pocos amigos. Parecía que estaba muy enfadado. Resultaba delicioso.

—Pues muy bien. ¿Y qué decía esa nota?
—Decía que... Bueno, mira, ya la leerás cuando llegues a casa —respondí yo.
—¿Ha sido solo un rollo de una noche, Grace? —me preguntó, con irritación.

Yo puse los ojos en blanco.

—Pasa, Cal —le dije, tirándole de la mano—. De todos modos, quería hablar contigo, pero, no. Esto no es un rollo de una noche. ¡Por Dios! ¿Qué clase de chica crees que soy? Pero lo primero es lo primero. Estoy muerta de hambre. ¿Quieres que pidamos una pizza?

—No. Quiero saber por qué me he despertado solo.

Estaba tan enfadado y malhumorado, que resultaba adorable, y yo no pude contener una sonrisa.

—Intenté despertarte, bobo, pero estabas dormido como un tronco.

Él entrecerró los ojos.

—Mira, si quieres que vaya a tu casa y te enseñe la nota, por mí, encantada.

—No, no. No pasa nada.
—Nada, ¿eh?
—Bueno, sí, en realidad, sí pasa algo. Llevo todo el día paseándome como un león enjaulado por la casa, sin saber dónde estabas. Le di un susto de muerte a tu madre cuando vino, y no ha querido abrirme la puerta para hablar conmigo. Y, sí, estoy de muy mal humor.

—Porque no has encontrado la nota, gruñón. Que, por cierto, era una monada y no daba ni la más mínima indicación de que esto fuera un rollo de una noche. Bueno, ¿vamos a pedir la pizza, o tengo que comerme el brazo? Me muero de hambre.

—Yo cocino —gruñó él, sin dejar de mirarme mal.

—Pensaba que estabas enfadado conmigo —le recordé.

—No he dicho que fuera a ser bueno —respondió. Entonces, me tomó entre sus brazos, me levantó en volandas y me besó hasta que se me salieron los ojos de las órbitas.

—Podemos cenar después —susurré.

No era lo más inteligente que podíamos hacer, con lo mucho que teníamos que hablar, pero... aquellos ojos azules, aquel pelo revuelto... ¿He mencionado que me llevó al hombro escaleras arriba, al estilo cavernícola? ¿Y que ni siquiera le faltó el aliento al llegar al segundo piso? ¡Vamos! Y, Dios, cómo me besó... Fueron unos besos llenos de urgencia, de hambre, que me derritieron tanto los huesos y me abrasaron tanto el cuerpo que ni siquiera me di cuenta de que Angus le mordía la pierna a Cal, hasta que él empezó a reírse contra mi boca. Agarró a mi perro y lo dejó en el pasillo. Allí, Angus ladró dos veces y se marchó a destruir alguna otra cosa.

Al ver a Callahan allí, apoyado en la puerta de mi dormitorio, con la camisa desabotonada y los ojos entrecerrados, tan guapo... Pensé que casi no necesitaba acostarme con él, si podía quedarme mirándolo, ver la sonrisa que, por fin, había aparecido en sus labios...

¿Qué estaba pensando? Claro que sí necesitaba acostarme con él. No tenía sentido desperdiciar a un hombre que me miraba así.

Margaret estaba sentada en una tumbona, en el jardín, cuando nosotros dos bajamos mucho rato después. Angus estaba repantigado en su regazo, gruñendo de vez en cuando, mientras ella lo acariciaba.

—He oído ruidos como de un zoológico —nos dijo

Margs, volviendo la cabeza cuando entramos en la cocina— y he pensado que era mejor quedarme fuera.

—¿Te apetece una copa de vino, Margaret? —le pregunté.

—Claro —respondió ella.

Callahan hizo los honores. Abrió la nevera como si estuviera en su casa y sacó una botella de vino blanco.

—¿Este? —preguntó.

—Sí, ese es estupendo —respondí yo, y le tendí el sacacorchos—. Gracias, querido. Y no solo por descorchar la botella.

Él sonrió.

—De nada, ha sido un placer. ¿Quieres que haga algo de cena?

—Sí, claro —dije yo—. Margs, ¿te apetece cenar con nosotros?

—No, gracias. Correría el peligro de ahogarme solo con las feromonas que hay ahí dentro.

Yo abrí la puerta y me senté al lado de mi hermana.

—¿Va todo bien, Margaret? —le pregunté.

—Stuart ha salido con una mujer —me dijo ella—. Con tu compañera de trabajo, Eva, o Ava, o algún nombre de actriz porno por el estilo.

Yo me quedé boquiabierta.

—Oh, Margs... ¿estás segura de que es una cita?

—Bueno, va a cenar con ella, y me explicó con pelos y señales quién era —dijo ella, y comenzó a imitar la voz de Stuart—: «Seguro que te acuerdas de ella, Margaret: es muy atractiva y da clases de Historia, como Grace...». Gilipollas —añadió.

Sin embargo, le tembló la barbilla.

—¿Sabes? Puede que ella esté intentando ganarse el apoyo de Stuart para su candidatura a la presidencia del departamento —le sugerí a mi hermana—. Ava debe de saber que es amigo del director.

—Él nunca iría en contra de ti, Grace —replicó ella.

—Le he dado refugio a su mujer. Puede que lo hiciera —dije yo.

Ella no respondió. Yo miré a Callahan a través de la puerta. Estaba cortando algo en la encimera, y estaba tan en su lugar, que me sentí un poco mareada. Inmediatamente tuve un sentimiento de culpabilidad por ser feliz cuando Margaret estaba sufriendo.

—Margs —dije, lentamente, volviéndome hacia mi hermana, que se estaba mirando las rodillas—. Puede que ya sea hora de que vuelvas con tu marido. Que vayáis a terapia, o algo así. Las cosas no están mejorando porque tú estés aquí.

—Sí, claro —dijo ella—. Pero, entonces, parecería que vuelvo arrastrándome porque estoy celosa, lo cual es cierto, pensándolo bien, y no quiero darle la satisfacción de poder pensar que, si me creo que me va a poner los cuernos, volveré rápidamente a casa. Si quiere que vuelva, ¡debería hacer algo! Algo que no sea tirarse a otra mujer.

—¿Qué puedo hacer yo?

—Nada. Mira, voy a bajar al sótano, ¿de acuerdo? Voy a ver una de tus películas frikis, ¿te importa?

—Claro que no —dije yo—. Eh... bueno, puede que me vaya a dormir a casa de Callahan esta noche.

—Muy bien. Hasta luego —dijo ella. Se levantó, me apretó cariñosamente el hombro y entró en la cocina—. Oye, Shawshank, tienes que hablar con mi hermana sobre tu sórdido pasado, ¿de acuerdo? Que te diviertas.

Tomó su copa de vino y desapareció escaleras abajo.

Yo me senté en el patio a escuchar a los pájaros, que empezaban sus coros acostumbrados al anochecer. La paz de la estación, el olor a hierba recién cortada, el cielo que iba oscureciéndose... todo hacía que me sintiera muy feliz. Oía los sonidos que estaba haciendo Callahan en la cocina mientras preparaba la cena, el chisporroteo de algo en la sartén y el tintineo de los platos. Noté algo como... Quizá fuera demasiado pronto para llamarlo «amor», pero sí algo como... satisfacción. Pura satisfacción. Angus me lamió el tobillo como si me entendiera.

Cal abrió la puerta y sacó los platos. Me puso uno en el regazo. Una tortilla con una tostada de pan integral. Perfecto. Se sentó en la silla que había dejado libre Margaret y tomó un poco de tostada.

—Bueno. Entonces, mi sórdido pasado —dijo.

—Puede que deba saber por qué estuviste en la cárcel.

—Sí, claro —respondió él con tirantez—. Debes saberlo. Tú come mientras te lo cuento.

—Es que quiero que me lo cuentes tú, Cal. Margaret ya lo sabe...

—Grace, iba a contártelo hoy, ¿sabes? Por eso me molestó tanto que no estuvieras cuando me desperté. Así que come.

Yo obedecí y tomé un bocado de la tortilla, que estaba caliente, cremosa y deliciosa. Después, sonreí para darle ánimos y esperé.

Cal dejó el plato y se giró hacia mí. Se agarró suavemente las manos y me miró durante un minuto. Me sentí azorada mientras masticaba. Entonces, él suspiró y bajó la mirada.

—Yo no cometí el desfalco, exactamente. Pero lo sabía, y no denuncié a la persona que lo hizo, y ayudé a que el dinero siguiera escondido.

—Entonces, ¿quién lo robó?

—Mi hermano.

Yo estuve a punto de atragantarme.

—Oh —susurré.

Durante la siguiente media hora, Callahan me contó una historia fascinante. Su hermano Pete y él tenían una gran empresa de construcción. Después del huracán

Katrina, el gobierno subvencionó muchas obras para la reconstrucción, y el negocio adquirió un ritmo frenético. Los pedidos que no aparecían, las reclamaciones a los seguros, el ambiente delictivo de Nueva Orleans... Y, una noche, él se encontró una cuenta a su nombre en las Islas Caimán, con un saldo de un millón seiscientos mil dólares.

–Dios Santo, Cal...

Él no respondió. Tan solo, asintió.

–¿Qué hiciste?

–Eran las cuatro de la mañana y me había quedado atónito al ver mi nombre en la pantalla del ordenador. También tenía miedo de apartar la vista al pensar en que mi hermano, porque sabía que no podía haber sido ninguna otra persona, pudiera mover el dinero. O gastárselo. Dios, no sé. Así que abrí otra cuenta e hice una transferencia por toda la cantidad.

–Pero ¿esas cuentas no tienen una contraseña, y todo eso? –le pregunté. Después de todo, había leído a John Grisham.

–Sí. Él utilizó el nombre de nuestra madre. Nunca fue muy avispado con los números para los pines, y todas esas cosas. Elegía la fecha de su cumpleaños, o el nombre de mi madre. Yo pensé en abordar el tema con él y encontrar la manera de poner el dinero otra vez en los sitios a los que correspondía. Estábamos trabajando en el Ninth Ward, reconstruyendo barrios, y me parecía que podíamos inyectar el dinero de nuevo.

–¿Y por qué no lo denunciaste a los federales o a la policía?

–Porque era mi hermano.

–¡Pero él estaba engañando a toda esa gente! ¡Y te estaba utilizando a ti! Dios, la zona del Ninth Ward fue la más afectada por el huracán...

–Sí, ya lo sé –dijo Cal, con un suspiro, y se pasó la

mano por la cara–. Ya lo sé, Grace, pero... Pero él también era el hermano que me dejó que durmiera en su habitación durante un año después de que muriera mi madre. El que me enseñó a batear y a conducir. Siempre dijo que fundaríamos una empresa juntos. Yo quería darle la oportunidad de arreglar las cosas –me explicó, con tristeza–. Era mi hermano mayor, y yo no quería que fuera a la cárcel.

Sí. Yo también sabía lo que era poner a la familia por encima del sentido común.

–Entonces, ¿qué pasó? ¿Qué dijo él?

–¿Qué iba a decir? Que lo sentía, que se había dejado llevar por la situación, que todo el mundo hacía lo mismo... Pero accedió a que devolviéramos el dinero a los proyectos de los que lo había desviado y le pusiéramos remedio. Por desgracia para los dos, los federales ya estaban vigilando la empresa y, cuando yo transferí el dinero, les di una pista, y nos descubrieron.

–¿Tu hermano también fue a la cárcel?

Cal bajó la vista.

–No, Grace. Él declaró en contra de mí.

Yo cerré los ojos.

–Oh, Cal.

–Sí.

–Y tú... ¿qué hiciste?

Él suspiró cansadamente.

–Mi hermano había tomado medidas. Mi nombre figuraba en todas partes, y era su palabra contra la mía. Además, yo era el contable de la empresa. Pete dijo que, aunque hubiera querido, no habría sabido hacerlo, que yo era el que había ido a la universidad, y todo eso. Él debió de parecerle mucho más convincente al fiscal. Mi abogado dijo que nadie iba a fiarse de alguien que había robado a las víctimas del Katrina, así que, cuando me ofrecieron un trato, lo acepté.

Angus se subió de un salto a mi regazo, y yo lo acaricié pensativamente.

—¿Por qué no me has contado antes todo esto, Cal? Yo sí te habría creído.

—¿De verdad? ¿Acaso no dicen todos los presos que son inocentes y que les tendieron una trampa?

Sí, tenía razón. Yo no respondí.

—No tenía forma de demostrar que no había hecho exactamente lo que decía mi hermano —añadió él, en voz baja.

De repente, empezó a dolerme el corazón, porque me imaginé lo que yo sentiría si me traicionaran Margaret o Natalie. Bueno, Natalie se había enamorado de Andrew, pero eso no había sido culpa suya. Además, el hecho de tener que ir a la cárcel por culpa de los delitos de un hermano... Dios mío. No me extrañaba que Cal se pusiera a la defensiva cuando tenía que hablar de su pasado.

—Y tú... ¿ibas a contármelo aunque Margs no hubiera indagado en tu vida?

—Sí.

—¿Y por qué ahora, y no ninguna de las otras veces que te lo he preguntado?

—Porque anoche empezamos algo. Bueno, yo pensaba que habíamos empezado algo, por lo menos —respondió Cal, en un tono duro—. Esa es mi historia. Ahora ya lo sabes todo.

Nos quedamos allí sentados, en silencio, durante unos largos minutos. Angus se cansó de que lo ignoráramos, ladró y movió la cola para invitarme a que lo adorara. Le acaricié el lomo, le ajusté el pañuelo de bandana y me di cuenta de que se había comido la tortilla de Cal mientras hablábamos.

—¿Cal? —pregunté, por fin.

—Sí —dijo él. Tenía los hombros muy tensos.

—¿Te gustaría venir a cenar con mi familia alguna vez?

Él se quedó inmóvil durante un segundo y, después, se acercó a mí con una sonrisa que iluminó todo el patio.
—Sí.
Me abrazó y me besó con fuerza, y Angus lo mordisqueó. Entonces, recogimos los platos y nos fuimos a su casa.

Capítulo 25

Al día siguiente era el Día de los Caídos, así que no tuve que levantarme de madrugada de la cama de Cal. Cuando nos despertamos, nos vestimos y fuimos a la pastelería Lala's a comprar unos bollos y paseamos por la orilla del río Farmington.

–¿Tienes algún plan para esta tarde? –me preguntó Callahan, y le dio un largo sorbo a su café.

–¿Y si lo tuviera? –inquirí yo, mientras tiraba de la correa de Angus para que no se comiera un pobre ratoncillo muerto que había a un lado del camino.

–Tendrías que cancelarlo –respondió él, y me pasó el brazo alrededor de la cintura con una sonrisa.

–¿Ah, sí?

–Um, sí –dijo. Me quitó un poco de azúcar de la barbilla con un dedo y, después, me besó.

–Bueno, está bien. Soy tuya –murmuré.

–Me gusta cómo suena eso –dijo él, y volvió a besarme, lentamente, con dulzura, tanta dulzura, que me temblaban las piernas cuando se separó de mí–. Te recojo a las dos. Ahora tengo que irme, porque vienen a instalarme los electrodomésticos.

–Ya casi has terminado la casa, ¿no? –le pregunté, con una repentina punzada de dolor en el corazón.

—Sí.

—¿Y qué pasa después?

—Tengo otra casa para reformar un par de pueblos más al norte. Pero, si quieres, puedo venir a tumbarme en el tejado de esta casa para que puedas espiarme. Si a los dueños no les importa.

—Yo nunca te he espiado. Solo eran unas miraditas.

Él sonrió y miró la hora.

—Bueno, Grace, tengo que irme corriendo.

Volvió a besarme y tomó el camino de subida a su casa.

—A las dos en punto, que no se te olvide.

Yo solté un poco de correa para que Angus pudiera ir a olisquear un helecho y tomé un sorbo de café. Después, fui a mi casa a corregir trabajos de los alumnos.

Mientras leía los ensayos de mis estudiantes, empecé a sentirme inquieta. Tenía que hablarles de Callahan a los miembros del comité de Manning. Él había pasado a formar parte de mi vida, y yo tenía que ser franca al respecto. Fuera cual fuera el motivo, Cal había cumplido una condena en una cárcel federal por encubrir a un delincuente, por mucho que su intención hubiera sido honorable. Yo no debía intentar ocultar algo así, aunque, seguramente, disminuiría mucho mis posibilidades de ser la presidenta del departamento de Historia. Las instituciones sin ánimo de lucro veían con muy malos ojos el desfalco, las condenas y los antecedentes penales, sobre todo, cuando había niños de por medio.

A mí se me hundieron los hombros al pensarlo. Sin embargo, tenía que hacerlo.

A las dos en punto, Cal vino a buscarme.

—¿Lista? —me preguntó, a través de la puerta de la cocina, mientras Angus saltaba hacia él y le gruñía desde el otro lado.

—Me quedan cuatro trabajos por corregir. ¿Puedes esperar media hora?

—No. Hazlo en el coche, ¿de acuerdo?
Yo parpadeé.
—Sí, señor —dije, y él sonrió—. ¿Adónde vamos?
—Lo sabrás cuando lleguemos. ¿Cuándo crees que voy a empezar a caerle bien a este perro?
—Posiblemente, nunca —respondí. Tomé a Angus en brazos y le di un beso en la cabeza—. Adiós, Angus, cariño. Sé bueno. Mamá te quiere mucho.
—Ay. Eso es... muy triste —dijo Cal. Yo le di un puñetazo en el hombro—. ¡No me pegues, Grace! —exclamó, riéndose—. Tienes que contener esos impulsos violentos. Dios. En la cárcel no recibí ni un solo golpe, pero, me mudo a la casa de al lado de la tuya, y mira. Me das con un palo, me muerde tu perro, me golpeas la furgoneta...
—Pobrecito mío. Cualquiera diría que te habrías curtido un poco más en la cárcel, que te habrías convertido en un hombre, y todo eso.
—No era ese tipo de cárcel —dijo él. Sonrió y me abrió la puerta de su furgoneta—. Nos daban clases de tenis. Pero nada de apuñalamientos. Siento decepcionarte, cariño.
«Cariño». Yo me caí en el asiento. «Cariño». Callahan O'Shea me había llamado «cariño».
Diez minutos más tarde, estábamos en la autopista interestatal y nos dirigíamos hacia el oeste. Yo saqué uno de los trabajos que me quedaban por corregir y empecé a leerlo.
—¿Te gusta ser profesora? —me preguntó Callahan.
—Sí, mucho —respondí—. Los niños son estupendos a esas edades. Por supuesto, la mitad del tiempo tengo ganas de matarlos, pero la otra mitad, los adoro. Y ellos son lo más importante de la enseñanza.
—Pues a la mayoría de la gente no le caen precisamente bien los adolescentes —dijo él con una sonrisa y miró por el espejo retrovisor mientras se incorporaba a la autopista.

—Bueno, es cierto que no se trata de la edad más fácil. Los niños pequeños son siempre adorables, pero los adolescentes están en el momento de empezar a mostrar señales de lo que podrían ser. Y ver todo eso es maravilloso. Además, a mí me encanta lo que enseño.

—La Guerra de Secesión, ¿no?

—Enseño varias etapas de la Historia de Estados Unidos, pero, sí, estoy especializada en la Guerra de Secesión.

—¿Y por qué te gusta? La guerra es horrible, ¿no?

—Sí, claro. Pero creo que nunca ha habido otra guerra en la que la gente estuviera más entregada a su causa. Una cosa es luchar en un país extranjero, en una cultura que desconoces, en ciudades que no has visitado nunca... Pero la Guerra de Secesión supuso levantarse en armas contra tu propio país, como hizo Lincoln. El Sur luchaba por mantener sus derechos como estados individuales, pero el Norte luchaba por el futuro de la nación. Fue desgarrador porque era algo muy personal. Éramos nosotros. Cuando comparas a Lincoln con alguien como...

Me di cuenta de que estaba elevando el tono de voz, como si fuera un predicador en la televisión el domingo por la mañana.

—Lo siento —dije, mientras me ruborizaba.

Callahan me tomó una mano y me la apretó con una sonrisa.

—Me gusta oírte hablar de esto —dijo él—. Y me gustas tú, Grace.

—Vaya, entonces, es algo más que el hecho de que sea la primera mujer con la que sales después de la cárcel.

—Bueno, eso no podemos pasarlo por alto —dijo él con una expresión sombría—. Dejar huella, lo llaman, ¿no, profesora?

Yo le di un manotazo en el brazo.

—Qué gracioso. Ahora, déjame en paz. Tengo que corregir trabajos.

—Sí, señora —dijo él.

Y los corregí. Cal condujo con suavidad, sin interrumpirme, haciendo comentarios solo cuando yo leía un fragmento en voz alta. Me pidió que mirara el mapa un par de veces, cosa que yo hice amablemente. Fue reconfortante.

Una hora después, Callahan salía de la autopista. Una señal anunciaba que habíamos llegado a Easting, en Nueva York. Recorrimos una calle en la que había una pizzería, una peluquería, una licorería y un restaurante llamado Vito's.

—Bueno, señor O'Shea, y ¿por qué me ha traído a Easting, Nueva York? —le pregunté.

—Lo verá usted a la siguiente manzana, si tengo bien la dirección —respondió él mientras aparcaba.

Salió del coche y lo rodeó para abrir mi puerta. Yo me dije que tenía que darle las gracias al señor Lawrence la próxima vez que lo viera. Callahan O'Shea tenía muy buenos modales.

—Pareces muy seguro de ti mismo —dije yo.

—Es que lo estoy —respondió él, y me besó la mano.

Todas las dudas que había tenido sobre su pasado y sobre mis posibilidades de conseguir la presidencia del departamento se desvanecieron. Solo sentí felicidad. No recordaba la última vez que me había sentido tan ligera. De hecho, nunca me había sentido tan bien.

Entonces, vi adónde me estaba llevando Cal, me detuve en seco y me eché a llorar.

—Sorpresa —dijo él, y me abrazó.

—Oh, Cal... —murmuré, y escondí la cara en su hombro.

Era un pequeño cine con la entrada de ladrillo y grandes ventanas. El olor a palomitas ya seducía los sentidos. Sin embargo, lo que verdaderamente me enamoró fue la marquesina. En un rótulo rodeado de bombillas había unas palabras formadas con letras negras sobre un fondo blanco: *¡Proyección especial de aniversario! ¡Véala tal y como fue pensada para la gran pantalla!* Y, debajo, el título con unas enormes letras: *Lo que el viento se llevó.*

—Oh, Cal —repetí con un nudo en la garganta.

El adolescente de la taquilla se me quedó mirando con asombro al verme llorar, mientras Cal compraba las entradas, las palomitas y los refrescos. El cine estaba abarrotado. Yo no era la única que deseaba ver la historia de amor más grande de todos los tiempos.

—¿Cómo has encontrado esto? —le pregunté, enjugándome los ojos, cuando ya estábamos sentados.

—Lo busqué en Google hace unas semanas. Me dijiste que no la habías visto todavía, y me pregunté si la pondrían en alguna parte. Iba a decírtelo, pero, por fin, me tiraste los tejos, así que decidí convertirlo en una cita.

Hacía unas semanas. Así que llevaba unas semanas pensando en mí. ¡Vaya!

—Gracias, Callahan O'Shea —le dije, y me incliné hacia él para besarlo.

Su boca era cálida y suave, y sabía a palomitas y mantequilla. Callahan deslizó la mano por mi nuca, y yo noté mariposas en el estómago hasta que la anciana de pelo blanco que estaba sentada detrás de nosotros pateó accidentalmente, o deliberadamente, nuestros asientos. Entonces, las luces se apagaron, y yo me di cuenta de que tenía el corazón acelerado. Cal sonrió y me apretó la mano.

Durante las horas siguientes, volví a enamorarme de Scarlett y de Rhett y sentí tanta emoción como cuando había leído el libro por primera vez, a los catorce años. Me estremecí cuando Scarlett declaró su amor por Ashley, sonreí cuando Rhett pujó por un baile con ella, sufrí cuando Melly tuvo a su hijo, me mordí las uñas cuando Atlanta ardió. Al final, cuando Katie Scarlett O'Hara Hamilton Kennedy Butler alzó la cabeza, nuevamente decidida a conseguir lo que quería, yo estaba sollozando.

—Tenía que haber traído algo de Valium —comentó Callahan, mientras pasaban los créditos y me daba un pañuelo de papel, porque a mí se me habían terminado cuando Rhett se había unido al ejército confederado a las afueras de Atlanta.

—Gracias —dije, con la voz muy aguda. La mujer de pelo blanco me dio una palmadita en el hombro al marchar.

—De nada —dijo Cal con una sonrisa.

—¿Te ha gustado? —le pregunté yo.

Él se giró hacia mí con una expresión de ternura.

—Me ha encantado, Grace —respondió.

Llegamos a Peterston casi a las nueve.

—¿Tienes hambre? —me preguntó Callahan, al pasar por Blackie's.

—Me muero de hambre —respondí yo.

—Muy bien —dijo.

Entró en el aparcamiento, salió del coche y me tomó de la mano. Entramos al restaurante, nos sentamos en una mesa y él me pasó el brazo por los hombros y me estrechó contra sí. Yo inhalé su olor limpio a jabón. Demonios. Estaba perdida.

—¿Te apetecen alitas? —me preguntó, mientras leía la carta.

—Te estás ganando un buen revolcón para esta noche, claramente —dije yo—. Primero, *Lo que el viento se llevó* y, ahora, alitas. No puedo resistirme a ti.

—Bien, eso significa que mi magnífico plan está funcionando.

Se giró hacia mí y me besó, me dio uno de aquellos besos hambrientos, abrasadores y suaves al mismo tiempo, y yo pensé que iba a recodar aquella cita como la más perfecta y más romántica de mi vida. Cuando abrí los ojos, Callahan O'Shea estaba sonriendo. Me pellizcó la barbilla y volvió a leer la carta.

Yo miré por el restaurante con una sonrisa, pensando que el mundo era un lugar bello. Vi a un chico guapo que levantó su jarra de cerveza hacia mí. Me resultaba familiar. Ah, sí; era Eric, el limpiador de cristales de Manning que quería a su mujer. Y qué guapa era ella. Estaban tomados de la mano. Otra pareja feliz. ¡Ay! Le devolví el saludo.

—Vaya, hola, Grace —dijo alguien con una voz suave. Yo alcé la vista y tuve que contener un gesto de desagrado.

—Hola, Ava. ¿Qué tal? —pregunté con frialdad. Después de todo, ella había salido a cenar con Stuart.

—Muy, muy bien —dijo ella, con un ronroneo, mirando a Callahan. Pestañeo, pestañeo... y pestañeo—. Soy Ava Machiatelli.

—Callahan O'Shea —respondió mi novio, al tiempo que le estrechaba la mano.

—Me he enterado de que saliste con Stuart la otra noche —le dije a Ava.

—Umm —murmuró ella, y sonrió—. Pobre hombre. Necesitaba un poco de... compañía.

Yo apreté los dientes. Qué idiota Stuart por ser de aquel tipo de hombres, y maldita Ava por ser del tipo de mujeres que no tenía moralidad con respecto al sexo.

Ava se giró e hizo una señal hacia la barra.

—¡Kiki! ¡Estamos aquí! —exclamó, y se giró de nuevo hacia Cal y hacia mí—. Kiki ha roto con alguien durante el fin de semana y está muy baja de moral. Se lo estoy tratando con margaritas.

Kiki se acercó a nosotros con una cara verdaderamente trágica, y una expresión de ligera embriaguez.

—Hola, Grace. Hoy te he llamado unas diez veces. ¿Te

acuerdas de aquel chico de Jitterbug's? ¡Pues me ha dejado! –dijo, y se le rompió la voz. Se giró hacia Callahan–: Hola... –se quedó callada de repente, y añadió–: ¡Dios mío, el expresidiario!

–Me alegro de volver a verte –dijo él, y enarcó una ceja.

–¿Expresidiario? –preguntó Ava.

Hubo un silencio incómodo. Yo no dije nada. Solo me imaginé a todos los patronos de Manning. Mierda.

–Desfalco, ¿no? –dijo Kiki, mirándome con frialdad.

Ah, sí. Yo le había hecho una advertencia sobre Callahan justo por aquel motivo. Mierda.

–Sí –dijo él.

A Ava se le iluminó la mirada.

–Desfalco. Fascinante.

–Bueno –dije yo–. Me alegro de haberos visto. Que os lo paséis muy bien, chicas.

–Ah, sí, gracias –respondió Ava, con una enorme sonrisa–. Me ha encantado conocerte, Callahan.

Y, con eso, volvieron a su mesa.

–¿Bien? –preguntó Cal.

–Trabajan en Manning –dije yo, observando a Kiki y Ava mientras volvían a su mesa, que no estaba demasiado alejada.

–Ah.

–Así que ahora todo el mundo va a saber que salgo con un hombre que ha estado en la cárcel –dije.

–Sí, supongo que sí –dijo él con una expresión expectante.

–Bueno –dije yo, con energía, y le apreté la mano. Me fijé en Ava y Kiki de nuevo. Tenían las cabezas juntas–. Pues sí, estoy saliendo con un expresidiario. Y vamos a tomar unas alitas.

Por desgracia, se me había encogido el estómago y ya no tenía hambre.

Capítulo 26

A la mañana siguiente, fui al colegio muy temprano y me dirigí al despacho del director.

Pero no fui lo suficientemente rápida.

—Grace, te estaba esperando —me dijo el señor Stanton, mientras me sentaba frente a su escritorio—. Esta mañana me ha llamado Theo Eisenbraun para darme una noticia un poco inquietante.

—Sí —dije yo, y noté que empezaba a sudarme la frente—. Eh... bueno, quería decírselo yo misma. Sí, he empezado a salir con alguien y... bueno, él cumplió condena de cárcel por un desfalco.

El señor Stanton suspiró.

—Oh, Grace.

—Señor Stanton, espero que mis méritos tengan valor por sí mismos —dije—. Adoro Manning, adoro a los niños y, verdaderamente, no creo que mi vida personal tenga algo que ver con mi faceta profesional. Ni tampoco con mi candidatura a la presidencia del departamento.

—Por supuesto —murmuró él—. Y tienes razón. Te valoramos mucho, Grace.

Sí, claro. Los dos sabíamos que estaba perdida. Si había tenido la más mínima posibilidad de acceder a la presidencia, esa posibilidad se había desvanecido.

—El comité de contratación se va a reunir esta semana, Grace. Te informaremos de las decisiones que se tomen en la junta.

—Gracias —dije.

Después, fui a mi pequeño despacho y me senté en mi butaca. Mierda. Me mordí una uña mientras miraba el precioso campus por la ventana. Los cerezos y los cornejos estaban en flor, y parecía que las ramas de los árboles eran de nata montada. El césped estaba verde esmeralda. Era el mejor de Manning. Las clases terminaban el miércoles siguiente, y la ceremonia de graduación se celebraría dos días después. En realidad, un día antes de la boda de Natalie y Andrew.

En realidad, ser la presidenta del departamento tal vez hubiera sido una aspiración demasiado alta para mí. Yo solo tenía treinta y un años y no tenía el doctorado en Historia. Aparte de eso, no tenía experiencia política ni administrativa, aparte de haber dirigido el comité de programación de estudios. Tal vez nunca hubiera tenido ni la más mínima oportunidad.

Aun así, había llegado a la última fase. Tal vez fuera solo una muestra de cortesía para un miembro del claustro de profesores de Manning. Sin embargo, si el hecho de estar con Callahan O'Shea había dado al traste con mi candidatura... Pues bien, él merecía la pena. Esperaba. No. Lo sabía. Si perder aquel puesto era el precio que tenía que pagar, lo pagaría. Una vez tomada aquella determinación, dejé de morderme las uñas, me erguí y encendí mi ordenador.

—Hola, Grace —dijo Ava, desde la puerta, pestañeando, con una sonrisa petulante—. ¿Qué tal estás esta mañana?

—Estoy perfectamente en todos los sentidos, Ava, ¿y tú? —dije, con una sonrisa forzada, y esperé.

—Me he enterado de que has tenido una reunión con el señor Stanton esta mañana —dijo ella. No había secretos en aquel colegio–. ¿Salir con un expresidiario, Grace? Eso no es precisamente un modelo para las jóvenes cabezas de Manning, ¿no te parece?

–Bueno, si nos atenemos a la moral, creo que es mucho peor salir con un compañero de trabajo casado, Ava.

–Ya –murmuró ella–. El comité de contratación va a reunirse el jueves, ¿lo sabías?

–He oído decir que ya han tomado una decisión –dijo el señor Eckhart, que llegó en aquel momento–. Buenos días, señoras.

–Buenos días, señor Eckhart –dije yo.

–Hola, buenas –susurró Ava.

–¿Podríamos hablar un momento, señorita Emerson? –dijo él.

–Yo los dejo a solas –dijo Ava, y se marchó por el pasillo meciendo el trasero en su ajustada falda.

–¿Se ha enterado? –le pregunté al señor Eckhart, que entró en mi despacho.

–Sí, Grace. He venido a tranquilizarte –dijo él. Entonces, tuvo un ataque de tos de los suyos, como si estuviera intentando expulsar a un niño pequeño de sus pulmones. Cuando, por fin, recuperó el aliento, sonrió con los ojos húmedos–. Grace, muchos de los miembros de nuestra junta han tenido algún encontronazo con la justicia, sobre todo a causa de su... creatividad financiera. Intenta no preocuparte.

Yo sonreí apagadamente.

–Gracias. ¿Han tomado ya la decisión?

–Tengo entendido que van a terminar esta tarde, pero, sí, eligieron al candidato la semana pasada. Yo te recomendé a ti, querida.

A mí se me formó un nudo en la garganta.

–Gracias, señor. Significa mucho para mí.

Sonó la campana de la primera clase. El señor Eckhart se marchó a darles Historia Medieval a sus alumnos, y yo me fui con mi clase. Eran alumnos de último curso, y solo me quedaban dos clases sobre la Guerra Civil con ellos. Después, saldrían al mundo real y, seguramente, yo no volvería a ver a muchos de ellos.

Abrí la puerta y entré, pero los estudiantes ni siquiera notaron mi llegada. Hunter IV estaba delante de Kerry Blake, que aquel día llevaba una falda cortísima que, además, seguramente costaba mi sueldo de una semana. Cuatro chicos estaban mirando sus Blackberries a pesar de que estaba prohibido tener teléfonos en clase. Molly, Mallory, Madison y Meggie estaban intentando impresionarse las unas a las otras con sus planes para el verano: una se iba a París porque le habían concedido una beca para trabajar en Chanel, otra iba a hacer rafting en el río Colorado, otra iba a irse de escalada a Nepal y otra, en sus propias palabras, iba a cometer el suicidio de pasar el verano con su familia. Emma estaba sentada mirando a Tommy Michener, que estaba dormido con la cabeza apoyada en el pupitre.

Tal vez yo no fuera tan buena profesora como pensaba. Pese a mis buenas intenciones, ¿había enseñado de verdad a aquellos niños lo que quería que aprendieran? ¿Entenderían alguna vez lo importante que era conocer nuestro pasado? Todas aquellas dudas, sumadas al hecho de que acababa de echar por tierra mis posibilidades de ser presidenta del departamento, sentí que algo se me rompía por dentro.

—¡Buenos días, príncipes y princesas! —exclamé, con una voz parecida a un ladrido, y conseguí que varios de ellos dieran un gratificante respingo—. Este fin de semana, mis queridos niños, es la recreación de la batalla de Gettysburg —anuncié. Gruñidos. Ojos en blanco—. Es de asistencia obligatoria. Si faltáis, tendréis un suspenso en participación en clase, y seguro que recordáis que es una tercera parte de la nota total. Y, aunque todos hayáis obtenido plaza en la universidad, supongo que querréis mantener un buen nivel de calificaciones, ¿no? Por lo tanto, debéis estar el sábado a las nueve en punto de la mañana frente al edificio. Iremos desde aquí.

Ellos se quedaron boquiabiertos, con cara de espanto. Por un segundo, no fueron capaces de articular palabra. Entonces, llegó el coro.

—¡No es justo! ¡Tengo lacrosse/fútbol! Mis padres van a...

Dejé que protestaran durante un minuto. Después, sonreí y dije:

—No es negociable.

Cuando llegué a casa aquella tarde, Angus estaba más mono que nunca, así que pensé que la ocasión se merecía un vals. Tomé a mi perro en brazos y empecé a danzar por la habitación tarareando *Take it to the Limit*, de los Eagles, una de las canciones favoritas de Angus. Angus empezó a ladrar para acompañarme.

No estaba segura de por qué me sentía tan feliz, dado que tenía menos posibilidades que nunca de ser la presidenta del departamento.

—Bueno, supongo que en la vida hay muchas más cosas que el trabajo, ¿no, Angus McFangus? —le pregunté a mi perro, y él se retorció de felicidad entre mis brazos.

Era cierto. Dentro de muy poco, Andrew y Natalie se habrían casado y habrían clavado el último clavo en el ataúd de la historia entre Andrew y yo. El verano estaba a punto de empezar, y era hora de leer, relajarse y visitar el sur.

Y Callahan O'Shea era mi novio. Al pensarlo, me invadió la felicidad de la cabeza a los pies. Callahan O'Shea estaba buscando una mujer para formar una familia y tener hijos. Y yo pensé que podía ayudarlo en aquella búsqueda.

—¿Puedo pasar?

Hablando del rey de Roma, estaba en mi porche, con su increíble sonrisa. Angus se puso muy tenso en mis brazos, y ladró.

—Sí, entra —respondí.

Dejé a mi fiel perro en el suelo, y él se lanzó al tobillo de Cal con gran entusiasmo, entre gruñidos. Cal lo ignoró, me tomó de la mano y puso la suya en mi cintura.

—No sé lo que estoy haciendo —admitió, e intentó hacer un paso de baile. Me pisó.

—Yo te enseño —le dije.

Noté el calor de su nuca en la palma de la mano, y percibí su delicioso olor a madera y a hombre, y se me aceleró el corazón. La felicidad que ya sentía se multiplicó por mil.

—A mí siempre me gustó el baile pegado del colegio —me dijo, y me estrechó entre sus brazos. Nuestros pies apenas se movían... bueno, salvo el pie de Cal cuando intentó zafarse de Angus. Mis manos viajaron por su espalda... Pensé que podía acariciarle un poco, ¿por qué no? Cuando, de repente, toqué un papel.

—Ah, sí —dijo Callahan, y dio un paso atrás—. Esto es tuyo. El cartero lo puso en mi buzón por error.

Se sacó un sobre del bolsillo trasero de los pantalones vaqueros y me lo dio.

El sobre era grueso, de color crema, y tenía mi nombre escrito con una caligrafía muy bonita en tinta verde oscura.

—Debe de ser la invitación de boda de mi hermana —dije yo, y la abrí.

Y lo era. Elegante y clásica, como Natalie. Sonreí un poco al ver el bonito diseño y las palabras, tan tradicionales.

Junto a sus padres, Natalie Rose Emerson y Andrew Chase Carson le invitan a su enlace, que tendrá lugar...

Yo miré a Callahan.

—¿Quieres ser mi pareja en la boda?

Él sonrió.

—Claro —dijo.

«Claro». Así, tan fácil. Qué contraste con el enorme esfuerzo que había tenido que hacer para encontrar acompañante con quien ir a la boda de mi prima Kitty.

—Um... Creo que no te he dicho esto, Cal, pero... ¿te acuerdas de que te conté que estuve comprometida una vez? —pregunté. Cal asintió—. Bueno, pues estaba comprometida con Andrew, el chico que se va a casar con mi hermana.

Cal enarcó las cejas.

—¿De verdad?

—Sí —dije yo—. Pero, cuando Natalie y él se conocieron, quedó bien claro que eran el uno para el otro. Andrew no era para mí.

Él no dijo nada. Estuvo callado unos instantes, mirándome con el ceño ligeramente fruncido.

—¿Y tú te sientes bien viéndolos juntos? —me preguntó, por fin. Angus soltó su pernera.

—Sí, claro —respondí—. Al principio fue muy duro, pero ahora ya estoy bien.

Cal me observó un minuto más. Entonces, se agachó y tomó a Angus en brazos. Mi perro le gruñó y, después, le mordió el dedo pulgar.

—Yo diría que está mejor que bien, ¿no te parece, Angus?

Cal se inclinó y me besó en el cuello, y yo vi con toda la claridad del mundo que me había enamorado locamente de él.

Capítulo 27

Sin embargo, el hecho de estar locamente enamorada de Cal no significaba que las cosas fueran perfectas.

—Creo que deberíamos esperar un poco más –le dije a Cal, unos días después, mientras íbamos en coche a West Hartford.

—A mí me parece mala idea –respondió él, sin mirarme.

Íbamos a uno de los eventos más agobiantes que se celebraban en mi ámbito familiar: una exposición de escultura de mi madre. Bueno, en realidad, casi todos los eventos de mi familia eran agobiantes, pero las exposiciones de mi madre eran especiales. Sin embargo, era la única noche anterior a la boda de Nat en que mi familia podía reunirse.

—Callahan, hazme caso. Es mi familia. Van a... bueno, ya sabes, a alucinar un poco. Nadie quiere oír que su hija sale con un chico que tiene antecedentes penales.

—Pues yo los tengo, y creo que hay que ser sincero al respecto.

—Bueno, mira... Para empezar, tú nunca has estado en una de las exposiciones de mi madre. Son extrañas. Mi padre ya estará muy tenso de por sí, mi madre estará revoloteando por todo el local... Y, para continuar, mi abuela está sorda como una tapia, así que tendrías que gritar, y es un lugar público, y todo eso. No es el mejor momento, Cal.

Yo les había dicho a mis padres y a Natalie que estaba saliendo con el vecino de al lado. No les había dicho nada más.

Mis padres estaban preocupados pensando que había dejado a un médico por un carpintero, y eso ya era lo bastante malo como para enterarse, además, de que el carpintero se había pasado diecinueve meses en la cárcel.

—Me sorprende que no se lo hayas dicho todavía —dijo Cal.

Yo lo miré. Tenía la mandíbula tensa.

—Mira, bobo, no te preocupes. No estoy intentando ocultarles nada. Solo quiero que antes te conozcan y te tomen afecto. Si cuento de buenas a primeras que acabas de salir de la cárcel, les va a dar un ataque. Si ven que eres un tipo estupendo primero, no se lo tomarán tan mal.

—¿Cuándo se lo vas a decir?

—Pronto —dije yo—. Cal, por favor. Tengo muchas cosas en la cabeza. El colegio está a punto de terminar, no me han dicho nada acerca de la presidencia, mi hermana se va a casar y la otra está a punto de volverse loca... ¿No podríamos dejar que mis padres te conozcan sin mencionarles los antecedentes penales a la primera de cambio? Te prometo que se lo diré enseguida. Pero, esta noche, no.

—Me siento como un embustero —dijo él.

—¡No es verdad! Solo estamos... gestionando la información. No tenemos por qué presentarte como Callahan O'Shea, expresidiario, ¿no?

Él no respondió. Después de un largo momento, dijo:

—Como quieras, Grace. Pero a mí no me parece bien.

Yo le tomé la mano.

—Gracias.

Un minuto después me devolvió la caricia.

—¿Estás saliendo con un empleado? ¿Has dejado a ese médico tan agradable para salir con un criado? —preguntó Mémé, con cara de malas pulgas. Se acercó un poco, golpeó con la silla de ruedas el pedestal de *En la luz*, que, supuestamente, era un canal del parto, pero que, en realidad, parecía el túnel de Holanda, e hizo que la escultura se tambaleara peligrosamente. Yo la sujeté y, después, miré a mi abuela.

—Mémé, por favor, deja de llamar «criado» a Callahan, ¿quieres? Ya no estamos en la Inglaterra victoriana. Además, ya te he dicho que, aunque Wyatt fuera un médico muy agradable, no encajábamos. Vamos a dejarlo ya.

Margaret, que estaba a mi lado, enarcó una ceja. Yo quería más vino, e ignoré a mi hermana y a mi abuela que, una vez más, estaba llamando «ladrones y mendigos» a los irlandeses.

La galería de arte Chimera estaba llena de partes de cuerpos. Parecía que mi madre no era la única que estaba haciendo esculturas anatómicas últimamente, y ella estaba muy enfadada por el hecho de que también estuvieran expuestas las obras de otro artista que se dedicaba a las articulaciones esferoidales, cartilaginosas y deslizantes, no tan célebres como las partes íntimas que esculpía mi madre y que parecían recién salidas de un *sex shop*. Yo aparté los ojos de *Deseo en verde* y me acerqué a Callahan, que estaba hablando con mi padre.

—Así que... ¡eres carpintero! —bramó mi padre, en el tono campechano que utilizaba con los obreros, en voz un poco alta y con algún fallo gramatical para demostrar que él también era del pueblo llano.

—Papá, ¿no te acuerdas de que contrataste a Cal para que me cambiara las ventanas? Así que ya sabías que era carpintero.

—¿Eres especialista en restauración? —sugirió mi padre, esperanzadamente.

—No, en realidad, no —respondió Callahan con calma, resistiéndose a los esfuerzos que estaba haciendo mi padre por darle más glamur a su profesión.

—Hace un trabajo magnífico y muy bonito —añadí yo.

Cal me miró disimuladamente.

—¡Lo que daría yo por poder cambiar los libros de leyes por un martillo! —exclamó mi padre.

Yo solté un resoplido. Que yo recordara, siempre había sido mi madre la que hacía chapuzas necesarias en casa. Mi padre ni siquiera sabía colgar un cuadro.

—¿Siempre has sido carpintero? —continuó mi padre.

—No, señor. Antes era contable —dijo Cal, y volvió a mirarme. Yo sonreí un poco y deslicé mi mano en la suya.

Mi madre, que había oído la conversación, se acercó rápidamente a nosotros.

—Entonces, ¿tuviste una revelación, Callahan? —preguntó, mientras acariciaba una escultura cercana de un modo casi pornográfico—. A mí me ocurrió lo mismo. Solo era ama de casa y madre, pero, por dentro, tenía una artista que luchaba por conseguir el reconocimiento. Y, al final, tuve que asumir mi nueva identidad.

—¿La de la fresca del salón de baile? —le dije yo, en voz baja, a Margaret.

Le había contado a Margs lo de la aventura de nuestros padres en la academia de baile de Julian. ¿Por qué iba a sufrir sola? Ella soltó un resoplido. Mi madre me miró inquisitivamente, pero se llevó a Callahan hasta el pedestal de *Desear* y comenzó a describir lo maravilloso que era expresarse uno mismo. Callahan me hizo un guiño. Bien. Estaba empezando a relajarse.

—¡Eh, chicos! ¡Hemos podido venir!

Oí la voz meliflua de mi hermana por encima del barullo de la sala de exposiciones, y Natalie y Andrew aparecieron tomados de la mano.

—¡Hola, Grace! —dijo mi hermana pequeña, y se acercó rápidamente a darme un abrazo.

—¿Y yo? —gruñó Margaret.

—¡Ya iba! —respondió Nat, sonriendo—. Hola, Margaret, te quiero lo mismo que a Grace, ¿de acuerdo?

—Como debe ser —refunfuñó mi hermana mayor—. Hola, Andrew.

—Hola, señoritas. ¿Cómo estáis?

—Estamos sufriendo, Andrew, así que únete al grupo —dije yo con una sonrisa—. Es un detalle por vuestra parte haber venido.

—Queríamos conocer oficialmente a Callahan —dijo Natalie—. Wyatt y tú habéis estado juntos casi dos meses y no he podido ni estrecharle la mano —añadió, y miró a Cal—. Dios mío, Grace, es guapísimo. Mira qué brazos. Puede levantar un caballo.

—Hola, hola... Estoy aquí mismo —le dijo Andrew a Natalie.

Yo sonreí detrás de mi copa de vino, con una sensación cálida en el estómago. «Eso es, Andrew», pensé. «Ese hombre grande, fuerte y magnífico es tu sustituto». Me pregunté qué le parecería mi ex a Cal. Él me miró y sonrió, y la calidez se convirtió en un delicioso dolor. Le devolví la sonrisa y Cal se giró de nuevo hacia mi madre.

—Margs, mírala —le dijo Natalie a Margaret—. Está enamorada.

Yo me ruboricé. Andrew me miró a los ojos con una ceja arqueada.

—Mucho me temo que tienes razón, Nat —respondió Margs—. Grace, estás perdida, tonta. Andrew, por favor, sé útil y tráenos más vino.

—Sí, señora —respondió Andrew obedientemente.

—A propósito —dije yo—. Mamá quiere que elijáis un regalo de boda. Una de sus esculturas —añadí con una ceja enarcada.

—Oh, cariño, vamos a elegir rápidamente —dijo Natalie—. Lo más pequeño, sea lo que sea. Dios mío, mira eso. *Portales al cielo.* Vaya. Eso es muy grande —murmuró mi hermana mientras se alejaban.

Papá se reunió con Margs y conmigo.

—Gracie, cariñito —me dijo—, ¿podemos hablar un momento?

Margaret suspiró.

—Rechazada de nuevo. Y, luego, la gente se pregunta por qué soy tan mala. Muy bien. Voy a hacer un recorrido por los labios.

Mi padre se encogió al oír aquella palabra y esperó a que mi hermana mayor ya no pudiera oír nuestra conversación.

—¿Sí, papá? —le dije, mientras tomaba una articulación del hombro para admirarla. Ooh. Se separó entre mis manos.

—Bueno, cariñito, es que me pregunto si no te habrás apresurado demasiado a romper con ese médico —dijo mi padre, y me observó mientras yo intentaba unir las partes de la articulación—. Entiendo tu queja de que tenga que trabajar demasiado, pero ¡piensa en lo que está trabajando! ¡Salvando vidas de niños! ¿No quieres estar con un hombre así? Un carpintero... bueno... no es que sea esnob, ni nada de eso, cariño, pero...

—Pues estás siendo bastante esnob en esta ocasión, papá —respondí yo, mientras intentaba encajar el húmero en la escápula—. Claro que también piensas que ser profesor es lo mismo que ser un jornalero, así que...

—Yo no pienso tal cosa —dijo mi padre—. Pero, de todos modos, seguramente sí ganarías más recogiendo algodón.

Por fin, mi madre había liberado a Callahan, y él se acercó a mí.

—¡Aquí estás! —exclamó mi padre, y le dio una palmada tan fuerte en la espalda que hizo que su vino se moviera con violencia en la copa—. Bueno, chicarrón, ¡cuéntame cosas sobre ti!

—¿Qué le gustaría saber, señor? —preguntó Cal, tomándome de la mano.

—Grace me ha dicho que antes eras contable —dijo mi padre, con una sonrisa de aprobación.

—Sí —respondió Cal.

—¿Y fuiste a la universidad?

—Sí, señor. Fui a Tulane.

—Ah. Y, Callahan, ¿por qué dejaste tu profesión para...

Mi madre lo interrumpió.

—¿Tienes familia cerca de aquí, Callahan? —preguntó, con una gran sonrisa.

—Mi abuelo vive en Golden Meadows —respondió Cal, girándose hacia ella.

—¿Quién es? ¿Lo conozco yo? —inquirió Mémé, que se acercó rápidamente.

—Se llama Malcolm Lawrence —respondió Cal—. Hola, señora Winfield. Me alegro de volver a verla.

—No me suena ese nombre —replicó mi abuela.

—Está en el ala de demencia senil —respondió Callahan, y yo le apreté la mano—. Mi madre murió cuando yo era pequeño, y mi abuelo nos crio a mi hermano y a mí.

Mi madre enarcó las cejas.

—¿Tienes un hermano? Y ¿dónde vive?

Cal vaciló.

—Eh... vive en Arizona. Está casado, pero no tiene hijos. Así que no tengo demasiada familia.

—¡Vaya, pobrecillo! —exclamó mi madre—. La familia es una bendición.

—¿De verdad? —pregunté yo. Ella chasqueó la lengua para reprenderme afectuosamente.

—Tú, irlandés —dijo mi abuela, mientras le clavaba un dedo huesudo a Cal en la pierna—. ¿Vas detrás del dinero de mi nieta?

Yo suspiré.

—Me estás confundiendo con Margaret, Mémé —le dije, y me volví hacia él—. Yo no tengo demasiado, Cal.

—Ah, vaya. Pues, entonces, voy a tener que salir con Margs —respondió él—. Hablando del cambio de hermanas —me dijo a mí, en voz baja, para que solo yo pudiera oírlo.

—Hola, soy Andrew Carson —dijo mi exprometido, que se había acercado junto a mi preciosa hermana menor. Andrew se colocó bien las gafas y le tendió la mano a Cal—. Me alegro de conocerte.

—Callahan O'Shea —dijo Cal, y le estrechó la mano a Andrew con firmeza. Andrew se estremeció ligeramente, y yo me contuve para no sonreír. «¡Eso es, Andrew! ¡Podría hacerte añicos si quisiera!». Aunque yo no era partidaria de la violencia, por supuesto. Solo se trataba de un hecho objetivo.

—Me alegro mucho de verte otra vez, Callahan —dijo Natalie.

—Hola, Nat —respondió Cal, con una sonrisa, la sonrisa con la que podía engatusar a la pintura de las paredes. Natalie se ruborizó, y me dijo, formando las palabras con los labios: «Está buenísimo». Yo le devolví la sonrisa. Coincidía con ella el cien por cien.

—Bueno, y eres... fontanero, ¿no? —dijo Andrew, con una sonrisa tonta.

—Es carpintero —dijimos Natalie y yo, al unísono.

—Es estupendo trabajar con las manos —bramó mi padre—. Seguramente, yo lo haga más frecuentemente cuando me jubile. Tal vez haga mis propios muebles, o me construya una caseta para ahumar pescado.

—¿Una caseta para ahumar pescado? —pregunté yo. Cal sonrió.

—Por favor, papá. ¿No te acuerdas de lo que pasó con la radial? —dijo Natalie, y sonrió a Callahan—. Mi padre estuvo a punto de cortarse uno de los pulgares la única vez que ha intentado hacer algo en su vida. Y Andrew es igual.

—Fue con una navaja —murmuró mi padre.

—Sí, es cierto —dijo Andrew, por su parte, y pasó un brazo por los hombros de Natalie—. Grace, ¿te acuerdas de aquella vez que intenté arreglar un armario cuando nos fuimos a vivir juntos? Estuve a punto de matarme. Nunca he vuelto a intentarlo. Por suerte, puedo pagar a alguien que lo haga.

Natalie lo miró con sorpresa, pero él ignoró aquella mirada y siguió sonriendo a Cal con falsedad. Cal no le devolvió la sonrisa. Vaya, vaya. Andrew estaba celoso. Qué gratificante. Y qué elegancia la de Cal por no responder a sus provocaciones. Aunque yo noté que se ponía tenso a mi lado.

—Pero es una pena que no aproveches tu educación universitaria, hijo —siguió diciendo mi padre. Oh, Dios, iba a soltar el discurso de «Gana un sueldo decente». Y, por «decente», mi padre entendía un número de seis cifras. Después de todo, era republicano.

—La educación nunca se desaprovecha, papá —respondí yo, rápidamente, antes de que pudiera hacerlo Cal.

—¿Y eres de por aquí, Calvin? —preguntó Andrew, ladeando la cabeza como si fuera un búho.

—Me llamo Callahan —le corrigió mi novio—. Nací en Connecticut, sí. Me crie en Windsor.

—¿Y dónde vivías antes de volver? —preguntó Andrew. Callahan me miró.

—En el sur —dijo, con tirantez. Yo intenté transmitirle mi agradecimiento apretándole de nuevo la mano. Él no me la apretó a mí.

—¡Me encanta el sur! —exclamó mi madre—. Tan seductor, tan apasionado... ¡Como en *La gata sobre el tejado de zinc*!

—Contrólate, Nancy —le recomendó mi abuela, moviendo los hielos de su copa.

—No me digas lo que tengo que hacer, por favor —respondió mi madre.

—¿Y por qué dejaste la contabilidad? —preguntó mi padre. Dios, parecía un perro con un hueso.

—¿Por qué no dejáis de interrogar a Cal? —sugerí yo con aspereza.

Mi padre se quedó dolido.

—Cariño, solo quiero saber cuál es el motivo por el que una persona decide cambiar un buen trabajo por hacer trabajos físicos todo el día.

—Es una pregunta franca —dijo Andrew.

Ah. La franqueza. Aquella era una cuestión clave. Cerré los ojos al darme cuenta de que lo iba a contar.

Callahan me soltó la mano.

—Me condenaron a cuatro años de cárcel por un desfalco de un millón seiscientos mil dólares —dijo—. Perdí la licencia para ejercer de contable y cumplí una condena de diecinueve meses en una cárcel federal de Virginia. Salí hace dos meses.

Miró a mi padre, a mi madre y, finalmente, a Andrew.

—¿Alguna otra pregunta?

—¿Has estado en la cárcel? —preguntó Mémé, estirando el cuello para mirar a Callahan—. Lo sabía.

Cuando terminó la exposición, yo había explicado ya la situación de Cal a mi familia. Por supuesto, no lo había hecho muy bien, teniendo en cuenta que no estaba preparada en absoluto. Además, Margs me había abandonado, porque le había surgido un asunto muy urgente en el trabajo y no iba a poder volver a casa hasta la medianoche, como pronto.

—¿Contento? —le pregunté a Callahan en el coche, mientras me ponía el cinturón con bastante energía.

—Grace, hay que ser sincero desde el principio —dijo él con una expresión pétrea.

—Bueno, pues te has salido con la tuya.

—Mira, Grace —dijo él sin arrancar el motor—. Siento que haya sido incómodo para ti, pero tu familia tenía que enterarse.

—¡Y yo iba a decírselo! Pero no esta noche.

Él me miró fijamente.

—Yo me sentía como si estuviera mintiendo.

—¡No era mentir! Solo se trataba de ir transmitiéndoles la idea poco a poco. De ir lentamente. De tener en cuenta los sentimientos de los demás, nada más que eso.

Seguimos sentados en la furgoneta, mirando hacia delante. Yo tenía un nudo en la garganta y me ardían las palmas de las manos. Había una cosa que estaba muy clara: me iba a pasar mucho tiempo al teléfono durante los días siguientes.

—Grace —dijo Callahan en voz baja—. ¿Estás segura de que quieres seguir conmigo?

Yo me atraganté.

—Cal, me he pegado un tiro en el pie esta semana por ti. ¡Le conté al director del colegio que estoy saliendo contigo! ¡Te voy a llevar de acompañante a la boda de mi hermana! ¡Lo único que pasa es que no creo que tengas que ir por ahí con una letra escarlata tatuada en la frente, nada más que eso!

—¿Querías que le dijera una mentira a tu padre?

—¡No! Lo único que quería era algo de delicadeza, nada más. Y conozco a mi familia, Cal. Solo quería ir contándoles lo de tu pasado poco a poco. En vez de eso, tú se lo has soltado como un bombazo.

—Bueno, no tengo mucho tiempo que perder.

—¿Por qué no? ¿Tienes alguna enfermedad incurable? ¿Van a venir los marcianos a abducirte?

—Que yo sepa, no.

—Pues... bueno, mira, ahora estoy un poco enfadada. Vámonos ya. Tengo que hacer algunas llamadas. Y esta noche debería quedarme en mi casa.

—Grace...

—Cal, seguramente, tendré unos veinte mensajes en el contestador. Tengo que corregir los ensayos finales de segundo curso, y tener listas las notas de todas las clases el viernes. Todavía no sé nada de la presidencia del departamento. Estoy estresada. Necesito estar un poco a solas, ¿de acuerdo?

—Está bien —dijo él.

Arrancó y volvimos a casa en silencio. Cuando me dejó junto a la entrada de mi parcela, salí del coche rápidamente.

—Buenas noches —dijo él, que también había salido.

—Buenas noches —respondí, encaminándome hacia la puerta de casa.

Pero me di la vuelta y lo besé. Una vez. Otra. Tres veces.

—Estoy un poco tensa —dije, en un tono un poco más agradable, cuando me separé de él por fin.

—No pasa nada. También estás muy mona.

—No me hagas la pelota, bobo.

—No podía mentir, cariño —añadió él, mirando al suelo.

Sí, era difícil enfadarse con alguien por eso.

—Lo entiendo —dije. Oí que Angus ladraba—. Bueno, de verdad, tengo que irme a trabajar.

—Está bien —repitió él. Me dio un beso en la mejilla y se marchó a su casa.

Yo, con un suspiro, entré en la mía.

Capítulo 28

Unas pocas horas más tarde, cuando ya había llamado a mis padres para calmarlos un poco y había terminado de trabajar, me puse a mirar otra vez, y casi sin darme cuenta, hacia casa de Cal desde mi salón, a oscuras.

Cuando le había hablado al señor Stanton sobre Callahan aquella semana, lo había hecho con la idea de que Cal iba a formar parte de mi futuro. Era un poco extraño. Dos meses antes, cuando me imaginaba al hombre con el que iba a terminar, veía a Andrew. Bueno, no veía su cara, pero sí muchas de sus cualidades. Su voz suave, su sentido del humor amable, su inteligencia... incluso sus defectos, como lo inepto que era cambiando neumáticos o desatascando el fregadero. En aquel momento, sin embargo, sonreí. Callahan O'Shea sabía cambiar una rueda. Seguramente, también sabía hacer un puente.

Le acaricié la cabecita a Angus, y mi perrito soltó un gemido y me dio un mordisquito de cariño en el dedo pulgar. Cuando estaba a solas con Callahan, estaba loca por él. Sin embargo, cuando su pasado había interferido con mi trabajo y mi familia... todo se había vuelto un poco difícil. Sin embargo, tal y como había dicho Cal, ahora ya se sabía. Todo el mundo lo sabía. Nada de secretos ocultos. Y eso también tenía su lado positivo.

Alguien llamó con suavidad a la puerta de casa, y miré la hora. Eran las nueve y diez. Angus se había quedado profundamente dormido, así que salí de puntillas hacia la puerta y encendí la luz, pensando que era Callahan.

Pero... no.

Era Andrew el que estaba en el umbral.

—Hola, Grace —dijo con su voz suave—. ¿Tienes un minuto?

—Claro —respondí—. Vamos, pasa.

La última vez que Andrew había visto la casa en la que íbamos a vivir juntos, ni siquiera estaba puesto el pladur de las paredes, los cables y el aislamiento estaban a la vista y la cocina no estaba instalada. El suelo estaba roto en algunas partes y las escaleras tenían manchas y se habían oscurecido con el tiempo.

—Vaya —dijo él con asombro, girando sobre sí mismo lentamente. Angus se levantó del sofá. Yo lo tomé en brazos antes de que pudiera agredir a Andrew.

—¿Quieres que te la enseñe? —le pregunté, carraspeando.

—Claro —respondió él, e hizo caso omiso de los gruñidos de Angus—. Grace, es preciosa.

—Gracias —dije yo, con desconcierto—. Bueno, aquí está el comedor, obviamente, y la cocina. Ese es mi despacho. ¿Te acuerdas de que antes era un armario?

—Oh, Dios mío, es cierto —dijo él—. Y ¡has tirado la pared del dormitorio!

—Sí —murmuré—. Sí. Pensé que... bueno, quería una cocina más grande.

El plan original era dejar un dormitorio en el piso de abajo. Queríamos tener, como mínimo, dos niños, quizá tres, así que habíamos pensado que las dos habitaciones del piso superior fueran para ellos. Después, cuando nuestros inteligentísimos hijos se fueran a la universidad, no tendríamos que preocuparnos de subir y bajar escaleras.

Sin embargo, ahora, aquella supuesta habitación era mi despacho.

—¿Puedo ver también el piso de arriba? —preguntó Andrew.

—Claro —dije, y sujeté a Angus con un poco más de fuerza. Subí detrás de Andrew por las estrechas escaleras, y me di cuenta de que seguía siendo igual de delgado que antes. ¿Alguna vez me había producido ternura?—. Bueno, esta es mi habitación —dije, con tirantez—, y esta es la habitación de invitados. Ahora Margaret está aquí. Y esa es la puerta de la buhardilla. Ahí todavía no he hecho nada. Y, al final del pasillo, está el baño.

Andrew recorrió el pasillo mirando al interior de varias puertas y, finalmente, se asomó al baño.

—Nuestra bañera —dijo, con afecto.

—Mi bañera —le corregí yo, al instante, en un tono de voz duro.

En broma, él hizo un mohín.

—Ooh. Lo siento. Tienes razón. Bueno, está precioso.

Habíamos encontrado aquella bañera antigua de porcelana y pie de garra en Vermont, donde habíamos ido a pasar un fin de semana buscando antigüedades y haciendo el amor. La bañera estaba en el patio de un anciano granjero yanqui que la había estado utilizando de bebedero para sus cerdos. Nos la vendió por cincuenta dólares, y entre los tres nos las habíamos arreglado para subirla a la parte trasera del Subaru de Andrew. Yo encontré un sitio donde restauraban el esmalte de aquel tipo de bañeras y, cuando nos la devolvieran, estaba blanca, brillante y pura. Andrew había sugerido que, aunque todavía no estuviera conectada a la tubería, tal vez pudiéramos desnudarnos y meternos en ella de todos modos. Cosa que habíamos hecho. Una semana después, me dejó. Yo no podía creer que hubiera conservado la bañera.

—Es asombroso. Has hecho un buenísimo trabajo —dijo, mirándome con una sonrisa de orgullo.

—Gracias —dije, y empecé a bajar las escaleras. Andrew me siguió—. ¿Quieres un vaso de agua? ¿Un café? ¿Un vino? ¿Una cerveza? —le pregunté, y puse los ojos en blanco al oírme a mí misma.

—Pues... me gustaría una copa de vino —dijo él—. Gracias, Grace.

Me siguió hasta la cocina, e hizo comentarios de admiración sobre los detalles y la decoración de la casa.

—Bien, y ¿cuál es el motivo de esta visita, Andrew? —le pregunté, al llevar dos copas de vino al salón. Él estaba sentado en el sofá victoriano que había costado tanto tapizar. Yo me acomodé en una butaca, le di a Angus un pedazo de cuero para morder, para evitar que se comiera los zapatos de Andrew, y miré al prometido de mi hermana.

Él respiró profundamente y sonrió.

—Bueno, esto es un poco embarazoso, Grace, pero tengo la sensación de que debería... bueno, de que tengo que preguntarte una cosa.

A mí se me formó un nudo en el estómago.

—De acuerdo.

Él miró al suelo.

—Bueno, yo... esto es incómodo para mí, pero... Grace, ¿qué estás haciendo con ese tipo?

Yo tuve una sensación muy desagradable. Andrew esperó, con una expresión de amabilidad y preocupación.

—¿Qué quieres decir? —le pregunté con la voz temblorosa.

Andrew se rascó la mejilla.

—Mira, voy a hablar con franqueza. No creo que ese tipo sea el adecuado para ti. ¿Un hombre que ha estado en la cárcel, Gracie? ¿De verdad es eso lo que quieres? Yo... bueno, no llegué a conocer al otro tipo, ¿Wyatt, se llamaba? ¿El médico? Pero, por lo que me decía Natalie, parecía una persona estupenda.

Yo cerré los ojos. Aunque Natalie no había llegado a conocer a Wyatt por motivos obvios, estaba claro que para ella muchas cosas dependían de que yo saliera con Wyatt Dunn, así que, tal vez se hubiera dejado llevar por la imaginación. Como yo.

—Grace —continuó Andrew—. Este tipo... Bueno, me pregunto si no estás saliendo con él por... bueno... por...

—¿Desesperación? —le sugerí yo con un poco de mordacidad.

Él se estremeció ligeramente, pero no lo negó.

—Tú has sido... bueno, muy generosa, Grace —dijo—. Estoy seguro de que esta situación con Natalie y conmigo ha sido incómoda para ti. Al menos, para mí sí lo ha sido, así que me imagino cómo habrá sido para ti.

—Qué considerado por tu parte preocuparte de mis sentimientos —murmuré.

—Pero... ¿cómo se llama ese hombre? ¿El desfalcador?

—Callahan O'Shea.

—Mira, Grace, no me parece que sea para ti.

Yo sonreí con tirantez.

—Pues... ¿sabes, Andrew? Tiene una cualidad maravillosa: que no está enamorado de mi hermana. Lo cual, para mí, es muy refrescante.

Andrew se ruborizó y asintió a medias.

—Lo entiendo, Gracie. Pero, incluso así...

—Por otra parte, me parece que mi vida amorosa ya no es asunto tuyo.

—Yo te quiero mucho, eso es todo —protestó él, suavemente. Y, en aquel momento, tuve ganas de darle una patada en la entrepierna.

—No te preocupes más, Andrew —dije yo, intentando que no me temblara la voz por la rabia que sentía—. Estoy bien. Callahan es un buen hombre.

—¿Estás segura, Grace? Porque tiene algo que me produce desconfianza.

Yo dejé a Angus en el suelo y miré fijamente a Andrew.

—Es curioso que seas tú quien dice eso. Mira lo que pasó contigo y conmigo: yo pensaba que me querías y que estábamos maravillosamente bien juntos. Y estaba completamente confundida. Así que tiene su gracia. Tú no confías en Callahan, y yo no confío en ti, Andrew, y no tengo ni idea de por qué estás aquí poniendo en duda mi gusto para los hombres.

Él empezó a decir algo, pero yo le interrumpí.

—Aquí está lo que yo sé acerca de Callahan: descubrió un delito e intentó arreglarlo. Al mismo tiempo trataba de proteger a su hermano. Lo arriesgó todo por la persona a la que más quería y terminó siendo el más perjudicado.

—Bueno, Grace, esa es una versión muy bonita, pero...

—No es una versión, Andrew. ¿Alguna vez has arriesgado algo tú? Tú... me pediste que me casara contigo cuando sabías que yo estaba completamente enamorada de ti y tú no sentías lo mismo. Pero te habías dicho a ti mismo que había llegado el momento de sentar la cabeza, y allí estaba yo, dispuesta a decirte que sí. Entonces, conociste a mi hermana, te enamoraste de ella y no me dijiste absolutamente nada. Esperaste a que faltaran solo tres semanas para nuestra boda y, entonces, lo cancelaste todo. ¡Tres semanas! ¡Por Dios, Andrew! ¿No crees que podías haber hablado un poco antes?

—Yo nunca...

—No he terminado —dije, con una dureza, que él cerró la boca al instante—. Incluso con Natalie, te quedaste de brazos cruzados y no hiciste nada, y eso que, supuestamente, es el amor de tu vida. Sin embargo, si no fuera por mí, tú no habrías vuelto a hablar con ella.

Él enrojeció aún más.

—Ya te he dicho que te agradecía que nos hubieras unido a Natalie y a mí.

—No lo hice por ti, Andrew, sino por ella. Pero tú... tú no luchaste por ella, no intentaste hablar con ella... Te quedaste como un helecho, o algo así, sin mover un dedo.

Él se encorvó.

—¿Y qué iba a hacer? —preguntó con un hilo de voz—. No podía salir con la hermana de mi exprometida. No quería ponértelo más difícil.

—Pero aquí estás. Solo falta una semana para que te cases con ella.

Andrew suspiró, se dejó caer contra el respaldo del sofá y se pasó una mano por el pelo.

—Grace, tienes razón. Yo no me habría atrevido a hablar con Natalie sin tu aprobación. No quería hacerte más daño. Pensé que era lo mejor que podía hacer, ¿no?

En aquel momento, lo vi tan confuso que me dieron ganas de zarandearlo.

Entonces, me di cuenta de que tenía los ojos llenos de lágrimas, y mi ira se esfumó.

—No lo sé, Andrew. Era una situación difícil.

—Exacto —dijo él.

Dios, ¡estaba harta de él! Llevaba tres años obsesionada con Andrew, con felicidad y con tristeza, y ya era suficiente.

—Mira —dije con cansancio—. Te agradezco que estés preocupado por lo de Callahan, pero... tú ya no tienes vela en este entierro, Andrew. Mis cosas no son de tu incumbencia.

Él sonrió con pena.

—Bueno, vas a ser mi cuñada dentro de muy poco. Sí eres un poco de mi incumbencia.

—Ni por asomo —dije yo, aunque intenté sonreír. Por Natalie.

Él dejó la copa de vino en la mesa y se puso de pie.

—Tengo que irme ya —dijo. Miró alrededor y añadió—: La casa está preciosa, Grace. Has hecho un trabajo maravilloso.

—Ya lo sé —contesté mientras abría la puerta.

Andrew salió al porche y yo lo seguí. Dejé cerrada la puerta para que Angus no se escapara, y Andrew se giró para mirarme a la cara.

—Siempre vas a ser especial para mí, ¿sabes? —me dijo, sin mirarme a los ojos.

Yo hice una pausa.

—Bueno. Gracias.

Me dio un abrazo rígido. Después de un segundo, yo le di unas palmaditas en el hombro. Entonces, sin previo aviso, él me besó.

No fue un beso romántico... No, fue demasiado forzado. Pero tampoco fue un beso casto de cuñado en la mejilla. Como siempre, Andrew no había sido capaz de decidirse. Idiota.

Yo me retiré con brusquedad.

—Andrew, ¿te has vuelto loco?

—¿Qué? —me preguntó, con las cejas arqueadas.

—Bueno, llámame «loca», pero no vuelvas a hacer eso nunca más, ¿de acuerdo?

—Mierda. Lo siento —dijo él con un mohín—. Yo... lo siento. Ha sido por la costumbre, no sé. Es que... bah, olvídalo. Lo siento muchísimo.

Yo solo quería que se marchara.

—Adiós, Andrew.

—Buenas noches, Grace —dijo él.

Fue hasta su coche, abrió la puerta, se sentó tras el volante, arrancó el motor y se fue por la carretera.

—¡Buen viaje! —murmuré con ironía. Me giré hacia la casa, pero me llevé un susto.

Callahan O'Shea estaba al borde de nuestros jardines, mirándome con una expresión que me sorprendió.

Capítulo 29

–¡Callahan! –exclamé–. ¡Eh! ¡Qué susto!
–¿Qué demonios era eso? –gruñó él.
Yo moví la mano con desdén.
–Nada –dije. «Que piensa que tú no eres suficiente para mí, nada más»–. ¿Quieres pasar?
–Grace –me dijo él–, no me ha parecido que fuera «nada». Me ha parecido que el prometido de tu hermana te ha besado. ¡El hombre con el que ibas a casarte!
–Vaya, entonces, ¿tengo muchas cosas que explicar? –dije.
Él entrecerró los ojos. ¡Vaya! ¡Estaba celoso! Era gracioso lo gratificante que podía llegar a ser eso. Por desgracia, a Callahan no le parecía tan divertido como a mí.
–Bueno, no te quedes ahí con esa cara. Vamos, ven conmigo y hazme un interrogatorio.
Él musitó una maldición y subió las escaleras del porche. Entró en mi casa y ni siquiera miró a Angus cuando el perro se lanzó hacia él para atacarlo. Vio las copas de vino sobre la mesa y su expresión de malhumor aumentó de intensidad.
–No es lo que crees –dije yo.
–¿Y qué pienso?

—Piensas que... —respondí, y tuve que contener la sonrisa—. Piensas que Andrew me ha tirado los tejos.

—Me parece evidente.

—Te equivocas. Siéntate, Cal. ¿Te apetece un vino?

—No, gracias.

Se sentó en el sitio que acababa de dejar libre Andrew.

—¿Por qué ha estado aquí? ¿Siempre te besa en la boca?

Me acomodé en mi silla y di un sorbito a mi copa de vino. Sí, claramente, Callahan estaba celoso. Sin embargo, tal vez no fuera el mejor momento para decirle que para mí era increíblemente sexy.

—Andrew no me besa desde hace mucho, mucho tiempo. ¿Quién sabe por qué lo ha hecho hoy? Ha dicho que era la costumbre.

—Eso es la tontería más grande que he oído en mi vida.

Angus gruñó. Tenía los dientes firmemente clavados en la bota de trabajo de Cal.

—Estás celoso, ¿no? —le pregunté sin poder evitarlo.

—¡Sí! ¡Claro que sí! Estabas enamorada de ese alfeñique idiota, y él ha venido esta noche y te ha besado. ¿Cómo quieres que me sienta?

—Bueno, para empezar, deberías sentirte feliz, porque tal y como tú mismo has dicho, Andrew es un alfeñique y un idiota. Y tú eres todo lo contrario.

Callahan empezó a decir algo, pero se quedó callado.

—Gracias —dijo, y sonrió un poco.

—De nada —dije yo.

—¿Todavía sientes algo por él, Grace? —me preguntó, con delicadeza—. Si es así, dímelo ahora mismo.

—No, claro que no —respondí.

Callahan me miró un instante, pensativamente. Después, le desclavó los dientes a Angus de su bota.

—Ve con tu mamá —le dijo al perro. Angus obedeció. Subió de un salto a mi regazo y se acurrucó allí. Callahan se apoyó en el respaldo del sofá y me miró. Estaba mucho más tranquilo que cuando había llegado.

—¿Te preocupa que Andrew bese a alguien que no es Natalie?

Lo pensé por un momento.

—No. Se enamoraron a primera vista, al instante. Fue como si les cayera un rayo.

—O un *stick* de hockey —dijo Cal.

Oh. Ah. A mí se me hinchó el corazón.

—Bueno... —dije, sonrojándome—. Andrew ha venido porque estaba... preocupado.

—¿Porque tú estés saliendo con alguien que tiene antecedentes penales?

—Sí —contesté yo, y le acaricié la cabecita a Angus. Mi perrito soltó un gruñido como respuesta.

—Entonces, el hombre que te abandonó por tu hermana tiene un problema con mi ética.

—Exacto —dije, y le sonreí—. Y yo le dije que pensaba que tú eres maravilloso y honorable, y puede que le mencionara lo estupendo que estás sin ropa.

Callahan sonrió.

—Además —continué yo—, le expliqué que una de las cosas que más me gustaban de ti era que no te habías enamorado ni de Natalie ni de Margaret, así que tal vez puede que fueras mi media naranja.

—Grace —dijo él, con seriedad, inclinándose hacia delante—: No puedo imaginarme enamorándome de Natalie ni de Margaret. Después de haberte conocido a ti, no.

A mí se me formó un nudo en la garganta. Nadie me había comparado nunca con mis hermanas y me había considerado superior.

—Gracias —susurré.

—De nada —murmuró él, mirándome a los ojos—. ¿Quieres que vaya a buscar a Andrew y le dé una buena paliza?

—Bah, no —dije yo—. Eso sería pan comido.

Él se echó a reír.

—¿Vas a decirle a Natalie que su prometido va por ahí besando a la gente?

Pensé en ello un instante, mientras jugueteaba con el pelaje de mi perro.

—No. Sinceramente, no creo que signifique nada. Angus me ha dado besos más apasionados que ese —dije. «Por no mencionarte a ti, bobo», pensé—. Creo que fue un acto reflejo.

—¿Y si no lo fue?

—Sí, sí lo fue. Estoy segura. ¡Él está enamorado de Natalie! Están locos el uno por el otro. Tú mismo lo has visto.

Cal vaciló. Después, asintió.

—Bueno, supongo que sí.

¿Lo suponía? Todo el mundo se daba cuenta de que Andrew y Natalie estaban hechos el uno para el otro. Era evidente. ¿No?

Angus se despertó de su breve siesta y bajó al suelo de un salto. Se marchó a la cocina para ver si alguien había rellenado su comedero.

Callahan volvió a apoyarse en el respaldo del sofá, y a mí me pareció el hombre más sexy del mundo. En todo el tiempo que había estado con Andrew, nunca me había sentido así. Las emociones que me producía el hecho de estar en presencia de Cal y la seguridad de saber que le gustaba, que me había elegido, que me deseaba... Incluso aguantaba a Angus.

—Bueno, y ¿cómo se ha tomado tu familia la noticia de que su princesa está saliendo con un expresidiario? —preguntó con una sonrisita.

Decidí que no iba a contarle que mi padre me había recitado una lista de once argumentos por los que salir con Cal era mala idea, ni que mi madre ya había hablado con un detective privado.

—Terminarán por acostumbrarse.

—Seguro que tu pediatra rescatador de gatos les parecía mucho mejor, ¿no?

Aquello fue un jarro de agua fría. Oh, sí. Wyatt Dunn, cirujano pediátrico.

—Eh... bueno... Callahan, acerca de eso...

—¿Qué? —preguntó él, sonriendo—. No me digas que él también ha pasado por aquí para darte algún beso.

A mí se me encogió el estómago.

—No, no. Um... Cal. Tengo que decirte una cosa. Es una cosa que quizá no te guste nada —dije. Respiré profundamente y lo miré a los ojos.

A él se le borró la sonrisa de la cara.

—Vamos, adelante —dijo, en voz baja.

—Bueno. Casi es gracioso —dije yo, e intenté reírme. Tenía el corazón a mil por hora—. Lo cierto es que... que... nunca he salido con Wyatt Dunn, el pediatra.

Cal no se movió. Ni siquiera pestañeó.

Yo tragué saliva dos veces. Tenía la boca tan seca como Arizona en julio.

—Um... me lo inventé.

Solo sonaba el reloj de la cocina y el ruido que hacía Angus paseándose por la cocina.

—Te lo inventaste.

—¡Bah, sí! —exclamé, y solté una carcajada llena de pánico—. ¡Claro que sí! Pero tú ya lo sospechabas, ¿no? ¿Un pediatra guapo, soltero y heterosexual? ¡Yo nunca podría conseguir a un tío así!

Oh, Dios. Lo que acababa de decir...

—Pero sí podrías conseguir a un tío como yo —dijo Callahan en un tono peligrosamente calmado.

Mierda.

—No, no lo decía por eso. Me refiero a que no existe una persona así. Es demasiado bueno para ser real.

—Te lo inventaste —repitió Cal.

—Ummm —murmuré, encogiendo los dedos de los pies.
—Dime, Grace, ¿por qué hiciste eso?

La calma de su voz era muy inquietante.

Yo me pasé un minuto sin responder. Me parecía que había pasado mucho tiempo, muchísimo, desde el día en que me había inventado a Wyatt Dunn.

—Mira, tenía una boda —respondí. Después, le hablé de los comentarios, del lanzamiento del ramo de la novia, de mi encuentro con Nat en el baño. Las palabras caían de mi boca como el granizo—. Lo que pasa es que no quería que Natalie pensara que yo no había superado lo de Andrew. Y, para ser sincera —añadí, y vi que él enarcaba una ceja con un gesto sardónico—, estaba cansada de que todo el mundo me mirara como si no le interesara a nadie.

—Así que mentiste —dijo él en voz muy baja. Se había quedado inmóvil como una estatua, y a mí se me aceleró el corazón, tanto, que empecé a sentirme mal—. Le mentiste a toda tu familia.

—Sí. Conseguí que todo el mundo se sintiera mejor. Y Margaret sí sabía la verdad —murmuré, mirando al suelo—. Y mi amigo Julian. Y Kiki, también.

—Recuerdo que, por lo menos, tuviste una cita con este hombre. Y... ¿no te envió unas flores?

Yo tenía la cara tan roja y tan caliente que me dolía. Miré a Callahan.

—Eh... No, me las envié yo misma. Y... fingí que salíamos una o dos veces —respondí, y carraspeé—. Mira, Cal, sé que fue una idiotez. Solo quería que todos pensaran que estaba bien.

—Mentiste, Grace —dijo él. Ya no estaba tan calmado; de hecho, empezó a gritar un poco, y estaba claro que se había enfadado mucho—. ¡No puedo creerlo! ¡Me mentiste! ¡Llevas meses mintiendo! Te pregunté si habías roto con ese tipo, ¡y me dijiste que ya no salíais juntos!

—¡Y era cierto! —exclamé con una risa exagerada—. Sí, claro. Mentí. Probablemente, fue un error.

—¿Probablemente? —ladró él.

—¡Sí, bueno, fue un error! Reconozco que fue algo estúpido e inmaduro, y que no debería haberlo hecho, pero estaba arrinconada, Cal.

—Y yo tengo que reconocer que eres una embustera fabulosa, Grace. Me convenciste. Bien hecho.

Yo tomé aire.

—Cal, escucha. Fue infantil, lo sé. Pero, por favor, dame un respiro.

—Me mentiste, Grace. ¡Mentiste a todo el mundo! —exclamó y, con desesperación, se pasó una mano por el pelo y se giró para no mirarme. Yo empecé a enfadarme también. No era para tanto. No había hecho daño a nadie. De hecho, con mi mentira le había ahorrado a la gente la preocupación por la pobre Grace, a la que habían dejado plantada casi en el altar. Y yo me había sentido mejor.

—Mira, Callahan —dije, con más calma—. Hice una tontería, es verdad. Y, siento ser yo la que tenga que decirte esto, pero la gente tiene defectos. Algunas personas hacen bobadas, sobre todo cuando están con la gente a la que quieren. Tú habrás oído hablar de situaciones parecidas.

Él me fulminó nuevamente con la mirada, pero siguió en silencio. No me ofreció comprensión ni empatía. Yo seguí hablando, cada vez en voz más alta.

—Vamos, Cal. Tú tampoco eres perfecto. Cometiste una estupidez para proteger a alguien a quien querías. Es un poco irónico que me eches un sermón sobre moralidad, ¡precisamente tú!

Oooh. No tenía que haber dicho eso. Su expresión dejó de ser de tirantez y pasó a ser de furia. Y de calma. Era una mezcla terrible.

—Grace —dijo él, en voz baja, y se puso de pie—. No puedo creer que me haya equivocado tanto contigo.

Aquello fue como un puñetazo en el corazón. Me levanté de un salto y me quedé frente a él, con los ojos llenos de lágrimas.

–Espera un segundo, Cal, por favor. Creo que tú deberías entenderme. Los dos hemos cometido un error aunque tuviéramos un motivo legítimo.

–Tú no has superado lo de Andrew.

–Claro que sí he superado lo de Andrew –dije yo, con la voz temblorosa. Era cierto, y me destrozaba que él no se lo creyera.

–Has mentido para que la gente pensara que sí lo habías superado, y has seguido mintiendo todo el tiempo, y ni siquiera ves que haya nada malo en ello, ¿no? –dijo Cal, y miró al suelo, como si no soportara verme. Después, volvió a hablar en voz muy baja–. Le estás mintiendo a tu familia, Grace, y me mentiste a mí –musitó. Entonces, me miró a los ojos–. Me marcho. Y, por si no te ha quedado claro, hemos terminado.

No dio un portazo. Peor aún, cerró suavemente al salir.

Capítulo 30

−Esto, o sea, no mola nada...

La expresión de Kerry era de desagrado, incredulidad y tormento, todas aquellas cosas combinadas como solo podía hacerlo un adolescente.

−Pensaba que íbamos a montar a caballo −gimoteó Mallory−. Dijiste que éramos de la caballería. Ese tío tiene caballo. ¿Por qué yo no?

−Imagínate que acabamos de desmontar −le dije yo, con tirantez. No hacía falta decir que mi humor no había mejorado mucho durante las cuarenta y ocho horas anteriores.

Diez minutos después de que Callahan saliera por la puerta, mi indignación se había convertido en horror y en una sensación de vacío. Callahan O'Shea, guapísimo y divertido, que olía a madera y a sol, no quería tener nada más que ver conmigo.

La noche anterior, aunque Julian y Margaret habían intentado distraerme por todos los medios haciendo un maratón de la temporada uno de *Pasarela a la fama* y unos cuantos Martinis con mango, yo no había podido comer, ni beber, ni dejar de llorar, ni de sentirme asqueada conmigo misma. Aquella misma noche había estado llorando hasta que me había quedado dormida a las seis de la mañana. Entonces, al acordarme de que había ordenado a mi clase de Guerra de la Secesión que asistiera a la recreación de la batalla de Gettysburg, me levanté de un respingo, me tomé tres tazas de café y me planté delante de ellos, mareada y con un dolor en el pecho.

–Niños, la batalla de Gettysburg duró tres días –dije. Llevaba el uniforme azul de los yanquis–. Cuando terminó, habían muerto cincuenta y un mil hombres. La fila de heridos del bando confederado tenía veintidós kilómetros. Diez mil heridos. Murió uno de cada tres hombres. Fue la batalla más sangrienta de la historia de Estados Unidos. El principio del fin para el Sur.

Miré las caras de duda que tenía delante de mí.

–A ver, chicos –dije con cansancio–. Sé que pensáis que esto no mola. Sé que estamos en Connecticut, no en Pennsylvania. Sé que estar en medio de doscientos obsesionados por la Historia como yo, que van corriendo por ahí disparando balas de fogueo, no os da una impresión muy real.

–Entonces, ¿por qué nos ha obligado a venir? –preguntó Hunter.

Yo hice una pausa.

–Durante un par de horas, quiero que intentéis poneros en la piel de esos soldados. Imaginaos que creéis en algo con tanta pasión, que estáis dispuestos a arriesgar la vida por ello, por una idea, por una forma de vida. Por el futuro de vuestro país, un futuro que tal vez nunca veáis. Ahora estáis aquí, sois unos niños afortunados, ricos, agradables, gracias a la historia de vuestro país. Quiero que sintáis todo esto, aunque solo sea un poco.

Kaelen y Peyton pusieron los ojos en blanco. Hunter miró discretamente su teléfono móvil. Kerry Blake examinó su manicura.

Sin embargo, Tommy Michener se quedó mirándome fijamente, con la boca ligeramente abierta, y Emma Kirk abrió los ojos con una expresión solemne.

—Vamos, niños —dije yo—. Acordaos de que ahora sois parte de la Primera Caballería. El general Buford está allí. Haced lo que os ordene.

Los niños, entre risas y gruñidos, me siguieron. Los puse en fila con los demás miembros de Hermano contra hermano. El general Buford que, en realidad, era Glen Farkas, un contable de Litchfield, se paseó por delante de la fila, de arriba abajo. Los niños se pusieron serios al ver la yegua y la espada del general. A Glen se le daba muy bien.

—¿Cuándo empieza? —me susurró Tommy.

—En cuanto ataque el general Heth —le respondí yo, también en un susurro.

—Yo tengo el corazón acelerado —dijo Tommy, sonriéndome. Yo le devolví la sonrisa.

Y, por fin, los gritos de los rebeldes se oyeron por todo el campo, y por las colinas comenzaron a descender docenas de confederados.

—¡Adelante, mis soldados! —gritó el general Buford desde su montura.

La caballería empezó a avanzar con Tommy Michener al frente. El chico sujetaba bien alto su mosquete descargado y gritaba con todas sus fuerzas.

Cinco horas más tarde, volvíamos al colegio en el minibús de Manning, y yo iba sonriendo como una idiota.

—¡Ha sido genial, señorita Em!

—¿Me habéis visto atravesar a ese tipo con la bayoneta?

—¡Sí, me he asustado!

—¡Yo creía que el caballo me iba a pisar!

—¡Tommy y yo conseguimos hacernos con el cañón! ¿Lo ha visto?

Kerry Blake seguía con su hastío, pero el resto de los chicos parloteaban con emoción. Y yo estaba feliz. Por fin, la asignatura que llevaban estudiando todo el semestre había tenido un pequeño impacto en sus mundos, tan protegidos y perfectos.

Cuando llegamos a Manning, fueron saliendo del minibús.

—Le envío la fotografía por correo electrónico, señorita Em —me dijo Mallory.

Aunque los inventos modernos no se veían con buenos ojos en las recreaciones históricas, nosotros habíamos transgredido las normas y nos habíamos hecho una foto delante de un cañón. Mis alumnos y yo. Pensaba imprimirla, enmarcarla y ponerla en el escritorio de mi despacho y, si me hacían presidenta del departamento, iba a...

Bueno, en realidad, no tenía muchas posibilidades de que ocurriera eso. Aún no habían hecho ningún anuncio, pero al decirle al señor Stanton que estaba saliendo con Callahan O'Shea, había dado al traste con mis posibilidades. Me pregunté si debería decirle que ya no estaba saliendo con el expresidiario. Pero, no. No iba a ganarme el ascenso por salir o dejar de salir con un hombre u otro.

Mientras volvía a casa, pensé que, tal vez, a Callahan ya se le hubiera pasado el enfado. Tal vez mi mentira no le pareciera tan mal ahora que habían pasado unos días. Tal vez...

Al entrar en mi calle, vi que había un cartel de *Se vende* delante de la casa de Cal. Se me paró el corazón. Sí, yo sabía que Callahan tenía pensado vender aquella casa, pero nunca pensé que fuera tan pronto.

Se abrió la puerta principal y salió una mujer. Era la mujer rubia del bar, su amiga, la que era agente inmobiliaria. Callahan iba tras ella.

El coche de Margaret no estaba aparcado en casa, así que no podía contar con su apoyo. Mi hermana tenía un caso muy importante dentro de pocos días, así que seguramente estaba en su despacho. Yo estaba sola. Abrí la puerta del coche y salí.

—Hola, Cal —dije.

Él alzó la vista.

—Hola —dijo, y cerró la puerta al salir. La mujer y él recorrieron el caminito en el que yo había golpeado a Cal con un rastrillo.

—Hola, soy Becky Mango, como la fruta —dijo ella, y me tendió la mano.

—Hola —respondí—. Yo me llamo Grace Emerson, como Ralph Waldo —dije. Vaya, qué repelente—. Soy la vecina de al lado —añadí, mirando a Callahan. Él estaba observando el nuevo jardín, que habían terminado de hacer la semana anterior. No me estaba mirando a mí.

—¡Preciosa casa! —exclamó Becky, refiriéndose a la mía—. Si alguna vez quieres venderla, llámame —dijo, y me dio una tarjeta. *Becky Mango. Propiedades Mango, S.A. Agente inmobiliaria*. El logotipo era el mismo que el del letrero que anunciaba la venta.

—Gracias, lo tendré en cuenta —dije. Entonces, me volví hacia él—. Cal, ¿tienes un minuto?

Él me miró con una expresión reservada.

—Claro —dijo.

—Callahan, ¿nos vemos la semana que viene? —le preguntó Becky—. Tengo una casa en Glastonbury que podría interesarte. Sale a la venta el mes que viene.

—De acuerdo, te llamo —dijo él.

Los dos esperamos mientras Becky se subía a su coche y se iba.

—Bueno, entonces, ¿ya has terminado aquí? —le pregunté yo, aunque la respuesta fuera obvia.

—Sí —respondió él.

Dejó su maleta en la parte trasera de la furgoneta.

—¿Y adónde vas ahora? —pregunté. Me picaban los ojos, y tuve que pestañear.

—Voy a trabajar en una casa que está en Granby —respondió él—. Voy a quedarme en esta zona hasta que mi abuelo... mientras mi abuelo viva.

Se sacó las llaves del bolsillo sin mirarme.

—Pero no creo que siga mucho tiempo en este mundo.

A mí se me encogió el alma. El último miembro de la familia de Cal, aparte de su hermano.

—Lo siento, Cal —susurré.

—Gracias. Y gracias también por visitarlo.

Me miró un segundo con sus ojos azul oscuro, pero volvió a bajarlos enseguida.

—Callahan —dije. Le puse la mano en el brazo, tan cálido y sólido—. ¿No podemos hablar?

—¿De qué, Grace?

Tragué saliva.

—De nuestra pelea. De... ya sabes. De ti y de mí.

Él se apoyó en su furgoneta y se cruzó de brazos.

—Grace, creo que tienes algunas cosas que debes solucionar.

Iba a decirme otra cosa, pero se detuvo y agitó la cabeza.

—Mira —siguió diciendo—. Me has estado mintiendo desde el día que nos conocimos. Yo tengo un problema con eso. Sinceramente, no sé si te has olvidado de Andrew, y no quiero ser un segundo plato para ti. Estaba buscando... Bueno, ya sabes lo que estaba buscando.

«Una mujer, un par de niños, un césped que cortar los fines de semana».

—Cal, yo... Está bien. Para ti es muy importante la sinceridad, así que ahora voy a ser sincera. En parte, tienes razón. Me inventé un novio porque no había superado totalmente lo de Natalie. Y no quería que nadie lo supiera porque me sentía muy... insignificante. Me sentía idiota sintiendo algo por el tío que me había dejado por mi hermana. Para mí, era mejor fingir que tenía un novio estupendo que permitir que la gente lo supiera. El hecho de que la gente creyera que había un tipo estupendo que me adoraba... era un cambio muy agradable.

Él asintió, pero no dijo nada.

—Cuando Andrew se enamoró de Natalie... Yo lo quería, pero él no me quería tanto a mí, así que, con solo ver a mi hermana, se enamoró de ella. Eso es muy difícil de superar.

—Seguro que sí —dijo él con amabilidad.

—Pero lo que estoy intentando decir ahora es que me he olvidado por completo de Andrew, Callahan. Sé que tenía que haberte dicho la verdad sobre Wyatt, pero... no quería que pensaras que era desechable.

Él suspiró. Miró al suelo y cabeceó un poco.

—Estaba pensando en esa vez que te acompañé a casa desde Blackie's —me dijo—. Tenías una cita, ¿no?

Yo asentí.

—Seguro que estabas bastante desesperada.

—Pues sí —reconocí yo.

—Entonces, yo era tu última oportunidad, ¿no, Grace? La boda de tu hermana se acercaba rápidamente y no tenías acompañante. El expresidiario de la casa de al lado te valía.

Yo me estremecí.

—No, Cal. No es verdad.

—Puede ser —dijo él. Se quedó callado un largo instante. Después volvió a hablar, con una voz muy suave—. Mira, si ya has olvidado a Andrew, me alegro mucho por ti, Grace. Pero lo siento.

Vaya, mierda. Iba a echarme a llorar. Me ardían los ojos y me dolía la garganta como si me estuvieran estrangulando. Él se dio cuenta.

—Por decirlo con claridad —dijo—. No quiero estar con alguien que miente para retratarse mejor de lo que es. Con alguien que no puede decir la verdad.

—¡Yo sí he dicho la verdad! Te lo conté todo —le repliqué, con la voz muy aguda.

—¿Y a tu familia, Grace? ¿Vas a decirles la verdad a tus padres, a Natalie y a Andrew?

Me encogí el pensarlo. Como Scarlett O'Hara, había decidido que lo pensaría mañana. O al día siguiente. Posiblemente, nada. Lo cierto era que tenía la esperanza de que, con el tiempo, todo el mundo se olvidara de Wyatt Dunn.

Callahan miró la hora.

—Tengo que irme.

—Cal —dije con la voz quebrada—. Me gustaría que me perdonaras y me dieras otra oportunidad.

Él me miró fijamente.

—Cuídate, Grace. Espero que arregles las cosas.

—De acuerdo —susurré, y bajé la cabeza para que él no viera que se me congestionaba la cara—. Tú cuídate también.

Entonces, él subió a su furgoneta y se marchó.

Entré en casa, me senté en la mesa de la cocina y empecé a llorar. Angus me lamió las lágrimas de las mejillas y la barbilla. Estupendo. Lo había estropeado todo. No entendía cómo había podido pensar que inventarme a Wyatt Dunn era buena idea. No tenía que haberlo hecho. La próxima vez...

No, no iba a haber próxima vez. Los hombres como Callahan O'Shea no crecían en los árboles. Dios había puesto al hombre perfecto en la casa de al lado, y yo me había pasado semanas juzgándolo. Como mi amiga Scarlett O'Hara, no había visto lo que tenía delante de las narices. «Ya era hora», había dicho Callahan la primera vez que yo lo había besado. Él me había estado esperando.

Al pensarlo, se me escapó un sollozo tan grande que me tembló el pecho. Angus gimió y metió su carita en mi cuello.

—Estoy bien —le dije, de manera muy poco convincente—. Me voy a recuperar.

Me soné la nariz, me sequé los ojos y miré mi cocina. Era muy bonita. Era perfecta. Todo lo había elegido con idea de olvidar a Andrew: colores que me calmaran el dolor del corazón, muebles que no le gustaran a Andrew. Toda la casa era un altar para olvidar a Andrew.

Ya no pensaba en él. Solo veía a Callahan sentado en mi cocina, tomándome el pelo por mi pijama. Sujetando las esculturas de mi madre con sus manos grandes y cálidas. Intentando zafarse de Angus, o cayendo de rodillas porque yo le había golpeado con el *stick* de hockey, o preparándome una tortilla y contándome su pasado.

Alguien iba a comprar la casa de al lado enseguida. Quizá, una familia, o una pareja mayor, o una mujer soltera. Incluso un hombre soltero.

Yo sabía una cosa: no quería verlo. Casi sin darme cuenta, saqué una tarjeta de mi bolsillo y tomé el teléfono. Cuando respondió Becky Mango, dije:

—Hola, soy Grace Emerson. Acabamos de conocernos. Quisiera vender mi casa.

Capítulo 31

La graduación se celebraba en Manning el mismo día de la cena de ensayo de la boda de Natalie. Las clases habían terminado una semana después de la batalla de Gettysburg, y yo les había puesto un sobresaliente a todos por haber participado, salvo a Kerry Blake. A Kerry le puse un aprobado, y eso le bajó la nota final a un notable bajo. Sus padres, furiosos, llamaron siete veces al colegio. Lo último que hizo el señor Eckhart en su puesto de presidente del departamento fue mantener la nota que yo le había puesto a la alumna. Iba a echar mucho de menos a aquel hombre.

Mis pasos resonaron por el pasillo cuando iba a mi despacho. Me había pasado todo el día anterior limpiándolo. Durante el programa de verano, en agosto, iba a dar clase de Revolución estadounidense, pero, los dos meses siguientes iba a pasarlos alejada de allí. Se me formó en la garganta aquel nudo tan familiar del final de las clases.

Miré por el despacho y sonreí al ver la fotografía que me había dado Mallory, ya enmarcada. Mis estudiantes de último curso, mi Primero de Caballería. A la mayoría de aquellos niños no volvería a verlos. Tal vez recibiera algunos correos electrónicos de mis favoritos durante los meses siguientes, pero la mayoría saldría de

Manning y no volvería hasta unos años después, si acaso volvía. Sin embargo, yo ya había decidido que iba a exigir la asistencia a la recreación de una batalla como actividad obligatoria para mi clase.

Miré la enorme copia del Discurso de Gettysburg y la de la Declaración de Independencia, que leía todos los años a mis estudiantes al principio del curso escolar. Y, para apoyar mi esfuerzo constante por conseguir que los niños sintieran una conexión con la historia de nuestro país, había cubierto las paredes de carteles de películas: *Tiempos de gloria, Salvar al soldado Ryan, La chaqueta metálica, Arde Mississippi, El patriota, Banderas de nuestros padres*. Y, en la puerta, *Lo que el viento se llevó*. Scarlett aparecía con un escote escandaloso, y Rhett tenía los ojos clavados en los de ella. Y, una vez que había visto la película, el cartel me gustaba aún más que antes.

El nudo que tenía en la garganta creció. Por suerte, alguien llamó suavemente a la puerta.

—Adelante —dije.

Era el señor Eckhart.

—Buenos días, Grace —me dijo, y se apoyó en su bastón.

—Hola, señor Eckhart —respondí yo con una sonrisa—. ¿Qué tal está?

—Hoy estoy un poco sentimental, Grace, un poco sentimental. Es mi última graduación en Manning.

—No va a ser lo mismo sin usted.

—No —dijo él.

—Espero que podamos seguir quedando para cenar —le dije con sinceridad.

—Por supuesto que sí, querida —respondió él—. Y siento que no hayas sido elegida para la presidencia.

—Bueno, parece que ya han elegido al candidato.

La nueva presidenta del departamento era una mujer llamada Louise Steiner. Iba a venir a Manning desde un colegio de Los Ángeles, tenía una gran experiencia en gestión administrativa y, además, un doctorado en Historia europea y un máster en Historia estadounidense. En resumen, nos superaba con holgura.

Ava se había puesto tan furiosa que había roto con Theo Eisenbraun, según me había contado Kiki. Ahora estaba haciendo entrevistas para cambiar de puesto a otro colegio, pero, sinceramente, yo no creía que se marchara. Era demasiado trabajo, y Ava nunca había sido de las que trabajaban mucho.

—¿Vas a ir a Pennsylvania este año? —me preguntó el señor Eckhart—. ¿O a alguna otra batalla?

—No —respondí—. Este verano me voy a mudar de casa, así que no voy a viajar —dije. Le di un abrazo al anciano, y añadí—: Muchas gracias por todo, señor Eckhart. Le voy a echar mucho de menos.

—Bueno —dijo él, refunfuñando y dándome palmaditas en el hombro—. No hay por qué emocionarse.

—¿Hola? Oh, vaya, lo siento mucho. No quería interrumpir —dijo alguien.

El señor Eckhart y yo nos dimos la vuelta y vimos en la puerta de mi despacho a una mujer atractiva, de unos cincuenta años, con el pelo gris y corto y un traje de lino muy elegante.

—Hola. Soy Louise. Hola, señor Eckhart, me alegro de volver a verlo. Grace, ¿verdad?

—Hola —dije yo, y me acerqué para estrecharle la mano a mi nueva jefa—. Bienvenida a Manning. Estábamos hablando de usted.

—Quería conocerte, Grace, para hablar de algunas cosas. El doctor Eckhart me ha enseñado tu presentación, y me han encantado los cambios que has propuesto para el programa.

—Gracias —dije yo, y miré al señor Eckhart, que estaba examinándose las uñas.

—Podríamos comer juntas la semana que viene para hablar de las cosas —me sugirió Louise.

Yo sonreí al señor Eckhart y, después, miré a Louise.

—Me encantaría —le dije con franqueza.

Cuando los birretes volaron por el aire y los niños pudieron celebrar su aprobado, cuando terminó la comida de graduación, yo me encaminé hacia el aparcamiento. Tenía dos horas para ducharme, cambiarme e ir a Soleil, el restaurante donde había tenido mi cita falsa con Wyatt y donde Natalie iba a celebrar la cena de ensayo de su boda.

—Otro año escolar que termina —dijo alguien, cuya voz me era muy familiar.

Me giré.

—Hola, Stuart.

Mi cuñado estaba más... mayor. Tenía el pelo más gris. Estaba triste.

—Espero que tengas un buen verano —me dijo, amablemente, mirando un cornejo especialmente bonito.

—Gracias —murmuré yo.

—¿Qué... tal está Margaret? —me preguntó.

Yo suspiré.

—Está tensa, celosa y difícil. ¿La echas de menos?

—Sí.

Yo lo miré a la cara durante unos segundos.

—Stuart, ¿tuviste una aventura con Ava?

—¿Con esa piraña? —me preguntó, con cara de espanto—. Dios Santo, no. Fuimos a cenar una sola vez, y solo hablamos de Margaret.

Vaya, qué demonios. Decidí echar el anzuelo.

—Esta noche vamos a ir al restaurante Soleil, que está en Glastonbury, Stu. Tenemos la reserva para las siete y media. Sé espontáneo.

—Soleil.

—Sí.

Inclinó la cabeza para darme las gracias.

—Qué día más bonito, Grace.

Y, con eso, se alejó. El sol brillaba sobre su pelo gris. «Buena suerte, amigo», pensé.

—¡Señorita Em! ¡Espere!

Me giré de nuevo, y vi que Tommy Michener se acercaba a mí junto a un hombre que, a juzgar por el parecido, era su padre.

—Señorita Emerson, le presento a mi padre. Papá, la señorita Emerson, ¡la que nos llevó a la batalla!

El padre sonrió.

—Hola, soy Jack Michener. Tom siempre está hablando de usted. Dice que su clase es su preferida.

El padre de Tommy era alto y delgado. Tenía el pelo cano y llevaba gafas. Como su hijo, tenía un rostro agradable, alegre y expresivo. Me estrechó la mano con firmeza y calidez.

—Grace Emerson. Yo también me alegro de conocerlo. Tiene un hijo maravilloso —dije—. Y no lo digo solo porque le encante la Historia.

—Sí, es el mejor —respondió el señor Michener, y le pasó el brazo por los hombros a su hijo—. Su madre estaría muy orgullosa —añadió. Por un momento, el dolor se reflejó en su semblante. Ah, sí. La madre de Tommy había muerto un año antes de que él entrara en Manning.

—Gracias, papá. Ah, ahí está Emma. Ahora vuelvo —dijo Tommy, y se alejó rápidamente.

—Emma, ¿eh? —dijo el señor Michener, sonriendo.

—Es una chica estupenda —comenté yo—. Y lleva todo el curso enamorada de su hijo.

—El amor juvenil —dijo Jack Michener, sonriendo—. Gracias a Dios que ya no soy un adolescente.

Yo sonreí.

—¿Le ha contado Tom que va a estudiar Historia en la Universidad de Nueva York?

—Sí, me lo ha contado, y estoy muy contenta. Como ya he dicho, es un chico estupendo. Es muy inteligente y tiene interés por todo. Ojalá tuviera más alumnos como él.

El padre de Tommy asintió con entusiasmo. Yo miré hacia mi coche. Jack Michener no hizo ademán de alejarse y, como era el padre de uno de mis estudiantes favoritos, decidí charlar un poco más con él.

—Bueno, señor Michener, ¿y a qué se dedica usted?

—Oh, por favor, llámeme Jack —dijo él, con la misma sonrisa abierta y amplia que su hijo—. Soy médico.

—¿De verdad? ¿Y cuál es tu especialidad?

—Soy pediatra.

—Pediatra. Déjame que lo adivine: eres cirujano pediátrico.

—Sí, eso es. ¿Te lo ha dicho Tom?

—¿Eres cirujano pediátrico? —pregunté yo.

—Sí, ¿Por qué? ¿Creías que era otra cosa?

Yo solté un resoplido.

—No, no. Estaba pensando en otra cosa —dije. Respiré profundamente y añadí—: Esa profesión debe de ser muy gratificante —comenté, en medio de la ironía de aquella situación.

—Pues sí, es maravilloso —dijo él y sonrió de nuevo—. Yo paso demasiadas horas en el hospital, porque a veces es difícil marcharse, pero me encanta.

—Eso es estupendo.

Él se metió las manos en los bolsillos e inclinó la cabeza.

—Grace, ¿te gustaría venir a cenar con Tom y conmigo? Hoy estamos los dos solos...

—Umm.... Gracias, pero no puedo. Mi hermana pequeña se casa mañana, y esta noche es el ensayo de la cena.

A él se le apagó un poco la sonrisa.

—Ah. Bueno, y ¿en otra ocasión? —dijo, y se ruborizó—. ¿Incluso sin Tommy? Vivimos en Nueva York. No esta tan lejos.

Una cita. Un cirujano pediátrico me estaba pidiendo que saliera con él. Estuve a punto de soltar una carcajada de histeria.

—Eh... Vaya, es muy agradable por tu parte invitarme —dije—, pero la verdad es que...

—¿Estás casada? —dijo él, encogiéndose de hombros para darme a entender que no se molestaba por mi negativa.

—No, no. Acabo de romper con alguien, y todavía no lo he olvidado.

—Bien. Lo entiendo.

Nos quedamos callados un momento, algo azorados los dos.

—Ah, ya viene Tommy —dije con alivio.

—Muy bien. Me alegro mucho de haberte conocido, Grace. Gracias por todo lo que has hecho por mi hijo.

Tommy me dio un abrazo.

—Adiós, señorita Emerson —dijo—. Es la mejor profesora de todo el colegio. Yo he estado enamorado de usted desde el primer día de clase.

Yo le devolví el abrazo con los ojos empañados.

—Te voy a echar mucho de menos, cariño —le dije, con sinceridad—. Escríbeme, ¿eh?

—¡Claro que sí! ¡Que tenga muy buen verano!

Así, mi alumno favorito y su padre pediatra se marcharon, y yo me quedé más desconcertada que nunca.

Capítulo 32

—Jajaja. Jajaja. Oooh. Jajaja.
La risa social de mi madre resonó por la mesa.
—¡Joojooojoojoo! —respondió la madre de Andrew, tan falsamente como la mía. Desde el otro lado de la mesa, Margaret me pegó una patada en la espinilla y consiguió que me estremeciera de dolor.
—¿No te alegras de no haberte casado con esa familia? —me preguntó en voz baja.
—No te imaginas cuánto —susurré yo.
—Margaret, ¿te has emborrachado? —le preguntó Mémé—. Yo tenía una prima que tampoco aguantaba el alcohol. Por desgracia. En mis tiempos, una dama nunca se permitía los excesos con el alcohol.
—¿Y no te alegras de que esos tiempos hayan pasado ya hace mucho, Mémé? —le respondió Margaret—. ¿Te apetece otro cóctel, a propósito?
—Gracias, querida —le dijo Mémé a mi hermana, y la aplacó. Margaret le hizo una seña al camarero y, después, hizo un brindis burlesco para mí.
—¡Ah, sí, vamos a hacer un brindis! —exclamó Natalie—. ¡Cariño, haz un brindis!
Andrew se puso en pie. Sus padres lo miraron con una adoración desmedida.

—Este es un día muy feliz para nosotros —dijo él, con muy poca gracia. Posó la mirada en mí y, después, continuó—. Nattie y yo somos muy felices. Y nos hace muy felices que estéis con nosotros para compartir nuestra felicidad.

—Yo también soy superfeliz —le dije a Margs, poniendo los ojos en blanco.

—Es un magnífico orador, ¿eh? —me susurró al oído, pero lo suficientemente alto como para que lo oyera nuestra madre. Ella nos cubrió con otra ronda de «Jajaja. Jajaja. Ooh. Jajaja».

El camarero nos llevó los aperitivos. Yo alcé la vista y vi que era Cambry.

—¡Hola! —le dije—. ¿Cómo estás?

—Muy bien, gracias —respondió él con una sonrisa.

—La semana que viene vamos a cenar todos juntos en casa de Julian, ¿no?

—Si no sale corriendo —respondió Cambry, mientras me ponía delante un plato de ostras Rockefeller.

Julian tenía una relación. Con solo oír aquello, a mi amigo le daban calambres en el estómago y le entraban sudores fríos, pero estaba saliendo con alguien, y ni siquiera él podía encontrarle defectos a Cambry, que trabajaba de camarero mientras terminaba la carrera de Derecho.

—Tú aguanta —le dije—. Eres perfecto para él. Últimamente, ya casi ni siquiera quiere venir a casa a ver *Dancing with the stars*. Seguramente, yo debería odiarte.

—¿Y me odias? —me preguntó él, enarcando una ceja con preocupación.

—No, por supuesto que no. Pero tienes que compartir. Ha sido mi mejor amigo desde el instituto.

—Tomo nota —dijo él.

—Grace, pensaba que las ostras de este restaurante daban intoxicación —gritó Mémé, y un comensal de la mesa de al lado escupió de repente en su servilleta.

—¡No, no! —dije yo en voz alta—. No. Son deliciosas. Muy frescas.

Sonreí al hombre para darle ánimos mientras él nos miraba nerviosamente.

—Pero ¿tu novio el pediatra no estuvo a punto de morir por comerlas? —preguntó Mémé, y se giró hacia los Carson, que sonreían con educación—. Estuvo media hora metido en el baño —les informó, como si ellos no hubieran estado presentes—. Con diarrea, ¿saben? Mi segundo marido también tenía problemas intestinales. ¡Algunos días no podíamos salir de casa! ¡Y qué olor!

—Era tan horrible, que el gato se desmayaba —murmuró Margaret.

—¡Era tan horrible, que el gato se desmayaba! —anunció Mémé.

—Bueno, mamá —dijo mi padre, con la cara enrojecida—. Creo que ya es suficiente.

—Jajaja. Jajaja. Ooh. Jajaja —se rio mi madre, lanzándole una mirada asesina a mi abuela, que se estaba tomando otro cóctel. Yo, por mi parte, nunca había sentido tanto cariño por Mémé. Cambry estaba luchando por contener la risa, y yo recé para que Julian y él superaran los inicios y formaran una pareja estable. Aunque eso podía suponer que yo ya nunca tuviera alguien que aliviara mi soledad de pobre solterona.

Miré a Natalie. Mi hermana llevaba un vestido azul claro y el pelo recogido con un clip de los que mi pelo se comía como una planta carnívora. Estaba feliz. Su mano se rozó con la de Andrew, y ella se ruborizó al notar el contacto. Ay. Entonces, nuestras miradas se cruzaron, y yo le sonreí a mi preciosa hermana. Ella me devolvió la sonrisa.

—Grace, ¿dónde está Callahan? —me preguntó, de repente, mirando por la mesa—. ¿Va a venir después?

Mierda. La verdad era que yo tenía la esperanza de no

tener que hablar del tema. No le había contado lo de la ruptura a nadie, salvo a Margaret, por dos motivos: el primero, que tenía la esperanza de que él me perdonara y volviera a llamarme. Y, en segundo lugar, no quería estropearle la fiesta a Natalie. Ella se preocuparía por mí e intentaría consolarme, y se agobiaría porque nadie quisiera salir con su hermana mayor.

Por suerte para mí, yo acababa de meterme una ostra en la boca, así que sonreí, hice un gesto y mastiqué. Mastiqué. Mastiqué un poco más, intentando ganar tiempo, aunque la ostra ya se había convertido en líquido.

—¿Quién es Callahan? —preguntó la señora Carson, mirándome fijamente.

—Grace está saliendo con alguien maravilloso —anunció mi madre.

—Un tipo que ha estado en la cárcel —dijo Mémé, y eructó—. Un expresidiario irlandés con las manos muy grandes. ¿Verdad, Grace?

El señor Carson se atragantó, y la señora Carson abrió mucho los ojos con una mirada de malicia.

—Bueno —dije yo, para empezar a explicarme.

—Era contable —dijo mi padre, animadamente—. Estudio en Tulane.

Margaret suspiró.

—Se dedica a hacer chapuzas, ¿no, Grace? —gritó Mémé—. ¿O es jardinero? ¿O leñador? No sé, no me acuerdo.

—O minero. O pastor —añadió Margaret, y a mí se me escapó un resoplido.

—Es maravilloso —dijo mi madre—. Y guapísimo.

—¡Sí, guapísimo! —exclamó Natalie, mirando a los Carson con sus ojos brillantes—. Grace y él están muy bien juntos. Se nota que están locos el uno por el otro.

—Me ha dejado —anuncié yo, con calma, después de limpiarme los labios con la servilleta. Margaret se atragantó con el vino y, mientras se tapaba la boca con la servilleta, me hizo un gesto de aprobación con el pulgar hacia arriba.

—¿El jardinero te ha dejado? ¿Qué? ¿Qué ha dicho? —gritó Mémé—. ¿Qué estás diciendo, Grace?

—Que Callahan me ha dejado, Mémé —dije yo en voz alta para que me oyera—. Mi sentido de la ética no está a la altura para él.

—¿Él, que ha estado en la cárcel, ha dicho eso? —ladró mi abuela.

—¡Shh! —exclamó mi madre. Nadie más dijo una palabra. Natalie se había quedado como si le hubieran dado un palo en la cabeza.

—Gracias, mamá —dije yo—. Pero siento decir que creo que Callahan tiene razón.

—Oh, cariñito, claro que no. Tú eres maravillosa —dijo mi padre—. ¿Qué sabe él? Es un idiota. Y ha estado en la cárcel.

—No, papá. No es idiota.

—Bueno, hija —dijo mi madre, mirándonos a los Carson y a mí—. Y ¿no crees que podrás volver con tu pediatra? Era un muchacho muy agradable.

Vaya. Me asombré de que una mentira pudiera ser tan poderosa. Miré a Margaret. Ella enarcó una ceja. Yo me giré hacia mi madre.

—El pediatra no existía, mamá —dije, hablando bien alto y claro para que Mémé pudiera oírlo—. Me lo inventé.

Soltar un bombazo así fue casi divertido. Margaret se apoyó en el respaldo de la silla y sonrió de oreja a oreja.

—Bien hecho, Grace —dijo y, por primera vez desde hacía mucho tiempo, parecía que estaba verdaderamente contenta.

Yo me erguí un poco en la silla, aunque me latía el corazón con tanta fuerza que tenía la sensación de que iba a vomitar. Me tembló la voz... pero eso también lo dominé.

—Me inventé que salía con alguien para que Natalie y Andrew no se sintieran tan culpables. Y para que todos dejarais de tratarme como si fuera una desgraciada porque me hubieran abandonado.

—Oh, Grace —susurró Natalie.

—¿Qué? Grace, eso no puede ser cierto —dijo mi padre.

—Sí, papá. Lo siento mucho —dije yo, y tragué saliva—. Andrew rompió conmigo porque se enamoró de Natalie, y me hizo daño. Mucho. Pero lo estaba superando. Además, si ellos querían estar juntos, yo no iba a ser el motivo por el que no pudieran hacerlo. Así que me inventé a Wyatt Dunn, ese tipo tan perfecto, y todo el mundo se sintió mucho mejor. Y yo seguí con la mentira porque, además, me sentía muy bien fingiendo que tenía un novio maravilloso. Pero, entonces, me enamoré de Callahan y, obviamente, tuve que romper con Wyatt. Entonces, ayer, Andrew apareció en mi casa y me besó en el porche, y Callahan se enfadó, y hablamos, y acabé confesándole que Wyatt Dunn era falso. Y él me dejó por haberle mentido.

Terminé entre pequeños jadeos, y con la espalda húmeda del sudor. Margaret me tomó la mano por encima de la mesa y murmuró:

—Buena chica.

Natalie no se movió. Los Carson miraron a su hijo con la boca abierta, y Andrew se quedó como si le hubieran dado un golpe en el estómago, completamente pálido. El restaurante se había quedado tan silencioso, que casi podía oírse el canto de los grillos.

—Un momento, un momento —dijo mi padre, que estaba completamente desconcertado—. Entonces, ¿con quién estaba hablando yo en el baño aquella noche?

—Cállate, cariño —siseó mi madre.

—Era Julian, fingiendo que era Wyatt —dije yo—. Bueno, ¿alguna pregunta o comentario más? ¿No? Bien, pues, entonces, voy a salir a tomar un poco el aire.

Yo me puse de pie, con las rodillas temblando, y atravesé el local. Al llegar al vestíbulo, Cambry se apresuró a abrirme la puerta.

—Eres magnífica —me dijo en tono de admiración cuando yo salía.

—Gracias —susurré.

Él me dejó a solas. Yo temblaba como una hoja y tenía el corazón acelerado. ¿Quién había dicho que hacer una confesión fuera bueno para el alma? Yo solo tenía ganas de vomitar. Me acerqué al pequeño banco que había en el jardín delantero del restaurante, me senté y cerré los ojos para intentar respirar normalmente. No quería desmayarme.

—¿Grace? —dijo Natalie en voz baja. Yo no la había oído acercarse.

—Hola, Nattie —dije yo sin alzar la cabeza.

—¿Puedo sentarme contigo?

—Sí, claro.

Ella se sentó y me tomó la mano. Vi que su anillo de compromiso brillaba suavemente.

—Mi anillo era igual que ese —murmuré.

—Ya lo sé. ¿Cómo pudo comprar el mismo anillo para dos hermanas?

—Seguramente, ni siquiera se acordaba del que me regaló a mí. Ni siquiera es capaz de elegir los calcetines del mismo par.

—Patético —murmuró ella.

—Hombres —dije yo.

—Qué idiotas.

Yo estaba de acuerdo... por lo menos, en el caso de Andrew.

—¿Te había contado lo del beso? —susurré.

Yo no quería estropearle la velada a Natalie. Debería haberlo pensado mejor antes de abrir la boca.

Ella se quedó callada un momento.

—Sí, me lo dijo. Me explicó que había tenido una falta de sentido común. Que, al estar en tu casa contigo, después de haberte visto con otro hombre... se puso celoso.

Yo miré a mi hermana de soslayo.

—¿Y qué piensas tú de eso?

—Bueno, pues pensé que es un gilipollas, Grace —dijo ella, y yo me quedé asombrada—. Fue nuestra primera pelea. Le dije que ya nos había estropeado bastante la vida, y que lo de besarte era inaceptable. Después, di unos cuantos portazos y me paseé de arriba abajo durante un buen rato.

Natalie estaba muy roja.

—Qué reconfortante —dije yo.

Ella dio un resoplido.

—Y, también, me puse celosa. Aunque no tengo derecho, teniendo en cuenta lo que te hice yo a ti.

Le apreté la mano.

—Nadie puede evitar tener un flechazo, cariño. Pero... os habéis reconciliado, ¿no? Estáis bien, ¿verdad?

Ella asintió.

—Creo que sí —susurró. Estaba mirando al frente, y me apretó la mano un poco más fuerte. Tenía los ojos llenos de lágrimas—. Grace, siento mucho que, de todos los hombres de este mundo, tuviera que enamorarme de él. Siento haberte hecho daño. Nunca lo he dicho, pero ahora te lo digo: lo siento muchísimo.

—Bueno, sí. Fue un poco horrible —reconocí yo. Me sentí aliviada al hacerlo.

—¿Estás enfadada conmigo?

—No. Bueno, ya no. Intenté no enfadarme. Estaba más furiosa con Andrew, para ser sincera, pero, sí, una parte de mí estaba gritando. No era justo.

—Grace, tú eres la persona a la que más quiero del mundo. Nunca hubiera querido hacerte daño. Odiaba haberme enamorado de Andrew. Lo odiaba —dijo entre lágrimas.

Yo le rodeé los hombros con un brazo y me incliné hacia ella.

—Mira, Natalie, me dolió mucho, pero no quería que lo supieras. Además, ya lo he superado. De verdad, te lo prometo.

—Lo de inventarte a Wyatt... Creo que es lo mejor que nadie ha hecho por mí en la vida. Aunque creo que sospechaba que no era real. Me la colaste por completo hasta lo de los gatos asilvestrados, ¿sabes?

Yo puse los ojos en blanco.

—Sí, ya lo sé.

Nat suspiró.

—Creo que no quería saber la verdad. Mira, Grace... ya no tienes que cuidarme más. No tienes por qué protegerme de todas las emociones tristes.

—Bueno, creo que sí. Es mi trabajo de hermana mayor.

—Olvídate de ese trabajo. Olvídate de que eres mi hermana mayor. Vamos a ser iguales, ¿de acuerdo?

Yo miré al cielo. Llevaba cuidando a Natalie desde que tenía cuatro años, admirándola y protegiéndola. Tal vez fuera agradable quererla sin más. En vez de sentir adoración, sentir amistad. Ser iguales, tal y como había dicho ella.

—Como Margaret —murmuré.

—¡Oh, Dios, no! ¡No seas como Margaret! —exclamó ella, y las dos nos echamos a reír.

Entonces, Nat abrió su bolso y me dio un pañuelo de papel. Seguimos allí sentadas un minuto más, escuchando el canto de los pájaros, tomadas de la mano.

—¿Grace? —dijo al final.

—¿Sí?

—Me encantaba Callahan.

—Sí. A mí también —murmuré yo. Ella me apretó la mano. Después de un momento, yo carraspeé—. ¿Quieres que volvamos ya?

—No —dijo ella—. Que sigan preguntándose qué pasa. ¿Y si nos peleamos solo para divertirnos?

Yo me eché a reír. Mi Nattie de siempre.

—Te he echado de menos —admití.

—Sí, yo también a ti. Ha sido muy duro para mí estar siempre preguntándome si estabas tan bien como decías, pero me daba miedo preguntártelo. Y he estado muy celosa de que Margs y tú estuvierais viviendo juntas.

—Ah, pues puedes llevártela. Que viva con Andrew y contigo todo el tiempo que quieras.

—Él no sobreviviría a la primera semana.

—Nattie —dije yo, lentamente—. Eso de que seamos iguales... Quiero pedirte un favor.

—Lo que sea —dijo ella.

—Por favor, no quiero ser la madrina mañana. Que sea Margaret. Yo seré dama de honor y te acompañaré hasta el altar, y todo eso, pero no quiero ser la madrina. Es un poco raro, ¿sabes?

—Está bien —dijo ella al instante—. Pero, por favor, tú pídele a Margaret que no ponga los ojos en blanco todo el rato ni ponga caras raras.

—Lo siento, pero no puedo garantizártelo —respondí yo, riéndome—. Aunque lo intentaré.

Entonces, me puse de pie y tiré de Natalie.

—Vamos a entrar, ¿quieres? Me muero de hambre.

Volvimos a la mesa tomadas de la mano. Mi madre dio un respingo al vernos.

—¡Niñas! ¿Va todo bien?

—Sí, mamá. Perfectamente.

La señora Carson puso los ojos en blanco y soltó un resoplido. De repente, mi madre le paró los pies.

—¡Te agradecería que no pusieras esa cara, Letitia! —exclamó con una voz que se oyó por todo el restaurante—. Si tienes algo que decir, ¡hazlo ahora!

—Yo... no...

—Entonces, deja de tratar a mis hijas como si no estuvieran a la altura de tu precioso hijo. Y, Andrew, deja que te diga una cosa: te soportamos solo porque Natalie nos lo ha pedido. Si vuelves a hacerle daño a una de mis niñas, te saco el hígado y me lo como. ¿Entendido?

—Sí, señora Carson. Perfectamente —respondió Andrew, dócilmente, olvidándose de llamar a su futura suegra por su nombre de pila.

Mi madre se apoyó en el respaldo de la silla, y mi padre se volvió hacia ella.

—Te quiero —le dijo en un tono maravillado.

—Por supuesto —respondió ella muy resuelta—. ¿Ya sabe todo el mundo lo que va a pedir?

—Yo no puedo comer remolacha. Me repite —dijo Mémé.

La cena pasó sin más incidente hasta casi el final. Cuando yo estaba a punto de lamer el cuenco de crema catalana que había pedido de postre, hubo un alboroto en la entrada del restaurante.

—He venido a ver a mi mujer —dijo alguien en voz alta—. Ahora mismo.

Stuart.

Entró al comedor, vestido como siempre, con su chaleco de lana, sus pantalones de pinzas de color marrón y sus mocasines. Era un hombre encantador y dulce, pero, en aquel momento, tenía una mirada tormentosa.

—Margaret, esto ya ha pasado de castaño oscuro —anunció, ignorándonos a todos los demás.

—Ummm —dijo Margaret entrecerrando los ojos.

—Si no quieres tener un hijo, me parece bien. Y, si quieres hacer el amor en la mesa de la cocina, pues lo haremos. Pero vas a volver a casa ahora mismo, y estaré encantado de hablar de todo esto contigo cuando estemos desnudos en la cama. O en la mesa. Y, la próxima vez que me dejes, piénsatelo bien, porque no voy a permitir que nadie me trate como un felpudo. ¿Está claro?

Margaret se levantó, dejó la servilleta junto a su plato y se volvió hacia mí.

—No me esperes despierta —dijo.

Después, le dio la mano a Stuart y se fue con él, sonriendo de oreja a oreja.

Capítulo 33

En cuanto vi a Andrew, lo supe.

Iba a haber problemas.

El organista estaba tocando la *Marcha nupcial de Mendelssohn*, y los cincuenta invitados de la boda nos miraron a nosotras, las tres excéntricas hermanas Emerson. Y allí estaba Stuart, con una sonrisa de satisfacción, como si hubiera tenido mucho movimiento la noche anterior. Yo le sonreí. Él asintió y se tocó la frente con dos dedos, a modo de saludo. Allí estaban la prima Kitty y la tía Mavis, que sonrieron falsamente al verme pasar. Yo me contuve para no hacerles un gesto obsceno con el dedo corazón y miré hacia delante. Y, por primera vez aquel día, vi al novio.

Él se pasó una mano por el pelo. Se subió las gafas por la nariz. Tosió. No me miró. Se mordió un labio.

Oh, oh. No parecía un hombre cuyo sueño fuera a hacerse realidad. Estaba incómodo. Y aquello era muy malo.

Yo miré a Andrew inquisitivamente, pero él no me miró a mí. Miró hacia la ventana de la iglesia, como si estuviera buscando una vía de escape.

Yo me sujeté la falda, subí al altar y le hice sitio a Margs.

—Tenemos un problema —le susurré.
—¿Qué dices? Mira qué cara tiene Natalie —me susurró ella.

Yo miré a mi hermana. Tenía los ojos muy brillantes y estaba bellísima y resplandeciente. Mi padre estaba muy orgulloso, muy digno, asintiendo por doquier, mientras llevaba a su hija pequeña al altar, del brazo, con aquella música grandiosa.

—Sí, pero mira tú a Andrew —le dije a Margs.

Margaret obedeció.

—Nervios —murmuró.

Pero yo conocía mejor a Andrew.

Nattie llegó al altar. Mi padre le dio un beso en la mejilla, le estrechó la mano a Andrew y fue a sentarse junto a mi madre, que le dio una afectuosa palmadita en el brazo. Andrew y Natalie se volvieron hacia el sacerdote. Nat tenía una sonrisa maravillosa. Andrew... no tanto.

—Queridos —dijo el reverendo Miggs.

—Un momento. Lo siento —dijo Andrew con un hilo de voz temblorosa.

—Dios Santo, la Virgen —murmuró Margaret—. No te atrevas, Andrew.

—Cariño, ¿qué te pasa? —preguntó Nat con preocupación—. ¿Estás bien?

A mí se me encogió el estómago y se me cortó la respiración. Oh, Dios...

Andrew se enjugó la frente con una mano.

—Nattie... lo siento.

Hubo un revuelo entre los invitados. El reverendo Miggs le puso una mano en el hombro a Andrew.

—Vamos, hijo...

—¿Qué ocurre? —susurró Natalie.

Margaret y yo nos pusimos a su alrededor, para intentar protegerla de lo que iba a suceder.

—Es por Grace —susurró Andrew—. Lo siento, pero

todavía estoy enamorado de Grace. No puedo casarme contigo, Nat.

Se oyó un jadeo colectivo de los invitados.

—¿Me estás tomando el pelo? —ladró Margaret.

Yo casi no lo oí, porque tenía un rugido sordo en los oídos. Natalie se había quedado blanca, y le fallaron las rodillas. Tuvieron que sujetarla entre Margaret y el sacerdote.

Entonces, yo tiré el ramo de flores, pasé por delante de Margaret y le di a Andrew un puñetazo en la cara, con todas mis fuerzas.

Los siguientes minutos fueron confusos. Sé que el padrino de Andrew trató de arrastrarlo para ponerlo a salvo, porque el puñetazo lo había dejado aturdido, mientras yo lo pateaba repetidamente en las espinillas con mis zapatos de punta. Le sangraba la nariz, y a mí me pareció que estaba estupendo. Recuerdo que mi madre se unió a mí y le golpeó con el bolso en la cabeza. Oí gritar a la señora Carson y noté que mi padre me agarraba por la cintura con ambos brazos para separarme de Andrew, que estaba medio caído en los peldaños del altar, tratando de huir a gatas de mis patadas y de los inofensivos pero satisfactorios golpes que le estaba dando mi madre.

Al final, los invitados del novio se fueron a la parte posterior de la iglesia, y los Carson, el padrino y Andrew se quedaron agrupados en un lateral. Natalie se sentó, aturdida, en el primer banco, rodeada por Margaret, mis padres y yo, mientras Mémé conducía a todo el mundo fuera de la iglesia pastoreándolos con la silla de ruedas.

—Abandonada en el altar —murmuró Natalie.

Yo me arrodillé delante de ella.

—Cariño, ¿qué podemos hacer?

Ella me miró.

—No te preocupes. Lo superaré —susurró—. No pasa nada.

—Ese tipo no te llega ni a la suela del zapato, Nattie —dijo Margaret, acariciándole el pelo.

—No se merece ni el pañuelo con el que te suenas los mocos —dijo mi madre—. Cabrón. Idiota. Capullo.

Nat miró a mi madre y se echó a reír con algo de histerismo.

—Capullo. Esa sí que es buena, mamá.

El señor Carson se nos acercó cautelosamente.

—Eh... siento mucho lo que ha ocurrido —dijo—. Es obvio que ha tenido dudas de último momento.

—Sí, ya nos hemos dado cuenta —respondió Margaret con tirantez.

—Lo sentimos mucho —repitió él, mirando a Natalie y, después, mirándome a mí—. Lo siento muchísimo, niñas.

—Gracias, señor Carson —dije yo.

Él asintió y se marchó con su mujer y su hijo. Un momento más tarde, se habían marchado. Yo esperaba que no volviéramos a verlos nunca más.

—¿Qué quieres hacer ahora, cariño? —le preguntó mi padre a Natalie.

Ella pestañeó.

—Bueno, creo que deberíamos ir al club y comernos toda esa comida tan rica —dijo—. Sí. Vamos a hacer eso, ¿queréis?

—¿Seguro? —pregunté yo—. No tienes por qué ser tan valiente, cariño.

Ella me apretó la mano.

—He aprendido de la mejor.

Y, así, los Emerson y sus invitados fueron al club de campo y comieron gambas y solomillo, y bebieron champán.

—Estoy mejor sin él —dijo Natalie mientras bebía su

quinta copa–. Lo sé. Solo voy a tener que asimilarlo durante un tiempo.

–Personalmente, odié a ese tío desde el primer día en que Grace lo trajo a casa –dijo Margs–. Vaya gilipollas presuntuoso.

–¿Cuántos tíos habrá tan idiotas como para abandonar a dos chicas Emerson? –preguntó mi padre–. Qué pena que no seamos de la mafia. Podríamos haber tirado su cadáver al Farmington.

–Creo que en la mafia no admiten a anglosajones protestantes, papá –dijo Margaret. Le dio unos golpecitos a Natalie en el hombro y le sirvió más champán–. Pero es una idea muy reconfortante.

Yo me daba cuenta de que Nattie se iba a recuperar. Después de todo, tenía razón: Andrew no se la merecía. Ella lo superaría. Yo también lo había hecho.

Fui a sentarme con Mémé un rato. Ella estaba observando a la prima Kitty, que tenía la misma sensibilidad que una piedra, mientras bailaba con su nuevo marido la canción *Endless Love*.

–¿Y qué opinas tú de todo esto, Mémé? –le pregunté.

–Era probable que ocurriera. La gente debería parecerse más a mí. El matrimonio es un contrato de negocios. Cásate por el dinero, Grace. No te arrepentirás.

–Gracias por el consejo. Pero, de verdad, Mémé, ¿tú nunca te has enamorado?

Ella miró a lo lejos.

–No especialmente. Una vez hubo un chico que... bueno. No era un buen partido para mí. No era de la misma clase social, ¿sabes?

–¿Quién era?

Ella se volvió hacia mí con brusquedad.

–Qué cotilla estás hoy, ¿no? ¿Has engordado, Grace? Tienes las caderas mucho más anchas. En mis tiempos, las mujeres llevaban faja.

Yo suspiré. Le pregunté a mi abuela si quería otra copa y me fui a la barra. Margaret ya estaba allí.

—Bueno, ¿qué tal en la mesa de la cocina? —le pregunté.

—Pues... no tan cómodo como yo pensaba —respondió ella con una sonrisa—. Verás, anoche hacía mucho bochorno y, por culpa de la humedad, me pegué como un velcro, así que, cuando empezamos de verdad...

—Ya, ya es suficiente —le dije. Ella se echó a reír y pidió un vaso de agua con gas.

—Agua con gas, ¿eh? —pregunté.

Ella puso los ojos en blanco.

—Bueno, cuando estaba viviendo en tu casa, acabé pensando que tal vez tener un hijo no fuera tan terrible, algún día. Pero... anoche, Stuart me dijo que quería una niñita como yo...

—¿Se ha vuelto loco? —le pregunté.

Ella me miró, y me di cuenta de que tenía los ojos húmedos.

—Fue muy dulce, Grace. Me conmovió de verdad.

—Sí, pero, después, va a tener que criar mini Margs. Ese hombre debe de estar loco por ti.

—Cállate, bruja —me dijo, riéndose sin poder evitarlo—. La idea de tener un hijo me parece... bien.

—Oh, Margs —dije yo, sonriendo—. Creo que vas a ser una madre estupenda. En muchos sentidos, al menos.

—Sí. Y tú vas a ser su canguro, ¿no? Cuando yo tenga babas por todo el pelo y un bebé llorando a gritos en brazos, y esté a punto de meter la cabeza en el horno...

—Por supuesto que sí.

Le di un abrazo, y ella me lo devolvió.

—Y tú, ¿estás bien, Grace? Esto de Andrew ha sido como cerrar un círculo, ¿no?

—Mira, si no vuelvo a oír nunca más ese nombre, seré feliz. Yo estoy bien, pero me siento mal por Natalie.

Sin embargo, sabía que mi hermana iba a recuperarse con el tiempo. Ya se estaba riendo de algo que le había dicho mi padre. Andrew nunca se había merecido a mi hermana, ni a mí, tampoco. Un hombre que acepta el amor como si fuera su derecho era un imbécil.

Callahan O'Shea... era todo lo contrario.

—Bueno, ¿y qué planes tienes para el verano? —me preguntó Margs—. ¿Tienes ya alguna oferta por la casa?

—Pues sí, tengo dos —respondí, y le di un sorbito a mi gin tonic.

—La verdad es que me dejaste muy sorprendida. Pensaba que te encantaba esa casa.

—Sí, me gusta mucho, pero... ya es hora de empezar de nuevo. Los cambios no son lo peor del mundo, ¿no?

—No, supongo que no. Vamos a sentarnos con Nattie.

—¡Aquí vienen! —exclamó mi padre, al ver que nos acercábamos—. Ahora ya están juntas las tres chicas más guapas del mundo. Bueno, las cuatro —dijo, rodeando a mi madre con un brazo. Ella puso los ojos en blanco.

—Papá, ¿te ha contado Grace que va a vender su casa? —preguntó Margaret.

—¿Cómo? ¡No! ¡Cariño! ¿Por qué no me lo habías dicho?

—Porque no es una decisión conjunta, papá.

—¡Pero si acabamos de cambiar las ventanas!

—La agente inmobiliaria me dijo que eso ayudaría mucho a venderla.

—¿Y adónde vas a ir? No te vas a ir lejos, ¿verdad, cariño? —me preguntó mi madre.

—No, claro que no —respondí yo.

Me senté junto a Nat, que tenía la mirada un poco perdida.

—¿Estás bien, cariño?

—Sí, sí. Bueno, no estoy bien del todo. Pero, ya sabes.

Yo asentí.

—Eh, ¿has tenido noticias de la presidencia del departamento? —me preguntó Margs.

—Ah, sí. Han contratado a alguien de fuera del colegio. Es una señora estupenda.

—Puede que te suba el sueldo —dijo mi padre—. Sería estupendo que empezaras a ganar más que un granjero siberiano.

—Estaba pensando en empezar a trabajar de prostituta de alto standing. ¿Conoces algún político que esté buscando compañía?

Natalie se rio, y el sonido nos hizo sonreír a todos.

Después de la cena, fui al baño de señoras, y oí la voz de mi prima Kitty en uno de los compartimientos.

—...parece que se inventó que estaba saliendo con alguien para que no sintiéramos lástima por ella —decía mi prima—. ¡El médico era inventado! Y hay algún lío con un preso al que estaba escribiendo a la cárcel...

Sonó la cisterna, y mi prima salió a la zona común. Mi tía Mavis salió del compartimiento de al lado. Al verme, las dos se quedaron petrificadas.

—Hola, señoras —dije yo, mientras me arreglaba el pelo mirándome al espejo—. ¿Se lo están pasando bien? ¡Hay tantas cosas sobre las que cotillear, y tan poco tiempo!

Kitty se puso como un tomate. Mi tía Mavis, que tenía más arrestos, puso los ojos en blanco.

—¿Queréis preguntarme algo más sobre mi vida amorosa? —dije con una sonrisa. Me giré hacia ellas, me crucé de brazos y las miré fijamente.

Kitty y Mavis intercambiaron una mirada.

—No, Grace —dijeron al unísono.

—De acuerdo. Solo para que lo sepáis, el preso estaba en el corredor de la muerte. No aceptaron su petición de indulto, así que estoy de nuevo buscando pareja —les comenté. Guiñé un ojo, sonreí al ver sus caras de espanto y entré en un compartimiento.

Cuando volví con mi familia, Nat se estaba preparando para marcharse.

—Puedes venir a dormir a mi casa, cariño —le dije.

—No, gracias. Voy a pasar unos días en casa de papá y mamá. Pero muchas gracias por el ofrecimiento, eres muy buena.

—¿Quieres que te lleve?

—No, me va a llevar Margs. Antes tenemos que hacer una parada. Además, tú ya has hecho lo suficiente hoy. Lo de pegar a Andrew... Muchas gracias, Grace.

—Ha sido un placer —dije, sinceramente. Besé a mi hermana y le di un abrazo muy largo—. Llámame mañana por la mañana.

—Sí. Gracias —me susurró.

Fui a mi coche y saqué las llaves del bolso. Hacía siglos que les había prometido a mis ancianas amigas de Golden Meadows que iba a ir a visitarlas aquella noche, para que pudieran ver mi vestido y para contarles cómo había ido la boda. Aunque, como mi padre había llevado a Mémé antes de la cena, lo más probable era que ya supieran todas lo que había pasado.

Sin embargo, iría de todos modos. Aquella noche era la noche de sábado y habría una reunión social, así que, seguramente, podría bailar con alguien.

Cuando llegué al aparcamiento de la residencia, no vi la furgoneta de Callahan por ningún sitio. Yo no había vuelto a verlo a él desde el día que se había marchado de Maple Street, aunque sí había ido a visitar a su abuelo. Tal y como me había dicho Cal, el anciano no estaba bien. No habíamos conseguido terminar el libro.

Sentí el impulso de ir a ver de nuevo al señor Lawrence. ¿Quién sabía? Tal vez Callahan estuviera allí. Betsy, la enfermera que estaba de guardia, me saludó con la mano.

—Acabas de perderte al nieto —me dijo, tapando el micrófono del teléfono con una mano.

Vaya. Bueno, en realidad, yo no había ido allí por Callahan.

La puerta de la habitación del señor Lawrence estaba abierta, y él estaba dormido en su cama. Tenía puesta una vía a una bolsa de suero. A mí se me llenaron los ojos de lágrimas. Llevaba visitando la residencia el tiempo suficiente como para saber que, cuando un paciente tenía una bolsa de suero, era porque había dejado de comer y de beber.

—Hola, señor Lawrence. Soy Grace —le susurré, y me senté a su lado—. La que le leía *El deseo del duque libertino*, ¿se acuerda?

Él, por supuesto, no respondió. Que yo recordara, nunca había oído la voz del abuelo de Callahan. Me pregunté cómo sonaría cuando era más joven y enseñaba a pescar a Callahan y a su hermano, cuando les ayudaba a hacer los deberes y les decía que se terminaran la verdura del plato.

—Mire, señor Lawrence —dije yo, poniéndole la mano en el brazo delgado y frágil—, solo quería contarle una cosa. He salido durante un tiempo con su nieto. Con Callahan. Y, en resumen, lo he estropeado todo y él me ha dejado. Pero yo quería contarle lo buen hombre que es.

Se me formó un nudo en la garganta, y bajé la voz hasta que empecé a susurrar.

—Es inteligente, divertido y considerado, y siempre está trabajando, ¿sabe? Tendría que ver la casa que acaba de rehabilitar. Ha hecho una obra maravillosa —dije, e hice una pausa—. Y a usted lo adora. Viene aquí todo el tiempo. Y es... bueno, es guapísimo. Supongo que, de tal palo, tal astilla.

Casi no se oía la respiración del señor Lawrence. Tomé su mano arrugada y fría y la sujeté un momento.

—Lo ha educado usted muy bien. Debe sentirse orgulloso. Eso es todo.

Entonces, me incliné y le di un beso en la frente.

–Ah, y una cosa más: el duque se casa con Clarissia. Consigue encontrarla en la torre y la rescata, y viven felices para siempre.

–¿Qué haces, Grace?

Yo me sobresalté.

–¡Mémé! ¡Dios, qué susto me has dado!

–Te estaba buscando. Dolores Barinski me ha dicho que ibas a venir a la reunión, y empezó hace una hora.

–Sí –dije yo, y miré por última vez al señor Lawrence–. Vamos.

Empujé la silla de ruedas por el pasillo y me alejé del señor Lawrence, sabiendo que probablemente no volvería a verlo. Se me cayeron las lágrimas por las mejillas.

–Vamos, vamos, alégrate –me dijo Mémé, desde su trono–. Por lo menos, me tienes a mí. Ese hombre no es familia tuya. No sé por qué te importa tanto.

Paré la silla y la rodeé para ponerme delante de mi abuela y decirle que era mezquina, egoísta, vanidosa y grosera, pero, al ver su pelo ralo y su cara arrugada, sus manos llenas de manchas y sus anillos, que le quedaban ya demasiado grandes, dije otra cosa:

–Te quiero, Mémé.

Ella alzó la vista con asombro.

–¿Qué te pasa hoy?

–Nada. Solo quería decírtelo.

Ella respiró profundamente y frunció el ceño.

–Bueno, ¿vamos, o no?

Sonreí, empecé a empujar la silla de nuevo y nos dirigimos al salón de actos. La fiestecita estaba en su apogeo. Yo bailé con mis amigos y con algunos ancianos a quienes no conocía. Todos admiraron mi vestido y mi peinado, y me dieron palmaditas de cariño en las manos. Me sentí feliz, pese a todo. A Nat le habían roto el corazón, y yo tampoco lo tenía entero. Había destruido algo especial y precioso con Callahan O'Shea, y había quedado como una imbécil delante de mi familia por haberme inventado un novio. Pero, bueno, estaba bien. Al menos, la parte más idiota de mí misma estaba bien.

Sin embargo, a Callahan iba a echarlo de menos durante mucho tiempo.

Capítulo 34

Cuando llegué a casa, eran casi las diez. Angus había hecho trizas dos rollos de papel higiénico y había vomitado en la cocina el papel que había comido.

—Bueno, por lo menos, lo has hecho en las baldosas —dije, mientras le acariciaba la cabecita—. Gracias por tener el detalle.

Él ladró una vez y, después, se estiró y se tumbó en el suelo para verme limpiar.

—Espero que te guste la casa nueva. No te preocupes, voy a elegir un sitio estupendo.

Angus movió la cola.

Becky Mango me había llamado el día anterior.

—Sé que puede parecer raro, pero... me preguntaba si estarías interesada en comprar la casa de al lado, la que arregló Callahan. Es preciosa.

Yo vacilé. Aquella casa me encantaba, sí, pero ya había vivido en una casa que me recordaba siempre a una relación fallida. Si compraba la de Cal, cuyo precio era casi igual que el de la mía, me sentiría demasiado como la señorita Havisham.

No. Mi próxima casa tenía que hacerme mirar al futuro, no al pasado.

—¿Verdad, Angus? —le pregunté.

Él ladró, eructó y se tumbó boca arriba, sugiriéndome que le rascara la tripa.

—Después, McFangus —murmuré.

Al día siguiente, empezaría a hacer las maletas. Aunque todavía no había encontrado casa, muy pronto me cambiaría, y tal vez pudiera organizar una subasta de las cosas que no quería, para empezar de cero.

Mientras terminaba de limpiar, Angus estalló en ladridos.

¡Guau! ¡Guauguauguau!

—¿Qué pasa, cariño?

¡Guauguauguau!

Me asomé a la ventana, y se me aceleró el corazón. Estuve a punto de ahogarme.

Callahan O'Shea estaba en el porche.

Me miró, enarcó una ceja y esperó.

Yo abrí la puerta, aunque las rodillas me temblaban. Angus se lanzó a la bota de trabajo de Cal, y Cal lo ignoró, como de costumbre.

—Hola —dijo él.

—Hola —susurré yo.

Le miró los guantes de fregar que yo llevaba puestos.

—¿Qué estabas haciendo?

—Eh... limpiar vómito de perro.

—Qué agradable.

Me quedé paralizada. Callahan O'Shea estaba allí, en mi porche, donde nos habíamos conocido.

—¿Te importaría llamar a tu perro? —me pidió.

Angus estaba apretando la bota con los dientes y moviendo la cabeza de un lado a otro, tratando de arrancar el cuero, gruñendo.

—Eh... por supuesto, claro —dije yo—. ¡Angus! ¡Vamos, al sótano!

Entonces, lo tomé en brazos y, pese a sus gruñidos de protesta, lo bajé por las escaleras y lo dejé encerrado con las esculturas de partes del cuerpo femenino. Se quejó, pero aceptó su destino y se quedó callado.

Yo volví con Callahan.

—Bueno, ¿y qué te trae por el barrio?

—Tus hermanas han venido a verme —dijo él en voz baja.

—¿De verdad? —pregunté yo, y me quedé boquiabierta.

—Sí.

—¿Hoy?

—Sí, hace una hora. Me han contado lo de Andrew.

—Ah, sí. Un lío.

—Tengo entendido que le has pegado.

—Sí, sí —dije—. Ha sido uno de mis momentos cumbre —añadí. De repente, me surgió una pregunta—: ¿Y cómo sabían dónde vivías?

—Margaret llamó a sus compañeros de la oficina de libertad condicional.

Yo contuve la sonrisa. Margs era genial.

—Natalie me ha dicho que soy un idiota —murmuró Callahan, con una voz tan baja que la vibración me llegó al estómago.

—Ah. Pues... lo siento, porque no, no eres ningún idiota.

—Me ha dicho que le has contado la verdad a todo el mundo —continuó él, y dio un paso hacia mí. Me latía el corazón con tanta fuerza que pensé que iba a imitar a Angus y a vomitar—. Me dijo que era un idiota por dejar a una mujer como tú.

Callahan tomó una de mis manos y me quitó el guante, sonriendo. Después, hizo lo mismo con el otro guante. Yo me miré las manos, porque no podía mirarlo a él a la cara.

—Lo cierto es, Grace, que no necesitaba que me lo dijeran. Ya me había dado cuenta por mí mismo.

—Ah —susurré yo.

—Pero tengo que reconocer que me encantó que tus hermanas hicieran algo por ti, en vez de ser al revés –dijo. Me puso un dedo bajo la barbilla y me obligó a mirarlo a la cara–. Grace, soy un idiota. Yo debería saber, mejor que nadie, que la gente se vuelve tonta con la gente a la que quiere. Y que todo el mundo se merece una segunda oportunidad.

A mí se me llenaron los ojos de lágrimas.

—Mira, Grace, desde el primer día, desde que me pegaste en la cabeza con el *stick* de hockey... Desde ese día, supe que eras la mujer de mi vida.

—Oh... —susurré yo, con la boca temblorosa y muy abierta. Seguro que no era mi mejor imagen, pero no podía evitarlo.

En vez de responder, lo abracé y lo besé con todas mis fuerzas. Porque, cuando conoces al hombre de tu vida, te das cuenta.

Epílogo

Dos años después

—No, no vamos a ponerle Abraham Lincoln O'Shea a nuestro hijo. Piensa otro nombre —me dijo mi marido.

Aunque Cal intentaba mirarme con cara de pocos amigos, el efecto lo estropeaba el hecho de que Angus estuviera lamiéndole la barbilla. Estábamos en la cama un domingo por la mañana. El sol entraba por las ventanas y olía a café y a rosas, porque había un ramo en un jarrón, sobre la mesilla de noche.

—Ya has rechazado Stonewall —le recordé—. Stonewall O'Shea. Nunca habría nadie que se llamara como él en la guardería.

—Grace, llevas cuatro días fuera de cuentas. Vamos, piensa algo en serio. Es nuestro hijo y, si tiene que llamarse como alguien de la Guerra de Secesión, tiene que ser de la Unión. Después de todo, los dos somos de Nueva Inglaterra. Angus, sácame la lengua de la oreja. Puaj.

Yo me eché a reír. Cuando nos habíamos ido a vivir juntos, Callahan había llevado a Angus a un curso de adiestramiento de ocho semanas. Los niños necesitaban disciplina y una estructura sólida, según me había dicho.

Y, desde entonces, el perro estaba completamente entregado a él.

Yo volví a intentarlo.

—¿Qué te parece Ulysses S. O'Shea?

—Acepto Grant. Grant O'Shea. Estoy dispuesto a aceptar ese trato, Grace.

—Grant O'Shea. No, lo siento. ¿Y Jeb?

—Muy bien, señorita.

Entonces, me besó.

—Te quiero —susurró, con su mano sobre mi vientre.

—Yo también te quiero.

Sí, nos habíamos casado. Me había casado con el chico de al lado, y nos habíamos instalado en la casa de al lado, además. Callahan había dicho que lo lógico era que aquella casa fuera nuestra, y la habíamos comprado entre los dos quince días después de la boda fallida de Natalie.

Vivir junto a mi casa anterior no me importaba. Le estaba agradecida, era el lugar donde mi corazón se había ido recuperando, donde había superado mi tristeza. Y, también, donde había conocido a mi marido.

Natalie estaba bien. Seguía soltera, trabajando mucho, pero parecía feliz. Salía de vez en cuando con algún chico, pero nada serio todavía. Stuart y Margaret tenían un niño de un año, James. Margaret lo adoraba con toda su alma.

—Dios, qué bien hueles —me dijo Cal desde mi cuello.

Alzó la cabeza, y yo lo miré. Al ver sus ojos azul oscuro, sus pestañas largas, su pelo revuelto... pensé que ojalá nuestro hijo fuera igual que él. Sentí tanto amor que me dolió el corazón, y no pude decir nada. Entonces, sentí otro dolor diferente, y tuve la sensación de que me mojaba.

—¿Cariño? —me dijo Callahan—. ¿Te encuentras bien?

—¿Sabes? Creo que acabo de romper aguas.

Media hora después, Cal estaba ayudándome a salir

por la puerta, mientras Angus ladraba frenéticamente desde el sótano, donde Cal lo había dejado sin miramientos para poder empezar a correr por la casa como si hubiera un incendio. Por el parto de Margaret, que a ella le gustaba describir con todo lujo de detalles, yo sabía que el bebé iba a tardar todavía unas horas en nacer. El obstetra había dicho lo mismo, pero Cal estaba convencido de que nuestro hijo iba a llegar en aquel mismo momento, o durante el trayecto de casa al hospital.

—¿Tienes la bolsa? —le pregunté, con calma, mientras consultaba la lista que habíamos hecho en las clases de preparación al parto.

—Sí, claro —dijo él. Estaba nervioso o, más bien, aterrado, pero a mí me parecía adorable—. Vamos, cariño, vámonos ya. El bebé está a punto de nacer, que no se te olvide.

Yo lo miré con elocuencia.

—Intentaré acordarme, Callahan. ¿Tienes la cámara de fotos?

—Sí, Grace, lo tengo todo. Vamos, cariño, no quiero que el niño nazca en el vestíbulo de casa.

—Cal, solo he tenido dos contracciones. Cálmate —le dije. Él emitió un sonido ahogado, que yo ignoré—. ¿Te has acordado de meter toda la ropa del niño? ¿Has metido el pijama azul del perrito?

—Sí, cariño, por favor. He repasado la lista varias veces. ¿Crees que podemos irnos al hospital antes de que se te caiga el niño al suelo?

—Ah, ¿tienes mi foco de atención? ¡Que no se nos olvide!

La profesora de las clases de preparación al parto nos había dicho que lleváramos un objeto para concentrarnos durante las contracciones, algo que nos gustara mirar.

—Sí, lo tengo —dijo Callahan, y tomó mi *stick* de hockey, que estaba junto a la puerta. Cal lo había colgado en la pared el primer día–. Bueno, cariño, vamos a conocer a nuestro hijo. ¿Quieres que te lleve en brazos? Iríamos más rápido. Vamos, nena, agárrate a mi cuello. Vamos.

Diecinueve horas y media después, habíamos aprendido varias cosas. La primera, que yo podía gritar muy alto cuando la situación lo requería. La segunda, que Cal podía ser increíble durante la espera y el parto, y que se le caían las lágrimas cuando su mujer sufría. Y, la tercera, que las ecografías podían salir mal de vez en cuando.

Nuestro niño fue una niña.

Le pusimos Scarlett.

Scarlett O'Hara O'Shea.

ÚLTIMOS TÍTULOS PUBLICADOS EN HQN

El hechizo de un beso de Jill Shalvis

La tentación vive arriba de M.C. Sark

Ardiendo de Mimmi Kass

Deletréame te quiero de Olga Salar

Las hijas de la novia de Susan Mallery

Los hombres de verdad no... mienten de Victoria Dahl

Lazos de familia de Susan Wiggs

La promesa más oscura de Gena Showalter

Nosotros y el destino de Claudia Velasco

Las reglas del juego de Anna Casanovas

Descubriéndote de Brenda Novak

Vainilla de Megan Hart

Bajo la luna azul de María José Tirado

Los trenes del azúcar de Mayelen Fouler

Secretos por descubrir de Sherryl Woods

Pasó accidentalmente de Jill Shalvis

www.ingramcontent.com/pod-product-compliance
Lightning Source LLC
LaVergne TN
LVHW091616070526
838199LV00044B/817